## Alan Glynn

Né en 1960, l'Irlandais Alan Glynn a fait des études d'anglais au Trinity College de Dublin. Il a ensuite vécu à New York et Vérone (Italie), avant de revenir s'installer dans la capitale irlandaise.
Son premier roman, *Champs de ténèbres* (Presses de la Cité, 2004), a connu un succès fulgurant.

# CHAMPS DE TÉNÈBRES

ALAN GLYNN

# CHAMPS DE TÉNÈBRES

*Traduit de l'anglais par*
*Philippe Safavi*

PRESSES DE LA CITÉ

Titre original :
*DARK FIELDS*


ISBN 2-266-15181-9

*Pour Eithne*

Je souhaite remercier les personnes suivantes pour m'avoir soutenu moralement et m'avoir apporté leur aide rédactionnelle : Eithne Kelly, Declan Hughes, Douglas Kennedy, Antony Harwood, Andrew Gordon, Liam Glenn, Eimear Kelly, Kate O'Carroll et Tif Eccles.

*Il avait parcouru un long chemin avant d'accéder à cette pelouse bleutée. Son rêve devait désormais lui paraître si proche que plus rien ne l'empêcherait de le saisir à pleines mains. Il ignorait qu'il était déjà derrière lui, quelque part dans cette vaste obscurité de l'autre côté de la ville, là où les champs de ténèbres de la république ondoyaient sous la nuit.*

F. Scott Fitzgerald,
*Gatsby le Magnifique*

# Première partie

# 1

Il est tard.

Je n'ai plus un sens très sûr du temps qui passe, mais il doit être largement onze heures du soir, peut-être même pas loin de minuit. Je pourrais regarder ma montre mais je n'y tiens pas trop – cela ne ferait que me rappeler le peu de temps qu'il me reste.

En tout cas, il est tard.

Tout est si calme. En dehors du ronronnement du distributeur de glaçons derrière la porte et d'une voiture qui passe de temps en temps sur l'autoroute, il n'y a pas un bruit – ni circulation, ni sirènes, ni musique, ni gens du coin qui papotent, ni animaux qui se lancent d'étranges cris nocturnes. Rien. Pas le moindre son. Ça ne me plaît pas trop, ça m'angoisse, même. Pourquoi suis-je venu jusqu'ici ? Pourquoi ne suis-je pas resté en ville, à attendre que le clignotement accéléré des néons, le mouvement et le vacarme perpétuels m'achèvent, en consumant toute cette énergie qui coule dans mes veines ? Mais si je n'étais pas venu jusqu'ici, dans ce motel du Vermont – le Northview Motor Lodge –, où aurais-je pu aller ? Non, je ne vois vraiment pas ce que j'aurais pu faire d'autre que ce que j'ai fait : monter en voiture, fuir la ville, parcourir des centaines de kilomètres vers le nord, jusqu'à ce petit coin de campagne silencieux et désert…

… jusque dans cette chambre de motel silencieuse et anonyme, avec sa moquette, son papier peint et son dessus-de-lit, tous arborant des motifs disparates et chargés, rivalisant, *hurlant*, pour attirer mon attention. Et que dire des œuvres d'art façon galerie marchande éparpillées un peu partout, paysage de montagne enneigé au-dessus du lit, reproduction des *Tournesols* près de la porte ?

Je suis assis dans un fauteuil en rotin dans la chambre d'un motel du Vermont et tout, autour de moi, m'est étranger. J'ai un ordinateur portable en équilibre sur les genoux et une bouteille de Jack Daniel's sur le sol à mes pieds. En face de moi, un poste de télé est vissé au mur, dans un coin, allumé sur CNN mais le son coupé. Tout un petit monde s'agite sur l'écran : des spécialistes de la sécurité nationale, des correspondants à Washington, des experts en politique étrangère. Je ne les entends pas mais je sais de quoi ils parlent… ils parlent de la « situation », de la crise. Ils parlent du Mexique. Finalement, je craque et regarde ma montre.

J'ai du mal à croire que ça fait déjà presque douze heures. D'ici peu, naturellement, ça en fera quinze, puis vingt, et une journée entière se sera écoulée. Le souvenir de ce qui s'est passé ce matin à Manhattan s'éloigne, comme happé par la distance, aspiré vers l'arrière le long de ces innombrables routes nationales ponctuées de petites villes de province, par ces kilomètres d'autoroute, à une vitesse terrifiante. Sa réalité commence à céder sous l'énorme pression, se craquelle, se fragmente en différents éclats de mémoire.

Je regarde à nouveau ma montre.

Mon cœur se met à battre plus fort, devient audible, comme si, pris de panique, il était sur le point de sortir de force de ma poitrine. Au moins, ma tête ne m'élance pas… pas encore. Ça viendra, je le sais, tôt ou tard – la brûlure intense derrière mes globes oculaires irradiera progressivement dans l'ensemble du crâne en une douleur atroce, interminable. Mais pas tout de suite.

Une chose est sûre, il ne me reste plus beaucoup de temps.

Alors, par où commencer ?

Si j'ai apporté l'ordinateur avec moi, c'est sans doute dans l'intention plus ou moins consciente d'y consigner tout ce qui s'est passé, de rédiger un récit fidèle des faits. Pourtant, me voilà qui hésite, tourne autour du pot, traîne la patte comme si j'avais des mois devant moi et une quelconque réputation à préserver. En fait, je n'ai ni l'une ni les autres – il ne me reste probablement que quelques heures. Il n'empêche que je ressens le désir puéril de commencer par une introduction inspirée, quelques phrases grandioses et parfaites, de celles qu'un narrateur omniscient et barbu du dix-neuvième siècle lâcherait en amorce de son énième pavé de neuf cents pages.

Une grande envolée lyrique.

Ce qui, à mon avis, cadrerait bien avec le contexte.

La triste vérité, c'est que mon aventure n'a rien de lyrique. Il n'y eut rien de grandiose, rien d'édifiant non plus, dans la manière dont tout a démarré, rien de particulièrement prometteur dans le fait que je sois tombé sur Vernon Gant un après-midi en pleine rue, il y a de ça quelques mois.

C'est bien pourtant par là que je dois commencer.

# 2

Vernon Gant.

Au gré de tous les liens, de toutes les combinaisons mouvantes qui peuvent coexister au sein d'une famille moderne, parmi tous les parents potentiels que l'on peut vous imposer – des individus auxquels vous serez lié à jamais, sur des documents, des photographies, dans des recoins obscurs de la mémoire –, il en est un qui, assurément, par sa fragilité même, voire son absurdité, se détache sur tous les autres, un personnage isolé, comme entre guillemets : l'ex-beau-frère.

Rarement célébrée dans les romans et les chansons, ce n'est pas une relation qui nécessite d'être entretenue. Qui plus est, si vous n'avez pas eu d'enfants avec votre ex-épouse, il n'y a aucune raison pour que vous revoyiez jamais, *jamais*, cette personne de toute votre vie. À moins, naturellement, que vous ne la croisiez dans la rue et ne vous révéliez parfaitement infoutu de regarder ailleurs.

C'était un mardi après-midi de février, vers seize heures, ensoleillé et pas trop froid. Je descendais la 12e Rue d'un pas ferme, une cigarette au bec, direction la Cinquième Avenue. J'étais de fort mauvais poil, nourrissant tout un tas de sombres pensées sur un vaste éventail de sujets, et plus particulièrement sur mon livre pour Kerr & Dexter, *Les Accros du beau : de Haight-Ashbury à la Silicon Valley.* Cela dit, il n'y avait là rien d'inhabituel puisque ce thème grondait en sourdine dans ma tête vingt-quatre heures sur vingt-quatre, pendant les repas, sous la douche, tandis que je regardais un match à la télé, au cours de mes virées nocturnes pour me procurer un pack de lait, un rouleau de PQ, une tablette de chocolat ou un paquet de cigarettes à l'épicerie du coin. Cet après-midi-là, si je me souviens bien, ma mauvaise humeur était principalement stimulée par une évidence qui m'avait soudainement sauté à la figure : l'argument du livre, son point de départ, était à chier. Dans ce genre de bouquin, le plus délicat est de trouver un juste équilibre entre raconter l'histoire et… *raconter l'histoire*, si vous voyez ce que je veux dire. Or, je craignais justement qu'il n'y ait pas d'histoire, que ce livre ne soit qu'un ramassis de conneries. À part ça, je pensais à mon appartement à l'angle de l'Avenue A et de la 10e Rue et au fait qu'il me faudrait un endroit plus grand. Sauf que cette idée me remplissait d'angoisse – descendre mes livres des étagères, trier le foutoir sur mon bureau, puis tout emballer dans des cartons tous identiques, très peu pour moi ! Je pensais aussi à mon ex-petite amie, Maria, et à sa fille âgée de dix ans, Romy, au fait que je n'avais pas du tout été l'homme de la situation : trop peu bavard avec la mère et intarissable avec la fille. Parmi les autres mornes pensées qui m'habitaient ce jour-là : je fumais trop et j'avais les bronches prises. Je souffrais également de tout un tas de symptômes associés, des petits maux insidieux qui surgissaient inopinément : douleurs étranges, soupçons de nodules, éruptions cutanées, peut-être autant de signes d'un état pathologique, ou d'un enchevêtrement de maladies. Si, un jour, elles décidaient de se donner la main, n'allais-je pas tomber raide mort ?

Je pensais aussi que je ne supportais plus ma tronche et que j'avais besoin d'une sérieuse coupe de cheveux.

Je projetai ma cendre d'une chiquenaude sur le trottoir puis relevai les yeux. L'angle de la 12e Rue et de la Cinquième Avenue était à cent mètres. Soudain, un type déboula de la Cinquième, marchant aussi vite que moi. Une vue aérienne nous aurait identifiés, deux molécules sur une trajectoire de collision directe. Je le reconnus à dix mètres, et lui pareil. À cinq mètres, nous commençâmes tous les deux à appuyer sur le frein et à esquisser la gestuelle *ad hoc*, yeux ronds, haussements de sourcils.

— Eddie Spinola !

— Vernon Gant !

— Comment tu vas ?

— Bon sang ! Ça fait combien de temps ?

Nous nous serrâmes la main en nous tapant sur l'épaule.

Puis Vernon recula d'un pas, m'inspecta des pieds à la tête.

— Dis donc, Eddie. On dirait que tu te portes bien !

Très certainement une allusion au poids conséquent que j'avais pris depuis notre dernière rencontre, qui devait remonter à neuf ou dix ans.

Lui était toujours aussi grand et maigre. Je regardai son front dégarni, marquai une pause. Puis je fis un signe du menton vers son crâne.

— Moi, au moins, je peux encore remédier à la situation.

Il me fit un petit pas de danse à la Jake La Motta et me décocha un crochet du gauche amical.

— Sacré Eddie, toujours aussi vache, hein ? Non mais, sérieusement, qu'est-ce que tu deviens ?

Il était bronzé et portait un costume en lin ample et coûteux, des chaussures de luxe en cuir sombre, des lunettes de soleil à monture dorée. Il sentait le fric à plein nez.

*C'est vrai, au fait, qu'est-ce que je devenais ?*

Tout à coup, je n'avais plus du tout envie d'avoir cette conversation.

— Je travaille chez Kerr & Dexter, tu sais, la maison d'édition.

Il renifla et hocha la tête, attendant la suite.

— Je suis rédacteur-correcteur chez eux depuis trois ou quatre ans, je m'occupe surtout de livres scolaires, de manuels, ce genre de choses. Mais ils vont bientôt sortir une collection d'albums illustrés sur le vingtième siècle – ils espèrent profiter de la vague de nostalgie qui fait fureur en ce moment –, et ils m'ont chargé d'en concevoir un sur les liens entre le design des années 60 et celui des années 90…

— Intéressant.

— … Haight-Ashbury et la Silicon Valley…

— Très intéressant.

J'enfonçai le clou :

— … l'acide lysergique et le micro-ordinateur.

— Sympa.

— En fait, pas tant que ça. Ils ne paient pas lourd, et comme les livres vont être plutôt minces, cent vingt pages tout au plus, je n'ai pas une grande marge de manœuvre, ce qui, en fait, rend le projet plus piquant, parce que…

Je m'arrêtai.

Il fronça les sourcils.

— Oui ?

— Parce que…

Me justifier ainsi revenait à me fustiger sur l'autel de la honte et du mépris. Je me balançai d'un pied sur l'autre.

— … parce que, eh bien, comme il s'agit essentiellement de rédiger des légendes pour les illustrations, tu as intérêt à maîtriser parfaitement ton sujet si tu tiens à faire passer quelque chose.

Il sourit, concluant :

— C'est super. C'est ce que tu avais toujours eu envie de faire, ou je me trompe ?

Je réfléchis. D'une certaine manière, c'était vrai. Mais pas d'une manière qu'il aurait pu comprendre. C'était Vernon Gant, après tout.

— Ça doit être un sacré trip ! poursuivit-il.

Quand je l'avais connu, à la fin des années 80, Vernon dealait de la coke. À l'époque, il avait un tout autre look : beaucoup de cheveux et un blouson de cuir. Il était aussi très branché taoïsme et meubles anciens. Tout cela me revenait, à présent. Sans trop savoir pourquoi je remettais ça sur le tapis, j'avouai :

— En fait, je rame.

— Ah oui ?

Il s'écarta légèrement, soulevant ses lunettes de soleil comme s'il était surpris par ce qu'il venait d'entendre mais néanmoins prêt à me faire profiter de ses conseils dès qu'il aurait compris de quoi il retournait. Je poursuivis néanmoins :

— C'est qu'il y a tant de pistes, vois-tu, et tellement de contradictions… Je n'arrive pas à décider par où commencer…

Je fixai une voiture garée de l'autre côté de la rue, une Mercedes bleu métallisé.

— C'est que, d'une part, tu as les années 60 qui rejettent la technologie et prônent le retour à la nature, celles du *Whole Earth Catalogue* de Stewart Brand et toutes ces âneries… le macramé, le riz sauvage et le patchouli. Mais, en même temps, les années 60, c'est la pyrotechnie du rock, les lumières psychédéliques, la vogue de tout ce qui comporte le mot *électrique* et le fait même que le LSD ait été conçu dans un laboratoire…

Je gardai les yeux rivés sur la voiture.

– … et puis, c'est ça le plus fort, tu as la version prototype de l'Internet, l'Arpanet, mise au point en 69, à UCLA. *En mille neuf cent soixante-neuf !*

Je m'interrompis à nouveau. Si je lui racontais tout ça, c'était sans doute uniquement parce que ça me trottait dans la tête depuis le début de la journée. Je réfléchissais simplement à voix haute.

Vernon fit claquer sa langue et regarda sa montre.

— En ce moment même, tu fais quelque chose, Eddie ?

— Rien de particulier. Je traîne dans la rue. Je fume. Je n'arrive pas à me concentrer.

J'inspirai une longue taffe et demandai :

— Pourquoi ?

— Je crois que je peux t'aider.

Il regarda à nouveau sa montre, semblant calculer quelque chose.

Je le dévisageai, incrédule, vaguement agacé aussi.

— Viens, je vais t'expliquer ce que j'ai en tête, dit-il. Allons prendre un verre.

Il frappa dans ses mains avant d'ajouter :

— *Vamos*.

Je ne pensais pas que suivre Vernon Gant soit une bonne idée. En dehors de toute autre considération, je ne voyais vraiment pas comment il pourrait m'aider à résoudre le problème que je venais à peine de lui exposer. L'idée même en était grotesque.

Néanmoins, j'hésitai.

J'aimais assez la seconde partie de sa proposition, celle où il était question d'un verre. Il entrait également, je l'avoue, comme un léger élément pavlovien dans mon hésitation, le fait de tomber sur Vernon et de changer de plan spontanément déclencha en moi une réaction chimique. De même, l'entendre dire *Vamos* me fit l'effet d'un sésame, un mot clef donnant accès à toute une part de ma vie restée scellée pendant près de dix ans.

Je me frottai le nez et répondis :

— OK.

— Super.

Il marqua une pause, puis ajouta, comme s'il voulait vérifier comment ça sonnait :

– Eddie Spinola !

Nous entrâmes dans un bar de la Sixième Avenue, le Maxie's, un bouge à la déco rétro qui avait autrefois été un restaurant Tex-Mex, le El Charro, et, avant ça, un bar encore plus miteux au sol couvert de sciure et de crachats appelé Conroy's. Il nous fallut quelques minutes pour nous accoutumer à l'éclairage et au décor, puis, bizarrement, pour trouver un box qui satisfasse Vernon. L'endroit était pratiquement désert et ne se remplirait pas avant un bon moment, à la sortie des bureaux. Pourtant, à voir Vernon, on se serait cru aux premières heures du samedi matin, cherchant la dernière table disponible dans le dernier bar ouvert de la ville. Ce n'est qu'alors, en le regardant évaluer chaque table en fonction de son champ de vision et de sa proximité aux toilettes et aux issues de secours, que je me rendis compte que quelque chose ne tournait pas rond. Il était tendu et anxieux, ce qui ne lui ressemblait pas, en tout cas pas au Vernon que j'avais connu, sa plus grande qualité en tant que fournisseur de coke ayant été son calme relatif en toute occasion. Les autres dealers de coco que j'avais fréquentés étaient généralement de vraies publicités ambulantes pour le produit qu'ils fourguaient, sautillant sur place en permanence et parlant sans arrêt à bâtons rompus. De son côté, Vernon avait toujours été silencieux et professionnel, modeste, à l'écoute – peut-être même un peu trop passif parfois, comme un impénitent fumeur de pétards égaré au milieu d'une foule de cocaïnomanes surexcités. De fait, si je ne l'avais pas mieux connu, j'aurais pu penser que Vernon venait juste de sniffer les premiers rails de sa vie et que ça ne lui réussissait pas très bien.

Nous nous installâmes enfin dans un box et une serveuse s'approcha.

Vernon pianota sur la table et déclara :

— Laissez-moi réfléchir… pour moi, ce sera une vodka Collins.

— Et pour monsieur ?

— Un whisky-citron.

Tandis que la serveuse s'éloignait, Vernon sortit un paquet de cigarettes mentholées ultralégères et une pochette d'allumettes à moitié vide. Pendant qu'il allumait une cigarette, je demandai :

— Comment va Melissa ?

Melissa était la sœur de Vernon. J'avais été marié avec elle pendant un peu moins de cinq mois, en 1988.

— Ça peut aller.

Il inspira une longue bouffée, ce qui lui permit de faire intervenir toute la puissance musculaire de ses poumons, de ses épaules et du haut de son dos.

— Je ne la vois pas très souvent, reprit-il. Elle vit dans le nord de l'Etat, maintenant, à Mahopac, avec ses deux loupiots.

— Il est comment, son mari ?

— Son mari ? Pourquoi, tu es jaloux ?

Il éclata de rire en lançant un regard autour de nous dans le bar comme s'il cherchait quelqu'un avec qui partager sa plaisanterie. Je ne bronchai pas. Il retrouva enfin son sérieux et tapota sa cigarette sur le rebord du cendrier.

— C'était un connard. Il l'a plaquée il y a deux ans environ, la laissant dans la merde.

J'étais navré de l'entendre mais, en même temps, j'avais du mal à imaginer Melissa vivant à Mahopac avec deux enfants. Par conséquent, je n'arrivais pas vraiment à assimiler cette information, du moins pas encore. En revanche, ce que je pouvais visualiser – de manière nette et envahissante –, c'était Melissa, grande et mince dans son fourreau en soie crème, le jour de notre mariage, sirotant un Martini dans l'appartement de Vernon dans l'Upper West Side, ses pupilles se dilatant progressivement tandis qu'elle me souriait depuis l'autre côté de la pièce. Je revoyais sa peau parfaite, ses cheveux noirs, brillants et lisses, qui lui retombaient jusqu'au milieu du dos. Je revoyais sa bouche, grande et charnue, qui ne laissait jamais personne d'autre placer un mot…

La serveuse revint avec nos verres.

Melissa avait été la plus maligne de nous tous, plus maligne que moi et certainement plus que son grand frère. À l'époque, elle travaillait comme coordinatrice de production pour un petit guide de chaînes câblées, mais j'avais toujours pensé qu'elle passerait rapidement à des choses plus grandioses : rédactrice en chef d'un quotidien, réalisatrice de cinéma, politicienne en campagne…

Lorsque la serveuse fut repartie, je levai mon verre et déclarai :

— Je suis désolé de l'apprendre.

— Oui, c'est moche.

On aurait cru qu'il faisait allusion à un tremblement de terre survenu dans quelque république d'Asie au nom imprononçable, un événement dont il aurait entendu parler au journal télévisé, tout juste bon à entretenir la conversation. Je persistai néanmoins :

— Elle travaille ?

— Oui, elle fait quelque chose, je crois. Je ne sais plus très bien quoi. On ne se parle pas souvent.

Je restai perplexe. Depuis quelques minutes, j'étais assailli d'images sorties tout droit d'un album de famille que nous n'avions jamais eu le temps de commencer, montrant Melissa et moi, notre petite tranche de vie ensemble, comme cet instantané du jour de notre mariage dans l'appartement de Vernon. Des visions psychotroniques, se répercutant dans mon cerveau… Eddie et Melissa entre deux colonnes devant l'hôtel de ville… Melissa penchée sur un miroir posé sur ses genoux, sniffant à tout va, son beau visage se reflétant entre des barreaux friables de poudre blanche… Eddie dans la salle de bains, dans différentes salles de bains, dans divers états de malaise… Melissa et Eddie se disputant un billet roulé de vingt dollars… Ce n'était pas seulement nos noces mais tout notre mariage qui avait été sous cocaïne, une union que Melissa avait un jour qualifiée avec ironie de « cokinerie », si bien qu'indépendamment des sentiments que j'aurais pu avoir pour elle, et elle pour moi, il n'y avait rien d'étonnant à ce que nous n'ayons pas tenu plus de cinq mois ensemble. Il était même incroyable que cela ait duré autant.

Quoi qu'il en soit, la question, cette fois, était : que *leur* était-il arrivé ? Que s'était-il passé entre Vernon et Melissa ? Ils avaient toujours été très proches, occupant chacun une place primordiale dans la vie de l'autre. Ils avaient veillé l'un sur l'autre dans la mégapole pleine de dangers, chacun jouant le rôle de juge de dernière instance concernant les amis, les relations, les jobs, les appartements, les décors de l'autre. Dans ce genre de relation frère-sœur, si ma tête n'était pas revenue à Vernon, Melissa m'aurait sans doute largué sans sourciller, bien que, personnellement, si en qualité de petit ami j'avais eu mon mot à dire en la matière, j'aurais plutôt conseillé à Melissa de plaquer son grand frère. Mais personne ne m'avait demandé mon avis.

Enfin, nous étions maintenant dix ans plus tard. Nous étions *maintenant*. Les choses avaient changé, apparemment.

Je relevai les yeux vers Vernon qui tirait une nouvelle taffe olympique sur sa cigarette mentholée ultralégère. J'essayai de trouver quelque chose de spirituel à dire au sujet des cigarettes mentholées ultralégères à faible teneur en goudron, mais je n'arrivais pas à me sortir Melissa de la tête. J'aurais voulu lui poser un tas de questions à son sujet, lui demander une mise à jour détaillée de sa situation, mais je n'étais pas sûr d'avoir le moindre droit à l'information dans ce domaine.

Finalement, sortant mon propre paquet de Camel sans filtre, je demandai :

— Comment tu peux fumer ces trucs ? Ça me paraît beaucoup d'efforts pour pas grand-chose…

— C'est vrai, mais c'est à peu près tout l'exercice aérobic que je fais ces temps-ci.

Il indiqua mes Camel d'un geste du menton.

— Si je fumais ça, je serais déjà branché sur un appareil de respiration artificielle. Mais, qu'est-ce que tu veux, ce n'est pas demain la veille que je vais arrêter.

Je décidai de remettre à plus tard mes tentatives d'en savoir plus sur Melissa.

— Et toi, Vernon, qu'est-ce que tu deviens ?

— Bah ! Je m'occupe.

Cela ne pouvait vouloir dire qu'une seule chose : il dealait encore. Un être humain normal m'aurait répondu : « Je travaille pour Microsoft, maintenant », ou : « Je suis cuistot chez Moe's Diner. » Mais non, Vernon, lui, « s'occupait ». Je me demandai soudain si son idée de me venir en aide ne consistait pas simplement à m'offrir une ristourne sur sa came.

Merde ! J'aurais dû m'en douter.

Mais, au fond, ne m'en étais-je vraiment pas douté ? N'était-ce pas la nostalgie du bon vieux temps qui m'avait incité à le suivre, en premier lieu ?

J'allais sortir une blague vaseuse sur son aversion maladive pour tout travail respectable quand il déclara :

— En fait, je travaille comme consultant.

— Comme quoi ?

— Consultant pour un groupe pharmaceutique.

Je fronçai les sourcils tandis qu'il poursuivait :

— Oui, nous sortons une nouvelle ligne de produits exclusifs à la fin de l'année. Ils sont actuellement en phase de production. Ma mission consiste à démarcher une nouvelle clientèle.

— Qu'est-ce que c'est, un nouveau type d'argot des rues, Vernon ? Je sais que je suis rangé des voitures depuis un bail, mais enfin…

— Mais non, c'est du sérieux, je te jure ! D'ailleurs…

Il lança un regard dans le bar autour de nous, puis reprit, légèrement plus bas :

— C'est justement ce dont je voulais te parler. Tu sais, ce petit problème de créativité que tu as actuellement…

— Je…

— Les gens pour qui je travaille ont mis au point une nouvelle substance pas croyable !

Il glissa une main dans la poche de sa veste et sortit son portefeuille.

— Elle se présente sous forme de comprimé…

Du portefeuille, il extirpa un tout petit flacon en plastique avec une fermeture hermétique. Il l'ouvrit, tint le flacon au-dessus de sa paume gauche et le tapota de son index droit jusqu'à en faire tomber quelque chose qu'il me montra. Dans le creux de sa main se trouvait un petit comprimé blanc, non marqué.

— Tiens, dit-il. Avale ça.

— Qu'est-ce que c'est ?

— Avale.

J'ouvris ma main droite et la tendis. Il versa le petit comprimé blanc dans ma paume.

— Qu'est-ce que c'est ? répétai-je.

— Elle n'a pas encore été baptisée. Enfin… elle porte un nom de code de laboratoire, mais c'est juste des lettres et un numéro. Ils ne lui ont pas encore trouvé un nom qui convienne. Cela dit, tous les essais cliniques sont terminés et ils ont reçu l'aval du département de la Santé.

Il me regarda comme s'il avait répondu à ma question.

— Soit, dis-je. Elle n'a pas encore de nom, elle a passé les essais cliniques et elle a reçu l'aval du département de la Santé. Donc, je repose ma question : qu'est-ce que c'est ?

Il but une gorgée, inspira une autre taffe, puis se lança :

— Tu sais comment la came te fout en l'air, non ? Tu prends ton pied mais, après, c'est le coup de barre, pas vrai ? La mégadescente… Et comment ça finit par te pourrir la vie ? Hein ? Comment, tôt ou tard, ça te retombe dessus ? Non ?

J'acquiesçai.

— Eh bien, tout ça, c'est du passé, mon pote !

Il indiqua le petit comprimé dans ma main.

— Cette petite chérie est tout le contraire.

Je fis glisser le comprimé du creux de ma main sur la table, puis bus une gorgée de whisky.

— S'il te plaît, Vernon, épargne-moi ton baratin. Je ne suis pas un ado cherchant à se procurer son premier joint. Je ne suis même pas…

— Crois-moi, Eddie. Tu n'as encore jamais rien connu de semblable. Je suis sérieux. Essaie, tu verras.

Je n'avais pas pris de drogue depuis des années, précisément pour les raisons citées par Vernon dans son petit discours de VRP. De temps en temps, il me prenait une envie, un désir de retrouver cet arrière-goût au fond de la gorge, ces heures béates de badinage brillant, où l'on entrevoyait parfois le sublime dans la forme et la structure d'une conversation. Mais rien de tout ceci n'importait plus vraiment, ce n'était rien de plus qu'une petite crise de nostalgie passagère pour un moment passé de ma vie, comme l'évocation d'une amourette d'autrefois. Ces pensées avaient même en elles-mêmes un effet légèrement défonçant. De là à essayer quelque chose de nouveau, à retomber dans tout ça, eh bien… Je baissai les yeux vers le petit comprimé blanc au centre de la table.

— Je suis trop vieux pour ce genre de choses, Vernon.

— Si c'est ce qui t'inquiète, il n'y a aucun effet secondaire physique. Ils ont identifié ces petits récepteurs dans le cerveau qui peuvent activer certains circuits spécifiques et…

Il commençait sérieusement à m'énerver.

— Écoute, je n'ai vraiment pas…

Au même moment, une sonnerie retentit, un téléphone portable. Comme je n'en avais pas, ce devait être le sien. Il glissa une main dans une poche de sa veste et le sortit. Tout en ouvrant le rabat, il me dit en indiquant le comprimé du menton :

— Crois-moi, Eddie. Ce truc-là résoudra tous tes problèmes avec ton bouquin.

Je l'observai, intrigué, tandis qu'il approchait le téléphone de son oreille et déclarait :

— Gant à l'appareil.

Il avait vraiment changé, et d'une manière assez étrange. Il était toujours le même, manifestement, mais semblait avoir développé, ou cultivé, une tout autre personnalité.

— Quand ?

Il saisit son verre, le fit tourner dans sa main.

— Je sais, mais *quand* ?

Il lança un regard par-dessus son épaule puis, de nouveau, à sa montre.

— Dis-lui que c'est impossible. Il sait bien qu'il n'en est pas question. On ne peut absolument pas le faire.

Il agita une main en l'air d'un air dédaigneux.

Je bus une gorgée de mon propre verre et allumai une autre Camel. Qu'est-ce que je foutais là, à gâcher mon après-midi avec mon ex-beau-frère ? En quittant mon appartement, environ une heure plus tôt, pour me dégourdir les jambes, je n'imaginais surtout pas finir dans un bar ! Encore moins avec ce débile de Vernon Gant !

Je secouai la tête et bus une autre gorgée.

— Non, tu ferais mieux de le lui dire, et tout de suite.

Il commença à se lever.

— C'est bon, je suis là dans quinze minutes.

Rajustant sa veste de sa main libre, il poursuivit :

— Pas question. Je te préviens ! Attends-moi, j'arrive.

Il éteignit son téléphone et le rangea dans sa poche.

— Bande de connards !

Il me regarda en secouant la tête comme si je savais de qui il parlait.

— Des problèmes ? demandai-je.

— Ouais, tu peux le dire ! Désolé, Eddie, mais il faut que j'y aille.

Il sortit son portefeuille, en retira une carte de visite et la déposa délicatement sur la table. Juste à côté du petit comprimé blanc. Puis il indiqua ce dernier d'un nouveau geste du menton.

— Au fait, ça, c'est cadeau.

— Je n'en veux pas, Vernon.

Il me fit un clin d'œil.

— Ne fais pas l'enfant. Tu as une idée de ce que ça coûte ?

Je fis non de la tête.

Il s'extirpa du box et, pendant quelques secondes, remit de l'ordre dans son costume ample. Puis il me regarda dans les yeux.

— Cinq cents dollars le petit bonbon.

— Quoi ?

— Tu as bien entendu.

Je regardai le comprimé. Cinq cents dollars pour *ça* ?

— Je vais régler nos consommations, annonça-t-il en se dirigeant vers le comptoir.

Je l'observai tandis qu'il payait la serveuse. Puis il fit un signe de tête en direction de notre box, ce qui signifiait sans doute une autre tournée pour moi, de la part du gros bonnet dans son costard de luxe.

En sortant du bar, Vernon me lança un regard de biais qui signifiait : « Prends bien soin de toi, l'ami ! » puis il marqua une pause et m'en adressa un autre qui disait : « Et n'oublie pas de me rappeler ! »

Il pouvait toujours courir.

Je restai assis là à méditer sur le fait que non seulement je ne me droguais plus, mais que je ne buvais plus l'après-midi non plus. Pourtant, c'était exactement ce que j'étais en train de faire – au même moment, la serveuse arriva avec un deuxième whisky-citron.

Je terminai le premier, attaquai le second, allumai une autre cigarette.

Quitte à boire l'après-midi, j'aurais préféré que ce soit dans n'importe lequel d'une douzaine d'autres bars, assis au comptoir à tailler une bavette avec un autre type comme moi perché sur un tabouret. Vernon et moi avions choisi cet endroit parce qu'il était pratique mais, apparemment, il n'avait aucune autre vertu rédemptrice. En outre, la salle commençait lentement à se remplir, sans doute d'employés sortant des bureaux du quartier, ces derniers se montrant déjà bruyants et chahuteurs. Un groupe de cinq s'était installé dans le box voisin et j'entendis quelqu'un commander cinq Long Island Ice Teas. Comprenez-moi bien, je ne doute pas qu'un Long Island Ice Tea soit l'idéal pour effacer les tensions accumulées pendant une journée de travail, mais c'est également une vraie bombe et je ne tenais pas à être dans les parages quand le mélange gin-vodka-rhum-tequila allait faire son effet. Maxie's n'était tout simplement pas mon genre de bar. Je décidai donc de finir mon verre au plus vite et d'aller me faire voir ailleurs.

D'autant que j'avais du boulot sur le feu. Des milliers d'images à examiner, sélectionner, classer, reclasser, analyser et déconstruire. Aussi, qu'est-ce que je fichais encore dans ce bar de la Sixième Avenue ? Rien. J'aurais dû être chez moi, derrière mon bureau, m'ouvrant un chemin, centimètre par centimètre, à travers « l'été de l'amour » et les subtilités du microcircuit. J'aurais dû être en train de passer au crible toutes ces pages de magazines, du *Saturday Evening Post* à *Rolling Stone* et *Wired*, ainsi que les piles de documents photocopiés jonchant le sol et toutes les surfaces disponibles de mon appartement. Ou recroquevillé devant mon écran d'ordinateur, baignant dans sa lueur bleutée, progressant silencieusement, laborieusement, dans l'élaboration de mon livre.

Mais ce n'était pas le cas et, en dépit de ces bonnes intentions, je ne montrais aucun signe annonciateur d'un prochain départ. Au contraire, je m'abandonnais peu à peu à l'aura mystérieuse du whisky, la laissant dominer mon impulsion à sortir de là. Je me remis à penser à mon ex-femme, Melissa. Elle vivait désormais dans le nord de l'Etat avec ses deux enfants, faisant… quoi ? Vernon l'ignorait. Comment était-ce possible ? Comment pouvait-il ne pas savoir ? S'il était parfaitement logique que je ne sois pas devenu rédacteur au *New Yorker* ou à *Vanity Fair*, gourou de l'Internet ou expert en capital-risque, il était inconcevable que Melissa n'ait pas fait une carrière.

De fait, plus j'y pensais, plus cela me paraissait étrange. Pour ma part, je pouvais facilement retracer mon parcours au fil des ans, à travers méandres et fautes de goût, et néanmoins établir un lien direct entre le Eddie Spinola relativement stabilisé assis dans ce bar, avec son livre de commande pour Kerr & Dexter, sa mutuelle et son plan-épargne, et un Eddie Spinola plus grêle et plus jeune, vomissant sur le bureau de son patron lors d'une réunion, ou fouillant le tiroir à petites culottes de sa petite amie à la recherche de son sachet d'herbe. Mais je ne voyais aucun lien entre mon ex-femme et la Melissa provinciale esquissée par Vernon. Soit ce lien avait été brisé soit... il s'était passé quelque chose.

À l'époque, Melissa était une sorte de force de la nature. Elle avait des opinions très arrêtées sur tout, des origines de la Seconde Guerre mondiale jusqu'aux mérites, ou démérites, architecturaux du nouveau Lipstick Building sur la 53e Rue. Elle parlait toujours – de manière intimidante, comme si elle brandissait une matraque – de la nécessité de revenir aux principes fondateurs. On ne plaisantait pas avec Melissa. Elle faisait rarement, voire jamais, de quartier.

La nuit du krach boursier du 19 octobre 1987, le fameux Lundi Noir, je me trouvais avec elle au Nostromo, un bar en bas de la Deuxième Avenue. On se mit à parler avec un groupe de quatre courtiers déprimés qui éclusaient des vodkas à la table d'à côté. (Je suis presque convaincu que Deke Tauber était parmi eux, j'ai une image claire de lui en tête, avachi sur la banquette, agrippé à son verre de Stoli.) Quoi qu'il en soit, ils étaient tous les quatre sous le choc, pâles et effrayés. Ils n'arrêtaient pas de se demander comment cela avait pu arriver, ce que cela signifiait, balançant la tête en tous sens d'un air incrédule, jusqu'à ce que, finalement, Melissa explose : « Bon sang, les gars ! Je voudrais pas remuer le fer dans la plaie, mais, quand même, vous n'avez vraiment rien vu venir ? »

Tout en sirotant une Margarita glacée et en tirant sur sa Marlboro Light, elle s'était alors lancée – devançant les éditoriaux du lendemain – dans une diatribe implacable qui imputait sans coup férir la faillite collective de Wall Street et du système économique américain à l'infantilisme chronique des baby boomers de la génération du docteur Spock. En quelques minutes, elle avait précipité ces quatre malheureux dans une dépression bien plus profonde que celle à laquelle ils avaient tenté d'échapper un peu plus tôt en décidant de quitter leur bureau un moment pour s'offrir un petit verre et une innocente petite analyse rétrospective d'après-krach.

Je revivais cette scène, me demandant ce qui était arrivé à Melissa. Était-il possible que toute cette fureur, cette énergie positive, n'ait abouti qu'à un résultat aussi… piètre ? Ce n'était pas que je dénigrais les joies de la maternité ou quoi que ce soit de ce genre mais, quand même… Melissa avait été une fille tellement ambitieuse.

Puis il me vint autre chose à l'esprit. Le sens critique de Melissa, son intelligence, sa rigueur, sa soif d'information étaient exactement ce dont j'aurais eu besoin pour lancer sur les rails, en deux temps trois mouvements, mon bouquin pour Kerr & Dexter.

Malheureusement, avoir besoin de quelque chose et l'obtenir n'allaient pas nécessairement de pair. C'était mon tour d'être déprimé.

Tout à coup, comme une explosion, les gens dans le box d'à côté éclatèrent de rire. Cela dura environ trente secondes, pendant lesquels la petite flamme mystérieuse dans le creux de mon ventre vacilla, crachota puis s'éteignit. J'attendis, mais c'était inutile. Je me levai, soupirai, remis mes cigarettes et mon briquet dans ma poche. Je me glissai hors du box.

J'aperçus alors le petit comprimé blanc au milieu de la table. J'hésitai un instant, tournai le dos, me retournai encore, revins sur mes pas, hésitai à nouveau. Je ramassai la carte de visite de Vernon et la glissai dans ma poche. Puis je saisis le comprimé, le mis dans ma bouche et l'avalai.

Je me dirigeai vers la porte, sortis du bar et me retrouvai sur la Sixième Avenue. En tout cas, me dis-je, s'il y en a un qui n'a pas changé, c'est bien toi !

## 3

Dans la rue, la température s'était considérablement rafraîchie. Il faisait également plus sombre, même si cette troisième dimension effervescente, la ville de nuit, commençait tout juste à scintiller et à prendre forme tout autour de moi. Les rues étaient également nettement plus animées – une fin d'après-midi typique sur la Sixième Avenue, avec son flot de voitures, de taxis jaunes et de bus remontant vers le nord, quittant le West Village. L'évacuation des bureaux avait commencé. Tout un monde fatigué, irritable, pressé, s'engouffrait au coude à coude dans les bouches de métro.

Mais le plus étonnant, alors que je me faufilais dans la circulation en direction de la 10e Rue, c'était la rapidité avec laquelle le comprimé de Vernon commençait à faire effet.

J'avais déjà remarqué quelque chose dès ma sortie du bar. Ce n'était qu'un vague changement dans mes perceptions, mais, tandis que je remontais les cinq pâtés de maisons jusqu'à l'Avenue A, le phénomène s'accentua. Je devins intensément conscient de tout ce qui m'entourait, des changements infimes de la lumière, de la circulation avançant lentement sur ma gauche, des gens qui marchaient vers moi sur le trottoir et me croisaient rapidement. Je remarquais leurs vêtements, captais des bribes de leurs conversations, entrevoyais des visages. Je percevais tout ce qui se passait autour de moi, mais pas d'une manière artificielle, droguée. Au contraire, cela me paraissait plutôt naturel et, au bout d'un moment – environ deux ou trois pâtés de maisons –, je me sentis comme après un footing, ou une séance de musculation, comme si j'avais poussé mon corps au-delà de ses limites, jusqu'à atteindre un état extatique. Parallèlement, je savais que ce que je ressentais ne pouvait être naturel parce que, si j'avais vraiment couru, j'aurais été hors d'haleine. Je serais adossé à un mur en train de suffoquer, implorant quelqu'un d'appeler une ambulance. Courir, moi ? À quand remontait mon dernier footing ? Je ne me souvenais pas d'avoir couru la moindre distance depuis au moins quinze ans, l'occasion ne s'en était jamais présentée. Pourtant c'était ainsi que je me sentais. Sans bourdonnement dans la tête, tintement d'oreilles, palpitations, paranoïa, ni la moindre sensation particulière de plaisir. Je me sentais simplement alerte et en forme. Certainement pas comme si je venais de siffler deux whisky-citron, de fumer trois à quatre cigarettes, ni de manger un cheeseburger avec des frites, le midi même, dans un bistrot de mon quartier, sans parler de tous les autres choix malsains que j'avais faits tout au long de ma vie et qui me revenaient à toute allure en mémoire comme on bat un vieux jeu de cartes graisseuses.

Quoi, dans l'espace de… combien… huit, dix minutes ?… je serais redevenu *sain* ?

Impossible.

Il est vrai que j'ai toujours réagi assez vite aux substances chimiques – y compris aux médicaments les plus courants, tels l'aspirine, le paracétamol ou je ne sais quoi d'autre. Quand une substance étrangère pénètre dans mon organisme, je le sais tout de suite et l'absorbe jusqu'à la dernière molécule. Par exemple, si la notice dit « risque de somnolence », cela veut généralement dire que je vais me retrouver dans un état proche d'un coma superficiel. Même à la fac, avec les hallucinogènes, j'étais toujours le premier à décoller, à crever le plafond, à détecter les subtils ondoiements des couleurs et des textures. Pourtant, je n'avais encore jamais ressenti une réaction chimique aussi rapide.

Le temps d'arriver devant les marches de mon immeuble, je soupçonnais fortement que cette chose que j'avais ingérée n'avait pas encore libéré toute sa puissance.

J'entrai dans l'immeuble et grimpai au troisième étage, passant devant des poussettes, des bicyclettes et des boîtes en carton. Je ne croisai personne et ne sais pas trop au juste comment j'aurais réagi dans le cas contraire. D'un autre côté, je ne détectai pas chez moi la moindre envie d'éviter les autres.

J'arrivai devant la porte de mon deux pièces et cherchai mes clefs. Cela me prit un certain temps car l'idée d'éviter les gens, ou de ne pas les éviter, ou même d'avoir envisagé la question dans un sens comme dans l'autre, m'avait soudain rendu craintif et vulnérable. Il me vint aussi à l'esprit pour la première fois que je n'avais pas la moindre idée de la manière dont la situation allait évoluer, ce qui revenait à se dire qu'elle pouvait évoluer dans *n'importe quelle* direction. Ma pensée s'emballait : s'il se passe quelque chose de bizarre, si les choses tournent mal, s'il m'arrive une tuile, si ça vire au drame…

Je m'arrêtai net et restai sans bouger un moment, fixant la plaque en laiton sur la porte avec mon nom gravé dessus. J'essayai d'évaluer ma réaction, de la calibrer d'une manière ou d'une autre, et décidai assez vite que cela ne venait pas de la drogue, pas du tout, mais de moi. Je paniquais, tout simplement.

Je pris une grande inspiration, introduisis la clef dans la serrure, ouvris la porte. J'allumai la lumière et clignai des yeux quelques secondes, fixant l'espace douillet, familier, que j'occupais depuis plus de six ans. Sauf qu'au cours de ces quelques secondes quelque chose dans ma perception de la pièce changea car, tout à coup, elle ne me paraissait plus si familière. Elle était beaucoup trop encombrée, étrange, même, et certainement peu propice au travail.

J'entrai et refermai la porte derrière moi.

Sitôt que j'eus ôté ma veste et l'eus posée sur le dossier d'une chaise, je me surpris à prendre quelques livres sur l'étagère au-dessus de la stéréo – *une étagère où ils n'étaient pas à leur place* – et à les mettre sur une autre étagère, où ils auraient dû être. Ensuite, je me mis à inspecter la pièce, énervé, impatient, mécontent de quelque chose – sans savoir exactement quoi. Je me rendis soudain compte que je cherchais un point de départ, que je finis par trouver grâce à ma collection de quelque quatre cents CD de musique classique et de jazz, éparpillés un peu partout dans l'appartement, certains hors de leur boîtier.

D'un seul mouvement, dans un même élan ininterrompu, je les rassemblai tous sur le plancher au milieu de la pièce, les séparai en deux piles distinctes, jazz et classique, que je divisai ensuite en subdivisions, « swing », « be-bop », « fusion », « baroque », « opéra », etc. Puis j'ordonnai chaque catégorie alphabétiquement. Hampton, Hawkins, Herman. Schubert, Schuman, Smetana. Lorsque ce fut fait, je me rendis compte que je n'avais aucun endroit où les ranger tous, aucune étagère ne pouvant contenir quatre cents CD, si bien que je me mis à déménager les meubles.

Je poussai mon bureau de l'autre côté de la pièce, créant une nouvelle aire de rangement où mettre les boîtes remplies de paperasses qui encombraient inutilement certaines étagères. Puis j'utilisai ces dernières pour aligner mes CD. Ensuite, je déplaçai quelques autres meubles, une petite table qui me servait à prendre mes repas, une commode, la télé et le magnétoscope. Je triai tous mes livres, en en mettant de côté environ cent cinquante, des éditions bon marché, du polar, du fantastique et de la science-fiction, que je ne relirais jamais et dont je pouvais bien me débarrasser. Je les fourrai dans deux sacs-poubelle en plastique noir que je sortis d'un placard du couloir. Puis, armé d'un autre sac, je me mis à trier tous les papiers sur mon bureau et dans ses tiroirs. Je me montrai impitoyable, jetant des choses que j'avais conservées sans raison apparente, des choses dont, si je venais subitement à mourir, mon infortuné exécuteur testamentaire n'hésiterait pas de toute évidence à se débarrasser dans les meilleurs délais… parce que, que ferait-il, le malheureux, de tout ce fatras, vieilles lettres d'amour, fiches de paye, notes de gaz et d'électricité, brouillons dactylographiés et jaunis d'articles jamais terminés, brochures explicatives concernant des biens de consommation longue durée que je ne possédais plus, prospectus vantant des voyages que je n'avais pas faits… ? Seigneur ! pensais-je en fourrant le tout dans le sac. C'est fou, toute cette merde qu'on laisse derrière soi et que d'autres vont devoir trier derrière nous ! Non que j'eusse l'intention de mourir, bien sûr, mais je ressentais le besoin irrésistible, viscéral, de réduire l'encombrement de mon appartement. Et sans doute de ma vie également, puisque je m'attaquai ensuite à mes documents de travail : chemises remplies de coupures de presse, livres illustrés, diapositives, fichiers informatiques… l'idée sous-jacente étant de faire avancer le projet afin de le *finir* ; et de le finir afin de laisser la place à autre chose, quelque chose de plus ambitieux. Nécessairement.

Lorsque mon bureau fut rangé, je décidai d'aller me chercher un verre d'eau dans la cuisine. Sur le moment, il ne me vint pas à l'esprit que je ne buvais pour ainsi dire jamais d'eau. De fait, il ne me vint pas à l'esprit que l'ensemble de la situation était étrange..., qu'il était pour le moins étrange que la cuisine n'ait pas été ma première halte en rentrant chez moi, que je n'aie pas encore éclusé la moindre canette de bière.

En route vers la cuisine, je m'arrêtai pour rectifier la position du canapé et du fauteuil.

Lorsque je poussai la porte de la cuisine et que j'allumai la lumière, mon cœur se serra. La cuisine était longue et étroite, avec des placards vieillots en Formica et chrome et un gros réfrigérateur tout au fond. Le moindre espace disponible, y compris l'évier, était recouvert d'assiettes, de casseroles sales, de canettes de bière écrasées, de Brique de lait et de boîtes de céréales vides. J'hésitai, environ deux secondes, puis me lançai dans un grand ménage.

Tout en rangeant la dernière casserole tout juste récurée, je jetai un regard à ma montre. Je n'avais pas l'impression d'être rentré à la maison depuis si longtemps – j'aurais dit quoi... trente, quarante minutes ? En fait, j'étais chez moi à m'affairer depuis plus de trois heures et demie. Je lançai un dernier regard à la cuisine, la reconnaissant à peine. Puis, me sentant de plus en plus désorienté, je revins dans le séjour et restai pétrifié par l'étendue de la transformation opérée là aussi.

Il y avait autre chose. Au cours de ces trois heures et demie, je n'avais pas fumé une seule cigarette, ce qui était sans précédent pour moi.

Je m'approchai de la chaise sur laquelle j'avais posé ma veste, sortis mes Camel de ma poche et les examinai. Le paquet familier, avec sa bestiole du désert de profil au premier plan, me parut soudain petit, racorni, sans lien avec moi. C'était là l'aspect le plus déconcertant : non seulement c'était la plus longue période de ma vie consciente, sans doute depuis la fin des années 70, que je passais sans fumer la moindre cigarette mais, en outre, je n'avais aucun désir d'en allumer une. Je réalisai aussi que je n'avais rien mangé depuis le déjeuner. Je n'étais pas plus allé pisser. Tout ceci était vraiment bizarre.

Je remis le paquet de cigarettes là où je l'avais pris et restai planté là, à fixer ma veste.

J'étais perplexe : il ne faisait aucun doute que je ressentais les effets du produit que m'avait donné Vernon, mais je n'arrivais pas à comprendre de quel genre d'effets il s'agissait. J'étais sobre et j'avais rangé mon appartement, soit… mais encore ?

Je tournai les talons, me dirigeai vers le canapé et m'assis très lentement. Le problème était que je me sentais tout à fait normal… mais ça ne comptait pas vraiment puisque, étant naturellement bordélique (un vrai porc, en fait), mon comportement était pour le moins inhabituel. Qu'est-ce que c'était que ce comprimé ? Une drogue pour ceux qui ne se trouvaient pas assez maniaques ? J'essayai de me souvenir si j'avais déjà entendu parler d'un truc de ce genre, ou lu quelque chose sur ce sujet, mais je ne voyais rien et, au bout de quelques minutes, je décidai de m'allonger sur le canapé. Je posai mes pieds sur l'accoudoir et enfonçai la tête dans un coussin, pensant que je pourrais peut-être orienter mon trip vers une autre direction, modifier les paramètres, me laisser flotter un moment. Presque aussitôt, je sentis quelque chose – une tension, une piqûre, une impression aiguë d'inconfort. Je reposai aussitôt les pieds par terre.

Apparemment, il fallait que je m'occupe. D'une manière ou d'une autre.

Naviguer sur les eaux agitées d'une substance imprévisible et, le plus souvent, interdite était une expérience que je n'avais plus vécue depuis longtemps, depuis les jours lointains et bizarres du milieu des années 80. Je commençai à regretter de m'être conduit de manière aussi infantile et stupide.

J'arpentai la pièce pendant un moment, puis m'approchai de mon bureau et m'assis dans mon fauteuil pivotant. J'examinai quelques papiers concernant un manuel de formation continue que j'étais en train de corriger, mais c'était un travail ennuyeux et en aucun cas ce à quoi j'avais envie de m'atteler en ce moment.

Je me balançai dans mon fauteuil, contemplant la pièce autour de moi. Partout où mon regard se posait, un détail me rappelait mon projet de livre pour Kerr & Dexter : volumes illustrés, boîtes de diapositives, piles de magazines, et même une photographie d'Aldous Huxley, punaisée à un panneau de liège sur le mur.

*Les Accros du beau : de Haight-Ashbury à la Silicon Valley...*

Bien que je fusse plutôt sceptique à l'égard de tout ce que Vernon Gant avait à dire, il avait été catégorique en affirmant que le comprimé m'aiderait à surmonter mes problèmes de créativité. Si bien que je me dis : Soit, pourquoi ne pas essayer de se concentrer sur le bouquin, au moins un petit moment ?

J'allumai l'ordinateur.

Mark Sutton, mon supérieur chez K & D, m'avait chargé du projet, trois mois plus tôt, et je n'avais cessé de retourner l'idée dans ma tête depuis, décrivant des cercles tout autour, en discutant avec des amis, faisant semblant d'y travailler. Mais, en survolant les notes que j'avais entrées dans l'ordinateur, je me rendis compte pour la première fois à quel point j'avais peu avancé. Certes, j'avais eu plein d'autres choses à faire, des corrections d'épreuves, de la réécriture. J'avais été très occupé, mais, d'un autre côté, c'était exactement le genre de travail que je réclamais à Sutton depuis que j'étais entré chez K & D, en 1994, quelque chose de concret, avec mon nom imprimé dessus. À présent, je me rendais compte que j'étais bien parti pour louper le coche. Pour faire ce boulot convenablement, j'allais devoir rédiger une introduction de dix mille mots, puis des légendes détaillées représentant entre dix et quinze mille mots supplémentaires. Or, à en juger d'après mes notes, il était évident que je n'avais qu'une vague idée de ce que je voulais dire.

J'avais pourtant accumulé beaucoup de matériel de recherche : des biographies de Raymond Loewy, de Timothy Leary, de Steve Jobs ; des essais économiques et politiques ; des ouvrages de référence sur le design dans tous les domaines : tissus, publicité, pochettes de disques, affiches, produits industriels... mais combien en avais-je lu, au juste ?

Je saisis la biographie de Raymond Loewy sur une étagère et étudiai la photographie sur la couverture. Un Loewy moustachu et impeccable, posant en 1934 dans son bureau ultramoderne. C'était l'homme qui avait ouvert la voie à la première génération de designers-stylistes, des gens que rien n'allait arrêter. Loewy lui-même avait dessiné la ligne aérodynamique des bus Greyhound des années 40, le paquet de cigarettes Lucky Strike, le réfrigérateur Coldspot-Six. Je tenais toutes ces informations du petit baratin écrit au revers de la jaquette du livre et lu dans une librairie de Bleeker Street, tandis que j'essayais de décider si je devais l'acheter ou non. Ces quelques lignes avaient suffi à me convaincre que j'avais besoin de ce livre et que Loewy était un personnage incontournable, un homme que je devais connaître si je voulais faire un travail sérieux.

Mais avais-je appris quoi que ce soit sur lui ? Bien sûr que non. J'avais claqué trente-cinq dollars pour ce foutu bouquin, et en plus il fallait que je le lise ?

J'ouvris *Raymond Loewy : sa vie, son œuvre* au premier chapitre, un récit de son enfance en France avant qu'il n'émigre aux Etats-Unis, et commençai à lire.

Une alarme de voiture retentit dans la rue. Je la supportai un moment ou deux avant de relever la tête, attendant, espérant qu'elle allait s'arrêter, et vite. Quelques secondes plus tard, ce fut le cas, et je me replongeai dans le livre. Pour me rendre compte que j'en étais déjà à la page 237.

Cela ne faisait pourtant qu'une vingtaine de minutes que je lisais.

J'étais abasourdi. Je ne comprenais pas comment j'avais pu parcourir tant de pages en si peu de temps. Etant un lecteur plutôt lent, il m'aurait normalement fallu trois à quatre heures pour en arriver au même point. C'était incroyable. Je revins en arrière pour voir si je reconnaissais le texte et, à ma très grande surprise, c'était le cas. Il faut dire que, en temps normal, je retiens très peu de ce que je lis. J'ai même du mal à suivre les trames compliquées dans les romans, sans parler des textes techniques ou des essais. Je rentrais dans une librairie, traînais devant le rayon histoire, par exemple, ou architecture, ou physique, et j'en ressortais désespéré. Comment est-ce que, aujourd'hui, un être humain pouvait espérer maîtriser toute la documentation existant sur un sujet donné ? Ou même sur un domaine spécialisé d'un sujet donné ? C'était fou…

Ça, en revanche, c'était hallucinant…

Je me levai de mon fauteuil.

« OK. Pose-moi une question sur le début de la carrière de Raymond Loewy. »

*Quel genre ?*

« Genre… je ne sais pas… Comment il a commencé, par exemple. »

*D'accord, comment a-t-il commencé ?*

« Il a travaillé comme illustrateur de mode à la fin des années 20, principalement pour *Harper's Bazaar.* »

Et ?

« Il s'est lancé dans le design industriel quand la maison Gestener lui a commandé un nouveau duplicateur. Il leur a livré son projet cinq jours plus tard. C'était en mai 1929. À partir de là, il s'est mis à concevoir tout et n'importe quoi, des épingles à cravate jusqu'aux locomotives. »

Je faisais les cent pas dans le salon, hochant la tête d'un air savant, claquant dans mes mains.

*Qui étaient ses contemporains ?*

« Norman Bel Geddes, Walter Teague, Henry Dreyfuss. »

Je m'éclaircis la gorge et continuai, à voix haute cette fois… comme si je donnais une conférence :

— Leur vision collective d'un avenir entièrement mécanisé – où tout serait neuf et propre – fut révélée au grand public lors de l'Exposition universelle de New York en 1939. Avec comme slogan « Demain, aujourd'hui ! », Bel Geddes conçut le pavillon le plus grand et le plus coûteux de la foire pour General Motors. Il s'appelait Futurama et représentait une Amérique imaginaire à la date alors lointaine de 1960… sorte de précurseur impatient et onirique de la Nouvelle Frontière…

Je m'arrêtai à nouveau, incapable de croire que j'avais absorbé autant d'informations, même des détails obscurs, comme, par exemple, les matériaux utilisés pour l'énorme projet d'expansion du terrain de Flushing Bay, où la foire internationale avait eu lieu.

Des cendres et des ordures recyclées, pour faire office de gravats.

Cinq millions et demi de mètres cubes.

Comment pouvais-je me souvenir de *ça* ? C'était ridicule… mais, en même temps, bien sûr, c'était fantastique, et j'étais extrêmement excité.

Je revins à mon bureau et me rassis. Le livre faisait environ huit cents pages et je n'avais pas vraiment besoin de le lire en entier. Après tout, je ne l'avais acheté que pour y glaner des informations d'ordre général et pourrais toujours y revenir pus tard. Je parcourus donc le reste rapidement. Lorsque j'eus fini le dernier chapitre, je posai le livre fermé devant moi et tentai de résumer ce que j'avais lu.

Les renseignements les plus importants que j'en avais retirés concernaient le style de Loewy lui-même, connu du grand public comme une stylisation. C'était l'un des premiers concepts de design à s'inspirer directement de la technologie, notamment de l'aérodynamique. Il reposait sur le principe du gainage des objets mécaniques dans des étuis ou des coques métalliques lisses, le tout étant de créer une société sans friction. Ce concept se reflétait dans tous les aspects de la société de l'époque, dans la musique de Benny Goodman, par exemple, les décors classe des films de Fred Astaire, les paquebots de luxe, les boîtes de nuit, les appartements Art déco dans lesquels Ginger et lui se déplaçaient si gracieusement…

Je marquai une pause et lançai un regard tout autour de moi, puis vers la fenêtre. Dehors, la rue était sombre et silencieuse, du moins aussi sombre et silencieuse que peut l'être une rue en pleine ville. Je me rendis compte à cet instant que j'étais complètement, totalement, heureux. Je m'accrochai à cette impression le plus longtemps possible, jusqu'à ce que je prenne conscience des battements de mon cœur, jusqu'à ce que je les entende, égrenant une à une les secondes…

Puis je me tournai à nouveau vers le livre, pianotai sur le bureau du bout des doigts et repris mon résumé.

Bon… Les formes et les courbes de la stylisation créaient l'illusion du mouvement perpétuel. Elles représentaient une démarche radicalement nouvelle. Elles affectaient nos désirs et influençaient ce que nous attendions de notre environnement, des trains, des automobiles, des bâtiments, et même des réfrigérateurs et des aspirateurs, sans parler des dizaines d'autres objets de notre quotidien. Mais tout ceci soulevait une question importante : qu'est-ce qui venait en premier, l'illusion ou le désir ?

Je le compris dans l'instant : je tenais là le premier argument à développer dans mon introduction.

Je me levai, m'approchai de la fenêtre et y réfléchis un moment. Puis je pris une grande bouffée d'air, une manière de m'oxygéner un bon coup.

Bien.

L'influence…

Plus tard au cours du siècle, l'influence sur le design de la structure subatomique et du microcircuit, associée à la notion typiquement années 60 de l'interconnexion de toutes choses, fut clairement préfigurée, dans les années d'avant-guerre, par le mariage, à travers le design, de l'âge de la machine et du pressentiment selon lequel la liberté personnelle ne pourrait être obtenue que par l'accroissement de l'efficacité, de la mobilité et de la vélocité.

*Oui !*

Je revins à mon bureau et pianotai quelques notes sur mon clavier d'ordinateur, environ dix pages, toutes de mémoire. Ma pensée était d'une clarté exaltante. Même si je ne me reconnaissais pas, je ne me sentais pas pour autant étrange ou anormal. En tout cas, je ne pouvais plus m'arrêter. Non pas d'ailleurs que j'en aie eu envie car, en environ une heure, j'avais abattu plus de travail concret sur mon bouquin qu'au cours des trois derniers mois.

Ainsi, sans même prendre le temps de respirer, je saisis un autre livre sur l'étagère, une étude de la convention nationale du parti démocrate à Chicago en 1968. Je la parcourus en quarante-cinq minutes, tout en prenant des notes. Je lus également deux autres livres, l'un sur l'influence de l'Art nouveau sur le design des années 60, l'autre sur les débuts des Grateful Dead à San Francisco.

En tout et pour tout, je pris une trentaine de pages de notes. En outre, je rédigeai un premier jet de la première partie de mon introduction et ébauchai un plan détaillé du reste du livre. J'écrivis environ trois mille mots, que je relus ensuite plusieurs fois en les corrigeant.

Je commençai à ralentir la cadence vers six heures du matin. Je n'avais toujours pas fumé une cigarette, n'avais rien avalé et n'étais même pas allé aux toilettes une seule fois. Je me sentais assez fatigué, avec un léger mal de crâne peut-être, mais rien de plus. Comparé aux autres fois où je m'étais retrouvé éveillé à six heures du matin, grinçant des dents, incapable de fermer l'œil, incapable de la fermer tout court, croyez-moi, une légère fatigue et un vague mal de crâne ne comptaient pas.

Je m'étendis à nouveau sur le canapé et étirai mes jambes. Par la fenêtre, je pouvais voir le toit de l'immeuble d'en face, ainsi qu'une portion du ciel qui se teintait des premières lueurs de l'aube. J'écoutais les bruits, les folles embardées des camions d'éboueurs, la sirène occasionnelle d'une voiture de police, le bourdonnement sourd et sporadique de la circulation sur l'avenue. Je tournai mon visage contre le coussin et commençai enfin à me détendre.

Cette fois, je ne ressentis plus les piqûres désagréables et je restai allongé, même si, au bout d'un moment, je me rendis compte qu'il y avait encore quelque chose qui me turlupinait.

Le fait de dormir ainsi vautré sur le canapé faisait assez négligé, cela brouillait le ligne de démarcation entre une journée et la suivante, cela manquait d'achèvement… C'était du moins là ma manière de raisonner à ce moment précis. Par ailleurs, je savais que j'allais trouver quelque chose qui ressemblait fort à un monstrueux bordel, de l'autre côté de la porte de ma chambre. Je n'y avais pas encore mis les pieds depuis mon retour. Je me relevai donc, m'approchai de la porte et l'ouvris. J'avais vu juste, ma chambre était une vraie porcherie. Mais j'avais besoin de dormir, qui plus est dans mon lit, si bien que je m'attelai à remettre un semblant d'ordre. Cela me parut plus ardu, davantage une corvée que dans le salon et la cuisine, mais il restait encore des traces du produit dans mon organisme, assez pour que je mène à bien cette ultime besogne. Lorsque j'eus fini, je pris une longue douche chaude, avalai deux comprimés d'Excedrin extra-forts pour éliminer le mal de crâne. Puis j'enfilai un T-shirt et un caleçon propres, me glissai sous les couvertures et m'endormis environ trente secondes après que ma tête eut touché l'oreiller.

## 4

Ici, au Northview Motor Lodge, tout est triste et terne. Je contemple la chambre autour de moi et, malgré les motifs pour le moins contradictoires du dessus-de-lit et du papier peint, rien ne retient vraiment le regard, sauf, bien sûr, la télé, qui continue de clignoter dans son coin. Un barbu à lunettes dans un costume en tweed est en train d'être interviewé et, immédiatement – grâce à des petits détails –, je subodore qu'il s'agit d'un historien. Ce n'est pas un politicien, ni un porte-parole des forces de police, ni même un journaliste. Mes soupçons sont confirmés par un gros plan sur une photographie jaunie du bandit et révolutionnaire Pancho Villa, puis par une succession d'images d'archives tremblantes en noir et blanc, datant, je le devine, de 1916. Je ne monterai pas le son pour le vérifier, mais je suis presque sûr que ces silhouettes spectrales à cheval qui trottent maladroitement vers la caméra au milieu de ce qui semble être un tourbillon de poussière (mais il s'agit plus probablement d'une détérioration périphérique de la pellicule) font partie des troupes lancées à la poursuite de Pancho Villa.

C'était bien en 1916, n'est-ce pas ?

Il me semble me souvenir de l'avoir su un jour.

Je fixe les images tressaillantes, fasciné. J'ai toujours aimé les images d'archives. Je ne manque jamais d'être ébahi par le fait que ce qui est montré à l'écran s'est réellement déroulé et que les gens qu'on aperçoit, les figurants, les passants, qui ont défilé une fraction de seconde devant la caméra et ont été capturés sur la pellicule, ont ensuite continué le cours de leur vie, sont rentrés chez eux, ont avalé de la nourriture, fait l'amour, ignorant béatement que leurs mouvements, tandis qu'ils traversaient une rue, descendaient d'un tramway ou faisaient je ne sais quoi d'autre, seraient préservés pendant des décennies, puis ressortis, exposés et re-exposés dans un monde parfaitement différent.

Qu'est-ce que tout ça peut bien faire, à présent ? Comment puis-je encore penser à ce genre de choses ?

Je ne devrais pas me laisser distraire.

En prenant la bouteille de Jack Daniel's posée près de mon fauteuil en rotin, il me vient à l'esprit que boire du whisky en ce moment n'est peut-être pas une si bonne idée. Je soulève néanmoins la bouteille et bois une longue gorgée. Puis je me lève et marche un peu dans la pièce. Mais l'horrible silence, accentué par le ronronnement du distributeur à glaçons à l'extérieur et les couleurs violentes qui tournoient à présent autour de moi, a un effet désorientant. Il vaut mieux que je me rasseye et m'occupe de ce que j'ai à faire.

Je me répète que je ne dois pas me laisser distraire.

Reprenons. Donc, je m'endormis assez rapidement mais mon sommeil ne fut pas des plus légers. Je me tournai et me retournai dans mon lit, agité par des rêves étranges, désarticulés.

Il devait être onze heures et demie quand je me réveillai, ce qui ne représentait finalement que… combien… quatre heures de sommeil ? J'étais donc encore passablement fatigué en sortant du lit et serais volontiers resté un peu plus longtemps couché, à essayer de me rendormir. Mais je savais que je resterais allongé là, les yeux grands ouverts, à me repasser le film de la nuit précédente, encore et encore. Je ne pourrais de toute façon repousser bien longtemps l'inévitable, à savoir aller dans le séjour et allumer l'ordinateur pour découvrir si j'avais tout imaginé ou non.

Autour de moi, dans la chambre, tout indiquait qu'il n'en était rien. Mes vêtements soigneusement pliés sur une chaise au pied du lit, mes chaussures parfaitement alignées sur le plancher, sous la fenêtre. Je sautai du lit et passai dans la salle de bains pour pisser. Après quoi, je m'aspergeai le visage d'eau glacée, longuement.

Lorsque je me sentis suffisamment réveillé, je me regardai dans le miroir. Je n'avais pas ma trogne patibulaire des lendemains de fête. Je n'avais ni l'œil vitreux, ni les traits bouffis, ni l'air dangereux. Je paraissais simplement fatigué, sans compter les autres détails qui n'avaient pas changé depuis la veille : j'étais gros, mes joues s'affaissaient et mes cheveux étaient bien trop longs. J'avais également besoin d'autre chose aussi, même si cela ne se voyait pas dans le miroir : une cigarette.

J'allai dans le salon et sortis le paquet de Camel de la poche de ma veste. J'en allumai une et emplis mes poumons d'une épaisse fumée parfumée. Tout en expirant, j'examinai la pièce autour de moi. Finalement, me dis-je, chez moi le désordre était un choix de vie plutôt qu'une tare. Il n'y avait donc pas de quoi se prendre la tête. En outre, ça n'avait aucune importance parce que, si je voulais de l'ordre et de la propreté, je pouvais toujours me payer les services d'une femme de ménage. En revanche, ce que j'avais entré dans mon ordinateur, ou croyais me souvenir d'y avoir entré – en espérant de plus en plus l'avoir fait –, était indubitablement quelque chose que je ne pouvais pas acheter.

J'appuyai sur l'interrupteur de l'ordinateur. Tandis qu'il s'amorçait et s'animait, je regardai les livres soigneusement empilés sur le bureau près du clavier. Je saisis *Raymond Loewy : sa vie, son œuvre*. J'essayai d'invoquer quelques détails de mémoire, des faits ou des dates, une anecdote peut-être, un petit potin amusant concernant cette joyeuse bande de designers. J'étais incapable de me concentrer, je ne me souvenais de rien.

Bon, mais c'était plutôt normal, j'étais épuisé. Comme si je m'étais couché à minuit et qu'à trois heures du matin j'essayais de résoudre la double grille de mots croisés du *Harper's*. Ce qu'il me fallait, c'était du café, deux ou trois tasses de java pour relancer mon cerveau, puis tout rentrerait dans l'ordre.

J'ouvris le fichier intitulé « Intro ». C'était mon premier jet de l'introduction des *Accros*. Je restai là debout devant mon écran, à faire défiler les pages. Je me souvenais de chaque paragraphe en le lisant, mais je n'aurais jamais pu dire à l'avance ce qui allait suivre. Ce que je lisais était bien de moi, mais je n'avais pas l'impression de l'avoir rédigé.

Cela dit, il serait malhonnête de ma part de ne pas le reconnaître : ce texte était nettement supérieur à tout ce que j'aurais pu écrire dans des conditions normales. En outre, il ne ressemblait pas à un premier jet car, pour autant que je puisse en juger, il possédait déjà toutes les vertus d'un beau morceau de prose bien léché. C'était convaincant, mesuré et bien développé, précisément cet aspect du travail que je trouvais le plus difficile, voire carrément impossible, à obtenir. Chaque fois que j'avais essayé de définir une structure pour *Les Accros*, les idées s'étaient mises à voleter librement dans mon cerveau. Dès que je tentais de les mettre en cage, de les retenir, elles se diluaient et me filaient entre les doigts, ne me laissant à chaque fois qu'un sentiment de frustration et la pénible certitude qu'il me faudrait repartir de zéro.

Pourtant, la nuit précédente, j'avais apparemment tout rédigé d'un seul jet.

Je fixais l'écran, émerveillé.

Puis je tournai les talons et allai à la cuisine me préparer du café.

Tandis que je remplissais le percolateur puis me pelais une orange, je me rendis compte que je me sentais un autre homme. J'étais conscient du moindre de mes mouvements, comme un mauvais acteur sur une scène de théâtre, dans un décor de cuisine trop parfait, jouant un rôle qui nécessitait de savoir faire le café et peler une orange.

Cela ne dura pas longtemps, toutefois, les vestiges de mon petit déjeuner éparpillés un peu partout recréant rapidement le bon vieux désordre d'autrefois. Dix minutes plus tard, une Brique de lait s'était matérialisée, suivie d'un bol de corn-flakes détrempés à moitié vide, de quelques cuillères sales, d'une tasse vide cernée de diverses taches, d'un filtre à café humide, de restes de pelures d'orange et d'un cendrier contenant deux mégots.

J'étais de retour.

Cependant, mon intérêt pour l'état de ma cuisine n'était qu'un stratagème pour éviter de penser à ce qui se passerait quand j'irais me rasseoir devant mon ordinateur. Parce que je le savais déjà : je tenterais de continuer mon introduction comme si de rien n'était, et, bien sûr, je resterais bloqué. Je serais incapable d'aligner deux phrases. En désespoir de cause, je reprendrais alors mon travail de la nuit dernière et me mettrais à le tripoter, à le triturer du bout du bec comme un vautour, jusqu'à ce que, tôt ou tard, je le mette en pièces.

Je soupirai de frustration et allumai une autre cigarette.

Je regardai autour de moi et envisageai de nettoyer la cuisine à nouveau, de lui rendre son état immaculé, mais cette idée trébucha contre la première tâche à effectuer : laver le bol de corn-flakes détrempés et collants. En fait, je me contrefichais de la cuisine, de la disposition de mes meubles et du classement alphabétique de mes CD, tout ça n'était que de l'esbroufe, de la poudre aux yeux. Le cœur de cible se trouvait dans le séjour, posé au milieu de mon bureau.

J'écrasai la cigarette que je venais d'allumer, ma quatrième de la matinée, et sortis de la cuisine. Sans même un regard vers mon ordinateur, je traversai le séjour et allai m'habiller dans ma chambre. Puis je passai dans la salle de bains pour me brosser les dents. Je revins dans le séjour, pris la veste posée sur le dossier de la chaise, fouillai dans mes poches et finis par trouver ce que je cherchais : la carte de visite de Vernon.

*Vernon Gant*, était-il écrit, *consultant*. La carte donnait les numéros de son poste fixe et de son portable, ainsi que son adresse. Monsieur habitait dans l'Upper East Side, maintenant ! Il y avait également un petit logo cucul dans le coin, en haut à droite. J'envisageai un instant de lui téléphoner, mais je ne tenais pas à l'entendre bredouiller des excuses pour se débarrasser de moi. Je ne voulais pas courir le risque de m'entendre dire qu'il était occupé et que je ne pourrais pas le voir avant le milieu de la semaine prochaine. Je voulais le voir tout de suite, face à face, pour apprendre tout ce qu'il y avait à savoir sur sa « drogue qui rend intelligent ». Je devais savoir d'où elle venait, ce qu'elle contenait et, plus important que tout, comment m'en procurer à nouveau.

## 5

Une fois dans la rue, je hélai un taxi et demandai au chauffeur de me conduire à l'angle de la 90$^{e}$ Rue et de la Première Avenue. Puis je m'enfonçai dans la banquette et regardai par la fenêtre. C'était une belle journée, froide et ensoleillée. La circulation vers le nord de la ville n'était pas trop dense.

Comme je travaille chez moi et ne fréquente pratiquement que des gens qui habitent dans le Village, le Lower East Side ou SoHo, j'ai rarement l'occasion de monter vers le nord et l'East Side. De fait, en regardant défiler les artères transversales au-delà des 50e, 60e puis 70e Rues, j'essayai vainement de me souvenir de la dernière fois où j'étais monté si haut. Manhattan, en dépit de sa taille et de la densité de sa population, a conservé une mentalité paroissiale. Chacun établit son territoire, ses itinéraires, et s'y tient. Il y a certains quartiers où vous n'allez jamais. Je fouillai ma mémoire... c'était peut-être la fois où j'étais allé dans ce resto italien avec son terrain de pétanque, Il Vagabondo, sur la Troisième Avenue. Ça remontait à au moins deux ans.

En tout cas, rien ne semblait avoir beaucoup changé.

Le chauffeur s'arrêta juste en face de la Linden Tower, à l'angle de la 90e Rue. Je payai ma course et descendis. C'était le quartier de Yorkville, anciennement Germantown, « anciennement » parce qu'il ne restait pratiquement aucune trace de la communauté allemande, hormis peut-être quelques commerces, un marchand d'alcools, un pressing, une ou deux charcuteries et quelques habitants, tous vieux. J'avais lu que le quartier s'était en grande partie embourgeoisé, au gré de la construction de nouveaux immeubles d'appartements et de l'apparition de bars de célibataires, de pubs irlandais et de restaurants à thème, qui ouvraient et fermaient avec une rapidité alarmante.

Le premier coup d'œil autour de moi sembla confirmer cette tendance. De là où je me tenais, je pouvais voir un O'Leary's, un Hannigan's et un restaurant au nom alambiqué, le Café de la Révolution d'Octobre.

La Linden Tower était une de ces tours d'appartements en briques rouges sombres comme on en avait construit une flopée dans cette partie de la ville au cours des vingt-cinq dernières années. Elles avaient imposé leur présence monolithique indiscutable, mais la Linden Tower, comme la plupart d'entre elles, était démesurée, laide et froide.

Vernon Gant habitait au dix-septième étage.

Je traversai la Première Avenue, grimpai les marches qui menaient à l'esplanade et me dirigeai vers les grandes portes à tambour. Apparemment, une foule de gens entraient et sortaient en permanence de cet immeuble, si bien que ces portes devaient être en perpétuel mouvement. Juste avant d'entrer, je regardai vers le haut et eus une vision étourdissante de la hauteur de l'immeuble. Ma nuque n'était pas assez souple pour que je puisse voir le ciel.

Je passai devant la réception, au centre du hall, puis tournai à gauche dans un renfoncement où se trouvaient les ascenseurs. D'autres gens attendaient mais, comme il y avait huit ascenseurs, quatre de chaque côté, personne n'eut à patienter bien longtemps. Un ascenseur fit *ping*, ses portes s'ouvrirent et trois personnes en sortirent. Six d'entre nous s'y engouffrèrent. Dont moi. Chacun appuya sur le numéro de son étage. Je remarquai que j'étais le seul à monter plus haut que le quinzième.

À en juger par ceux que j'avais vus entrer et par les spécimens qui se tenaient autour de moi, les résidents de la Linden Tower formaient une population pour le moins bigarrée. Une bonne partie des appartements devait encore être soumise à la vieille loi sur le contrôle des loyers, naturellement, mais beaucoup d'entre eux étaient probablement sous-loués à des tarifs prohibitifs et à des gens qui avaient les moyens de s'en acquitter.

Je sortis au dix-septième étage, consultai une dernière fois la carte de visite de Vernon puis cherchai son appartement. Il me fallut suivre un couloir puis tourner à gauche. C'était la troisième porte sur la droite. Je ne croisai personne en chemin.

Je restai un moment planté devant sa porte, puis sonnai. Je n'avais pas encore vraiment réfléchi à ce que j'allais lui dire quand il ouvrirait, et encore moins à ce que je ferais s'il n'ouvrait pas. S'il n'était pas chez lui ? Quoi qu'il en soit, je n'en menais pas large.

J'entendis un bruit à l'intérieur, puis des verrous qui cliquetaient. Vernon avait dû m'identifier à travers le judas parce que j'entendis sa voix avant même que la porte ne soit complètement ouverte :

— Putain, mec, t'es un rapide !

J'avais préparé un sourire mais il se figea sur mon visage à la vue de mon ex-beau-frère. Il était en caleçon, avec un œil au beurre noir et tout le côté gauche du visage tuméfié. Sa lèvre inférieure était fendue et enflée, sa main droite bandée.

— Qu'est-ce qui…

— Laisse tomber.

Laissant la porte ouverte, Vernon tourna les talons et me fit signe d'entrer de la main gauche. J'entrai, refermai doucement la porte derrière moi et le suivis le long d'un couloir étroit qui débouchait sur un grand séjour. La vue était spectaculaire, même si, à Manhattan, pratiquement n'importe quel appartement situé au dix-septième étage a forcément une vue spectaculaire. Celle-ci donnait sur le sud, englobant tout ce que la ville avait de mieux et de pire.

Vernon se laissa tomber sur un long canapé de cuir noir en L. Terriblement mal à l'aise, j'osais à peine le regarder. Je m'appliquai donc à observer le décor autour de moi.

La pièce était assez dépouillée, compte tenu de sa taille. Quelques antiquités – un secrétaire, une paire de fauteuils Queen Anne, un lampadaire –, ainsi que du mobilier moderne, le canapé en cuir noir, une table de salle à manger en verre fumé, un porte-bouteilles en métal vide. Pourtant, on ne pouvait pas vraiment parler d'un style « éclectique », dans la mesure où il ne semblait répondre à aucun ordre ni système. Je savais que Vernon avait été autrefois amateur de mobilier ancien et qu'il avait collectionné des « pièces », mais cela ressemblait plutôt à l'appartement d'un ex-collectionneur, de quelqu'un qui se serait lassé de sa marotte. Les meubles paraissaient incongrus et mal assortis, comme les vestiges d'une autre époque de la vie de leur propriétaire.

Je me tins au milieu de la pièce, ayant vu tout ce qu'il y avait à voir. Je baissai les yeux vers Vernon, ne sachant par où commencer… Finalement, ce fut lui qui trouva le premier quelque chose à dire. Il parvint à esquisser un sourire malgré la déformation grotesque de ses traits fins, de ses pommettes hautes couvertes de bleus, et la souffrance visible dans ses yeux verts habituellement vifs.

— Alors, Eddie, finalement, tu étais intéressé.

— Oui… il faut dire que c'était… dément ! Je veux dire… vraiment !

Je bredouillais comme l'adolescent que j'avais évoqué la veille avec sarcasme : celui qui avait enfin dégoté son premier joint et revenait pour du rab.

— Qu'est-ce que je t'avais dit ?

Je hochai la tête plusieurs fois de suite, puis, incapable de me retenir, demandai :

— Vernon, qu'est-ce qui t'est arrivé ?

— Qu'est-ce que tu crois ? Une bagarre.

— Avec qui ?

— Ça ne t'intéresserait pas de le savoir, Eddie, crois-moi.

J'hésitai.

Effectivement, je ne tenais peut-être pas tant que ça à le savoir.

En fait, en y réfléchissant, il avait raison, je m'en souciais comme d'une guigne. Non seulement ça, mais j'étais légèrement agacé, une partie de moi espérant que le fait qu'il se soit fait tabasser n'allait pas entraver mes projets.

— Assieds-toi, Eddie, dit-il. Détends-toi et raconte-moi tout.

Je m'installai confortablement à l'autre bout du canapé et lui racontai effectivement tout. Je n'avais aucune raison de lui cacher la vérité. Lorsque j'eus terminé, il déclara :

— Oui, c'est à peu près toujours pareil.

Je bondis :

— Qu'est-ce que tu veux dire par là ?

— Elle agit sur ce qui est déjà là, tu sais. Elle ne te rendra pas plus futé que tu ne l'es déjà.

— Tu veux dire que ce n'est pas une drogue qui rend intelligent ?

— Pas vraiment. On a fait des montagnes à propos de ces fameux « nootropes », tu sais, ces prétendus produits qui augmentent tes capacités cognitives, t'aident à développer des réflexes mentaux ultrarapides et tout ça… En vérité, la plupart des substances qu'on qualifie de nootropiques sont des compléments alimentaires, des éléments nutritifs artificiels, des acides aminés, ce genre de choses… des complexes vitaminés sur mesure, si tu veux. Ce que tu as pris, c'était une substance chimique à formule modifiée. Imagine combien il te faudrait prendre d'acides aminés pour rester éveillé toute la nuit et lire quatre livres, hein ?

J'acquiesçai.

Vernon semblait s'amuser.

Mais pas moi. J'étais à deux doigts de lui demander de cesser de me prendre la tête avec son baratin et de se contenter de me dire ce qu'il savait.

— Comment ça s'appelle ? demandai-je.

— Elle n'a pas de nom parce que, pour le moment, elle n'est pas encore en circulation, et on a bien l'intention que ça reste comme ça. Nos petits gars en cuisine veulent rester anonymes. Ils l'appellent la MDT-48.

*Nos petits gars en cuisine ?*

— Tu bosses pour qui exactement, Vernon ? Tu ne m'as pas dit que tu étais consultant pour un groupe pharmaceutique ?

Il posa une main sur son visage et la tint là un moment. Il inspira profondément puis poussa un gémissement sourd.

— Merde, qu'est-ce que ça fait mal !

Je me penchai en avant. Que devais-je faire, proposer d'aller lui chercher des glaçons dans une serviette, appeler un médecin ? J'attendis. Avait-il entendu ma question ? Serait-ce manquer de sensibilité que de la lui répéter ?

Une quinzaine de secondes passèrent, puis il abaissa sa main en grimaçant de douleur.

— Je ne peux pas répondre à ta question, Eddie. Je suis sûr que tu peux comprendre pourquoi.

Je le dévisageai, perplexe.

— Mais, hier, tu m'as dit que le produit allait être mis sur le marché à la fin de l'année, qu'il avait réussi ses tests cliniques, qu'il avait reçu l'aval du département de la Santé ! Qu'est-ce que c'était que ces histoires, alors ?

— L'aval du département de la Santé, laisse-moi rire ! Le Département de la Santé ne donne son autorisation qu'aux substances qui soignent des maladies, pas aux drogues récréatives !

— Mais…

J'allais le hisser debout en hurlant « Mais tu avais dit que... » puis me retins. Effectivement, il m'avait dit que son produit avait reçu l'approbation du département de la Santé et il avait parlé d'essais cliniques, mais je n'étais probablement pas censé en croire un mot.

Bon… en résumé, qu'avions-nous ? Un produit baptisé MDT-48. Une substance chimique inconnue, non testée, peut-être dangereuse, pondue dans un laboratoire non identifié, et fournie par un gus tout sauf fiable que je n'avais pas vu depuis une décennie.

— Alors, dit Vernon en me regardant droit dans les yeux, tu en veux encore ?

— Oui, répondis-je. Absolument.

Une fois ceci dûment établi, et dans la sacro-sainte tradition du monde civilisé de la drogue, nous changeâmes immédiatement de sujet. Je l'interrogeai sur les meubles de son appartement, lui demandai s'il collectionnait toujours des « pièces ». Il m'interrogea sur la musique, me demanda si j'écoutais toujours à plein volume des symphonies de quatre-vingts minutes composées par des Allemands morts. Nous discutâmes de choses et d'autres pendant un moment, puis échangeâmes quelques infos sur ce que nous avions fait au cours des dix dernières années.

Vernon restait relativement vague – ce qui est plutôt normal dans son secteur d'activité, je suppose – mais, du coup, je ne comprenais pas grand-chose de ce qu'il me racontait. J'eus l'impression que cette histoire de MDT l'occupait depuis un certain temps déjà, mais, comme il n'était pas encore sûr de pouvoir me faire confiance, il s'arrêtait sans cesse en plein milieu de ses phrases. En outre, chaque fois qu'il semblait sur le point de me révéler quelque chose, il hésitait puis se lançait à nouveau dans un baratin pseudo-scientifique de VRP où il était question de neurotransmetteurs, de circuits neuronaux et de complexes de récepteurs cellulaires.

Tout en parlant, il s'agitait sur son canapé, soulevant sans cesse la jambe gauche et l'étirant devant lui comme un footballeur, ou peut-être un danseur, je n'arrivais pas à décider.

Je restai assis relativement immobile, à l'écouter.

Quand mon tour fut venu, je lui racontai comment, en 1989, peu après le divorce, j'avais dû quitter New York. J'omis de préciser qu'il n'était pas pour rien dans mon départ, vu que son approvisionnement continu et intarissable en poudre bolivienne m'avait valu de sérieux problèmes médicaux et financiers – mes sinus s'étaient desséchés aussi vite que mon compte bancaire –, et également de perdre mon poste de directeur de production à *Chrome*, un magazine d'art et de mode aujourd'hui disparu. En revanche, je lui parlai de cette année affreuse passée sans travail à Dublin, à la poursuite d'un rêve fuyant et putride d'existence littéraire, et des trois ans en Italie, à enseigner et pondre des traductions pour une agence de Bologne. Je lui révelai d'autres détails intéressants, au sujet de la nourriture entre autres, comme, par exemple, le fait que les légumes n'avaient pas été créés pour être disponibles tout au long de l'année, contrairement à ce que les épiceries coréennes de New York pouvaient laisser penser, mais qu'ils avaient leurs saisons, qui duraient plus ou moins six semaines, au cours desquelles on les cuisinait frénétiquement à toutes les sauces. Ainsi, si c'était la saison des asperges, on préparait le risotto aux asperges, l'omelette aux asperges, les *fettuccine* aux asperges. Mais, là, je digressais et, comme je pouvais voir que Vernon commençait à s'agiter, je repris le fil de mon récit et lui expliquai que, à mon retour d'Italie, les technologies de la fabrication des magazines s'étaient radicalement transformées, rendant les compétences que j'avais réussi à acquérir à la fin des années 80 plus ou moins obsolètes. Je lui décrivis ensuite les cinq ou six dernières années de mon existence, incolores, inodores, qui s'étaient écoulées, ou avaient filé, dans une brume de sobriété relative et de confort alimentaire plus ou moins soutenu.

Néanmoins, j'avais bon espoir que le livre sur lequel je travaillais allait changer le cours de ma vie.

Je n'avais pas eu l'intention de ramener la conversation aussi abruptement sur le sujet qui nous intéressait tous les deux, cependant Vernon me regarda et déclara :

— Bon, on va voir ce qu'on peut faire.

Cela m'irrita un peu, et ce sentiment fut simultanément étouffé et exacerbé par le fait qu'il pouvait donc faire quelque chose. Je lui souris.

Vernon hocha la tête, fit claquer ses mains sur ses genoux et déclara :

— OK. En attendant, tu veux un café, ou grignoter quelque chose ?

Sans attendre de réponse, il se pencha en avant et se leva péniblement du canapé. Il se dirigea vers le coin cuisine, qui était séparé du séjour par un comptoir et des tabourets.

Je me levai et le suivis.

Vernon ouvrit la porte du réfrigérateur et examina son contenu. Par-dessus son épaule, je pouvais voir qu'il était pratiquement vide. Il y avait une Brique de jus d'orange Tropicana, qu'il prit, secoua puis remit en place. Il se retourna vers moi :

— Tu sais quoi ? Je voudrais te demander un service.

— Oui ?

— Je ne suis pas en état de sortir, comme tu peux le constater, même si je vais être obligé d'aller à un rendez-vous plus tard. Mais pour ça, il faut d'abord que je récupère mon costume au pressing. Ça t'ennuierait d'y aller pour moi ? En passant, tu pourrais t'arrêter au café au coin de la rue pour nous acheter de quoi petit-déjeuner ?

— Bien sûr.

— Et de l'aspirine ?

— Bien sûr.

Là, devant moi, dans son caleçon, il avait l'air maigrichon et un peu pathétique. En outre, d'aussi près, je pouvais voir les rides sur son visage et les cheveux gris sur ses tempes. Soudain, je sus où étaient passées ces dix dernières années. Sans aucun doute, en me regardant, il voyait la même chose – à quelques variantes près. Cette pensée me noua l'estomac, associée au fait que j'étais en train, de manière dérisoire et tellement convenue, d'essayer de m'attirer ses bonnes grâces – les bonnes grâces de mon dealer – en acceptant d'aller chercher son costume et de lui faire ses courses. J'étais stupéfait de voir avec quelle rapidité tout se remettait en place, cette dynamique dealer-client, cette facilité avec laquelle on sacrifie sa dignité pour un sachet d'herbe, un gramme de poudre ou, dans mon cas, un comprimé qui allait me coûter près d'un mois de loyer.

Vernon traversa la pièce jusqu'à son secrétaire et sortit son portefeuille. Pendant qu'il cherchait de l'argent et, supposai-je, le reçu du pressing, je remarquai un exemplaire du *Boston Globe* sur la table en verre fumé. À la une, figurait un article sur les commentaires malheureux de Caleb Hale, le secrétaire d'Etat à la Défense, sur le Mexique. Mais que faisait un New-Yorkais avec le *Boston Globe* ?

Vernon revint vers moi.

— Prends-moi un muffin grillé avec des œufs brouillés, du gruyère et du bacon. Et un café noir. Prends-toi ce que tu voudras.

Il me tendit un billet et un morceau de papier bleu. Je glissai ce dernier dans la poche de poitrine de ma veste et regardai le visage sévère et barbu d'Ulysses S. Grant sur le billet de banque.

— Tu n'as rien de plus petit ? demandai-je en le lui rendant. Tu crois vraiment que le café du coin va accepter un billet de cinquante pour un muffin grillé ?

— Pourquoi pas ? S'il n'est pas content, qu'il aille se faire foutre !

— C'est bon, c'est moi qui offre le petit déjeuner.

— Comme tu voudras. Le pressing est à l'angle de la 89e Rue et le café juste à côté. Il y a un drugstore à deux pas de là, où tu trouveras de l'aspirine. Oh, et tu pourrais me prendre le *Boston Globe* ?

Je lançai un regard derrière lui vers le journal sur la table. Il suivit mon regard et expliqua :

— C'est celui d'hier.

— Ah, je vois, tu veux celui d'aujourd'hui ?

— C'est ça.

— OK, fis-je avec un haussement d'épaules.

Je tournai les talons et me dirigeai vers l'entrée.

— Merci ! lança-t-il dans mon dos. Écoute, quand tu reviendras, on réglera notre petite affaire. Je veux dire, question prix. Tout peut se négocier, pas vrai ?

— Oui, dis-je en ouvrant la porte. À tout de suite.

J'entendis la porte se refermer derrière moi tandis que je tournais à l'angle du couloir. Dans l'ascenseur, j'évitai de trop réfléchir à ce que je ressentais. Je me répétai qu'il s'était fait salement amoché et que ne je faisais que lui rendre un service, mais cela me ramenait à autrefois. Aux heures passées dans divers appartements, avant Vernon, à attendre que le *type* se pointe, aux conversations laborieuses, à toute l'énergie investie dans les tractations jusqu'au moment béni où l'on pouvait enfin décamper, reprendre la route... aller en boîte ou rentrer chez soi, plus léger de quatre-vingts dollars mais plus lourd d'un gramme.

Autrefois.

Plus de dix ans auparavant.

Alors, qu'est-ce que je foutais encore là ?

Je sortis de l'ascenseur, franchis les portes à tambour et me retrouvai sur l'esplanade. Je traversai la 90e Rue et pris la direction de la 89e. Je trouvai le drugstore au milieu du pâté de maisons et entrai. Vernon ne m'avait pas indiqué de marque précise si bien que je pris ma préférée, l'Excedrin extra-forte. J'examinai les quotidiens étalés sur le comptoir... Mexique, Mexique, Mexique... et pris un exemplaire du *Boston Globe*. Je parcourus en diagonale la première page en cherchant un indice m'expliquant pourquoi Vernon lisait ce canard, mais le seul article susceptible de l'intéresser concernait l'ouverture prochaine du procès d'une société poursuivie devant les tribunaux. Il y avait juste un paragraphe à la une, avec un renvoi à une page intérieure pour un article plus détaillé. Le groupe pharmaceutique international Eiben-Chemcorp devait répondre devant un tribunal du Massachusetts de l'accusation d'avoir, par le biais de son antidépresseur le plus répandu, le Triburbazine, poussé une adolescente, qui n'en prenait que depuis deux semaines, à assassiner sa meilleure amie avant de se donner la mort. Était-ce la compagnie pour laquelle Vernon m'avait dit qu'il travaillait ? Eiben-Chemcorp ? Ce nom ne me disait rien.

Je payai le quotidien et l'Excedrin puis ressortis du drugstore.

Je pris ensuite la direction du café qui, comme je le vis depuis le trottoir, s'appelait le DeLuxe Luncheonette. C'était un de ces bistrots à l'ancienne comme on en voyait partout en ville. Il avait sans doute exactement le même aspect trente ans plus tôt, la même clientèle également, ce qui, étrangement, en faisait un lien vivant avec ce que le quartier avait été autrefois. Ou peut-être pas. Quoi qu'il en soit, c'était un boui-boui graisseux et plutôt bruyant, vu qu'on n'était pas loin de l'heure du déjeuner. Je m'approchai du comptoir et attendis mon tour de passer ma commande.

Derrière le comptoir, un Hispanique d'âge moyen râlait :

— Je ne comprends pas. Qu'est-ce que c'est encore que cette histoire ? Comme s'il n'y avait pas déjà assez de problèmes ici, il faut encore qu'ils aillent emmerder le monde là-bas ?

Il tourna la tête vers sa gauche et aboya :

— Quoi ?

Deux gars plus jeunes se tenaient devant le gril, parlant espagnol entre eux et se moquant manifestement de lui.

Il leva les yeux au ciel.

— Plus personne n'en a rien à faire, aujourd'hui ! Tout le monde s'en fiche !

Près de moi, trois autres personnes attendaient leur tour sans dire un mot. À ma gauche, des gens étaient assis. Autour de la table la plus proche de moi, quatre pépés buvaient du café et fumaient. L'un d'eux lisait le *Post* et je me rendis soudain compte que c'était à lui que le type derrière le comptoir adressait ses remarques.

— Vous vous souvenez de Cuba ? lançait celui-ci. La baie des Cochons ? Ils vont nous refaire le coup de la baie des Cochons, c'est ça ? Ce fiasco ne leur a pas suffi ?

— Je ne vois pas le rapport, répliqua l'autre sans lever les yeux de son journal.

Il parlait avec un léger accent allemand.

— Cuba, c'était à cause du communisme, poursuivit-il. Pareil pour l'intervention américaine au Nicaragua et au Salvador. Au siècle dernier, les États-Unis sont entrés en guerre avec le Mexique parce qu'ils voulaient récupérer le Texas et la Californie. Sur le plan stratégique, ça tenait debout, mais ça ?

Il laissa sa question en suspens et reprit sa lecture.

Très rapidement, l'homme derrière le comptoir servit deux commandes, les encaissa et plusieurs clients sortirent. J'avançai et il se tourna vers moi. Je commandai ce que Vernon m'avait demandé, plus du café noir, puis déclarai que je repasserais dans deux minutes. Au moment où je sortais, je l'entendis reprendre derrière moi :

— Si vous voulez mon avis, ils devraient réactiver la guerre froide…

Je passai au pressing, la porte à côté, et récupérai le costume de Vernon. Je m'attardai un instant sur le trottoir, observant la circulation. De retour au DeLuxe Luncheonette, un client assis à une autre table, un jeune en chemise en jean, s'était joint à la conversation.

— Comment, vous croyez vraiment que le gouvernement va se mêler à ça *sans raison* ? Ce serait de la folie !

Le vieux qui lisait le *Post* avait reposé son journal et tentait péniblement de tordre le cou pour le regarder.

— Les gouvernements n'agissent pas toujours avec logique, dit-il. Ils adoptent parfois des politiques qui vont à l'encontre de leurs intérêts. Regardez le Viêt Nam. Trente ans de…

— Ah non ! Ne remettez pas le Viêt Nam sur le tapis !

Le type derrière le comptoir, tout en rangeant ma commande dans un sac en papier, marmonna comme s'il parlait au sac :

— Laissez le peuple mexicain tranquille, c'est tout ce que je demande. Qu'on leur foute la paix.

Je le payai et pris le sac.

— Le Viêt Nam…

— Le Viêt Nam, c'était une erreur, compris ?

— Une erreur ? Ha ! Et Eisenhower ? Kennedy ? Johnson ? Nixon ? Une énorme boulette, oui !

— Écoutez, vous…

Je sortis du DeLuxe Luncheonette et repris le chemin de la Linden Tower, le costume de Vernon dans une main, son petit déjeuner et le *Boston Globe* dans l'autre. J'eus quelque mal à me glisser dans la porte à tambour et, le temps que j'arrive devant l'ascenseur, je commençais à avoir des crampes dans le bras gauche.

Le temps de la montée vers le dix-septième étage, l'odeur de nourriture qui se dégageait du sac en papier avait envahi la cabine, me faisant regretter de ne m'être pris que du café noir. J'étais seul dans l'ascenseur et envisageai un instant de piquer un morceau du bacon de Vernon, puis je me ravisai en pensant que c'était trop pathétique et qu'en outre, avec le costume sur son portemanteau en fil de fer, la manœuvre promettait d'être assez risquée.

Je sortis de l'ascenseur, suivis le couloir et tournai à l'angle. En approchant de l'appartement, je remarquai que sa porte était légèrement entrouverte. Je la poussai du bout du pied et entrai. J'appelai Vernon et traversai le long vestibule en direction de son séjour. Avant même d'y entrer, je sentis que quelque chose n'allait pas. Je me contractai inconsciemment mais ne pus réprimer un mouvement de recul devant le chaos qui m'attendait. Les meubles avaient été renversés – les chaises, le secrétaire, le porte-bouteilles. Les tableaux aux murs étaient tous de guingois. Il y avait des livres, des papiers et toutes sortes d'objets éparpillés un peu partout et, l'espace d'un instant, j'eus un mal fou à me concentrer sur quoi que ce soit.

Je restais là, tétanisé, tenant toujours le costume de Vernon, le sac en papier brun et le *Boston Globe*. Il se produisit alors deux choses. Mon regard se fixa soudain sur Vernon assis sur son canapé en cuir noir et j'entendis un bruit derrière moi – des pas ou quelque chose qu'on traînait. Je fis volte-face, laissant tomber costume, sac et journal. Le vestibule était sombre, mais je vis une silhouette passer très rapidement d'une porte sur la gauche à la porte d'entrée sur la droite, puis disparaître dans le couloir. J'hésitai, mon cœur battant plus fort qu'un marteau-piqueur. Au bout d'un moment, je me précipitai à mon tour dans le couloir. Je regardai à droite puis à gauche, ne vis personne. Je courus jusqu'au bout du couloir puis revins sur mes pas et, au moment où j'allais tourner à l'angle, j'entendis les portes de l'ascenseur se refermer.

En partie soulagé de n'avoir eu à affronter personne, je revins vers l'appartement mais, ce faisant, je revis soudain l'image de Vernon sur le canapé. Il était resté simplement assis là… sans réaction.

Tandis que j'approchais de la porte, une sensation très désagréable me noua l'estomac. J'entrai et m'avançai dans le séjour, me doutant déjà de ce que j'allais y découvrir.

Vernon était toujours assis dans le canapé, exactement dans la même position. Légèrement enfoncé en arrière, les jambes et les bras écartés, regardant droit devant lui, ou, plutôt, semblant regarder devant lui, car il était clair qu'il ne verrait plus jamais rien.

Je m'approchai plus près, vis le trou au milieu de son front. Il était petit, net et rouge. J'avais beau avoir grandi et vécu toute ma vie à New York, je n'avais encore jamais vu le moindre trou de balle. Je le fixais avec une fascination horrifiée. Je ne sais pas combien de temps je restai planté là mais, quand je me secouai enfin, je m'aperçus que je tremblais de la tête aux pieds. Je n'arrivais pas à réfléchir, non plus, comme si on avait appuyé sur un interrupteur dans mon cerveau, y désactivant toute faculté de penser. Je me balançai sur place un petit moment mais il ne s'agissait que d'un mouvement purement mécanique, ne menant nulle part. Toute communication avec le centre de contrôle était interrompue. Il devait bien y avoir quelque chose à faire mais j'ignorais quoi, ce qui revient à dire que je ne faisais strictement rien. Puis, tel un météore percutant la Terre, cela me vint : Appelle les flics, pauvre abruti !

Je cherchai un téléphone autour de moi et finis par en trouver un sur le sol, près du secrétaire renversé. Les tiroirs avaient été retirés et les papiers qu'ils contenaient éparpillés un peu partout. Je décrochai le combiné et composai le numéro d'urgence de la police. Lorsqu'on me répondit, je me mis à déblatérer à toute allure jusqu'à ce qu'on m'interrompe… « Monsieur, s'il vous plaît, calmez-vous… », puis on me demanda d'où j'appelais. On me transféra alors sur une autre ligne, sans doute le commissariat du quartier, et je me remis à déblatérer. Lorsque je raccrochai, je *pensai*s avoir donné l'adresse de l'appartement où je me trouvais, ainsi qu'avoir mentionné mon nom et le fait que quelqu'un venait d'être assassiné.

Je gardai ma main sur le combiné, le serrant convulsivement, mes idées en déroute. Le fait est que j'avais beaucoup d'adrénaline dans les veines et, après avoir brièvement réfléchi, je me dis qu'il fallait absolument que je me concentre sur une tâche précise, et qu'il serait sans doute utile que j'évite coûte que coûte de regarder le cadavre de Vernon, sur le canapé. Puis il me vint à l'esprit qu'il y avait une chose que je devais faire de toute manière, indépendamment de mon état mental.

Je fouillai parmi les papiers qui jonchaient le sol et, au bout de quelques minutes, trouvai ce que je cherchais : le carnet d'adresses de Vernon. Je l'ouvris au M. Il n'y avait qu'un seul numéro sur cette page et c'était celui de Melissa. Elle était la parente la plus proche de Vernon.

Je ne me souvenais même plus de quand datait la dernière fois où nous nous étions parlé… neuf, dix ans… et j'avais soudain son numéro de téléphone sous les yeux. D'ici neuf ou dix secondes j'allais entendre sa voix.

Je composai le numéro. Ça sonnait.

*Merde.*

Tout se déroulait un peu trop vite.

*Driiiiing.*

*Clic.*

Un répondeur. Merde, qu'est-ce que je devais faire ?

La demi-minute qui suivit fut l'une des plus intenses des trente-six années précédentes. Tout d'abord, je dus écouter ce qui était indéniablement la voix de Melissa déclarant : « Je ne suis pas là pour le moment, mais laissez-moi un message », sur un ton qui me parut étrangement méconnaissable. Puis je dus répondre à sa voix enregistrée en enregistrant ma propre voix disant que son frère… *qui se trouvait dans la pièce avec moi*… était mort. Dès que j'ouvris la bouche, ce fut trop tard, je ne pus plus m'arrêter. Je n'entrerai pas dans le détail de ce que je lui racontai, principalement parce que je ne souhaite pas m'en souvenir, mais qu'importe… Toujours est-il que, lorsque j'eus terminé et que je raccrochai le combiné, l'étrangeté de la scène me frappa de plein fouet et je restai quelques instants sonné par un mélange insoutenable d'émotions… le choc, le dégoût de moi-même, le chagrin, les regrets… Mes yeux se remplirent de larmes.

Je pris quelques inspirations rapides dans un ultime effort pour me ressaisir et, tandis que je me tenais devant la fenêtre, contemplant l'assortiment flou des styles architecturaux de la ville, une seule et même pensée me remplissait l'esprit : la veille à la même heure, je n'avais pas encore croisé Vernon. Jusqu'à cet instant fatidique sur la 12e Rue, je ne lui avais pas parlé depuis près de dix ans. Pas plus qu'à sa sœur, à laquelle je n'avais jamais beaucoup pensé, de toute façon. Et voilà qu'en moins de vingt-quatre heures, je me retrouvais replongé dans une période de ma propre existence que je croyais disparue à jamais. C'était l'un de ces impondérables qui faisaient que des mois, voire des années pouvaient s'écouler sans qu'il vous arrive quoi que ce soit, jusqu'à ce qu'un événement anodin, une rencontre fortuite, ouvre un cratère d'un kilomètre de diamètre dans votre espace-temps.

Je m'écartai de la fenêtre, tiquant à la vue de Vernon sur le canapé, et m'approchai du coin cuisine. Il avait été mis à sac lui aussi, les tiroirs ouverts et fouillés. Le sol était jonché de débris d'assiettes et de verres. Je lançai un autre regard vers le séjour et mon ventre se noua à nouveau. Puis je passai dans le vestibule. La porte de gauche donnait sur la chambre. Là encore, les tiroirs avaient été sortis et vidés, le matelas avait été retourné, il y avait des vêtements partout et un grand miroir brisé sur le sol.

Je me demandai ce qui avait justifié une telle mise à sac. Dans mon état de confusion, il me fallut quelques minutes pour comprendre ce qui crevait pourtant les yeux… L'intrus cherchait naturellement quelque chose de précis. Vernon avait dû lui ouvrir la porte – ce qui signifiait qu'il le connaissait. En revenant, je l'avais interrompu dans ses recherches. Mais que cherchait-il ? Je sentis soudain mon pouls s'accélérer.

Je me baissai et soulevai un des tiroirs. Je le contemplai un moment, puis le retournai. Je fis de même avec les autres. Ce ne fut que quelques minutes plus tard, tandis que je m'attaquais aux boîtes à chaussures dans le placard, que je me rendis compte que j'étais en train de laisser mes empreintes un peu partout, ce qui ne pouvait en aucun cas être une bonne idée, quel que soit l'angle sous lequel on l'examinait. J'avais donné mon nom aux flics et, lorsqu'ils arriveraient, j'avais bien l'intention de leur raconter la vérité – du moins presque toute la vérité. Or, s'ils s'apercevaient que j'avais fouiné partout, ma crédibilité en prendrait sûrement un coup. On m'inculperait pour avoir perturbé le lieu du crime, déplacé des pièces à conviction, voire même pour complicité de meurtre. Je revins immédiatement sur mes pas, essuyant du revers de ma manche toutes les surfaces, tous les objets que j'avais touchés.

Quelques instants plus tard, du seuil de la pièce, j'examinai la chambre pour m'assurer que je n'avais rien oublié. Pour une raison que je ne saurais expliquer, je levai la tête vers le plafond et, là, je remarquai quelque chose de bizarre. Il était constitué d'un assemblage de petits panneaux carrés et l'un d'eux, directement au-dessus du lit, était légèrement de travers, comme s'il avait été déplacé récemment.

Au moment même où je faisais cette constatation, j'entendis une sirène de police au loin. J'hésitai un instant, puis grimpai sur le lit et tendis les mains vers le panneau. Je le soulevai sans rencontrer de résistance, le poussai légèrement sur le côté et regardai dans les ténèbres au-dessus de ma tête, distinguant vaguement des tuyaux, des conduits et des parois en aluminium. Je me hissai sur la pointe des pieds et palpai les abords du trou. Mes doigts rencontrèrent quelque chose.

J'allongeai le bras encore un peu et saisis un objet que je tirai vers l'ouverture. Une grosse enveloppe matelassée en papier brun, qui s'écrasa sur le lit.

Je tendis l'oreille. Cette fois, il y avait deux sirènes, peut-être trois, et elles convergeaient indubitablement vers moi.

Je me hissai de nouveau sur la pointe des pieds et remis la plaque en place de mon mieux. Puis je descendis du lit et ramassai l'enveloppe. Je la déchirai rapidement et déversai son contenu sur le lit. La première chose que je vis fut un petit calepin noir, puis une épaisse liasse de billets roulés – apparemment uniquement des billets de cinquante – et, enfin, un grand récipient en plastique avec un couvercle hermétique, sorte de version familiale du flacon que Vernon avait sorti de son portefeuille dans le bar l'après-midi précédent. À l'intérieur, il y avait – je ne sais pas – peut-être trois cent cinquante, quatre cents, *cinq cents* de ces petits comprimés blancs…

Je contemplai, bouche bée, ce qui était sans doute cinq cents doses de MDT-48. Puis je secouai la tête et fis un rapide calcul. Cinq cents multipliés par, disons, cinq cents dollars… ça faisait… deux cent cinquante mille dollars ! D'un autre côté, avec trois ou quatre de ces comprimés, je finirais mon bouquin en une semaine. Je lançai un regard autour de moi, soudain conscient que je me trouvais dans la chambre de Vernon et que les sirènes – dont le vacarme s'était encore rapproché pendant que j'examinais le contenu de l'enveloppe – venaient toutes de se taire en même temps.

Après un autre moment d'hésitation, je rassemblai tout ce qu'il y avait sur le matelas et le remis dans l'enveloppe. Coinçant celle-ci sous un bras, j'allai à la fenêtre. Tout en bas dans la rue, trois voitures de police étaient arrêtées les unes à côté des autres, leurs gyrophares tournant à tout va. Des policiers en uniforme surgirent de nulle part, créant un mouvement fébrile sur l'esplanade tandis que les passants s'arrêtaient pour regarder et commenter, et qu'un bouchon se formait au carrefour avec la 90e Rue.

Je me précipitai dans la cuisine et cherchai un sac en plastique. J'en trouvai un sous l'évier et y fourrai l'enveloppe. Je me ruai dans l'entrée et franchis la porte, veillant à la laisser entrouverte. Tout au bout du couloir, dans la direction opposée aux ascenseurs, j'avais remarqué plus tôt une grande porte en métal. Je courus vers elle. Elle donnait sur l'escalier de secours. À gauche de l'escalier, il y avait un petit réduit comprenant le vide-ordures et une niche où étaient rangés un balai et quelques boîtes. Je réfléchis une seconde, puis décidai de grimper jusqu'à l'étage supérieur, puis de là à l'étage du dessus. Dans le réduit de ce palier-ci, il y avait quatre ou cinq caisses en carton, sans rien d'écrit dessus, empilées les unes sur les autres. Je glissai le sac en plastique derrière la pile et, sans me retourner, redescendis quatre à quatre au dix-septième étage. Je franchis à nouveau la porte métallique et, sans cesser de courir, revins dans le couloir.

Il me restait encore quelques mètres à franchir quand j'entendis les portes de l'ascenseur s'ouvrir, puis des voix. Je me glissai dans l'appartement et, de là, au salon.

Totalement à bout de souffle, je me tins au milieu de la pièce, pantelant. Je posai une main sur mon cœur et me penchai en avant, comme pour prévenir une crise cardiaque. On frappa doucement à la porte. Une voix prudente appela :

— Il y a quelqu'un ?... Il y a quelqu'un ?

Il y eut une pause, puis :

— Police.

— Entrez, dis-je entre deux halètements. C'est par ici.

Pour m'occuper les mains, je ramassai le costume que j'avais laissé tomber un peu plus tôt, ainsi que le sac du petit déjeuner. Je posai ce dernier sur la table en verre et le costume sur l'accoudoir du canapé, près de moi.

Un jeune policier en uniforme, d'environ vingt-cinq ans, apparut sur le seuil de l'entrée.

— Excusez-moi… dit-il en consultant un petit bloc-notes. Edward Spinola ?

— Oui.

Je me sentis soudain coupable et sale, dans la peau d'un minable imposteur… le parfait petit truand.

— Oui, répétai-je. C'est moi.

## 6

Au cours des dix à quinze minutes suivantes, l'appartement fut pris d'assaut par une armée d'officiers en uniforme, d'inspecteurs en civil et de techniciens de la police scientifique.

Un des policiers en uniforme m'entraîna à l'écart, dans le coin cuisine, pour m'interroger. Il nota mon nom, mon adresse, mon numéro de téléphone, puis me demanda où je travaillais et quelles étaient mes relations avec la victime. Tout en répondant à ses questions, je regardais Vernon en train de se faire examiner, photographier et étiqueter. J'aperçus également deux types en civil penchés au-dessus du secrétaire, toujours renversé sur le côté, et passant au crible les papiers éparpillés autour d'eux. Ils s'échangeaient des documents, des lettres et des enveloppes, des commentaires que je ne pouvais pas entendre. Un officier en uniforme se tenait près de la fenêtre, parlant dans une radio, un autre fouillait dans les placards et les tiroirs de la cuisine.

La scène se déroulait devant moi comme dans un rêve. Elle avait un rythme et une chorégraphie bien à elle, et, même si j'y participais, me tenant dans la pièce et répondant aux questions, je n'avais pas vraiment l'impression d'en faire partie, surtout quand ils mirent Vernon dans un sac en plastique noir équipé d'une fermeture Éclair et qu'ils le sortirent de la pièce sur une civière.

Quelques instants plus tard, un des inspecteurs en civil vint vers moi, se présenta et congédia l'officier en uniforme. Il s'appelait Foley, m'informa-t-il. De taille moyenne, en costume sombre et imperméable. Il avait le front dégarni et la panse bedonnante. Il me posa quelques questions concernant ma présence sur les lieux, auxquelles je répondis. Je lui racontai tout, et rien au sujet de la MDT. Pour prouver ce que j'avançais, je montrai du doigt le costume rapporté du pressing et le sac en papier brun.

Le costume était posé à plat sur le canapé, à quelques centimètres de là où s'était trouvé le corps de Vernon. Emballé dans un film en plastique, il paraissait étrange et spectral, comme un reflet de Vernon, son écho, son calque. Foley regarda le costume à son tour mais ne réagit pas – ne le voyant naturellement pas de la même manière que moi. Puis il s'approcha de la table en verre, ouvrit le sac en papier et en sortit son contenu : les deux cafés, le muffin grillé, le bacon, les condiments… Il les aligna sur la table comme les fragments d'un squelette étalé sur la table d'un médecin légiste.

— Vous le connaissiez bien, ce… Vernon Gant ? demanda-t-il.

— Je l'ai rencontré hier pour la première fois depuis dix ans. On s'est croisés par hasard dans la rue.

— Croisés dans la rue, répéta-t-il.

Il hochait la tête tout en me regardant dans les yeux.

— Dans quoi travaillait-il ?

— Je ne sais pas. À l'époque où je le fréquentais, il collectionnait les meubles anciens.

— Ah, fit Foley. Et que faisiez-vous chez lui ?

— Eh bien…

Je m'éclaircis la gorge avant de poursuivre :

— Comme je vous le disais, je suis tombé sur lui par hasard hier et on a décidé de se retrouver pour… vous savez… évoquer le bon vieux temps…

Foley regarda autour de lui.

— Évoquer le bon vieux temps… évoquer le bon vieux temps, répéta-t-il.

Il avait manifestement la manie de répéter des phrases ainsi dans sa barbe, à moitié pour lui-même, comme s'il y réfléchissait. En fait, il était évident que son unique but était de mettre en question leur crédibilité et de saper ainsi l'assurance de son interlocuteur.

— C'est ça, dis-je sans cacher mon agacement. Évoquer le bon vieux temps. Rassurez-moi, c'est pas interdit ?

Foley haussa les épaules, indifférent.

J'eus la sensation désagréable qu'il allait me tourner autour pendant un moment, chercher des failles dans mon discours, et peut-être tenter de m'arracher des aveux, quels qu'ils soient. Mais, pendant qu'il parlait et continuait à me poser des questions, je remarquai qu'il lorgnait de plus en plus vers les cafés et le muffin sur la table, comme si rien au monde ne lui aurait fait plus envie que de s'asseoir et de prendre un petit déjeuner, peut-être en lisant la feuille humoristique du journal.

— Sa famille, ses parents ? demanda-t-il. Vous les connaissez ?

Je lui parlai de Melissa. Je lui racontai que je l'avais appelée et avais laissé un message sur son répondeur.

Il marqua une pause et me regarda bizarrement.

— Vous lui avez annoncé la nouvelle *sur son répondeur* ?

— Oui.

Cette fois, il sembla vraiment réfléchir à ma phrase pendant un moment, puis il dit :

— Je vois que vous êtes plutôt du genre sensible…

Je ne répondis pas, même si ce n'était pas l'envie qui m'en manquait, sans parler de celle de lui envoyer mon poing dans la figure. D'un autre côté, je comprenais ce qu'il voulait dire. Même avec un recul de trente à quarante minutes, ce que j'avais fait en laissant ce message me parut vraiment ignoble. Je me mordis la lèvre et me tournai vers la fenêtre. La nouvelle en soi était déjà assez horrible, mais l'entendre de *ma* bouche, et sur son répondeur ? Je poussai un soupir de frustration et remarquai que je tremblais encore un peu.

Quelques secondes plus tard, je me tournai à nouveau vers Foley, m'attendant à d'autres questions, mais il en avait terminé avec moi : il avait ôté le couvercle en plastique d'un des gobelets de café et déballé le muffin grillé. Il haussa les épaules et me lança un regard qui signifiait : « Qu'est-ce que vous voulez que je vous dise ? J'ai faim. »

Une vingtaine de minutes plus tard, on me conduisit hors de l'appartement puis en voiture jusqu'au commissariat le plus proche pour prendre ma déposition officielle. En chemin, personne ne m'adressa la parole et, avec toutes les pensées très différentes qui luttaient pour s'accaparer mon esprit, je prêtai très peu d'attention à mon environnement immédiat. Lorsqu'on me demanda de nouveau de parler, ce fut dans une grande salle grouillant de monde, assis devant un bureau en face d'un autre inspecteur bedonnant au nom irlandais.

Brogan.

Il me posa les mêmes questions que Foley, l'air tout aussi passionné par mes réponses. Je dus ensuite rester assis sur un banc de bois pendant une demi-heure, pendant qu'il retapait et imprimait mon témoignage. Il y avait beaucoup d'activité dans la pièce, toutes sortes de gens entraient et sortaient, si bien que j'avais du mal à me concentrer.

On me rappela enfin devant le bureau de Brogan, où on me demanda de lire et de signer ma déposition. Tandis que je la parcourais, il resta assis sans rien dire, jouant avec un trombone. Juste au moment où j'approchais de la fin, son téléphone sonna et il répondit d'un « Ouais, Brogan à l'appareil ». Il marqua une pause de quelques secondes, redit « Ouais » encore deux ou trois fois puis raconta brièvement ce qui s'était passé. Je commençais à être très fatigué et n'essayai même pas de suivre. Ce ne fut qu'en entendant « Oui, madame Gant » que je sursautai et me mis à écouter plus attentivement.

Brogan poursuivit son compte rendu sur un ton neutre encore quelques instants, puis déclara soudain :

— Oui, bien sûr. Il est ici, devant moi. Je vous le passe.

Il me tendit le téléphone et me fit signe de le prendre. J'obéis et, au cours des deux ou trois secondes qu'il me fallut pour l'approcher de mon oreille, je sentis à nouveau des quantités inédites d'adrénaline se déverser dans mes veines.

— Allô… Melissa ?

— Oui, Eddie. J'ai reçu ton message.

Silence.

— Écoute, je suis vraiment désolé de te l'avoir annoncé comme ça. J'ai flippé, et…

— Ne t'inquiète pas pour ça. C'est aussi à ça que servent les répondeurs téléphoniques.

— Euh… oui. Peut-être.

Je lançai un regard nerveux vers Brogan avant de reprendre :

— Je suis sincèrement désolé pour Vernon.

— Oui, moi aussi.

Son élocution était lente. Elle paraissait épuisée.

— Mais je vais te dire une chose, Eddie, je n'ai pas été surprise pour autant. Ça lui pendait au nez.

Je ne trouvai rien à répondre.

— Je sais que ça peut paraître vache de ma part, poursuivit-elle, mais il était impliqué dans…

Elle marqua une pause avant d'achever :

— … dans des choses. Mais sur ce sujet, je suppose que je ferais mieux de la fermer, je me trompe ?

— Je crois en effet que ce serait une bonne idée.

Tripotant toujours son trombone, Brogan avait la tête du gars qui est en train d'écouter son feuilleton préféré à la radio et qui n'en perd pas une miette.

— Cela dit, quand j'ai entendu ta voix dans le répondeur, je n'en croyais pas mes oreilles, dit-elle. J'ai bien failli ne pas comprendre le message. J'ai dû me le repasser une deuxième fois.

Elle marqua une nouvelle pause, qui dura quelques secondes de plus que ce à quoi on se serait attendu, puis reprit :

— Au fait… qu'est-ce que tu faisais chez Vernon ?

— Je suis tombé sur lui par hasard hier après-midi, sur la 12e Rue, et on était convenus de se retrouver chez lui aujourd'hui…

Je n'avais pratiquement qu'à lire ma déposition.

— Tout ça, c'est si étrange… commença-t-elle.

— Tu crois qu'on pourrait se voir ? J'aimerais…

Je ne finis pas ma phrase.

J'aimerais quoi ?

Elle laissa le silence flotter entre nous.

Puis elle répondit enfin :

— Je vais être très occupée, dans les jours qui viennent, Eddie. Il va falloir que j'organise l'enterrement et Dieu sait quoi d'autre.

— Je peux t'aider à faire quelque chose ? Je me sens…

— Il n'y a vraiment pas de quoi. Tu n'as rien à te reprocher. Je t'appellerai quand… quand j'aurai un peu de temps. On pourra alors avoir une vraie conversation. Ça te va ?

— Oui, très bien.

J'aurais voulu dire autre chose, lui demander comment elle allait, la faire parler encore un peu…

— Très bien, alors au revoir, dit-elle.

Nous raccrochâmes en même temps.

Brogan laissa retomber son trombone et, se penchant sur son bureau, me fit un signe du menton vers ma déposition.

Je la signai et la lui rendis.

— C'est fini ? demandai-je.

— Pour le moment. Si on a encore besoin de vous, on vous appellera.

Puis il ouvrit un tiroir et se mit à fouiller dedans.

Je me levai et partis.

Une fois dans la rue, j'allumai une cigarette et tirai quelques taffes. Je lançai un regard à ma montre. Il était trois heures et demie de l'après-midi. La veille, à la même heure, rien de tout ceci n'avait commencé.

Je n'allais plus pouvoir nourrir cette pensée encore bien longtemps. Ce qui était aussi bien car, à chaque fois, je retombais dans le piège de croire qu'il existait peut-être un moyen de rebrousser chemin, comme s'il existait une période de grâce pendant laquelle on pouvait revenir sur ses pas et défaire ce qui avait été fait, une possibilité de racheter ses erreurs.

J'errai un moment sans but puis hélai un taxi. Assis sur la banquette arrière, roulant vers le sud de la ville, je me repassais mentalement ma conversation avec Melissa, encore et encore. Malgré le motif de notre conversation, notre ton m'avait paru plutôt normal, ce qui me procurait un plaisir injustifié. Pourtant, il y avait eu quelque chose de différent dans le timbre de sa voix, quelque chose que j'avais déjà détecté plus tôt dans le message de son répondeur. Une certaine épaisseur, une lourdeur… mais due à quoi ? À la désillusion ? À la cigarette ? Aux enfants ?

Je lançai un regard par la vitre. Les numéros des rues transversales défilaient devant moi, comme des paliers de décompression me permettant de réintégrer l'atmosphère. Plus je m'éloignais de la Linden Tower, mieux je me sentais… puis une pensée horrible me saisit, d'un coup.

Vernon avait été impliqué dans des « choses », *dixit* Melissa. Je croyais savoir ce que cela signifiait. Conséquence directe de ces « choses » : il avait été tabassé puis assassiné. Pour ma part, pendant que Vernon gisait mort sur son canapé, j'avais fouillé sa chambre, découvert une liasse de billets, un calepin et cinq cents comprimés. Je les avais cachés et avais menti à la police. En d'autres termes, j'étais moi aussi impliqué dans ces « choses ».

J'étais peut-être même en danger.

Quelqu'un m'avait-il vu ? Je ne le pensais pas. Lorsque j'étais revenu dans l'appartement, l'intrus était dans la chambre et avait fui immédiatement. Il avait vu, tout au plus, mon dos, m'avait entr'aperçu quand je m'étais retourné… mais je n'avais distingué pour ma part qu'une ombre floue.

En revanche, il (ou un complice) m'avait peut-être guetté dans la rue. Ils avaient pu me repérer sortant de la Linden Tower avec la police, me suivre jusqu'au commissariat… *être en train de me suivre en ce moment même.*

Je demandai au chauffeur de me laisser descendre.

Il s'arrêta au coin de la 29e Rue et de la Deuxième Avenue. Je payai ma course et descendis. Je lançai un regard à la ronde. Aucune autre voiture ne semblait s'être arrêtée en même temps que nous, même si je ne pouvais pas avoir tout remarqué. Je marchai d'un pas leste vers la Troisième Avenue, regardant par-dessus mon épaule toutes les cinq secondes. Je pénétrai dans la station de métro à l'angle de la 28e Rue et de Lexington Avenue, pris la ligne 6 en direction d'Union Square, puis la L vers l'ouest, jusqu'à la Huitième Avenue. Là, je sortis, pris un bus et revins vers l'est jusqu'à la Première Avenue.

J'aurais pu prendre un autre taxi et tourner en rond encore quelque temps, mais j'étais près de chez moi et bien trop fatigué… En outre, honnêtement, je doutais qu'on ait pu me suivre jusque-là. Si bien que, capitulant, je repris un bus jusqu'à la 14e Rue puis parcourus à pied les derniers pâtés de maisons jusqu'à mon immeuble.

## 7

De retour dans mon appartement, j'imprimai les notes et le brouillon de l'introduction de mon livre. Je m'installai sur le canapé pour les relire, mais j'étais tellement épuisé que je m'endormis presque aussitôt.

Je me réveillai quelques heures plus tard, la nuque raide. Dehors, il faisait sombre. Il y avait des pages éparpillées tout autour de moi : sur mes genoux, sur le canapé, sur le sol à mes pieds. Je me frottai les yeux, rassemblai les feuillets et me remis à lire. Il ne me fallut que quelques minutes pour me rendre compte que je n'avais rien inventé. De fait, je décidai d'envoyer tout ce travail à Mark Sutton chez K & D dès le lendemain matin, rien que pour lui rappeler que je m'occupais toujours du projet.

Une fois que j'eus lu et relu toutes mes notes, je restai là, sans savoir quoi faire. Je tentai de m'occuper en mettant de l'ordre dans les papiers sur mon bureau, mais je n'arrivais pas à me concentrer. En outre, j'avais déjà parfaitement tout trié la veille. Ce qu'il me restait à faire – il était inutile de faire mine de pouvoir l'éviter, ni de repousser l'échéance –, c'était retourner à la Linden Tower récupérer l'enveloppe. L'idée m'angoissait. J'en conclus qu'il me fallait un déguisement.

J'allai dans la salle de bains, me douchai et me rasai. Je trouvai du gel et en enduisis mes cheveux, les aplatissant sur mon crâne, puis les lissant en arrière. Je fouillai ensuite dans ma penderie en quête d'une tenue inédite. Je possédais un seul costume, gris et simple, que je n'avais pas porté depuis deux ans. Je sortis également une chemise gris clair, une cravate et une paire de richelieus noirs. J'étalai le tout sur le lit. Le problème du costume, c'était que le pantalon était devenu trop petit. J'eus un mal de chien à le fermer à la taille et à boutonner la chemise. Une fois que j'eus noué la cravate et enfilé les chaussures, je m'examinai dans le miroir. J'avais l'air ridicule – on aurait dit un petit malfrat grassouillet qui aurait passé trop de temps à se gaver de *linguini* et à inventer des arnaques foireuses pour penser à renouveler sa garde-robe. Ça ne me ressemblait pas, c'était le principal.

Je dénichai une vieille serviette en cuir que j'utilisais parfois pour trimbaler mon boulot et décidai de l'emporter, puis enfilai une paire de gants en cuir noir dégotée sur une étagère dans la penderie. Je vérifiai mon look une dernière fois dans le miroir près de la porte et sortis.

Dans la rue, il n'y avait aucun taxi en vue. Je marchai donc jusqu'à la Première Avenue, priant que personne ne me voie. Je trouvai une voiture au bout de quelques minutes et partis vers les quartiers nord, pour la deuxième fois de la journée. Tout était différent. Cette fois, il faisait nuit et la ville était illuminée. J'étais en costard, avec une serviette sur les genoux. C'était le même itinéraire, mais cela semblait se passer dans un univers parallèle, un univers où je ne savais pas très bien qui j'étais ni ce que j'y faisais.

Nous arrivâmes devant la Linden Tower.

Balançant ma serviette à bout de bras, j'entrai d'un pas rapide dans le hall, qui était encore plus animé que plus tôt dans la journée. J'évitai de justesse deux femmes chargées de sacs de provisions et me dirigeai vers les ascenseurs. J'attendis avec un groupe de douze à quinze personnes, trop mal à l'aise pour simplement les regarder. Si j'étais en train de marcher droit dans une embuscade, eh bien, tant pis…

Dans l'ascenseur, je sentis mon pouls s'accélérer. J'avais appuyé sur le bouton du vingt-cinquième étage, comptant redescendre au dix-neuvième par les escaliers. J'espérais qu'à un moment ou un autre je me retrouverais seul dans l'ascenseur, mais ça n'avait pas l'air parti pour. Lorsque nous arrivâmes au vingt-cinquième étage, il y avait encore six personnes dans la cabine et trois d'entre elles sortirent devant moi. Deux partirent sur la gauche et le troisième, un type d'âge moyen en costume, tourna à droite. Je marchai quelques pas derrière lui, priant qu'il continue tout droit et ne tourne pas à l'angle.

Il tourna à l'angle. Je m'arrêtai et posai ma serviette. Je sortis mon portefeuille, fis mine d'y chercher quelque chose. J'attendis un moment, repris la serviette, avançai et tournai à mon tour. Le couloir était désert et je poussai un soupir de soulagement.

Presque aussitôt, derrière moi, j'entendis les portes de l'ascenseur s'ouvrir à nouveau et quelqu'un rire. J'accélérai le pas, puis me mis à courir. Juste au moment où je refermais la porte métallique de l'escalier de secours, j'entr'aperçus deux personnes à l'angle du couloir.

J'attendis quelques secondes, espérant nc pas avoir été vu, reprenant mon souffle. Lorsque je me sentis suffisamment maître de moi, je commençai à descendre l'escalier gris et froid, avalant les marches deux par deux. Sur le palier du vingt-deuxième étage, je crus entendre des voix, plus bas. Je ralentis le pas. Puis, n'entendant plus rien, je repris de la vitesse.

Au dix-neuvième étage, je m'arrêtai, posai ma serviette sur le sol en béton. Je regardai derrière la pile de boîtes en carton, dans le renfoncement du mur.

Je n'avais pas besoin de ça. Je pouvais très bien ressortir du building comme si de rien n'était et laisser quelqu'un d'autre découvrir l'enveloppe. D'un autre côté, si je la prenais, ma vie ne serait plus jamais la même. J'en étais sûr.

Après une grande inspiration, je glissai la main derrière les cartons. Je ressortis le sac en plastique, en vérifiai le contenu puis mis le tout dans ma serviette.

Je tournai les talons et repris ma descente.

Arrivé au onzième étage, je me dis que cela suffirait et que je pouvais prendre l'ascenseur jusqu'au rez-de-chaussée. Il ne se passa rien dans le hall, ni sur l'esplanade. Je marchai jusqu'à la Deuxième Avenue et pris un taxi.

Vingt minutes plus tard, je me tenais devant mon immeuble, sur la 10e Rue.

De retour chez moi, j'ôtai immédiatement mon costume et me douchai pour enlever le gel de mes cheveux. Puis j'enfilai un jean et un T-shirt. Je sortis une bière du frigo, allumai une cigarette et passai dans le séjour.

Assis à mon bureau, je vidai le contenu de l'enveloppe sur le plan de travail. Je saisis d'abord le petit calepin noir, négligeant intentionnellement les comprimés et l'épaisse liasse de billets de cinquante dollars. Il contenait des noms et des numéros de téléphone. Certains avaient été rayés, soit complètement, soit seulement le numéro, parfois remplacé par un autre, au-dessus ou au-dessous. Je le feuilletai rapidement dans un sens, puis dans l'autre, mais ne reconnus aucun des noms.

Je remis le calepin dans l'enveloppe et commençai à compter l'argent.

Neuf mille quatre cent cinquante dollars.

Je pris dix billets de cinquante, les glissai dans mon portefeuille.

Après quoi, je débarrassai un espace sur mon bureau, mis mon clavier de côté et comptai les comprimés. Je les disposai en petits tas de cinquante, neuf en tout, plus dix-sept comprimés. À l'aide d'une feuille de papier pliée, je fis glisser les quatre cent soixante-sept comprimés dans leur boîte en plastique. Puis je restai à fixer celle-ci un moment, indécis, avant d'en ressortir dix. Je les mis dans un petit pot en céramique sur une étagère en bois, au-dessus de l'ordinateur. Je replaçai le reste de l'argent et des comprimés dans l'enveloppe et emportai celle-ci dans ma chambre. Je la cachai dans une boîte à chaussures au fond de la penderie et la recouvris ensuite d'une couverture et d'une pile de vieux magazines.

J'envisageai ensuite d'avaler un des comprimés et de me mettre tout de suite au travail. Puis je me ravisai. J'étais éreinté et avais besoin de dormir. Avant d'aller au lit, je m'assis un moment sur le canapé du salon et bus une autre bière, sans cesser de lancer des regards vers le petit pot en céramique au-dessus de l'ordinateur.

# Deuxième partie

# 8

Même si les événements ont commencé à devenir un peu flous par la suite, avec le recul, depuis ma chambre du Northview Motor Lodge, je me souviens du lendemain, qui était un jeudi, et des deux jours qui ont suivi, comme n'étant précisément que ça : des jours, des entités temporelles distinctes, avec un début et une fin. On se lève et, x heures plus tard, on se couche. Je pris une dose de MDT-48 au début de chacune de ces matinées, et l'expérience que je vécus fut assez semblable à ma première séance, à savoir que la réaction fut quasi immédiate. Je restai dans mon appartement tout ce temps, travaillant de manière productive, *très* productive, jusqu'à ce que les effets s'estompent.

Le premier jour, je filtrai quelques appels d'amis qui m'invitaient à sortir et annulai un rendez-vous prévu pour le vendredi soir. Je terminai l'introduction – un total de onze mille mots – et achevai le plan du livre, peaufinant l'approche à adopter pour les légendes. Naturellement, je ne pouvais pas rédiger ces dernières avant d'avoir une idée claire des illustrations que j'allais utiliser, aussi décidai-je de m'atteler au tri des images. Cela me prit plusieurs heures. En temps normal, bien sûr, j'aurais mis quatre à six semaines, mais je décidai qu'il valait mieux ne pas trop s'attarder sur cette pensée. Je rassemblai mes documents – coupures de presse, pages de magazines, pochettes de disques, boîtes de diapositives, planches contact – et les étalai sur le sol au milieu de la pièce. Je commençai à les trier puis pris une longue série de décisions, rapides et déterminées. Bientôt, j'avais une liste provisionnelle d'illustrations et j'étais en mesure de commencer à rédiger les légendes.

Je me rendis compte qu'une fois cette phase terminée, ce qui, au train où allaient les choses, ne me prendrait pas plus d'une seconde journée, mon bouquin serait pratiquement achevé. Un premier jet complet en deux jours ? Certes, cela faisait des mois que j'y réfléchissais, que je rassemblais de la documentation, que je ressassais le projet. J'avais déjà plus ou moins conçu un plan dans ma tête. J'avais fait des recherches. J'avais réfléchi au titre.

Peut-être. Mais cela n'enlevait rien au fait que, pour un mollusque endomorphe de mon espèce, dont tout le système de croyance reposait sur la notion asociale selon laquelle un grave manque de discipline était une grande qualité, accomplir autant de travail en deux jours était extraordinaire.

Alors pourquoi résister ?

Le vendredi matin, je continuai de rédiger les légendes et, sur le coup de midi, il était évident que j'aurais terminé avant la fin de la journée. Aussi je décidai d'appeler Mark Sutton, chez K & D, pour lui dire où j'en étais. La première chose qu'il me demanda fut si j'avais avancé dans la correction du manuel de télécommunications qu'il m'avait confié.

— Comment tu t'en sors ?

— J'ai presque fini, mentis-je. Tu l'auras lundi matin.

Ce qui était vrai.

— Parfait. Tu avais quelque chose de particulier à me dire, Eddie ?

Je lui parlai des *Accros* et lui demandai s'il voulait que je lui envoie mon premier jet.

— C'est que…

— Il se présente bien. Il a sans doute besoin de quelques révisions ici et là, mais…

— Eddie, tu as encore trois mois devant toi !

— Je sais, je sais, mais j'ai pensé que, s'il y avait d'autres titres prévus dans la série, je pourrais peut-être… en faire un autre ?

— Un autre ? ! Eddie, tous les titres ont déjà été attribués, tu le sais très bien. Tu en as un, Dean en a un, Clare Dormer en a un autre. Qu'est-ce qui t'arrive ?

Il avait raison. Dean Benett, un ami, faisait *Vénus*, un album sur les plus belles femmes du siècle ou quelque chose du même tonneau. Clare Dormer, une psychiatre qui avait écrit quelques articles sur des troubles associés à la célébrité pour des magazines grand public, se chargeait des *Garnements du petit écran*, un bouquin sur la manière dont les enfants étaient présentés dans les sitcoms classiques. Il y avait trois autres projets en route, dont un, si je me souvenais bien, intitulé les *Grands Buildings*.

Je ne me souvenais pas des autres.

— Je ne sais pas, Mark. Et la deuxième phase ? Si ces titres marchent bien…

— Il n'y a pas encore de deuxième phase de prévue, Eddie.

— Mais… si ça se vend bien ?

J'entendis un bref soupir d'exaspération à l'autre bout du fil.

— Dans ce cas, je suppose qu'il pourrait effectivement y avoir une phase deux.

Il marqua une pause, puis demanda :

— Pourquoi, tu as des suggestions ?

Je n'y avais pas réfléchi mais, comme je tenais coûte que coûte à me mettre un autre projet sous la dent, je coinçai le combiné contre mon épaule et parcourus du regard les livres alignés sur les étagères du séjour.

— Voyons voir…

Je fixai la tranche d'un catalogue que Melissa m'avait offert après notre visite d'une expo de photographies au Musée d'art moderne, au sujet de laquelle nous nous étions disputés.

— Pourquoi pas un livre sur les grandes photos de presse ? On pourrait commencer par ce cliché incroyable de la comète de Halley. Celui de 1910. Ou la photo de Bruno Hauptmann… tu te souviens ?…. l'exécution. Ou l'accident de train au Kansas, en 1928 ?

J'eus une vision soudaine des wagons enchevêtrés, d'énormes volutes de fumée et de poussière.

— Sinon… poursuivis-je, que dirais-tu d'Adolf Hitler assis avec Hindenburg et Hermann Goering devant le monument Tannenberg ?

Une autre vision, cette fois d'un Hermann Goering distrait, regardant un objet qu'il tenait dans ses mains, un objet qui ressemblait étrangement à un ordinateur portable.

— Ou encore, les chapelets de bombes au-dessus de Londres. Le débat à Moscou entre Khrouchtchev et Nixon dans une cuisine. La gamine fuyant son village bombardé au napalm au Viêt Nam. L'enterrement de l'Ayatollah…

Fixant toujours la tranche du livre, je voyais littéralement ces images, dans le détail, comme si elles défilaient devant moi sur un lecteur de microfilms. Je secouai la tête pour dissiper ces visions et repris :

— Il doit y en avoir des milliers d'autres. Sinon, pour les sujets, on n'a que l'embarras du choix : les affiches de cinéma, les publicités, les gadgets du vingtième siècle, tels l'ouvre-boîte, la calculatrice ou le magnétoscope. Pourquoi pas les automobiles ?

Tout en lançant ces suggestions, prenant appui sur le bureau pour m'équilibrer, je me rendis compte qu'une seconde catégorie d'idées se formait dans ma tête. Jusque-là, je ne m'étais occupé que de mon propre bouquin. Je n'avais pas réfléchi à la collection dans son ensemble. Mais il m'apparaissait soudain que Kerr & Dexter la traitait un peu par-dessus la jambe. Leur série sur le vingtième siècle n'était probablement qu'une réaction à un projet similaire lancé par une maison concurrente, un projet dont ils avaient eu vent et sur lequel ils ne voulaient pas se laisser distancer. Or, c'était comme si, maintenant qu'ils avaient décidé de le faire, ils estimaient inutile de pousser plus loin. Artic Meltzer, vice-président de K & D, disait toujours que, pour survivre sur le marché, pour tenir la route face aux grands groupes, la maison avait besoin d'ouvrir ses horizons. Mais se décharger d'un projet comme celui-ci en le confiant au département de Mark n'était pas lui rendre service. Mark n'avait pas les ressources nécessaires, mais Artie savait qu'il l'accepterait de toute façon, parce que Mark, qui ne savait pas dire non, acceptait tout ce qu'il lui proposait. Après quoi, Artie pouvait oublier son projet jusqu'au moment de répartir les blâmes pour l'échec de la collection.

Mais ce qu'Artie n'avait pas vu, c'était que la série était vraiment une bonne idée. Certes, d'autres éditeurs allaient lancer des bouquins similaires, mais ce serait toujours le cas. Le tout était d'être le premier et le meilleur. La matière, l'iconographie du vingtième siècle, était là, ne demandant qu'à être exploitée. Pour autant que je puisse m'en rendre compte, Sutton n'avait fait le travail qu'à moitié, et encore ! Ses idées manquaient de précision et de structure.

— Et puis tu as aussi, je ne sais pas, les moments forts du sport. Babe Ruth. Tiger Woods. Putain ! Et le programme spatial. C'est sans fin !

— Hummm…

— Et puis, tu ne penses pas que tous ces livres devraient avoir un titre similaire ? Quelque chose d'identifiable. Le mien, par exemple, s'appelle *Les Accros du beau : de Haight-Ashbury à la Silicon Valley*. Celui de Dean pourrait être, voyons voir… *Les Mordus de Vénus : de… Mary Pickford à Gwyneth Paltrow*, ou de *Garbo à Spencer*, quelque chose dans ce goût-là. Celui de Clare, si elle s'en tient aux garçons, pourrait être… *Les Garnements du petit écran : de Beaver à Bart Simpson*, un truc de ce genre. L'idée serait de leur donner une formule commune, de les rendre plus faciles à vendre…

Il y eut un silence à l'autre bout du fil, puis :

— Qu'est-ce que tu veux que je te dise, Eddie ? On est vendredi. J'ai des échéances à tenir, *aujourd'hui*.

J'imaginai Mark dans son bureau, mince et dégingandé, s'efforçant de ne pas se laisser submerger par la masse de travail en retard, un cheeseburger intact ou à moitié mangé sur sa table, sa secrétaire, dont il était amoureux, l'humiliant rituellement chaque fois que leurs regards se croisaient. Il avait un bureau sans fenêtre au douzième étage de l'ancien immeuble des autorités portuaires, sur la Neuvième Avenue. Il y passait le plus clair de son temps, y compris les soirs, les week-ends et ses jours de congé. Il me fit soudain pitié.

— Laisse tomber, dis-je. OK, Mark, on se parle lundi.

Lorsque j'eus raccroché, je griffonnai quelques notes sur différentes formes possibles que pourrait prendre la collection. Deux heures plus tard, j'avais pondu une proposition d'une dizaine de titres, avec un bref plan pour chacun et une liste d'illustrations. Mais ensuite… quelle était la prochaine étape ? Il fallait qu'on me charge d'une partie du projet, je ne pouvais pas continuer à travailler comme ça, dans le vide.

L'attitude de Mark et son manque d'intérêt m'agaçaient, si bien que je décidai d'appeler directement Meltzer pour lui soumettre mon idée. Je savais que Mark et Artie ne s'entendaient pas très bien et qu'Artie serait ravi d'une bonne occasion d'augmenter la pression sur lui. Mais qu'Artie accepte ma proposition ou non était une autre paire de manches.

Je l'obtins du premier coup et me lançai aussitôt dans le vif du sujet. J'ignore où j'allai chercher mes arguments mais, à la fin de la conversation, Meltzer était pratiquement prêt à restructurer toute la société, avec la série sur le vingtième siècle comme pièce maîtresse du prochain catalogue de printemps. Il voulait qu'on dîne ensemble, mais sa femme et lui étaient invités aux Hamptons pour le week-end et il ne pouvait pas se décommander, sa femme le tuerait. Il paraissait agité, rechignant à raccrocher, comme s'il sentait qu'une occasion en or était en train de lui glisser entre les doigts…

La semaine prochaine, promis-je. On se verrait la semaine prochaine.

Je passai le restant de la journée à corriger le manuel de télécommunications et à développer mes notes pour Artie, sans voir là la moindre contradiction et sans réfléchir au fait que peut-être, par mes actions, je mettais en danger le job de Mark Sutton.

Quant à la MDT, ce jeudi et ce vendredi-là, je ne remarquai rien de différent. Elle ne me procurait aucun plaisir, mais, comme la première fois, un besoin irrépressible de m'occuper. Je n'avais plus rien à faire dans l'appartement parce que tout était déjà fait, à moins, bien sûr, de m'attaquer à la décoration, changer le mobilier, repeindre les murs, arracher le vieux parquet, ce qui ne me tentait en rien. Je n'avais donc d'autre choix que de canaliser toute cette énergie dans la révision du texte et l'élaboration des notes. Il faut savoir ce que ce genre de travail implique généralement. Par exemple, de regarder une émission-débat à la télévision, de feuilleter un magazine sur le canapé ou même de faire une longue sieste, dans mon lit. Le travail finit toujours par se faire, tôt ou tard, même s'il y aurait pas mal à redire sur la méthode.

Je dormis cinq heures la nuit du jeudi au vendredi, d'un sommeil profond. La nuit du vendredi fut moins facile. Je me réveillai à trois heures et demie et restai au lit pendant près d'une heure avant de capituler et de me lever. Je me préparai du café et avalai une dose de MDT, ce qui signifie que, vers les cinq heures, je carburais à pleins tubes, sans rien de concret à faire. Je parvins néanmoins à m'occuper chez moi toute la journée. Je me plongeai dans les livres de grammaire italienne que j'avais achetés et jamais ouverts lorsque j'étais à Bologne. J'avais appris suffisamment d'italien pour me débrouiller et même pour faire des traductions simples, mais je n'avais jamais étudié la langue d'une manière formelle. La plupart des Italiens que j'avais rencontrés voulant mettre à l'épreuve leur anglais, j'avais toujours réussi à m'en sortir avec mes connaissances rudimentaires. Cette fois, je passai quelques heures à analyser le système de la concordance des temps ainsi que d'autres éléments grammaticaux essentiels : le subjonctif, les comparatifs, les pronoms, les réflexifs. Le plus étrange, c'était que je les reconnaissais tous. Je me rendais compte que je savais déjà tout ça, me répétant continuellement : Ouais, bien sûr, c'est comme ça que ça marche !

Je trouvai une série d'exercices dans l'un des livres et fis un sans-faute. Je ressortis ensuite un vieux numéro de *Panorama*, un magazine d'information hebdomadaire, et tout en parcourant les ragots sur les politiciens locaux, les stylistes de mode et les présidents de clubs de foot, puis un long article sur le Viagra, je sentis des pans entiers de vocabulaire se détacher et flotter librement au premier plan de ma conscience. Après quoi, je descendis des étagères un exemplaire du classique d'Alessandro Manzoni, *I Promessi sposi*, que j'avais acheté avec la meilleure intention mais n'avais jamais eu le courage d'attaquer. Je ne l'avais même pas ouvert. De toute manière, je n'avais pas plus de chance d'y comprendre quelque chose qu'un étudiant en première année d'anglais de pouvoir lire Shakespeare dans le texte. Je le commençai néanmoins et fus tout surpris du plaisir que me procurait cette représentation vivante de la vie quotidienne en Lombardie au début du dix-septième siècle. De fait, lorsque je reposai le livre, deux cents pages plus tard, j'étais à peine conscient d'avoir lu un texte dans une langue étrangère. Si je m'interrompais dans ma lecture, ce n'était pas parce que je m'ennuyais, mais parce que j'étais continuellement distrait par l'idée que mon italien parlé était peut-être devenu aussi bon que mon niveau de compréhension écrite.

Je réfléchis un instant puis sortis mon carnet d'adresses. Je trouvai le numéro d'un vieil ami à Bologne et le composai. Tout en attendant, je calculai le décalage horaire. Là-bas, on était au milieu de l'aprèsmidi.

— *Pronto ?*

— *Ciao Giorgio, sono Eddie, da New York.*

— *Eddie ? Cazzo ! Come stai ?*

— *Abbastanza bene. Senti Giorgio, volevo chiederti una cosa...*

Et patati et patata. Nous discutions depuis une demiheure environ – après avoir analysé en détail la crise mexicaine, son récent divorce et la qualité du dernier cru de *spumante* –, quand Giorgio se rendit soudain compte que nous parlions en italien. Nous avions presque toujours communiqué en anglais et, jusque-là, nos rares conversations en italien se limitaient à de brèves considérations sur le temps et sur tout ce qu'on pouvait mettre sur une pizza.

Il était stupéfait. Je dus lui raconter que j'avais pris des cours intensifs.

Après avoir raccroché, je me replongeai dans la lecture des *Promessi sposi*, que je finis vers midi. Je dévorai ensuite un livre sur l'histoire italienne, une vue générale, et me retrouvai embarqué dans un réseau complexe de références et de renvois entre empereurs, papes, cités, Etats, invasions, choléra, unification, fascisme… Tout ceci souleva en moi des questions plus spécifiques sur l'histoire récente, auxquelles je ne pouvais trouver de réponses, faute de documents adéquats, sur les accords entre Mussolini et le Vatican en 1929, le rôle de la CIA dans les élections de 1948, la loge maçonnique P2, les Brigades rouges, l'enlèvement et l'assassinat d'Aldo Moro, à la fin des années 70… Bettino Craxi dans les années 80, Di Pietro et les *tangetopoli* dans les années 90. J'avais une perception viscérale des siècles entassés les uns sur les autres, remplis d'événements se succédant rapidement, puis s'ébranlant telles les colonnes d'un temple, s'effondrant vers le présent et se fragmentant en décennies, années, mois angoissés et fébriles. Je sentais les réseaux de conspiration et de tromperie – les trahisons, les meurtres, les infidélités – tisser leur trame, allant et venant à travers le temps, allant et venant, virtuellement, sur ma peau. J'étais également convaincu que, par un effort intense de concentration et de volonté, je pourrais contenir tout cela dans mon esprit, le comprendre, le percevoir, comme une entité physique avec une structure chimique identifiable… le *voir*, presque à le toucher, ne serait-ce qu'un instant…

Le samedi matin, toutefois, à mesure que les effets de la MDT s'atténuaient, je dus reconnaître que ma facilité à comprendre les polymères complexes de l'histoire commençait à faiblir. Je pris donc un autre comprimé. Mais par ce geste, naturellement, je modifiai la dynamique du processus et fragmentai tout le sens que j'avais du temps et de la structure à ce stade de ma vie. Reprendre de cette drogue sans une interruption sembla également décupler son intensité, au point que je me rendis rapidement compte que je ne pouvais plus rester enfermé chez moi. Je devais absolument sortir.

Je téléphonai à Dean et le retrouvai une heure plus tard au Zola, sur MacDougal Alley. Il me fallut un certain temps pour pouvoir moduler ma voix, ajuster la cadence à laquelle je débitais une syntaxe nettement labyrinthique, m'accorder à moi-même, en somme, car, en dehors des quelques conversations téléphoniques que j'avais eues, ce rendez-vous avec Dean était ma première vraie rencontre avec quelqu'un depuis que j'avais commencé à prendre de la MDT. Je ne savais pas trop comment j'allais réagir, ni comment je serais perçu.

Une fois installés devant un verre, nous en vînmes rapidement à discuter de Mark Sutton et d'Artie Meltzer. Je lui soumis mes idées pour une grande collection sur le vingtième siècle. Je voyais bien qu'il me regardait bizarrement. Il fronçait les sourcils, des doutes sur mon état mental semblaient se former dans son esprit. Dean travaillait comme moi en free-lance pour K & D. Nous avions fait connaissance quelques années plus tôt. Nous partagions un même mépris pour tout ce qui concernait la maison d'édition, ainsi qu'une attitude pour le moins laxiste par rapport au travail. Par conséquent, mes propositions éditoriales et mes projections de vente avaient de quoi le laisser perplexe. Je battis en retraite tant bien que mal, pour disserter ensuite sur diverses théories paranoïaques concernant la politique italienne, avec un peu plus de passion et de compétence que ce à quoi il se serait attendu de ma part, quel que soit le sujet. L'autre détail qui attira visiblement son attention – et qui le retint, je pense, de m'accuser de m'être farci à la coke – était que je ne fumais pas. Je décidai alors d'ajouter à sa confusion en acceptant une de ses cigarettes, mais une seule.

Un peu plus tard, d'autres amis de Dean nous rejoignirent pour dîner. Il y avait un couple d'âge moyen que j'avais déjà rencontré, Paul et Ruby Baxter, tous deux architectes, et une jeune actrice canadienne prénommée Susan. Pendant le dîner, nous discutâmes de choses et d'autres et il devint rapidement manifeste pour tout le monde, moi y compris, que j'étais capable d'énoncer avec une éloquence effrayante des opinions élaborées sur n'importe quel sujet. Je me lançai dans un long débat avec Paul sur les mérites relatifs de Bruckner et de Mahler. Je leur servis ma soupe sur les années 60, incluant un petit speech de mon cru sur la stylisation et Raymond Loewy. J'enchaînai par une nouvelle digression sur l'histoire italienne et la nature du temps, ce qui déboucha sur une longue critique des lacunes de la théorie politique occidentale face à l'évolution rapide de la situation planétaire. À une ou deux reprises – comme si j'étais sorti de mon corps et m'observais de loin –, je devins fortement conscient de moi-même assis à la table, discourant. Pendant ces brefs instants, sans cesser de me frayer un chemin à la machette à travers les denses sous-bois de la syntaxe et du vocabulaire latins, je me rendis compte que je ne savais pas trop ce que je disais, que j'étais incapable de savoir si j'étais cohérent ou non. Pourtant, mon discours semblait passer parfaitement. Tout en craignant d'en faire un peu trop, je détectai chez Paul la même réaction que chez Artie Meltzer un peu plus tôt, une sorte de besoin fébrile de continuer à discuter avec moi, comme si je le revigorais, lui insufflais de la force, lui transmettais des vibrations régénératrices. Ce n'était pas non plus mon imagination quand, un peu plus tard, Susan se mit à me faire des avances, frottant son bras contre le mien, soutenant mon regard. Je parvins à l'éconduire avec tact en revenant au débat Bruckner-Mahler avec Paul, mais ne me demandez pas pourquoi, car ce thème commençait à m'ennuyer et elle était vraiment très belle.

Après le dîner, nous allâmes dans une série de boîtes – d'abord au Duma, puis au Virgil's, ensuite au Moon et plus tard à l'Hexagon. Je ne me rappelle pas exactement quand mais, à un moment donné, je repris une dose de MDT quelque part dans des W-C. En revanche, je me souviens nettement d'une atmosphère typique de toilettes de boîte de nuit, les néons crus et blêmes, les gens se reflétant dans les miroirs tout autour de moi, certains plongés dans des conversations décalées, les mâchoires crispées, d'autres affalés contre le carrelage blanc, ivres, défoncés, hagards, comme s'ils étaient tombés accidentellement hors de leur vie.

Je me souviens de m'être senti électrique.

De plus en plus perplexe, Dean rentra chez lui vers deux heures du matin, bientôt imité par Susan. D'autres amis de Paul et Ruby arrivèrent, suivis un peu plus tard par des amis de leurs amis. Puis ce fut au tour de Paul et de Ruby de disparaître. Une ou deux autres heures passèrent et je me retrouvai dans un immense appartement de l'Upper West Side, avec un groupe de gens que je ne connaissais pas. Ils étaient tous assis autour d'une table en verre, à sniffer rail de coke sur rail de coke. Malgré cela, c'était encore moi qui parlais le plus. À un moment, en marchant dans la pièce, j'aperçus mon reflet dans un grand miroir au cadre ouvragé suspendu au-dessus d'une fausse cheminée en marbre. Je me rendis compte que j'étais le centre d'une attention unanime et que ce que je racontais – Dieu seul sait ce dont il s'agissait ! – était écouté par tous les présents, sans exception. Vers cinq heures de matin, ou cinq heures et demie, ou six, je ne me souviens plus, je partis avec deux types dans un *diner* sur Amsterdam Street pour prendre un petit déjeuner. L'un d'eux, Kevin Doyle, était banquier d'affaires chez Van Loon & Associates. Il semblait dire qu'il pouvait me transmettre des informations, de bons tuyaux, et m'aider à assembler un portefeuille d'actions. Il répétait qu'on devrait se voir pendant la semaine, dans son bureau, pour déjeuner, ou simplement prendre un café, le jour qui me conviendrait.

L'autre resta assis là tout le temps, à me regarder, sans mot dire.

Finalement, sans doute parce que tout le monde devait bien aller dormir un jour ou l'autre, je me retrouvai seul à nouveau. Je passai la journée à sillonner la ville, principalement à pied, observant des choses auxquelles je n'avais encore jamais vraiment prêté attention, comme les gigantesques immeubles d'appartements sur Central Park West, avec leurs tours sur les toits et leurs corniches gothiques. Je descendis en flânant vers Times Square, puis poussai jusqu'à Gramercy Park et Murray Hill. Ensuite, je revins vers Chelsea, puis bifurquai vers le sud en direction de Wall Street et de Battery Park. Je pris le ferry pour Staten Island, me tenant sur le pont pour sentir le vent froid et vivifiant me fouetter le visage. De retour à Manhattan, je remontai vers le nord de la ville en métro et visitai quelques musées et galeries, des lieux où je n'avais pas mis les pieds depuis des années. J'assistai à un récital de musique de chambre au Lincoln Center, pris un brunch chez Julian's, lus le *New York Times* dans Central Park et vis deux films de Preston Sturges dans une cinémathèque du West Village.

Plus tard, je retrouvai quelques amis au Zola et rentrai enfin me coucher à l'aube du lundi matin.

# 9

Les trois ou quatre semaines suivantes s'enchevêtrèrent les unes dans les autres, ne formant qu'un seul long segment de… d'*élasto*-temps ? J'étais en permanence… comment dire ? Speedé ? Raide ? Défoncé ? Allumé ? En plein trip ? Connecté ? Halluciné ? Aucun terme ne convient pour décrire l'expérience de la MDT. Mais, indépendamment du terme utilisé, j'étais désormais un usager confirmé de MDT, prenant une et parfois deux doses par jour, attrapant à peine une heure de sommeil par-ci par-là. J'avais la sensation que mon esprit, ou plutôt ma vie, s'étendait de manière exponentielle et que, tôt ou tard, les différents espaces que j'occupais, physiques ou autres, ne suffiraient plus à me contenir et seraient alors soumis à une très forte pression, peut-être au point d'éclater.

Je perdis du poids. Et également la notion du temps, si bien que je ne sais pas à quel rythme je maigrissais, mais je dus retrouver ma ligne en huit à dix jours. Mon visage s'affina un peu et je me sentis plus léger, plus en forme. Ce n'était pas que je ne mangeais pas, loin de là, mais je me nourrissais presque exclusivement de salades et de fruits. J'éliminai de mon alimentation le fromage, le pain, la viande, les chips et le chocolat. Je ne buvais aucune boisson sucrée et avalais des litres d'eau.

J'étais actif.

Je me fis couper les cheveux.

J'achetai de nouveaux vêtements. J'avais déjà du mal à supporter mon appartement sur la 10e Rue, avec ses odeurs de moisi et son parquet craquant, je n'avais pas besoin de m'attifer de frusques qui me faisaient me sentir comme un prolongement de mon taudis. Je prélevai donc deux mille dollars dans l'enveloppe de la penderie et marchai jusqu'à SoHo. J'entrai dans quelques boutiques, en sortis, pris un taxi jusqu'à la Cinquième Avenue, à la hauteur de la 50e Rue. En moins d'une heure, j'avais acheté un costume en laine gris anthracite, une chemise en coton et une cravate Armani en soie. Une paire de mocassins fauves chez Testoni. Quelques tenues plus décontractées chez Barney's. De ma vie, je n'avais jamais dépensé autant d'argent pour m'habiller, mais ça en valait la peine. Porter ces vêtements neufs et chers me faisait me sentir détendu et sûr de moi. Peut-être aussi, il faut bien le reconnaître, qu'ils me donnaient l'impression d'être quelqu'un d'autre. De fait, pour prendre la mesure de mon nouveau moi – un peu comme on rode une voiture neuve –, j'arpentai plusieurs fois les rues dans mon costume neuf, montant et descendant Madison Avenue, ou faisant le tour du quartier financier, me frayant un chemin dans la foule, d'un pas léger et rapide. Je surprenais parfois mon reflet dans les vitres des bureaux, dans les baies teintées des immeubles d'affaires, apercevant alors un type énergique, mince et bien sapé, qui semblait savoir précisément où il allait et, plus encore, ce qu'il ferait, une fois arrivé à destination.

Je ne dépensais pas l'argent uniquement en vêtements. J'entrais dans des boutiques de luxe et monopolisais de jolies vendeuses élégantes, achetant des objets au hasard – un stylo-plume MontBlanc, une montre Pulsar – rien que pour la sensation infantile et vaguement érotico-narcotique d'être enveloppé dans un voile de parfum et d'attentions… « Monsieur aimerait-il essayer celle-ci ? »… Avec les vendeurs, je me comportais d'une manière plus agressive, posant des questions pointues et échangeant des informations techniques, comme lorsque j'achetai un coffret contenant les neuf symphonies de Beethoven enregistrées en public sur instruments d'époque, après avoir harassé le vendeur pendant des heures avec un discours sur l'opportunité de reconstituer aujourd'hui des conditions d'interprétation propres au dix-huitième siècle. Mon attitude avec les serveurs et les barmen ne me ressemblait guère plus. Lorsque je sortais, au Soleil, à La Pigna ou chez Ruggles, ce qui m'arrivait de plus en plus régulièrement, j'étais un client *difficile*... il n'y a pas d'autres mots pour me décrire. Je passais un temps fou à pinailler sur la carte des vins, commandais des plats qui n'étaient pas inscrits au menu ou inventais sur le vif un nouveau cocktail compliqué, exigeant que le barman me le prépare dans l'instant.

Plus tard, j'allais écouter de la musique au Sweet Basil ou au Village Vanguard et j'engageais immanquablement la conversation avec mes voisins de table. Si ma connaissance approfondie du jazz me permettait de briller quel que soit l'angle abordé, il arrivait qu'on m'envoie balader. Non que je fusse chiant, loin de là, mais je parlais avec tout le monde d'une manière très concentrée, à n'importe quel niveau, de n'importe quel sujet, pressant chaque rencontre jusqu'à la dernière goutte de ce qu'elle avait à m'offrir : intrigue, conflit, ennui, futilité, commérages... peu m'importait. La plupart des gens que je rencontrais n'étaient pas habitués à une telle intensité, et certains la trouvaient dérangeante.

J'étais également de plus en plus conscient de l'effet que je faisais à certaines femmes que je rencontrais – ou dont je croisais simplement le regard, à quelques tables de la mienne, à l'autre bout d'une salle bondée. Je semblais susciter chez elles une fascination médusée que je ne m'expliquais pas vraiment, mais qui pouvait déboucher sur des conversations intimes, révélatrices et parfois, parce que je ne maîtrisais pas toujours les paramètres en jeu, assez tendues. Puis, un soir, pendant un concert de Dale Noonan au Sweet Basil, une rouquine pâle âgée d'une trentaine d'années que j'avais remarquée un peu plus tôt s'approcha entre deux morceaux et s'assit à ma table. Elle sourit, mais ne dit rien. Je souris à mon tour et ne dis rien non plus. J'appelai un serveur et allais lui demander ce qu'elle voulait boire quand elle secoua légèrement la tête et dit en français :

— *Non.*

Je marquai un temps d'arrêt puis demandai l'addition au serveur. Au moment où nous partions, la musique frénétique de Dale Noonan reprenant derrière nous, je la vis se retourner un instant vers la table qu'elle avait quittée pour venir me rejoindre. Un couple y était assis, nous observant. Je crus les voir esquisser un petit signe dans notre direction et je sentis comme un vent d'inquiétude monter en moi, peut-être même de panique. Dès que nous fûmes dehors, la rouquine me prit par le bras, me traînant presque dans la rue, et déclara avec un fort accent français :

— Oh, mon Dieu ! Ces saloperies de trompettes me perçaient les tympans ! Je n'en pouvais plus !

Puis elle éclata de rire et me serra le bras, m'attirant à elle comme si nous nous connaissions depuis des années.

Elle s'appelait Chantal et arrivait de Paris, avec sa sœur et son beau-frère, pour les vacances. J'essayai de lui parler en français, mais sans grand succès, ce qu'elle sembla trouver absolument charmant. Au bout de vingt minutes, j'eus effectivement l'impression de la connaître depuis des années. Pendant que nous remontions à pied la Cinquième Avenue en direction du Flatiron Building, je lui sortis la célèbre anecdote dite de « la débandade de la 23 », ou comment, des années auparavant, la police devait régulièrement disperser les jeunes hommes qui se rassemblaient sur la 23e Rue pour voir les jupes des passantes se soulever sous l'effet des rafales de vent. Ces dernières étaient provoquées par l'angle étroit de la façade nord du building, une explication qui dégénéra ensuite en exposé sur la résistance au vent et les débuts de la construction des gratte-ciel, exactement ce qu'une fille mourait d'entendre dans ces circonstances. Néanmoins, je parvins apparemment à rendre les poutres triangulées et les solives fascinantes. À l'angle de la 23e Rue, Chantal se tint devant le Flatiron, attendant qu'il se passe quelque chose, mais, ce soir-là, il y avait à peine une légère brise, qui fit tout juste frémir les plis de sa longue jupe bleu marine. Elle parut désappointée et je crus même un instant qu'elle allait taper du pied.

Je la pris par la main et nous continuâmes notre route sur la Cinquième Avenue.

Nous tournâmes à droite dans la 29e Rue, puis, quelques instants plus tard, elle m'annonça que nous étions arrivés devant son hôtel. Elle m'expliqua que sa sœur et elle avaient passé toute la journée à faire du shopping, d'où les sacs, les boîtes, le papier de soie, les nouveaux souliers, les ceintures et autres accessoires qui devaient joncher le sol de sa chambre. Devant mon air légèrement perplexe, elle poussa un soupir et me tira par la main dans le hall de l'hôtel.

Le lendemain matin, nous prîmes le petit déjeuner dans un bistrot du quartier, puis passâmes quelques heures au Metropolitan Museum. Comme elle restait encore une semaine à New York, nous convînmes de nous revoir le lendemain, puis le surlendemain et, inévitablement, le lendemain du surlendemain. Nous passâmes vingt-quatre heures de rang enfermés dans sa chambre d'hôtel, au cours desquelles, entre autres choses, je pris des cours de français. Elle était sidérée par ma capacité et ma rapidité à apprendre sa langue. Notre ultime rendez-vous, dans un restaurant marocain de Tribeca, se déroula presque exclusivement en français.

Chantal m'annonça qu'elle m'aimait et était prête à tout abandonner pour venir vivre avec moi à Manhattan. Son appartement à la Bastille, son job pour un grand groupe international, toute sa *vie parisienne.* J'aimais sincèrement être avec elle et détestais l'idée de la voir partir, mais je dus la dissuader. N'ayant jamais vécu une relation aussi simple et facile, je ne voulais pas abuser de ma chance. Je ne voyais pas non plus comment notre aventure pourrait évoluer de manière plausible dans le contexte plus large de ma consommation croissante de MDT. Dans tous les cas, nous nous étions rencontrés dans des circonstances plutôt irréelles, une irréalité aggravée par les détails que je lui avais donnés sur ma personne. J'avais prétendu être un analyste financier en train d'élaborer une stratégie de prévision du marché basée sur la théorie de la complexité. Je lui avais également expliqué que, si je ne l'invitais pas à voir mon appartement sur Riverside Drive, c'était parce que j'étais marié... une union malheureuse, naturellement. Notre scène d'adieu fut pénible, mais ce fut tout de même bien agréable de m'entendre dire, derrière un rideau de larmes et en français dans le texte, que je vivrais à jamais dans son cœur.

Je fis quelques autres rencontres. Un matin, je passai prendre un livre chez mon ami Dean sur Sullivan Street et, en sortant de l'immeuble, me retrouvai à bavarder avec une jeune femme qui habitait au premier étage. D'après les portraits succincts que Dean m'avait dressés un jour de tous ses voisins, c'était une informaticienne célibataire de race blanche de vingt-six ans, non fumeuse et versée dans l'art américain du dix-neuvième siècle. Nous nous étions déjà croisés plusieurs fois sur le palier, mais les choses étant ce qu'elles sont dans les immeubles d'appartements de New York, entre aliénation et paranoïa, sans parler d'un manque de courtoisie endémique, nous avions toujours fait semblant de ne pas nous voir. Cette fois, je lui souris en lançant :

— Salut ! Quelle belle journée !

Elle sursauta, m'étudia une nanoseconde ou deux, puis répliqua :

— Oui, à condition de s'appeler Bill Gates… ou Naomi Campbell.

Je m'arrêtai, m'adossai au mur et dis, nonchalamment :

— Peut-être mais, puisque tout va si mal, je peux peut-être vous offrir un verre ?

Elle regarda sa montre.

— Un verre ? À dix heures et demie du matin ? Vous êtes qui, le prince héritier du royaume enchanté ?

Je me mis à rire.

— Peut-être bien.

Elle tenait un sac à provisions dans sa main gauche et un gros livre coincé sous son bras droit. Je fis un signe de tête vers le volume.

— Qu'est-ce que vous lisez ?

Elle poussa un long soupir, du genre « Écoute, tu es bien gentil mais j'ai autre chose à faire. Une autre fois peut-être… », mais répondit néanmoins :

— Thomas Cole. La peinture de Thomas Cole.

— « Vue du mont Holyoke », dis-je automatiquement. « Northampton, Massachusetts, après un orage », « Le bras mort »…

Je me retins à temps de poursuivre : « 1836, huile sur toile, un mètre trente sur deux mètres… » Elle fronça les sourcils, me dévisagea un long moment. Puis elle déposa le sac à ses pieds. Elle décoinça le gros volume de sous son aisselle, l'ouvrit et le feuilleta, le tout en équilibre instable, puis marmonna :

— « Le bras mort »… c'est bien ça. Je prépare une dissertation pour un cours sur Cole et…

Elle releva la tête vers moi.

— … le voilà : « Le bras mort »…

Elle me tendit le livre ouvert à la page en question mais, pour que nous puissions voir tous les deux correctement la reproduction, nous dûmes nous rapprocher. Elle était plutôt petite, avec des cheveux noirs et soyeux retenus par un bandeau vert brodé de petites perles d'ambre.

— N'oubliez pas que ce bras de mer symbolise le contrôle de l'homme sur la nature sauvage, expliquai-je. Cole ne croyait pas au progrès, en tout cas pas si celui-ci signifiait la déforestation et la construction de voies ferrées. Il a écrit un jour, lors d'une incursion plutôt malencontreuse dans la poésie, si je peux me permettre : « Toutes les collines, toutes les vallées sont devenues autant d'autels à Mammon. »

— Hmmm… fit-elle.

Elle sembla réfléchir à la citation, puis penser tout à coup à autre chose :

— Vous vous y connaissez en peinture américaine ? demanda-t-elle.

J'étais allé au Metropolitan avec Chantal une semaine plus tôt, et j'avais glané pas mal d'informations dans les catalogues et les légendes peintes à même les murs. J'avais également lu récemment les *Visions américaines* de Robert Hughes, ainsi qu'une pléthore de poèmes de Thoreau et d'Emerson, si bien que je pus répondre avec une certaine assurance :

— Oui, assez. Je ne suis pas un expert mais… oui.

Je me penchai légèrement en avant et tournai la tête vers elle, fixant le fond de ses yeux. Elle ne détourna pas le regard.

— Vous voulez que je vous aide pour votre disserte ?

— Vous feriez ça ? répondit-elle d'une petite voix. Vous n'êtes pas trop occupé… ?

— Je suis le prince héritier du royaume enchanté, ce n'est pas comme si je devais pointer au boulot.

Elle sourit, pour la première fois.

Nous entrâmes dans son appartement et, au bout de deux heures, nous avions terminé le premier jet de sa dissertation. Quatre heures plus tard, je sortais de chez elle d'un pas chancelant.

Une autre fois, j'étais dans les bureaux de Kerr & Dexter, pour y rapporter des épreuves, quand je tombai sur Clare Dormer. Je ne l'avais jamais croisée qu'une ou deux fois, mais la saluai avec effusion. Elle sortait de chez Mark Sutton, avec qui elle était venue discuter d'un contrat. Je décidai de lui parler de mon idée de limiter son bouquin aux personnages de garçons, de la sitcom culte des années 50, *Leave it to Beaver*, jusqu'aux *Simpson*, et de l'intituler : *Les Garnements du petit écran : de Beaver à Bart*. Elle éclata de rire en tapotant le revers de mon col du plat de la main.

Puis elle cessa de rire, comme si elle venait soudain de prendre conscience d'une chose à laquelle elle n'avait jamais prêté attention.

Vingt minutes plus tard, nous étions assis en silence dans l'escalier de secours au douzième étage, partageant une cigarette.

Je me répétais que, dans toutes ces situations, je ne jouais qu'un rôle, que tout ceci n'était qu'une représentation mais, parallèlement, je me disais souvent aussi que, peut-être, ce n'était *pas* de la comédie. Lorsque j'étais sous MDT, c'était comme si mon nouveau moi reconnaissait à peine le vieux moi, ne le distinguait qu'au travers d'épais verres fumés. C'était comme de parler dans une langue que vous aviez connue autrefois et oubliée depuis longtemps, et quand bien même je l'aurais souhaité de tout mon cœur, je ne pouvais revenir en arrière, du moins pas sans un énorme effort de volonté. D'ailleurs, il m'était souvent plus agréable de ne pas chercher à être moi-même. Néanmoins, une des conséquences de ce phénomène était que j'étais légèrement plus mal à l'aise avec les gens que je connaissais bien, ou plutôt qui *me* connaissaient bien. Rencontrer et impressionner un parfait inconnu en empruntant une nouvelle identité, parfois même un nouveau nom, était excitant et facile, mais, lorsque je me retrouvais face à quelqu'un comme Dean, par exemple, je m'attirais toujours ces regards, interrogateurs, pénétrants. Je sentais bien qu'il cherchait à comprendre, qu'il était tiraillé entre deux envies, me traiter de poseur, de clown, de connard prétentieux, et prolonger notre temps ensemble, profiter de ma compagnie pour ce qu'elle avait à offrir.

Au cours de cette période, je parlai aussi à mon père, à plusieurs reprises. Retraité, il vivait à Long Island. Il me téléphonait de temps à autre pour prendre de mes nouvelles et nous bavardions pendant quelques minutes. Or, soudain, nous nous retrouvions embarqués dans le genre de conversation qu'il avait toujours rêvé d'avoir avec son fils – et du genre que son ingrat de fils avait toujours soigneusement évité d'avoir avec lui : des discussions informelles sur le monde des affaires et de la Bourse. Nous parlions de la bulle des valeurs liées aux nouvelles technologies, qui ne manquerait pas de crever tôt ou tard. Nous discutions de la nouvelle entité issue de la fusion Waldrop-CLX, dont les journaux avaient parlé le matin même. Comment allait-elle affecter les cours de la Bourse ? Qui en serait le nouveau P-DG ? Au début, je crus détecter de la méfiance dans sa voix, comme s'il pensait que je me payais sa tête. Puis il finit par se détendre, semblant accepter ce juste retour des choses : après toutes ces années noires de sensiblerie baba cool à la noix, son fils était enfin devenu adulte. Si ce n'était pas tout à fait la vérité, ce n'en était pas à des années-lumière non plus. J'étais sincèrement intéressé par nos conversations et, pour la première fois peut-être, lui parlais comme j'aurais parlé à n'importe quel homme. En même temps, je veillais à ne pas en faire trop. Je pouvais courir le risque de perturber Dean mais, là, il s'agissait de mon père. C'était *mon père* qui s'animait à l'autre bout du fil, cogitant, laissant remonter à la surface des espoirs enfouis depuis longtemps. Je les entendais presque germer dans son esprit : *pop !* Eddie va-t-il enfin se dégoter un vrai travail ?.... *pop !* gagner décemment sa vie ?.... *pop !* me donner un petit-fils ?

Après ces séances avec lui, je raccrochais épuisé, comme si j'avais effectivement accouché d'un fils, tout seul, comme si j'avais pondu une version éloignée et fulgurante de moi-même, là, sur le plancher du séjour. Puis, tel un mouvement accéléré dans un documentaire sur la nature, l'*ancien* moi – tordu, craquelé, biodégradable – se ratatinait et se désintégrait à vue d'œil, rendant encore plus difficile tout combat pour retrouver l'homme que j'étais vraiment.

Cependant, les moments d'angoisse comme celui-ci étaient relativement rares et l'impression que j'ai conservée de cette période est que j'étais parfaitement heureux d'être ainsi constamment occupé. Je n'arrêtais pas un instant. Je lus de nouvelles biographies de Staline, d'Henry James et d'Irving Thalberg. J'appris le japonais avec une série de livres et de cassettes. Je jouais aux échecs sur Internet et résolvais d'innombrables énigmes cryptiques. Un jour, j'appelai une radio locale pour participer à un jeu et gagnai une année d'approvisionnement en produits capillaires. Je passais des heures connecté à Internet et appris à faire tout un tas de choses – sans jamais avoir à vraiment les *faire* –, réaliser des arrangements floraux, préparer le risotto, élever des abeilles ou démonter un moteur de voiture.

Cependant, il y avait une chose que j'avais vraiment toujours eu envie de savoir faire : lire la musique. Je trouvai un site web qui expliquait en détail tout le procédé, déconstruisant rapidement pour moi les mystères des clefs de *sol* et de *fa*, des accords, des dièses et des bémols, et ainsi de suite. Puis je sortis m'acheter une pile de partitions, des airs basiques, quelques chansons bien connues, ainsi que des morceaux plus complexes, un ou deux concertos et une symphonie (la seconde de Mahler). Au bout de quelques heures, j'avais tout déchiffré sauf Mahler, que j'attaquai alors avec précaution, pour ne pas dire respect. Compte tenu de sa complexité, il me fallut beaucoup plus de temps mais je finis par me frayer un chemin dans les méandres magnifiques de mélodies empreintes de douleur, fanfares dignes de films d'épouvante, mouvements de cordes vertigineux et chorals poignants. Lorsque, vers deux heures du matin, dans le silence angoissant de mon séjour, j'atteignis le puissant apogée en *mi* bémol – *Was du geschlagen, Zu Gott wird es dich tragen !* –, je sentis un frisson parcourir mon corps, la chair de poule hérisser ma peau et mes yeux se remplir de larmes.

L'étape suivante consistait à voir si je pouvais *jouer* de la musique. Je mis le cap sur Canal Street et m'achetai un orgue électrique bon marché que j'installai à côté de mon ordinateur. Je suivis un autre cours sur le Net et commençai à réaliser des gammes et des exercices élémentaires. C'était loin d'être facile et je faillis abandonner à plusieurs reprises. Toutefois, au bout de quelques jours, il y eut un déclic et je pus jouer quelques morceaux plutôt gentils. Une semaine plus tard, je jouais du Duke Ellington et du Bill Evans. Bientôt, je faisais mes propres improvisations.

Pendant un temps, j'envisageai de me produire dans des clubs, de faire des tournées en Europe, de bombarder les responsables des maisons de disques avec mes cartes de visite, mais il ne me fallut pas longtemps pour comprendre un détail crucial : j'étais bon, mais pas à ce point. Je pouvais jouer *Stardust Memory* et *It Never Entered my Mind* passablement, et parviendrais probablement à interpréter les deux volumes du *Clavier bien tempéré* si je m'entraînais sans interruption pendant les cinq cents prochaines heures. La question était : avais-je vraiment envie de passer les cinq cents prochaines heures à travailler mon piano ?

D'ailleurs, qu'est-ce que j'avais envie de faire, au juste ?

C'est vers cette époque, donc, que je commençai à m'agiter fébrilement. Je me rendais bien compte que, si je continuais à prendre de la MDT, il me faudrait un but, et que passer d'une marotte à une autre ne me satisferait pas longtemps. Il me fallait un plan, un projet de vie – je devais y travailler.

Il y avait aussi une question plus pressante. Que faire des quatre cent cinquante comprimés restants ? À cinq cents dollars pièce, je pouvais en vendre une partie et je songeai donc dans un premier temps à… les dealer moi-même. Mais comment faire ? Me poster à un coin de rue ? En proposer dans les night-clubs ? Essayer de les fourguer en gros à un malfrat enfouraillé dans une chambre d'hôtel ? C'était trop compliqué et trop dangereux. En outre, il ne me fallut pas longtemps avant de me rendre compte que, même en vendant la moitié de mon stock au prix fort, cent dix mille dollars n'étaient rien, en comparaison de ce que je pourrais gagner en ingérant moi-même les comprimés, puis en exploitant leurs effets de manière judicieuse et créative. J'avais pratiquement terminé *Les Accros* et pouvais, par exemple, m'attaquer à d'autres ouvrages dans une collection similaire.

Sinon, quoi d'autre ?

J'esquissai divers projets. Une de mes idées consistait à retirer *Les Accros* de chez Kerr & Dexter pour en faire un essai plus approfondi, développant le texte et limitant les illustrations. Une autre était d'écrire un scénario sur la vie d'Aldous Huxley, en me concentrant sur ses années à Los Angeles. Je songeai un instant à rédiger un livre sur l'histoire économique et sociale d'un produit, le cigare, l'opium, ou encore le safran, le chocolat, la soie… quelque chose qui puisse, plus tard, déboucher sur une luxueuse série documentaire pour la télévision. J'envisageai de lancer un magazine, d'ouvrir une agence de traduction, de monter une boîte de production de films, de créer un nouveau service en ligne sur le Net… d'inventer et de faire breveter un gadget électronique qui deviendrait rapidement indispensable, serait reconnu dans le monde entier au bout de six mois à un an et établirait ma place au panthéon des éponymes du vingtième siècle : Kodak, Ford, Hoover, Bayer… Spinola.

Mais toutes ces idées présentaient l'inconvénient d'être soit trop banales soit carrément irréelles. Et toutes nécessitaient du temps et un capital. En outre, j'aurais beau être génial, il n'y avait aucune garantie qu'aucune d'elles fonctionne ni même présente suffisamment d'attraits pour être commercialisable. J'envisageai alors de retourner à l'université passer un diplôme de troisième cycle. En utilisant prudemment la MDT, je pouvais accumuler les UV rapidement et accélérer considérablement mon entrée tardive dans une nouvelle carrière en… quoi ? droit ? architecture ? chirurgie dentaire ? une branche scientifique quelconque ? Le seul fait de dresser cette liste me renvoyait vingt ans en arrière et me faisait tourner la tête. Avais-je vraiment envie de me taper une nouvelle fois toute cette merde : les examens, les dissertes, les professeurs ? Rien que d'y penser, j'en avais des haut-le-cœur.

Dans ce cas, que me restait-il ? me demandai-je.

*À ton avis ? Gagner du fric !*

Gagner du fric ? Mais… comment ?

*En passant quelques coups de fil.*

Hein ?

*En jouant à la Bourse, crétin !*

## 10

Cela paraissait couler de source. Depuis un moment déjà, je lisais les colonnes financières des quotidiens, je discutais économie avec mon vieux, je m'inventais même une carrière d'analyste en placements pour draguer les inconnues, donc l'étape suivante consistait naturellement à passer à l'acte et à m'impliquer de façon concrète, peut-être en boursicotant depuis mon PC à la maison, achetant et vendant des options, des contrats à terme, des produits dérivés ou je ne sais quoi. Ce serait toujours mieux que n'importe quel job que je pourrais me dégoter et, en outre, la Bourse présentait l'attrait supplémentaire d'être le nouveau rock'n roll. Le seul problème était que je n'avais qu'une connaissance superficielle de ce qu'étaient réellement les options, les contrats à terme et les produits dérivés. J'en savais assez pour bluffer des néophytes lors d'une conversation, mais ça ne me servirait pas à grand-chose lorsque le moment serait venu de mettre mon fric sur la table.

Ce dont j'avais besoin, c'était de passer une heure ou deux avec quelqu'un capable de m'expliquer en détail comment fonctionnaient les marchés et les rouages de la spéculation à court terme. Je songeai à Kevin Doyle, le type avec qui j'avais pris un petit déjeuner quelques dimanches plus tôt et qui travaillait chez Van Loon & Associates, mais il me parut un peu trop passionné. C'était probablement le genre de jeune loup de Wall Street qui s'esclafferait de dédain à l'idée de faire de la spéculation sur séance chez soi depuis son PC. Aussi, j'appelai quelques journalistes économiques que je connaissais et leur fis savoir que je préparais un bouquin pour Kerr & Dexter sur le phénomène de la spéculation à court terme. L'un d'eux me rappela en me proposant d'organiser un entretien avec un ami à lui qui jouait à la Bourse sur le Net depuis un an et qui serait plus que ravi d'en discuter. Nous convînmes que je me rendrais chez le type en question, l'interviewerais, prendrais des notes et le regarderais œuvrer.

Il s'appelait Bob Holland et habitait à l'est de la 33e Rue, au niveau de la Deuxième Avenue. Il m'accueillit en caleçon, me conduisit dans son salon et me demanda si je voulais un café. La pièce était dominée par une longue table en acajou sur laquelle étaient posés trois écrans d'ordinateur et une machine à espresso Gaggia. Il y avait un vélo d'exercice entre le bout de la table et le mur. Bob Holland avait dans les quarante-cinq ans. Mince et noueux, avec des cheveux gris qui se faisaient rares. Il se posta devant l'un des ordinateurs, fixant l'écran.

— Voici l'antre de la bête, Eddie. Pardonnez-moi si… euh…

Il tripotait machinalement son caleçon d'une main tout en pianotant sur le clavier de l'autre.

— Pardonnez la tenue, reprit-il.

Toujours ailleurs, il m'indiqua la machine à café d'un geste et chuchota « Espresso ».

Je préparai du café et regardai autour de moi en attendant qu'il reprenne la parole. Hormis pour la table et ses alentours immédiats, la pièce paraissait négligée. Elle était sombre, sentait le moisi et n'avait probablement pas vu un aspirateur depuis un bail. La décoration, en revanche, était plutôt chargée, trop pour un guerrier spartiate du Nasdaq. J'en déduisis qu'il avait sans doute divorcé au cours des trois à six derniers mois.

Soudain, après un long moment d'intense concentration et de pianotage intermittent, au cours duquel je bus mon café, Holland se mit à parler :

— Beaucoup de gens croient qu'en achetant des actions d'une société on achète une part proportionnelle de cette société.

Il parlait lentement, comme s'il donnait un cours, sans jamais quitter l'écran des yeux.

— Dans cette optique, pour évaluer combien vaut n'importe quelle part proportionnelle, on détermine combien vaut la société en question. C'est ce qu'on appelle l'analyse « fondamentale ». Pour ça, on examine la santé financière de la boîte : son potentiel de croissance, ses gains prévisionnels, sa marge brute d'autofinancement, ce genre de choses…

Il marqua une pause, tapa quelques mots, puis reprit :

— D'autres ne regardent que les chiffres, sans se soucier le moins du monde du marché sous-jacent ou de l'évaluation de la société. Ce sont des analystes quantitatifs, des « quants ». Ils bouffent des nombres à longueur de journée. Pour eux, les analyses sur la compétence d'une équipe de direction ou le potentiel d'un marché sont trop subjectives. Ils achètent et vendent uniquement sur une base quantitative, utilisant des algorithmes sophistiqués pour trouver des divergences infimes entre les prix sur les marchés.

Il me lança un bref regard.

— Vous me suivez ?

J'acquiesçai.

— Ensuite, vous avez l'analyse technique. Il s'agit d'étudier des schémas de prix et de volumes et, grosso modo, d'essayer de comprendre la psychologie qui entoure une valeur...

Il continuait à fixer son écran tout en parlant et je continuais à acquiescer.

— Mais la Bourse n'est pas une science exacte, Eddie. Le marché boursier ne peut se résumer à un seul système, ce qui explique tous ces baragouinages vaseux sur « l'exubérance irrationnelle », et tous ces gens qui tentent d'expliquer le comportement des marchés par la psychiatrie, la biologie, et même par les réactions chimiques du cerveau. Je ne plaisante pas. Il y a peu, on a même avancé que l'augmentation récente des prises de risque dans les investissements s'expliquait par le haut pourcentage de courtiers et d'opérateurs carburant au Prozac. Donc, étant donné que personne ne sait rien, il n'est pas étonnant que la plupart des investisseurs utilisent une combinaison des trois approches de base que je viens de vous résumer.

Au cours de l'heure qui suivit, toujours debout devant sa table et avec l'air de sortir d'un match de tennis acharné, Bob Holland développa ces idées, entrant dans le détail des options, des placements à terme, des produits dérivés, mais également des bons, des fonds spéculatifs, des marchés planétaires, etc. Je pris quelques notes mais, en écoutant ses explications, je me rendis compte que je comprenais déjà la plupart de ces termes et que, en outre, le seul fait de les entendre débloquait dans mon cerveau de vastes pans de connaissance, une connaissance probablement accumulée inconsciemment au fil des ans.

Lorsqu'il eut fini de me présenter sa vue d'ensemble, la manière dont les banques d'investissement et les gestionnaires de portefeuilles opéraient, il passa à la manière dont il travaillait au jour le jour :

— Ensuite, il y a les gars comme moi, les « scalpers ». Nous sommes les nouveaux parias de Wall Street. Il y a dix ans, c'étaient les types qui rachetaient les entreprises par endettement, les Gordon Gekko et leurs semblables. Aujourd'hui, ce sont les gugusses en casquette de base-ball qui restent assis chez eux et réalisent trente à quarante opérations par jour, ramassant des huitièmes, des seizièmes, même des trentièmes de point par titre, puis bouclent leurs positions avant la fermeture des marchés…

Il détacha son regard de l'écran et se tourna vers moi, pour la deuxième ou troisième fois depuis mon arrivée.

— On nous accuse de fausser les marchés et de provoquer la volatilité des cours, mais ce sont des conneries. Ils disaient la même chose dans les années 80 de ceux qui lançaient les OPA. Nous sommes simplement la nouvelle vague, Eddie. La Bourse sur le Net est le fruit de la technologie et du changement de réglementation. C'est simple et c'est dans la nature des choses.

Il haussa les épaules et se tourna à nouveau vers l'écran.

— Venez voir ça, par exemple…

Je m'approchai rapidement et regardai par-dessus son épaule. L'écran du milieu, celui sur lequel il était en train de travailler, était rempli de denses colonnes de chiffres, de fractions et de pourcentages. Il pointa le doigt vers un nom, ATRX, symbole du titre d'une compagnie de biotechnologie.

— À l'ouverture, cette valeur était cotée à soixante dollars environ. Elle vient de baisser un peu. Le cours acheteur est à 59 et 3/8… et son cours vendeur à…

Il indiqua un autre coin de l'écran.

— … 59 et 3/4, ce qui signifie un écart de 3/8. Grâce aux dernières technologies et à la nouvelle réglementation mise en place par la Commission des valeurs mobilières, je peux opérer *à l'intérieur* de cet écart depuis mon salon…

Il surligna la rangée de chiffres qui suivait le symbole ARTX et la fixa un moment. Il vérifia quelque chose sur les deux autres écrans, revint au premier et tapa des commandes sur le clavier. Il attendit à nouveau, une main en suspens devant lui, puis lâcha un « Oui ! » victorieux.

Il se tourna alors vers moi et m'expliqua ce qu'il venait de faire. En utilisant ce nouveau logiciel de courtage, il avait découvert qu'il y avait trois teneurs de marché sur le cours acheteur d'ARTX et deux sur son cours vendeur. Sachant qu'ARTX allait rebondir, il avait profité du large écart en proposant 59 et 7/16 pour deux mille parts, soit 1/16 au-dessus de la meilleure offre des teneurs de marché. Ayant renchéri sur cette offre, il était passé en premier pour exécuter son ordre. Les premières deux mille parts mises sur le marché lui avaient été attribuées à 59 et 7/16. Très rapidement, il avait offert de vendre à 59 et 11/16… soit à un prix encore inférieur à celui donné par les grands teneurs de marché. Holland avait vu juste, ses parts étaient parties presque aussitôt. En quinze secondes et quelques ordres lancés par le clavier, il avait raflé cinq cents dollars et réduit l'écart de 1/8 de point.

Je lui demandai combien d'opérations de ce genre il effectuait par jour.

Il sourit, pour la première fois. Il en réalisait une trentaine quotidiennement, la plupart par lots de mille à deux mille parts, conservant rarement un titre plus de dix minutes. Il me sourit une seconde fois en ajoutant :

— D'accord, elles ne sont pas toutes aussi juteuses, mais il y a beaucoup de bons coups. Le truc, c'est de savoir identifier les moindres frémissements sur les tableaux et de réagir au quart de tour.

— Vous voulez dire que ce n'est pas forcément le mieux informé qui l'emporte ?

— Bien sûr que non. Avec tous les indicateurs dont on dispose actuellement, on finit par avoir des signaux contradictoires. Il ne faut surtout pas s'en occuper.

Profitant du fait que j'avais à présent toute son attention, je le mitraillai de questions. Combien de temps consacrait-il à sa préparation chaque jour ? Combien de postes gardait-il ouverts en même temps ? Quel genre de commission payait-il ?

À mesure qu'il répondait à mes questions, Holland se détachait de ses ordinateurs. Puis il se prépara un café et, le temps qu'il soit prêt à le boire, il parut s'être suffisamment extirpé de son travail pour remarquer qu'il ne portait qu'un caleçon. Il finit son café, s'excusa et disparut au fond d'un couloir vers ce que je présumais être une chambre à coucher.

En son absence, j'examinai à nouveau les écrans d'ordinateur. C'était sidérant. Il avait gagné cinq cents dollars – soit le prix d'une dose de MDT – en quinze secondes ! Il n'y avait aucun doute, c'était ça que je voulais faire, parce que si Bob Holland pouvait placer trente ordres en une journée, je pourrais à coup sûr en placer une centaine, voire plus ! Lorsqu'il revint, vêtu d'un jean et d'un T-shirt, je lui demandai comment je pouvais continuer à me former. Il me répondit que le meilleur moyen était encore de se lancer et d'apprendre sur le tas. La plupart des sites de courtage en ligne vous facilitaient la tâche en offrant un libre accès à des simulateurs et en donnant des leçons en direct.

— Les jeux de simulation, dit-il d'une voix de plus en plus guindée, sont un excellent moyen de développer vos compétences, Eddie. Ils vous permettront de prendre de l'assurance en réalisant des opérations sans courir de vrais risques.

Il me recommanda quelques sites de services boursiers sur Internet et des progiciels spécialisés. Je notai ce qu'il me disait et continuai à l'interroger. Holland répondait à tout de manière détaillée, mais je sentis monter en lui comme une légère inquiétude, comme si la cadence et la nature de mes questions dépassaient le cadre qu'il s'était fixé et qu'en y répondant, en me transmettant toutes ces informations, il craignait subitement d'être sur le point de lâcher une sorte de Frankenstein de la Bourse dans le cyberespace, un individu désespéré et affamé capable d'on ne savait quelles atrocités financières.

Il y avait fallu un certain temps, mais Holland était désormais tout entier concentré sur moi. De fait, il paraissait un peu plus alarmé à chaque nouvelle question et commençait à introduire des conseils de prudence dans ses réponses :

— Pendant les premiers mois, commencez *petit*, par lots de cent parts, du moins jusqu'à ce que vous sachiez bien où vous mettez les pieds…

— Hmmm…

— … et ne vous laissez pas griser par une bonne journée. Ne vous prenez pas pour Warren Buffet. Le lendemain, vous pourriez tout aussi bien voir votre compte réduit à néant…

— Hmmm…

— … et quand vous lancerez une opération, assurez-vous d'avoir à l'avance une idée de la façon dont elle risque d'évoluer. Si elle évolue dans le sens contraire, arrêtez tout !

J'avais du mal à résister à l'impulsion de ponctuer de « Ouais, ouais, ouais » chacun de ses commentaires et il s'en rendait compte. Une des raisons pour lesquelles son message ne passait pas était que plus il me mettait en garde contre les dangers potentiels du boursicotage à domicile, plus cela m'excitait. J'avais hâte de rentrer chez moi pour m'y mettre.

Me voyant glisser mon calepin dans la poche de ma veste et enfiler celle-ci, Holland accéléra la cadence :

— Jouer en Bourse peut devenir assez prenant, vous savez.

Il hésita, puis lâcha d'un bloc :

— N'empruntez jamais de l'argent à vos proches, Eddie, jamais ! Je veux dire, que ce soit pour acheter des titres ou vous sortir d'une mauvaise passe si vous avez beaucoup perdu…

Je le regardai de travers, légèrement inquiet à mon tour.

— … et ne vous mettez pas à mentir pour dissimuler vos pertes…

Cette fois, il y avait une note de désespoir dans sa voix. J'eus l'impression qu'il me parlait de lui. Et aussi qu'il n'avait pas envie de me voir partir.

J'aurais volontiers mis les bouts dans la seconde. Au lieu de cela, je restai là, au milieu de la pièce, tandis qu'il me racontait comment il avait quitté son poste de directeur du marketing pour spéculer sur séance depuis son domicile et comment, au bout de six mois, sa femme l'avait quitté à son tour. Il m'expliqua qu'il devenait nerveux et irritable quand il ne pouvait pas jouer en Bourse, les dimanches par exemple, ou au milieu de la nuit, et que ses opérations boursières étaient devenues toute sa vie. Il enchaîna en me confiant qu'il était incapable d'accumuler de l'argent sur son compte et que, le plus souvent, il ne se donnait même pas la peine d'ouvrir ses relevés de courtage.

— Parce que vous ne voulez pas connaître le montant de vos pertes ?

Il hocha la tête.

Sa confession s'accéléra d'un coup, et il se mit à m'entretenir de sa personnalité compulsive et du fait que, toute sa vie durant, quand il n'avait pas été accro à ceci, il l'avait été à cela…

Pendant tout ce temps, je ne pensais qu'à une chose : à quel point ces quinze secondes de commerce électronique avaient été sublimes, comme un solo de jazz, bref mais parfait. Bientôt, je n'entendis même plus ce que disait Holland. J'étais ailleurs, perdu dans une rêverie soudaine et enivrante, pleine de possibilités. Holland n'avait fait que tâtonner dans le noir, parvenant à décrocher un seizième de point ici et là, se plantant le plus souvent. Il n'en irait pas de même pour moi. *Je* saurais d'instinct ce qu'il fallait faire. *Je* saurais quels titres acheter, quand les acheter et pourquoi.

*Je* serais un grand.

Lorsque je parvins enfin à m'échapper et à revenir sur la 10e Rue, ma tête en bourdonnait encore. Toutefois, dès que j'ouvris la porte de mon appartement et pénétrai dans mon séjour, je me sentis oppressé. J'avais l'impression d'être démesuré, telle Alice, comme si j'allais devoir enfouir ma tête sous mon épaule et passer un coude par la fenêtre pour pouvoir tenir dans la pièce. Je me sentais également étrangement agacé, comme frustré par le fait de ne pas encore avoir gagné des montagnes d'argent à la Bourse. Avec un besoin viscéral et désespéré de *choses*, un autre costume neuf, non, deux ou trois nouveaux costumes, des chaussures, plusieurs paires, et de nouvelles cravates aussi. Peut-être d'autres choses encore : une chaîne hi-fi plus performante, un lecteur de DVD, un téléphone portable, un système de climatisation qui fonctionne, et plus de pièces, plus de couloirs, une plus grande hauteur sous plafond. J'étais comme harcelé par la sensation que, à moins d'aller de l'avant, de m'élever, de me transmuter, de me métamorphoser en quelque chose d'autre, j'allais probablement, je ne sais pas… *exploser*.

Je mis le scherzo de la neuvième de Bruckner et arpentai l'appartement comme une division blindée d'un seul homme, marmonnant, jaugeant les options. Comment aller de l'avant ? Par où commencer ? Je me rendis rapidement compte qu'il n'y avait pas tant d'options que ça, car le magot au fond de ma penderie s'était ratatiné à quelques milliers de dollars, ce qui était à peu près l'équivalent du contenu de mon compte en banque. Or, en regardant les choses en face, quelques milliers de dollars plus quelques milliers de dollars, ça ne faisait jamais que quelques milliers de dollars. Ce qui était tout ce que je possédais au monde, outre ma carte de crédit.

Je pris tout ce qui restait dans la boîte au fond du placard et sortis à nouveau faire du shopping. Cette fois, je mis le cap sur la 44e Rue et achetai deux postes de télé de trente-cinq centimètres de large, un ordinateur portable et trois progiciels – deux pour les analyses d'investissement et un programme permettant les opérations en ligne. M'asseyant sur les conseils de Bob Holland, selon lesquels trop d'informations débouchaient sur des signaux conflictuels, j'achetai le *Wall Street Journal*, le *Financial Times*, le *New York Times*, le *Los Angeles Times*, le *Washington Post* et les derniers numéros de *The Economist*, *Barrons*, *Newsweek*, *The Nation*, *Harper's*, *Atlantic Monthly*, *Fortune*, *Forbes*, *Wired*, *Variety*, plus une dizaine d'autres hebdomadaires et mensuels. J'attrapai également une poignée de quotidiens étrangers, du moins ceux où j'avais une chance, même infime, de comprendre quelque chose, *Il Sole, 24 Ore* et le *Corriere della Sera*, naturellement, mais aussi *Le Figaro*, *El País* et le *Frankfurter Allgemeine Zeitung*.

De retour chez moi, j'appelai un ami ingénieur électricien et lui demandai de m'expliquer au téléphone comment raccorder les fils de mes deux nouveaux postes de télévision à ma connexion Internet par câble. Il n'était pas très rassuré à l'idée que je tripatouille l'installation électrique et proposa de venir le faire lui-même, mais j'insistai pour qu'il veuille bien se contenter de me l'expliquer au téléphone – bordel ! – pendant que je prenais des notes. C'est vrai que, en temps normal, je ne me serais pas hasardé à ce genre de choses. Changer une prise ou remplacer un fusible, à la rigueur. Je parvins néanmoins à suivre ses instructions, rapidement et au pied de la lettre, et j'eus bientôt trois écrans de télévision allumés côte à côte dans le séjour. Après quoi, je branchai le portable sur mon ordinateur de bureau, installai les logiciels et me connectai au réseau. Je fis quelques recherches sur les services boursiers en ligne puis utilisai ma carte de crédit et un virement bancaire pour ouvrir un compte auprès de l'une des sociétés les plus petites. Je pris ensuite les quotidiens et les magazines que j'avais achetés et les étalai soigneusement, ouverts aux pages idoines, dans tout l'appartement. Bientôt, toutes les surfaces disponibles furent recouvertes : bureau, table, chaises, étagères, canapé, plancher.

Les quelques heures qui suivirent me parurent durer quelques secondes. Je les passai à glisser nerveusement d'un écran à l'autre, absorbant des informations à une vitesse démentielle. Les trois télévisions crachaient différents programmes d'informations et de services financiers : CNN, CNNfn et CNBC, les affluents du grand fleuve planétaire de l'information, de l'analyse et de l'opinion. Le service en ligne auprès duquel je m'étais inscrit – le Klondike Index – offrait des cotations en temps réel, des commentaires d'experts, des infos constamment remises à jour et des liens hypertextes vers un éventail de moteurs de recherche et de jeux de simulation. Sur l'autre écran d'ordinateur, je visitai des sites tels que Bloomberg, The Street.com, Quote.com, Raging Bull et Motley Fool. De temps à autre, je descendais en piqué sur les hectares d'articles de presse que j'avais accumulés, lisant tout et n'importe quoi… sur le Mexique, naturellement, mais également sur les aliments génétiquement modifiés, les pourparlers de paix au Moyen-Orient, la pop britannique, les revers de l'industrie métallurgique, le taux de criminalité au Nigeria, Tom Cruise et Nicole Kidman, les séparatistes basques, le commerce international de la banane…

Tout ce qui se présentait.

Naturellement, je n'avais pas la moindre idée de ce que je cherchais, ne suivais aucune stratégie cohérente, me fiant au hasard. En fait, je me basais sur la conviction que plus je stockais de données dans mon cerveau – des données de toutes sortes –, plus je serais sûr de moi lorsque le moment serait venu de prendre ces fameuses décisions en une fraction de seconde.

D'ailleurs, qu'attendais-je ? Financièrement parlant, je n'avais pas une grande latitude, mais, si je l'avais voulu, j'aurais pu commencer à traiter dans l'instant. Pour lancer un ordre d'achat, il me suffisait de sélectionner un titre, de saisir les données sur le type de transaction et le nombre de parts souhaités, puis de cliquer sur le bouton « Envoyer ordre » sur l'écran.

Je décidai de me lancer dès le lendemain matin.

Le lendemain à dix heures, pivotant sur mon fauteuil de bureau, j'examinai mon séjour. Il avait encore subi de sérieuses transformations au cours des dernières vingt-quatre heures. Cette fois, il ne ressemblait même plus à un espace habitable, c'était désormais, pour reprendre les termes de Bob Holland, un véritable « antre », celui d'un esprit dérangé en l'occurrence. Cependant, j'étais déjà allé trop loin pour chipoter. Je me tournai vers mes deux écrans d'ordinateur, en quête de titres à acquérir. Je consultai d'innombrables listes de sociétés cotées puis, me fiant à mon instinct, optai pour une entreprise informatique de taille moyenne du nom de Digicon, basée à Palo Alto. Elle me paraissait bien placée pour des opérations à court terme. Elle venait de traverser une longue période d'échanges avec une marge très réduite et semblait sur le point d'en sortir. De fait, au cours du laps de temps pendant lequel j'examinai Digicon et saisis ses données dans les programmes d'analyse, l'action grimpa d'un demi-point. Le compte que j'avais ouvert auprès de Klondike avait des frais de courtage et des taux d'intérêt élevés, mais il autorisait un endettement de cinquante pour cent sur les dépôts d'ouverture. J'envoyai donc un ordre d'achat de deux cents parts de Digicon à quatorze dollars l'action. Au cours de la demi-heure qui suivit, j'achetai un total de cinq cents parts dans six autres compagnies, utilisant la totalité de mes fonds disponibles, puis passai le reste de la journée à les suivre, guettant les signes qui m'indiqueraient qu'il fallait vendre.

Entre la fin de la matinée et le début de l'après-midi, six des sept titres que j'avais choisis grimpèrent, à des degrés divers. Je pris des décisions rapides concernant ceux dont je devais me débarrasser. Digicon, par exemple, monta à 17 et 3/8. Comme je ne pensais pas que cela irait plus haut, je vendis, réalisant un bénéfice de six cents dollars – moins la commission et les frais de transaction, naturellement. Un autre titre passa de 18 points et demi à 24 points 3/4 et un autre de 31 à 36 et 7/16. En les revendant au bon moment, je parvins à faire passer mon capital de départ de sept mille à près de douze mille dollars. Au bout de deux heures, j'avais tout revendu, sauf US-Cova. C'était le seul titre qui n'avait pas bougé de la journée, en dépit de signaux indiquant une montée imminente. Ça m'agaçait, parce que, au moment de choisir ces titres, j'avais ressenti quelque chose de presque physique… un vague picotement au creux de l'estomac, du moins c'était ce qu'il m'avait semblé sur le coup. Quoi qu'il en soit, tous les autres titres avaient bougé, et je ne comprenais pas pourquoi celui-ci se refusait à en faire autant.

Sans me laisser démonter, je plaçai un ordre d'achat de six cent cinquante parts supplémentaires d'US-Cova à vingt-deux dollars l'action. Environ vingt minutes plus tard, une lumière clignota sur l'écran et US-Cova se mit en branle. Il grimpa de deux points, puis de trois. Je regardais, fasciné, le titre qui continuait à s'élever. Quand il atteignit trente-six dollars, je saisis l'ordre de vente sur le clavier, mais attendis qu'il monte encore un peu et ne transmis l'ordre qu'une fois le titre à trente-neuf dollars, soit après une augmentation de dix-sept dollars en un peu plus d'une heure.

À la clôture des marchés, ce jour-là, j'avais donc vingt mille dollars sur mon compte. En enlevant les sept mille dollars avec lesquels j'avais commencé et les frais, j'avais gagné dans les douze mille dollars en une seule journée. Sur le marché, c'étaient des clopinettes, bien sûr. Mais c'était plus que ce que je gagnais généralement en six mois en tant que rédacteur-correcteur free-lance. C'était sidérant, mais il fallait aussi reconnaître que j'avais eu une veine incroyable : j'avais misé sur sept titres et uniquement des gagnants ! Et ce, un jour normal pour la Bourse, où les marchés avaient clôturé avec seulement douze points de hausse. Extraordinaire. Comment avais-je fait ? Était-ce uniquement de la chance ? J'essayai de comprendre, de me projeter en arrière et de chercher les signes qui m'avaient mis sur la voie, les indices qui m'avaient fait choisir ces titres relativement obscurs. Je réexaminai des dizaines d'indicateurs de tendance, relançai les programmes d'analyse. À un moment donné, je me retrouvai même à quatre pattes sur le sol de mon appartement jonché de feuilles de journaux et de magazines, à la recherche d'un article que je me souvenais vaguement d'avoir aperçu et qui *aurait pu* m'avoir suggéré quelque chose, ou avoir déclenché une idée, ou m'avoir entraîné dans une direction. Ou peut-être pas. En fait, je ne savais rien. Peut-être avais-je entendu un commentaire à la télé, une remarque impromptue lancée par n'importe lequel des centaines d'analystes en placements. À moins que je ne sois tombé sur quelque chose au hasard d'un chat, d'un forum de discussion ou d'un webzine ?

Tenter de reconstituer mes coordonnées mentales aux instants précis où j'avais choisi mes titres revenait à essayer de remettre du dentifrice dans son tube. Je capitulai rapidement. Néanmoins, une chose était sûre : j'avais utilisé l'analyse fondamentale et quantitative en mesures égales, et, même si je n'obtenais pas exactement les mêmes résultats la prochaine fois et ne parvenais jamais à reproduire les conditions de cette première journée, j'étais certainement sur la bonne voie. À moins, bien sûr (pensée intolérable !), que tout ceci n'ait été qu'un gigantesque coup de bol, la fameuse veine du débutant. Je ne le croyais pas mais je devais en avoir le cœur net et, pour ce faire, j'avais hâte d'être au lendemain. Ce qui impliquait de continuer à absorber des données préparatoires et, naturellement, de la MDT-48.

Je dormis trois à quatre heures, cette nuit-là. Lorsque je me réveillai, très brutalement, à cause d'une alarme de voiture, il me fallut un certain temps avant de comprendre où et *qui* j'étais. Avant de me réveiller en sursaut, j'étais au beau milieu d'un rêve particulièrement réaliste qui se déroulait dans l'ancien appartement de Melissa sur Union Street, à Brooklyn. Il ne s'y passait rien de particulier, hormis une visite guidée en réalité virtuelle, avec des travellings, des gros plans détaillés, et même des sons… le geignement évocateur de radiateurs, par exemple, des portes claquant au bout des couloirs, des voix d'enfants s'élevant de la rue.

L'œil du rêve – ou l'objectif de la caméra – glissait au ras du parquet en faux sapin, captant tous les détails, le grain du bois, chaque veine sinueuse, chaque nœud… des moutons de poussière, un exemplaire de *The Nation*, une bouteille de Grolsch vide, un cendrier. Puis, s'élevant doucement, il m'avait dévoilé le pied droit de Melissa, nu, ses jambes croisées, nues également, sa combinaison en soie bleu marine, qui se froissa quand elle se pencha en avant, dévoilant partiellement ses seins. Ses longs cheveux noirs et brillants retombaient sur ses épaules et ses bras, cachant à moitié son visage. Elle était assise sur une chaise, fumant une cigarette, l'air sombre. Elle était magnifique. J'étais assis par terre, sans doute nettement moins magnifique. Puis, après ce qui dura sans doute quelques secondes, je me levai et le point de vue s'éleva avec moi – étourdissant. Quand je me tournai, tout tourna. Comme dans une sorte de plan panoramique réalisé avec une caméra portée sur l'épaule, je vis les photos encadrées sur les murs – des clichés en noir et blanc du vieux New York que Melissa avait toujours aimés, le manteau en pierre de la cheminée condamnée, au-dessus, le miroir et, dans le miroir – image fugace –, *moi*, dans cette vieille veste en velours côtelé que j'avais portée autrefois, l'air si mince, si jeune. Je continuai à tourner et vis les portes ouvertes qui reliaient cette pièce à la chambre donnant sur la rue, et, encadré par les portes, Vernon, chevelu, la peau lisse, avec ce blouson en cuir qu'il ne quittait jamais. Je le regardai attentivement, fixant ses yeux vert clair et ses pommettes hautes. Pendant quelques secondes, il me sembla qu'il me parlait. Ses lèvres remuaient mais je n'entendais rien…

Puis soudain, ce fut fini. L'alarme de voiture hurlait plaintivement en bas sur la 10e Rue et je balançai mes jambes hors du lit, inspirant de grandes bouffées d'air, avec l'impression d'avoir vu un fantôme.

Inévitablement, l'image qui se matérialisa ensuite dans mon cerveau fut encore celle de Vernon, mais un Vernon plus vieux de dix ou onze ans, sérieusement dégarni, les traits déformés et tuméfiés, un Vernon affalé sur le canapé d'un autre appartement, dans un autre quartier de la ville…

Je fixai le tapis sur le parquet au pied de mon lit, ses motifs intriqués se répétant à l'infini, et étirai très lentement le cou de droite à gauche. Depuis que j'avais commencé à prendre de la MDT, quelques semaines plus tôt, je n'avais pratiquement pas pensé à Vernon Gant – même si, à tous les égards, je m'étais comporté avec lui d'une manière innommable. Après l'avoir découvert assassiné, je m'étais empressé d'aller fouiller sa chambre, nom de Dieu !, j'avais volé de l'argent et des biens lui appartenant. Je n'étais même pas allé à son enterrement, me convainquant, sans la moindre justification, que c'était ce que voulait Melissa.

Je me levai et passai rapidement dans le séjour. J'avalai deux des comprimés du bol en céramique. Au fond, tout ce que j'avais pris chez Vernon revenait de droit à sa sœur et, à défaut de vouloir la drogue, Melissa aurait certainement apprécié de récupérer les neuf mille dollars.

L'estomac toujours noué, j'allumai mes ordinateurs puis lançai un regard à ma montre.

*4:58.*

Désormais, je pouvais facilement lui donner le double de cette somme, peut-être même beaucoup plus si ma seconde journée d'opérations se déroulait aussi bien que la précédente. Mais est-ce que ça ne revenait pas à acheter son silence ?

Tout à coup, je me sentis nauséeux.

Ce n'était pas la manière dont j'avais envisagé mes retrouvailles avec Melissa. Je me précipitai dans la salle de bains en claquant la porte derrière moi. Je m'agenouillai devant la cuvette des W-C, mais rien ne vint. Je restai là une bonne vingtaine de minutes, respirant profondément, ma joue contre la porcelaine froide et blanche, jusqu'à ce que, enfin, la sensation passe… ou plutôt les sensations car, quand je revins dans le séjour et me remis au travail à mon bureau, je n'avais plus la nausée et ne me sentais plus coupable non plus.

Ce deuxième jour, les opérations furent plus rapides. Je me choisis un petit portefeuille d'actions, cinq compagnies de taille moyenne sorties de l'obscurité et plus ou moins saines. Plus tôt, en prenant mon café, j'avais lu des allusions dans plusieurs articles de presse – suivies plus tard d'innombrables mentions sur d'innombrables sites web – à US-Cova et à son extraordinaire performance sur les marchés la veille. Digicon et une ou deux autres sociétés eurent également droit à de brefs commentaires. Mais il n'en sortait aucun tableau expliquant ce qui s'était passé, ou liant, d'une manière ou d'une autre, ces différentes compagnies entre elles. « Allez savoir » semblait être le mot d'ordre. Par conséquent, même si les probabilités de choisir d'emblée sept gagnants au hasard étaient astronomiquement faibles, il était néanmoins possible, en l'absence de toute explication, que mon premier succès n'ait été que le fruit d'un coup de chance.

Pourtant, il devint rapidement apparent qu'il se tramait autre chose. Car, tout comme la veille, chaque fois que je tombais sur un titre intéressant, il m'arrivait quelque chose, quelque chose de physique. Je ressentais ce que je ne peux décrire que comme une décharge électrique, généralement juste sous le sternum, une petite montée d'énergie, qui se diffusait rapidement dans tout mon corps puis semblait se déverser dans l'atmosphère de la pièce, affinant la résolution des couleurs et la définition des sons. C'était comme si j'étais connecté à un vaste système, fibre ténue mais active, palpitante, reliée à une carte de circuit imprimé. Le premier titre que je sélectionnai, par exemple – appelons-le V –, se mit à grimper cinq minutes après que j'eus envoyé l'ordre d'achat. Je le suivis, tout en farfouillant parmi les sites web en quête d'autres valeurs à acheter. De plus en plus sûr de moi, je me retrouvai à surfer sur les cours pendant la première moitié de la matinée, bondissant d'un titre à l'autre, vendant V avec profit et réinvestissant immédiatement dans W, qui, à son tour, fut vendu juste à temps pour financer l'achat de X.

Plus je prenais de l'assurance, plus je m'impatientais. Je voulais plus de jetons pour jouer, plus de capital, plus d'effet de levier. En milieu de matinée, j'avais empoché près de trente-cinq mille dollars. C'était bien, mais pour vraiment prendre pied sur le marché, il me faudrait probablement au moins le double, voire trois à quatre fois ce montant.

Je téléphonai à Klondike, mais la société ne fournissait pas d'effet de levier de plus de cinquante pour cent. N'ayant jamais eu de très bons rapports avec mon banquier, je me voyais mal lui demander quoi que ce soit. Je doutais que quiconque dans mon entourage ait soixante-quinze mille dollars à me prêter, ni qu'une société de crédit m'accorde cette somme rubis sur l'ongle, sans sourciller. Apparemment, puisque je voulais vraiment cet argent tout de suite et que j'étais sûr de ce que je voulais faire avec, il ne me restait qu'une solution.

# 11

J'enfilai un blouson et sortis de l'appartement. Je descendis l'Avenue A, passai devant Tompkins Square Park et continuai jusqu'à la 3$^{e}$ Rue pour rentrer dans un *diner* que je fréquentais souvent. Derrière le comptoir officiait Nestor, un gars du quartier qui était au courant d'absolument tout ce qui se tramait dans les environs. Cela faisait vingt ans qu'il servait du café, des muffins, des cheeseburgers et des sandwichs au thon dans ce troquet. Il avait assisté à tous les changements radicaux qui s'étaient déroulés dans le coin, le grand ménage, l'embourgeoisement, l'apparition sournoise des tours d'appartements. Les gens étaient venus et repartis, mais Nestor était resté, dernier lien avec le vieux quartier dont, même moi, j'avais gardé le souvenir : le « Loisaida » des Latinos, avec ses clubs derrière les devantures de boutiques désaffectées, ses pépés jouant aux dominos sur le trottoir, ses fenêtres ouvertes déversant des salsas et des *merengue* tonitruants. Il avait cédé la place à Alphabet City, avec ses immeubles calcinés, ses dealers et ses SDF logeant dans des cartons dans Tompkins Square Park. J'avais souvent discuté de ces mutations avec Nestor. Il m'avait raconté quelques histoires, dont certaines à vous faire dresser les cheveux sur la tête, mettant en scène diverses personnalités locales, des vieux de la vieille, des commerçants, des flics, des conseillers municipaux, des prostituées, des vendeurs de drogue, des usuriers. Il connaissait tout le monde, même moi, célibataire blanc anonyme habitant sur la 10$^{e}$ Rue depuis cinq ans, une sorte de journaliste ou quelque chose de ce genre. Aussi, quand j'entrai dans son café, m'assis au comptoir et lui demandai s'il ne connaissait pas quelqu'un qui pourrait m'avancer du liquide, et vite – les taux d'intérêt exorbitants n'étant pas un obstacle –, il ne tiqua même pas mais m'apporta une tasse de café et me dit d'attendre un moment.

Il servit quelques clients, nettoya deux ou trois tables, puis revint vers mon bout de comptoir et déclara, sans cesser d'essuyer la surface devant moi :

— Autrefois, c'étaient les Italiens, pas vrai ? Surtout des Italiens, jusqu'à ce que…

Il s'interrompit.

Jusqu'à ce que quoi ? Que John Gotti tombe et que le FBI place Sammy le Taureau dans le programme de protection des témoins ? *Quoi ?* J'étais censé deviner ? C'était un des inconvénients, avec Nestor : il présumait souvent que j'en savais plus que je n'en avais l'air. Ou peut-être qu'il oubliait simplement à qui il parlait.

— Jusqu'à ce que quoi ? demandai-je.

— Jusqu'à ce que John Junior prenne la relève. Ces temps-ci, c'est un vrai bordel…

— Et à présent ?

— Ce sont les Russes qui tiennent le quartier. Ceux de Brighton Beach. À l'époque, ils travaillaient main dans la main avec les Italiens, ou du moins ils ne travaillaient pas contre eux. Mais aujourd'hui, tout a changé. Les équipes de John Junior – *apparemment* – ne pourraient même pas braquer un stand de cigares.

J'avais toujours eu du mal à situer Nestor. Était-il simplement une mouche sur le mur du quartier ou était-il plus impliqué qu'il n'y paraissait ? Je l'ignorais. D'un autre côté, comment aurais-je pu le savoir ? Je n'étais personne, ici.

— Ces derniers temps, il y a ce type qui traîne dans le coin. Gennady. Il passe ici pratiquement tous les jours. Il parle comme un immigrant, mais ne te laisse surtout pas avoir. C'est un coriace, aussi coriace que ses oncles, qui arrivent droit des goulags soviétiques. Pour eux, ce qui se passe ici, c'est de la flûte.

J'esquissai un petit sourire. Nestor me regarda droit dans les yeux.

— Ces types sont dingues, Eddie. Crois-moi. Ils t'entaillent un gars tout autour de la taille, lui retroussent la peau jusqu'au-dessus de la tête, font un nœud et le laissent mourir par étouffement.

Il marqua une pause, histoire de me laisser le temps de visualiser la scène.

— Je ne plaisante pas, Eddie. C'est ce que les moudjahidin faisaient à des soldats russes qu'ils avaient capturés en Afghanistan. Ce genre de choses, ça se transmet. Les gens apprennent vite.

Il s'interrompit un instant, essuya encore un peu le comptoir, puis reprit :

— Quand Gennady viendra, je lui toucherai deux mots pour toi, Eddie. Mais j'espère que tu sais ce que tu fais.

Il s'écarta légèrement et ajouta :

— Tu t'es remis à faire du sport ? Tu as une mine d'enfer !

Je souris sans répondre. Perplexe, Nestor s'éloigna pour servir un autre client.

Je restai assis là près d'une heure et bus quatre tasses de café. Je feuilletai plusieurs journaux, puis m'occupai en consultant la base de données en expansion constante que j'avais désormais entre les deux oreilles, cherchant des infos que j'aurais pu glaner sur la mafia russe – l'Organizatsiya, Brighton Beach, Little Odessa-by-the-Sea.

Je m'efforçais de ne pas trop penser à la mise en garde de Nestor.

Vers l'heure du déjeuner, le *diner* se remplit et je commençais à me demander si je ne perdais pas mon temps. Puis, juste au moment où je m'apprêtais à partir, Nestor me fit un petit signe de derrière son comptoir. Je tournai discrètement la tête et vis un jeune type d'environ vingt-cinq ans passer la porte. Grand et mince, il portait un blouson de cuir et des lunettes de soleil. Il s'installa à une table vide, au fond du troquet. Je me rassis et regardai du coin de l'œil Nestor lui apporter une tasse de café et papoter un moment avec lui.

Quand il revint vers moi, débarrassant quelques tables en chemin, il déposa des assiettes sur le comptoir près de moi et chuchota :

— Je me suis porté garant pour toi. Tu peux aller lui parler.

Puis il agita un doigt sous mon nez.

— Mais ne déconne pas, Eddie !

J'acquiesçai et descendis de mon tabouret. Je m'approchai de la table de Gennady, me glissai en face de lui dans le box et le saluai d'un hochement de tête.

Il avait ôté ses lunettes de soleil et les avait déposées sur le côté. Il avait des yeux d'un bleu impressionnant et une barbe de trois jours soigneusement entretenue. Ses traits burinés étaient d'une minceur alarmante. Héroïne ? Ver solitaire ? Une fois de plus, qu'est-ce que j'en savais ? J'attendis qu'il prenne la parole.

Il ne se passa rien. Après un silence d'une longueur absurde, il esquissa un signe de tête à peine perceptible que je pris pour une autorisation de lui parler. Je m'éclaircis la gorge et me lançai :

— Je cherche à emprunter soixante-quinze mille dollars à court terme.

Gennady tripota son lobe gauche un petit moment puis fit non de la tête.

J'attendis, pensant qu'il allait dire autre chose, mais apparemment l'entretien était terminé.

— Pourquoi pas ? demandai-je.

Il fit une moue sarcastique.

— Soixante-quinze mille dollars ?

Il secoua la tête d'un air amusé et but une gorgée de café. Il avait un très fort accent russe.

— Oui, insistai-je. Soixante-quinze mille dollars. Ne me dis pas que ça te pose un problème !

Si je l'énervais trop, ce type n'aurait sans doute aucun scrupule à me planter un couteau dans le cœur, et si Nestor avait raison, ce ne serait qu'à la fin d'un long programme de réjouissances en tous genres. Mais son attitude m'agaçait et je n'avais pas envie de jouer à son petit jeu.

— Oui, ça poser putain de problème. Moi jamais vu toi. Et déjà, moi n'aime pas toi.

— M'aimer ? Quel rapport ? Je ne te demande pas de m'épouser !

Il tiqua, esquissa même un geste. Je crus qu'il allait sortir un couteau ou un flingue, puis il sembla se raviser et se contenta de regarder autour de lui et par-dessus son épaule, fulminant probablement intérieurement contre Nestor.

Je décidai d'augmenter la pression :

— Je croyais que vous autres, les Russes, vous jouiez dans la cour des grands. Que vous étiez des durs, que vous maîtrisiez la situation…

Il se retourna brusquement vers moi en écarquillant les yeux, soufflé par mon culot. Puis il se ressaisit et, pour une raison quelconque, décida de répondre :

— Quoi… moi pas maîtriser la situation ?

Ce fut mon tour de faire une moue sarcastique.

— Va te faire foutre, grogna-t-il. Toi rien savoir sur nous.

— J'en sais suffisamment. Je suis au courant pour Marat Balagula et l'escroquerie de la taxe sur le carburant, de l'accord avec la famille Colombo. Et puis il y a Michael…

Je fis mine de chercher le nom dans ma mémoire.

— … Shmushkevich ?

À son expression, je devinai qu'il ne savait pas du tout de quoi je parlais. Il n'était sans doute qu'un gamin dans les années 80, quand les compagnies pétrolières bidon avaient fleuri, acheminant de l'essence depuis l'Amérique du Sud et falsifiant leur fiscalité à tour de bras. De toute manière, qui savait de quoi discutaient ces jeunes voyous entre eux – probablement pas des grandes escroqueries de la génération précédente !

— Et alors… quoi ? demanda-t-il. Toi flic ?

— Non.

Comme je n'ajoutais rien, il se leva.

— Allez, Gennady ! le retins-je. Décoince-toi un peu, tu veux ?

Il sortit du box et baissa les yeux vers moi, se demandant manifestement s'il valait mieux m'abattre là, tout de suite, ou attendre qu'on soit tous les deux dehors. J'étais moi-même stupéfait par ma propre audace, mais je me sentais en sécurité, comme si rien ne pouvait m'arriver.

— En fait, je prépare un livre sur votre communauté. Je cherche un fil rouge, quelqu'un dont le point de vue me permettrait de raconter mon histoire.

Je laissai traîner la ligne plusieurs secondes, puis le ferrai :

— Quelqu'un comme toi, Gennady.

Quand il déplaça son poids d'un pied sur l'autre, je sus qu'il avait mordu à l'hameçon.

— Quel genre de livre ?

Il avait parlé d'une petite voix inattendue.

— Un roman. Je n'en suis qu'aux balbutiements, mais je vois une histoire avec une dimension épique, le triomphe sur l'adversité, ce genre de choses. Des goulags aux…

Je n'achevai pas, sentant que je m'égarais et risquais de le perdre. Puis je repris, rapidement :

— C'est que les Ritals ont fait leur temps, avec leurs cinq familles, leurs hommes d'honneur et tout le tintouin. Tout ça, c'est du cliché. Les gens veulent du nouveau.

Voyant qu'il réfléchissait à la question, je lui assenai le coup de grâce :

— D'après mon agent, on va s'arracher les droits cinématographiques !....

Gennady hésita encore un instant, puis se rassit dans le box, attendant la suite.

J'improvisai le synopsis d'une vague trame centrée autour d'un jeune Russe de la seconde génération qui grimpe dans la hiérarchie de l'Organizatsiya. Je saupoudrai de quelques références aux Siciliens et aux Colombiens, mais sans cesser de renvoyer, par de petits gestes entendus de la main, à des détails que Gennady connaissait sûrement mieux que moi. Je parvins ainsi à inverser les rôles, et ce fut bientôt lui qui parlait le plus, même si son anglais était plutôt bancal. Il accepta certaines de mes suggestions, en écarta d'autres, mais, manifestement, maintenant que son organisme avait absorbé sa première taffe de glamour, plus rien ne pourrait l'arrêter.

Je n'avais rien prévu de tout cela, bien sûr, et doutais de pouvoir m'en tirer à si bon compte, mais je n'avais pas encore tenté mon coup le plus audacieux. Après qu'il eut accepté de servir de consultant pour le « projet » et que nous fûmes convenus de quelques règles de base, je lui annonçai que j'avais déjà dépensé mon avance pour le livre et que les soixante-quinze mille dollars devaient servir à rembourser une dette de jeu – dont je devais m'acquitter *aujourd'hui même*.

— Ouais, ouais, ouais.

Cette question n'était pour lui qu'un détail mineur. Il sortit son téléphone portable et échangea rapidement quelques phrases en russe avec quelqu'un. Puis, toujours en ligne, il me posa une série de questions concernant mes numéros de Sécurité sociale, de permis de conduire, les noms de mon propriétaire et de mon employeur, celui de ma banque et les cartes de crédit que j'utilisais. Je sortis ma carte de Sécurité sociale et mon permis de conduire et lui lus les numéros. Puis je lui fournis les autres renseignements, qu'il répéta en russe dans le combiné.

Cela fait, il rangea son téléphone et se concentra à nouveau sur notre projet. Quinze minutes plus tard, son portable sonna. Comme plus tôt, il parla en russe. À un moment donné, il couvrit le microphone d'une main et me glissa :

— C'est bon, toi propre. Alors combien ? Soixante-quinze ? Toi es sûr ? Toi veux plus ? Cent ?

J'hésitai, puis fis oui de la tête.

Lorsqu'il eut raccroché de nouveau, il m'annonça :

— Prêt dans une demi-heure.

Puis il remit son téléphone dans sa poche et posa les mains à plat sur la table.

— OK. Qui jouer pour nous les personnages ?

Une demi-heure plus tard, pile poil, un autre jeune type nous rejoignit. Gennady me le présenta comme étant Leo. Il était maigre et ressemblait assez à Gennady, sauf qu'il n'avait pas ses yeux, ni ce... je ne sais quoi qu'avait Gennady, comme si on le lui avait enlevé chirurgicalement. Ils étaient peut-être frères, ou cousins. Cela me donna à réfléchir. Finalement, il y avait peut-être vraiment une histoire à tirer de cette affaire. Ils parlèrent un moment en russe, puis Leo sortit une épaisse enveloppe brune de la poche de sa veste, la déposa sur la table, sortit du box et partit sans un mot. Gennady poussa l'enveloppe dans ma direction.

— Je te faire une fleur, OK ? Court terme. Cinq remboursements. Cinq semaines. Vingt-deux mille cinq cents chaque fois. Je viens dans ton appartement chaque…

Il réfléchit un instant en fixant l'enveloppe.

— … vendredi matin. Nous commencer dans deux semaines.

Il me tendit l'enveloppe dans sa main gauche.

— Ça, pas plaisanterie, Eddie. Quand toi prends ça… toi, *à moi*.

J'acquiesçai.

— Je dis les autres choses ?

Les autres choses, présumai-je, signifiaient, en vrac, les jambes, les bras, les côtes cassées à coups de batte de base-ball, les lames de rasoir, peut-être même les aiguillons électriques pour bestiaux.

— Non, c'est bon, répondis-je. J'ai compris.

Maintenant que j'avais l'argent, j'avais hâte de filer mais je ne voulais pas avoir l'air trop pressé. Heureusement, il se trouva que Gennady avait un autre rendez-vous et était déjà en retard. Nous échangeâmes nos numéros de téléphone et convînmes de nous appeler la semaine suivante pour nous revoir. Il ferait quelques recherches de son côté tandis que je travaillerais – sans doute en élargissant son rôle – le personnage central de ce qui avait mué, au cours de notre conversation, de l'état de roman à celui de scénario.

Gennady mit ses Ray-Ban et s'apprêta à partir. Il marqua une pause et me tendit la main. Il serra la mienne en silence, solennellement.

Ensuite il se leva et sortit.

J'appelai Klondike depuis la cabine publique du *diner*. J'expliquai la situation et on me donna l'adresse d'une banque sur la Troisième Avenue où je pourrais faire un dépôt en espèces qui serait aussitôt crédité sur mon compte.

Je remerciai Nestor pour son aide et pris un taxi jusqu'à l'angle de la 61e Rue et la Troisième Avenue. J'ouvris l'enveloppe sur la banquette arrière du taxi et feuilletai la liasse de billets de cent dollars. Je n'avais jamais vu autant de cash de ma vie. J'en avais la tête qui tournait. Elle tourna encore plus quand le guichetier de la banque les recompta un à un sous mon nez.

Après cela, je sautai dans un autre taxi qui me ramena sur la 10e Rue et je me remis aussitôt au travail. En mon absence, mes titres avaient considérablement augmenté de valeur, amenant mon capital de base à cinquante mille dollars. Avec la contribution de Gennady, j'avais donc cent cinquante mille dollars à ma disposition. Il ne restait plus que quelques heures avant la clôture de la Bourse, donc très peu de temps pour faire mes recherches. Je me jetai dedans à bras-le-corps, traquant les cotations, promenant mes valeurs de-ci de-là, achetant, vendant, sprintant d'une rangée de chiffres à l'autre sur les différents écrans d'ordinateur.

Cette course s'intensifia pour atteindre son apogée à la fin de l'après-midi avec deux gros coups, sur des valeurs à haut risque et à haut rendement, toutes deux en plein essor – appelons-les Y et Z. Y me fit franchir la barre des deux cent mille dollars et Z m'entraîna bien au-delà, juste au-dessus du quart de million. Ce furent quelques heures tendues, parfois à la limite du supportable, mais elles me firent connaître le plaisir exquis de déjouer les probabilités, de sentir l'adrénaline couler à flots dans mes veines, à la vitesse des valeurs sur les marchés.

Toutefois, en dépit de mon taux de réussite, ou peut-être à cause de lui, je commençais à me sentir frustré.

J'avais le sentiment de pouvoir faire beaucoup mieux que boursicoter depuis chez moi. Jouer les teneurs de marché guérilleros ne me satisferait pas longtemps. De fait, je voulais savoir ce que cela faisait de pratiquer la Bourse de l'intérieur, aux plus hauts niveaux. Je voulais savoir ce que ça faisait d'acheter des *millions* de parts d'un seul coup…

J'appelai alors Kevin Doyle, le banquier d'affaires avec lequel j'avais petit-déjeuné quelques dimanches plus tôt, et lui proposai de le retrouver pour boire un verre à l'Orpheus Room.

Lors de notre première rencontre, il avait absolument tenu à me donner des conseils concernant la constitution d'un portefeuille d'actions, aussi je comptais bien profiter de ses lumières et lui soutirer quelques tuyaux sur la meilleure manière de pénétrer dans la cour des grands.

Lorsqu'il entra dans le bar, Kevin ne me reconnut pas tout de suite. Il me dit que j'avais changé et que j'étais nettement plus mince que lorsque nous nous étions rencontrés, chez Herb et Jilly.

Il me demanda l'adresse de mon club de gym.

Je le regardai un instant sans comprendre. *Herb et Jilly ?* Puis je me rendis compte qu'il devait s'agir des propriétaires de l'appartement de l'Upper West Side où j'avais atterri cette nuit-là.

— Je ne fais pas de sport, c'est dépassé, répondis-je. Les clubs de gym, c'est pour les lavettes.

Il éclata de rire et commanda une Absolut avec des glaçons.

Kevin Doyle devait avoir dans les quarante, quarante-deux ans, et était relativement mince lui-même. Il portait un costume anthracite et une cravate en soie rouge. Je ne me souvenais plus très bien de ce que je lui avais raconté chez Herb et Jilly, ni plus tard dans ce café sur Amsterdam Avenue, mais je me rappelais clairement avoir parlé sans arrêt. Kevin, en dehors d'essayer de me refiler quelques tuyaux sur les actions, était resté suspendu à mes lèvres. Il avait eu la même réaction que Paul Baxter et Artie Meltzer, genre « Laisse-moi-t'impressionner, laisse-moi-être-ton-ami ». J'essayai d'analyser d'où cela venait et ne parvins qu'à la conclusion que l'association de mon enthousiasme et de mon absence de jugement, ma *non-compétitivité* en quelque sorte, faisait vibrer une corde sensible chez certaines personnes, notamment celles qui étaient stressées et constamment sur leur garde. Quoi qu'il en soit, je commençais à contrôler un peu mieux mon besoin de parler et décidai de laisser Kevin prendre les rênes. Je l'interrogeai au sujet de Van Loon & Associates.

— Nous sommes une petite banque d'investissement, commença-t-il. Environ deux cent cinquante employés. Nous faisons du capital-risque, de la gestion de fonds, de l'immobilier, ce genre de choses. Récemment, nous avons négocié d'assez gros contrats entre des entreprises du divertissement. L'année dernière, on s'est occupé du rachat de Cableplex par MCL-Parnassus et, en ce moment même, Carl Van Loon en personne est en pleines tractations avec Hank Atwood, le président de MCL.

Il marqua une pause, puis ajouta, comme s'il m'annonçait qu'il venait d'être sélectionné dans l'équipe de foot de son lycée :

— Je suis administrateur délégué.

Lorsqu'il développa un peu sa fonction, m'expliquant qu'il était l'un des sept ou huit administrateurs délégués de la compagnie, chacun gérant entièrement ses propres affaires et raflant des commissions énormes au passage, je me rendis compte pour la première fois que Kevin n'était pas un petit minus de Wall Street.

À en juger par ce qu'il me racontait, j'estimai qu'il devait se faire dans les deux à trois millions de dollars par an.

Cette fois, c'était mon tour d'être impressionné.

— Et Van Loon ? demandai-je. Il est...

En fait, je n'avais pas vraiment de questions à poser, succombant simplement à l'attraction magnétique de l'aura qui entourait le patron de Kevin.

— Carl est un type réglo. Il s'est considérablement assagi au fil des ans. Mais il trime aussi dur qu'avant.

Je hochai la tête, me demandant ce qu'il entendait au juste par « trimer dur ».

— La boîtc nc serait pas ce qu'elle est aujourd'hui, sans lui.

Le type réglo en question devait probablement se faire dans les deux à trois millions par *semaine*.

— Hmmm... fis-je, songeur.

— Et toi... qu'est-ce que tu deviens ?

— Moi ? Rien de spécial, tout baigne.

Je ne me souvenais pas trop de notre dernière rencontre mais j'étais pratiquement certain d'avoir parlé de mon livre, sans doute en omettant de préciser qu'il faisait partie d'une collection minable chez un éditeur de seconde zone. Pour ce que j'en savais, Kevin me tenait pour une sorte d'écrivain, de chroniqueur, quelqu'un avec le doigt sur le pouls du *Zeitgeist*, pour ainsi dire... quelqu'un avec qui il pouvait avoir une conversation intelligente, gratifiante, inoffensive, autour de sujets tels que la nouvelle économie, les tendances lourdes ou la numérisation.

Cependant, j'en vins au fait assez rapidement :

— Qu'est-ce que tu penses de ceux qui jouent à la Bourse sur Internet ?

Il réfléchit un instant. Puis :

— C'est du vent. Ces types ne sont pas de vrais spéculateurs, ni même des investisseurs, ce sont des parieurs, de pauvres types qui croient avoir démocratisé les marchés.

Il fit la grimace avant d'ajouter :

— Quand la bulle crèvera, crois-moi, ça va faire mal. Il va y avoir du sang sur les murs.

Il but une gorgée de vodka.

Je levai mon verre.

— Je me suis mis à boursicoter chez moi sur mon PC, à l'aide d'un progiciel acheté sur la 47e Rue. J'ai déjà augmenté ma mise d'un quart de million de dollars en deux jours.

Kevin me dévisagea d'un air horrifié pendant quelques secondes, absorbant l'information. Mais il était surtout perplexe, ne sachant manifestement pas quoi dire. Puis il percuta enfin :

— *Un quart de million ?*

— Hmm.

— *En deux jours ?* Pas mal !

— Oui, je trouve aussi. Mais, bizarrement, je me sens… comment dire ?…. *insatisfait*. Je me sens limité. J'ai besoin de m'agrandir.

Pendant qu'il essayait de digérer ce que je venais de lui dire, Kevin se balançait sur son tabouret, gigotait même. C'était pourtant un type sûr de lui, qui faisait une très belle carrière.

— Euh… peut-être que…

Il se gratta le nez.

— Tu pourrais peut-être… pourquoi tu n'essaies pas une de ces boîtes de spéculation sur séance ?

Je lui demandai quelle était la différence.

— Eh bien… Tu n'es pas isolé. Tu es dans une salle avec un groupe d'autres opérateurs, des « scalpers ». Le principe est que, dans ce genre d'environnement, personne n'aime voir les autres perdre, si bien que tout le monde s'entraide, échange des informations. La plupart de ces sociétés proposent un levier financier assez important, entre cinq à dix fois ton dépôt. Ça te permet aussi de mieux sentir les mouvements du marché, parce que, le plus souvent, c'est surtout une question de savoir évaluer l'humeur collective, puis de décider si tu veux suivre le mouvement ou... je ne sais pas... nager à contre-courant.

Il avait retrouvé son aplomb. Je lui demandai s'il pouvait me recommander une de ces boîtes.

— Il y en a quelques-unes dont j'ai entendu dire du bien, autour de et même à Wall Street. Quoique, si tu veux mon avis, Eddie, tu m'aies l'air de t'en sortir aussi bien tout seul...

Je notai les quelques noms qui lui venaient à l'esprit et le remerciai. Puis nous reprîmes nos verres respectifs.

— Comme ça... un quart de million en deux jours, répéta-t-il avec un sifflement admiratif. Quelle est ta stratégie ?

Je m'apprêtais à lui donner une version édulcorée des événements quand deux types en costard déboulèrent et l'un d'eux tapota l'épaule de Kevin.

— Hé, Doyle, vieille branche ! Qu'est-ce que tu deviens ?

Deux jeunes loups du secteur financier parfumés au dollar. Quand Kevin me présenta sans annoncer que j'étais administrateur délégué ou vice-président de telle ou telle boîte, je cessai aussitôt de les intéresser. Au cours de la conversation qui suivit, qui concerna l'émergence des marchés d'Amérique latine, puis la bulle des valeurs liées aux nouvelles technologies, je sentis que Kevin serrait les fesses de peur que je ne me remette à parler devant ses copains de mon boursicotage sur le Net. Aussi, quand je me levai pour partir, je crois qu'il fut soulagé.

Je lui dis que je l'appellerais d'ici quelques jours pour lui raconter comment je m'en étais sorti avec *cette chose* dont nous avions parlé.

Lafayette Trading se trouvait sur Broad Street, à quelques pâtés de maisons au sud de la Bourse de New York. Dans la salle principale d'une enfilade spartiate de bureaux, au quatrième étage, vingt tables étaient disposées en un grand rectangle. Chacune pouvait accueillir suffisamment d'écrans et de PC pour trois « scalpers ». Sur la cinquantaine d'opérateurs que je vis lors de ma première matinée là-bas – tous des hommes, chacun assis dans un confortable fauteuil de bureau –, plus de la moitié n'avaient pas trente ans et, parmi ces derniers, la plupart étaient en jean et casquette de base-ball.

Le système était le suivant : on faisait un dépôt minimum de vingt-cinq mille dollars et Lafayette Trading vous fournissait le matériel et les logiciels pour opérer. En retour, la maison prenait une commission de deux *cents* par action échangée. Si vous le souhaitiez, ce qui était le cas de la plupart des clients, on vous offrait un effet de levier assez avantageux sur votre dépôt. Je m'inscrivis en faisant un dépôt de deux cent mille dollars et demandai un levier de deux fois et demie cette somme, ce qui signifiait, dans la pratique, que j'entamais cette nouvelle phase de ma carrière boursière avec un demi-million de dollars à ma disposition.

Le premier matin, je dus suivre une petite formation, puis je passai la majeure partie du début de l'après-midi à bavarder avec d'autres placeurs et à observer la salle. Comme l'avait dit Kevin, l'ambiance était amicale et coopérative. Nous étions tous sur un même plan, travaillant contre les grands teneurs de marché qui œuvraient à quelques rues de là. Cela dit, il ne fallait pas longtemps pour s'apercevoir qu'il y avait également des factions dans la salle, quelques meneurs, et que la dynamique n'y serait pas toujours aussi facile à déchiffrer. Il y avait également différentes écoles. Le type sur ma gauche, par exemple, était un tyran du clavier qui ne faisait ni recherche ni analyse.

Alors que je venais juste de prendre place, je pointai un doigt vers un symbole sur son écran, demandant :

— C'est quoi, comme valeur ?

— Aucune idée, marmonna-t-il sans relever les yeux. Mais elle a un écart important et elle bouge, je n'ai pas besoin d'en savoir plus.

D'autres opérateurs, plus prudents, faisaient beaucoup de recherches, étudiant les écrans de télévision vissés aux murs, courant de leur table au terminal Bloomberg à l'autre bout de la pièce, ou scrutant simplement les interminables tableaux d'actions qui défilaient sur leurs moniteurs. Une fois que j'eus pris la température de la salle et de l'humeur générale, je me mis au travail dans l'espace qui m'avait été attribué, cherchant des transactions à faire. Comme c'était mon premier jour, j'y allai en douceur et lorsque je dénouai mes positions, juste avant la cloche finale, je n'avais ramassé que cinq mille dollars. Compte tenu de mes performances précédentes, ce n'était pas grand-chose mais certains des autres scalpers n'étaient pas de cet avis. Naturellement, en tant que petit nouveau, j'avais suscité une certaine curiosité, pour ne pas dire suspicion. Quelqu'un me demanda timidement si je voulais me joindre à plusieurs d'entre eux pour aller prendre un verre dans un bar, le Pier 17 Pavilion, mais je déclinai son offre. Je n'étais pas encore prêt à former des alliances.

Pour moi, la journée avait été plutôt lente en termes d'activité mentale et de quantité de travail. Aussi, de retour chez moi, je me sentais énervé, frustré. Cette nuit-là, incapable de dormir, je restai sur le canapé du séjour, regardant la télé et lisant. Sur un fond de vieux films, de jeux télévisés et de publicités, je parcourus les pages financières des quotidiens, une biographie de Warren Buffet ainsi que la totalité des textes, des légendes, des publicités, des ours et des crédits photographiques d'une demi-douzaine de revues économiques.

Je passai une bonne partie de ma seconde matinée au Lafayette, un mardi, à fouiner dans divers sites web financiers. Puis j'ouvris plus d'une douzaine de positions majeures, quatre-vingt mille parts au total, et me concentrai sur leur suivi.

Vers onze heures et demie, il y eut un branle-bas de combat sur ma gauche. À quelques tables de moi, trois types en casquette de base-ball, qui semblaient travailler en étroite collaboration, se mirent à brandir le poing en l'air en scandant des « Oui, oui, oui ». Il fallut quelques minutes avant que le « tuyau » fasse le tour de la salle. Le maniaque du clavier à mes côtés, qui s'appelait Jay, s'extirpa de devant son écran quelques instants pour se tourner vers moi.

— Il paraît qu'une info vient de tomber par télex au sujet d'une valeur de biotechnologie…

Il haussa les épaules et se replongea dans son travail, mais le type à côté de lui pivota dans son fauteuil et s'adressa à moi comme si nous étions de vieux copains de lycée :

— Il s'agit d'une percée médicale qui n'a pas encore été annoncée officiellement. MEDX – pour Mediflux Inc. C'est un laboratoire de Floride. Il paraît qu'ils sont en train de développer une protéine anticancéreuse. Les chercheurs de la Fondation nationale de la recherche sur le cancer sont tout excités.

— Et ?

Il me dévisagea l'air de dire : « Tu es débile ou quoi ? » Puis, après une hésitation, il conclut :

— Achète du Mediflux !

Je pouvais voir que c'était ce que faisait Jay, à mes côtés. Je remerciai mon conseiller d'un signe de tête puis me tournai à nouveau vers mon écran pour voir quelles informations je pourrais dénicher sur le laboratoire. Son titre se vendait à 43 et 1/3, ayant grimpé après un cours d'ouverture à 37 et 3/4. Tout le monde présumait qu'il allait poursuivre son ascension et tout le monde (du moins tous ceux qui se trouvaient autour de moi dans la pièce) achetait du Mediflux à tour de bras. J'examinai les données de base de la société, ses revenus antérieurs, son potentiel de croissance, ce genre de choses. À un moment, Jay me donna un coup de coude et demanda :

— Alors, tu en as acheté combien ?

Je le dévisageai et réfléchis, passant rapidement en revue tout ce que je venais de lire sur Mediflux.

— Je n'en ai pas acheté. En fait, je vais en vendre à découvert.

Cela signifiait que, contrairement à la tendance générale dans la salle, je m'attendais à une chute de la valeur des parts de Mediflux. Pendant qu'ils étaient tous occupés à en acheter, je me préparais à en emprunter à mon courtier, puis à les vendre, en m'engageant à les racheter plus tard à ce qui, je l'espérais, serait un prix inférieur. Naturellement, plus son cours chutait, plus mon profit serait grand.

— Tu veux vendre à découvert ?

Le cri lui était sorti du cœur et le mot « découvert » parcourut la pièce comme une douleur vive le long d'un nerf sciatique. Je sentis presque toute la salle se raidir. Il y eut un bref silence, puis tout le monde se remit à parler en même temps, vérifiant ses écrans et lançant des regards vers ma table. Au cours des minutes suivantes, la tension augmenta tandis que la faction à l'origine du tuyau Mediflux se regroupait et se mettait à lancer des commentaires dans ma direction :

— Ça me fait de la peine pour toi, mec !

— Appel de marge !

— Loser !

Je n'y prêtai pas attention et poursuivis ma stratégie de vente à découvert tout en surveillant mes autres positions. La cote de Mediflux continua à grimper un moment, atteignant 51 points, puis sembla se stabiliser. Jay me donna un nouveau coup de coude et haussa les sourcils, l'air de dire : « Avoue, qu'est-ce qui t'a pris de vendre à découvert ? »

— Parce que ce n'est que du vent, répondis-je. Quoi, une ou deux souris blanches atteintes de cancer dans un labo quelque part se redressent dans leur lit et demandent une tasse de thé et tout à coup tout le monde achète frénétiquement ?

Je secouai la tête d'un air dubitatif, poursuivant :

— À ton avis, il faudra attendre combien de temps avant que cette nouvelle protéine trouve une application commerciale ? Cinq ans ? Dix ans ?

Tout à coup, Jay parut inquiet et sembla se recroqueviller.

— En outre, poursuivis-je en montrant mon écran, il y a six mois, Eiben-Chemcorp, qui cherchait à racheter Mediflux, s'est subitement retiré de la vente. On n'a jamais vraiment su pourquoi. Personne ne se souvient donc de *ça* ? Cette histoire de nouvelle protéine ne tient pas la route, Jay, conclus-je.

Il se tourna vers celui qui était assis de l'autre côté de lui et ils échangèrent quelques mots. Bientôt, tandis que mon analyse faisait le tour des tables, un nuage noir d'incertitude descendit sur les scalpers.

À en juger par le bourdonnement de voix et les cliquetis qui s'ensuivirent, il devint bientôt manifeste que la salle était en train de se scinder en deux camps – certains opérateurs s'accrochaient à leur titre alors que d'autres se mettaient à vendre du Mediflux à découvert. Jay et son voisin se rangèrent de mon côté. La bande des casquettes de base-ball conserva ses positions, mais s'abstint d'émettre de nouveaux commentaires, du moins à voix haute. Je restai penché devant mes écrans, gardant un profil bas, mais l'atmosphère était électrique. J'avais nettement la sensation que, dans l'écosystème de la pièce, j'étais perçu comme un intrus tentant de prendre le pouvoir. Ce n'était pas du tout ce que j'avais voulu, mais j'étais intimement convaincu que MEDX était un tuyau crevé… et je ne me trompais pas.

Plus tard dans l'après-midi, comme je l'avais prédit, le titre s'effondra. Il commença à battre de l'aile vers quinze heures trente, à la grande consternation des deux tiers des opérateurs dans la salle. MEDX clôtura à 17 points et demi, ce qui représentait une chute de 36 points et demi par rapport à sa valeur la plus haute, lorsqu'il avait atteint 54, plus tôt dans la journée.

À la fermeture, un hourra s'éleva d'un petit groupe assis à une table juste en face de la mienne. Ils vinrent me voir plus tard pour se présenter et je me rendis compte qu'avec Jay, son voisin, et un ou deux autres types, j'avais formé ma propre équipe. Ce n'était pas uniquement parce qu'ils étaient heureux de m'avoir emboîté le pas, mais également, je crois, parce qu'ils avaient apprécié ma manière de traiter, qu'ils qualifièrent de « couillue ». J'avais revendu à découvert cinq mille parts MEDX en raflant plus de cent quatre-vingt mille dollars. C'était plus en une seule opération que ce que la plupart d'entre eux pouvaient espérer se faire en un an, et ils adorèrent ça. Ils adoraient le fait que cela cautionnait la prise de risque et confirmait qu'il était possible de remporter le gros lot.

Un des trois types en casquette de base-ball me salua d'un signe de tête depuis l'autre bout de la salle, un geste qui voulait indiquer qu'il reconnaissait sa défaite. Il disparut ensuite rapidement avec ses deux acolytes et je n'eus pas l'occasion d'aller lui dire avec magnanimité, ou peut-être condescendance, que c'était à eux que revenait le mérite d'avoir déniché le titre. Je refusai une nouvelle fois d'aller prendre un verre avec les autres, mais m'attardai longuement, papotant de-ci de-là, essayant d'en apprendre le plus possible sur la manière dont fonctionnaient les bureaux de spéculation sur séance comme celui-ci.

Lors de ma troisième matinée au Lafayette Trading, tous les regards étaient rivés sur moi. Indubitablement, j'étais sur la sellette. Tout le monde se demandait sans doute si j'avais bénéficié d'un miracle ou si je savais vraiment ce que je faisais.

En fait, ma période de probation ne dura que quelques heures. Une position liée à une société de stockage de données, JKLS – assez semblable à celle de la veille –, se présenta bientôt. Je chuchotai à Jay que je m'apprêtais à initier la couverture du titre à son cours actuel, avec une vente à découvert immédiate. Jay, qui avait adopté tranquillement le rôle de second, transmit cette information à la table suivante et, en moins d'une minute, toute la salle vendait apparemment du JKLS à découvert. Au cours de la matinée, je divulguai quelques autres conseils que certains, mais pas tous, suivirent. Toutefois, quand, au début de l'après-midi, JKLS commença à chuter, des applaudissements retentirent dans la salle. On passa en revue mes autres tuyaux et les derniers sceptiques se lancèrent sur mes traces.

À seize heures, à la clôture, la salle était à ma botte.

Au cours des jours qui suivirent, « la fosse aux scalpers » du Lafayette Trading fit salle comble. Tous les habitués étaient présents, auxquels vinrent s'ajouter un bon nombre de nouvelles têtes. Je m'en tins à ma stratégie de vente à découvert et menai l'assaut contre toute une série de valeurs artificiellement dopées et surévaluées. Mon instinct pour les repérer semblait infaillible. Les voir se comporter exactement comme je l'avais prédit était grisant. Du coup, les autres me surveillaient étroitement. Naturellement, ils auraient aimé savoir quel était mon « truc », mais, comme je leur faisais à tous gagner beaucoup d'argent, aucun n'osa me poser directement la question. Ce qui était aussi bien, car j'aurais été bien en peine de répondre.

Pour moi, c'était de l'instinct, mais de l'instinct surdocumenté, nourri par une énorme quantité de recherches qui, grâce à la MDT-48, était effectuée avec une rapidité et synthétisée avec une efficacité que les gars du Lafayette Trading ne pouvaient pas seulement imaginer.

Mais cela n'expliquait pas tout. Il existait d'innombrables services de recherche aux quatre coins du pays, tous généreusement financés, des arrière-salles aveugles de banques d'investissement et de maisons de courtage peuplées de « quants » pâles et anonymes bouffant du chiffre jusqu'à l'aube, des endroits comme le Santa Fe Institute ou le MIT, qui employaient des prix Nobel de mathématiques et de sciences économiques. Pour un particulier, je traitais des quantités colossales de données, certes, mais pas au point de concurrencer ce genre de boîtes.

Alors ?

Au cours de ma seconde semaine au Lafayette Trading, j'essayai d'évaluer différentes possibilités. Peut-être était-ce dû à une meilleure gestion de l'information, un instinct accru, une alchimie du cerveau, une mystérieuse synergie entre l'organique et le technologique… Toutefois, tandis que j'étais assis là à fixer mon écran d'un regard absent, ces méditations fusionnèrent lentement en une vision bouleversante de l'immensité et de la beauté du marché boursier en lui-même. Cherchant désespérément à comprendre, je me rendis vite compte que, au-delà de sa prédisposition à la métaphore facile – un océan, un firmament, une représentation numérique de la volonté de Dieu –, le marché boursier était réellement bien plus qu'un simple marché de valeurs. De par sa complexité et son mouvement perpétuel, le réseau planétaire de systèmes d'échanges ouvert vingt-quatre heures sur vingt-quatre n'était pas autre chose qu'un modèle de la conscience humaine, le marché électronique constituant peut-être la première tentative de l'humanité pour créer un système nerveux collectif, un cerveau planétaire. En outre, indépendamment du nombre de combinaisons interactives de câbles, de puces électroniques, de circuits, de cellules, de récepteurs et de synapses nécessaires pour obtenir cette convergence grandiose de bande passante et de tissu cérébral, il m'apparut que, dès l'instant où je l'avais découvert – où j'avais été connecté et amorcé –, mon esprit était devenu une fractale vivante, une particule infime reflétant un ensemble plus vaste en pleine action.

J'étais parallèlement conscient que lorsqu'un individu se trouve être le réceptacle d'une révélation telle que celle-ci, adressée à lui seul (et écrite, voyons voir… sur le ciel nocturne, comme aurait dit Nathaniel Hawthorne), cette révélation a toutes les chances de n'être que le produit d'un esprit malsain et déséquilibré. Pourtant, ce qui m'arrivait était forcément différent, forcément empirique, démontrable. Après tout, au terme de mon sixième jour d'opérations au Lafayette Trading, je ne m'étais pas trompé une seule fois et avais désormais plus d'*un million de dollars* sur mon compte.

Ce soir-là, j'allai boire un verre avec Jay et quelques autres dans un bar de Fulton Street. Après ma troisième bière et une demi-douzaine de cigarettes, au milieu d'un déluge d'histoires de scalpers déversé par mes nouveaux confrères, je résolus de mettre plusieurs projets en route, des changements qu'il était temps d'entreprendre. Tout d'abord, réunir de quoi déposer une caution pour un appartement, un endroit plus grand que celui de la 10e Rue, et dans un autre quartier, peut-être Gramercy Park, ou même Brooklyn Heights. Ensuite, me débarrasser de toutes mes anciennes fripes, de mes vieux meubles et du bric-à-brac accumulé au fil des ans, pour les remplacer par le strict nécessaire. Enfin, le plus important, passer de la spéculation sur séance à un terrain de jeux plus vaste, m'attaquer à la gestion financière, par exemple, aux fonds spéculatifs, ou aux marchés internationaux.

Évidemment, comme je ne réalisais des opérations boursières que depuis un peu plus d'une semaine, je ne savais pas trop comment m'y prendre mais en rentrant chez moi, dans un timing parfait, je trouvai un message de Kevin Doyle sur mon répondeur.

*Clic.*

*Biiip.*

« Salut, Eddie. Kevin à l'appareil. Qu'est-ce que c'est que toutes ces histoires qu'on raconte ? Appelle-moi. »

Sans même prendre le temps d'ôter ma veste, je décrochai le combiné et composai son numéro.

— Allô ?

— De quelles histoires tu veux parler ?

Il y eut un temps mort, puis :

— Du Lafayette, Eddie. Tout le monde ne parle plus que de toi.

— De *moi* ?

— Oui. Je déjeunais avec Carl et quelques autres aujourd'hui quand quelqu'un s'est mis à parler de rumeurs au sujet d'un bureau de spéculations sur séance à Broad Street et d'un certain scalper qui obtient des résultats phénoménaux. J'ai mené ma petite enquête en rentrant au bureau et je suis tombé sur ton nom.

Je souris en moi-même.

— Ah oui ?

— Ce n'est pas tout, Eddie. J'en ai reparlé avec Carl plus tard et lui ai raconté ce que j'avais appris. Il était très intéressé. Quand il a su qu'on était amis, il m'a dit qu'il aimerait te rencontrer.

— Super, Kevin. Moi aussi, j'aimerais le rencontrer. C'est quand il voudra.

— Tu es libre demain soir ?

— Oui.

Il marqua une pause.

— Je te rappelle.

Il raccrocha aussitôt.

Je m'assis sur le canapé et regardai autour de moi. Je ne ferais plus long feu ici, et ce n'était pas trop tôt ! Je visualisai le salon spacieux et élégant d'une maison à Brooklyn Heights. Je me vis debout devant un bow-window, contemplant une de ces allées bordées d'arbres où Melissa et moi, en rentrant de Carroll Gardens les jours d'été, aimions nous promener, rêvant d'habiter un jour dans une de ces rues aux noms de fruits : Cranberry Street, Orange Street, Pineapple Street...

Le téléphone sonna. Je me levai et traversai la pièce pour répondre.

— Eddie ? C'est Kevin. Pour l'apéritif, demain soir ? À l'Orpheus Room ?

— Parfait. À quelle heure ?

— Huit heures. Mais pourquoi on ne se retrouverait pas tous les deux à sept heures et demie ? Ça me laissera le temps de te dresser un petit topo.

— OK.

Je raccrochai.

Tandis que je me tenais là, la main toujours sur le combiné, la pièce se mit soudain à tournoyer autour de moi et, l'espace d'un instant, tout devint noir. Puis, sans me rendre compte que je m'étais déplacé – *alors que j'avais traversé le séjour* –, je cherchai de la main l'accoudoir du canapé pour y prendre appui.

C'est alors que je me souvins que je n'avais rien mangé depuis trois jours.

## 12

J'arrivai à l'Orpheus Room avant Kevin, m'assis au bar et commandai un verre d'eau gazeuse.

Je ne savais pas quoi attendre de cette rencontre, mais ce ne pouvait être qu'intéressant. Carl Van Loon était l'un de ces noms que je n'avais cessé de voir dans les journaux et les magazines tout au long des années 80, un nom synonyme de cette décennie et de son culte au dieu Dollar. Il était peut-être rangé des voitures mais, à l'époque, le président de Van Loon & Associates avait été impliqué dans plusieurs grands projets immobiliers, dont la construction controversée d'un gigantesque immeuble de bureaux à Manhattan. Il avait également fait parler de lui à l'occasion de certains achats de sociétés par endettement parmi les plus spectaculaires de la décennie et d'innombrables regroupements d'entreprises.

Van Loon et sa seconde épouse, la décoratrice Gabby De Paganis, avaient fait partie du cercle très sélect des galas de charité, leurs portraits figurant dans les pages mondaines de tous les numéros de magazines tels que *New York*, *Quest* et *Town and Country*. Ils étaient partie prenante de la vie publique de l'époque, celle que nous consommions quotidiennement avec voracité, discutant et disséquant leurs moindres faits et gestes.

Je me souviens d'un jour dans le West Village avec Melissa, vers 1985 ou 1986. Nous étions au Caffe Vivaldi quand elle monta sur ses grands chevaux à propos du projet du Van Loon Building. Van Loon rêvait depuis longtemps de rendre à New York son titre de ville possédant le plus haut gratte-ciel du monde et proposait d'ériger une boîte en verre sur le site du vieil hôtel St. Nicholas, sur la 48$^{e}$ Rue. Le projet initial, qui prévoyait une hauteur de près de quatre cent soixante mètres, avait, après d'innombrables débats, été ramené à un peu moins de trois cents mètres.

« Qu'est-ce qu'ils ont encore, avec leurs tours à la con ? s'exclama-t-elle en brandissant sa tasse de café. On en est encore là ? D'accord, le gratte-ciel a été autrefois le symbole suprême du capitalisme corporatiste, voire de l'Amérique dans son ensemble – le « doigt de Dieu », disait Ayn Rand en parlant du Woolworth Building ! –, mais je pensais qu'on avait dépassé ce stade, bordel ! On n'a plus besoin de types comme ce Carl Van Loon qui essaient d'apposer leurs fantasmes d'adolescent sur la silhouette de Manhattan… Qui plus est, la question de la hauteur n'est plus pertinente, les gratte-ciel ne sont plus que des panneaux publicitaires pour des usines de machines à coudre, des grands magasins, des fabricants automobiles ou des groupes de presse. Ce sera quoi, ce coup-ci ? Une pub pour les actions casse-gueule ? Au secours ! »

En de telles occasions, Melissa savait manier sa tasse de café avec une élégance rare, indignée juste ce qu'il fallait mais sans jamais en renverser une goutte, toujours prête à faire une pirouette et à rire d'elle-même.

— Eddie !

Elle se calmait toujours de la même manière – quel que soit son degré de colère. Elle penchait la tête légèrement en avant, remuant éventuellement le fond de sa tasse s'il en restait, puis devenait immobile, silencieuse, ses mèches diaphanes retombant doucement devant son visage.

— Eddie ?

Je pivotai sur mon tabouret, m'écartant du comptoir. Kevin se tenait à côté de moi, m'observant.

Je lui tendis la main.

— Kevin.

— Eddie.

— Comment vas-tu ?

— Très bien.

Tout en lui serrant la main, je m'efforçai de chasser l'image de Melissa de mon esprit. Je demandai à Kevin ce qu'il voulait boire – une Absolut avec des glaçons. Quelques minutes de banalités s'ensuivirent, puis il commença à me briefer pour ma rencontre avec Van Loon :

— Il est… lunatique. Un jour, c'est ton meilleur ami, le lendemain, c'est comme si tu n'existais pas. Aussi, ne te laisse pas décontenancer s'il est un peu bizarre.

J'acquiesçai.

— Oh, et… je n'ai sans doute pas besoin de te le préciser, mais… tâche de ne pas marquer de pause ou d'hésitation quand tu lui réponds. Il a horreur de ça.

J'acquiesçai à nouveau.

— C'est que… en ce moment, il est obnubilé par cette affaire entre MCL-Parnassus et Hank Atwood et… je ne sais pas.

MCL-Parnassus, un des plus grands groupes mondiaux de l'industrie des médias, regroupant chaînes câblées, studios de cinéma et maisons d'édition, était ce que les journalistes aimaient qualifier de « mastodonte ».

— Qu'est-ce qu'il trafique avec Atwood ?

— Je n'en sais trop rien. Tout est encore top secret.

Puis il sembla se souvenir de quelque chose :

— En tout cas, quoi qu'il arrive… ne lui pose pas de questions !

Je me rendais bien compte qu'il se demandait s'il avait bien fait d'organiser cette rencontre. Il ne cessait de lancer des regards à sa montre, comme s'il ne disposait que d'un court délai et craignait de manquer de temps. Il vida son reste de vodka à huit heures moins dix, en commanda une autre, puis demanda :

— Alors, Eddie, de quoi tu comptes lui parler, exactement ?

Je haussai les épaules.

— Je n'en sais trop rien. J'imagine que je vais lui raconter mes aventures en Bourse et lui dresser un topo des principales positions que j'ai tenues.

Kevin semblait s'être attendu à autre chose… mais à quoi ? Comme je ne pouvais lui offrir une explication satisfaisante de ma réussite, à moins de le renvoyer à l'aptitude inexplicable que je semblais avoir développée, je finis par lui dire :

— J'ai simplement eu de la chance, Kevin. Comprends-moi bien, j'y ai travaillé dur et j'ai effectué beaucoup de recherches, mais… que veux-tu que je te dise ?…. les événements ont joué en ma faveur.

Apparemment, Kevin ne se satisfaisait pas de ce genre de conneries vaseuses, même s'il n'osa pas le dire à voix haute. C'est alors que je pris conscience de l'angoisse sous-jacente dans tout ce qu'il avait dit jusqu'alors. Sans informations privilégiées sur ma stratégie boursière, il risquait de perdre tout pouvoir sur Van Loon. Son rôle se bornerait à me livrer au grand maître, après quoi il deviendrait parfaitement inutile.

Malheureusement, je ne pouvais pas grand-chose pour lui.

Pour ma part, je pétais le feu. Après mon étourdissement, la veille au soir, je m'étais confectionné une assiette de pâtes *in bianco*, avais pris quelques vitamines et compléments nutritifs, puis m'étais couché. J'avais dormi six heures d'affilée, soit autant, sinon plus, qu'au cours du mois qui venait de s'écouler. Je continuais à prendre deux doses de MDT par jour, mais je me sentais désormais plus frais et plus maître de moi – plus sûr de moi – que jamais.

Van Loon s'engouffra dans l'Orpheus Room comme s'il arrivait au terme d'un travelling sophistiqué qui l'aurait suivi, dans un long plan séquence, depuis sa limousine garée devant la porte. Grand et mince, légèrement voûté, il en imposait toujours. La soixantaine, bronzé, il avait encore quelques cheveux d'un blanc argenté des plus distingués. Il serra vigoureusement ma main puis nous invita à nous asseoir à sa table réservée.

Je ne le vis pas commander quoi que ce soit, ni même lancer un regard vers le barman mais, quelques secondes seulement après que nous eûmes pris place, moi avec mon eau gazeuse et Kevin avec sa vodka, on plaça devant lui ce qui me parut être le *nec plus ultra* du Martini. Le serveur approcha, posa le verre sur la table et se retira, le tout avec une légèreté, un doigté – silence total et quasi-invisibilité – clairement réservés à une certaine... *classe* de clients.

Van Loon me regarda dans le blanc des yeux et me demanda :

— Alors, Eddie Spinola, quel est votre secret ?

Je sentis Kevin à mes côtés se raidir.

— Les médicaments, répondis-je de but en blanc. Je suis un traitement spécial.

Van Loon rit, prit son Martini et me porta un toast.

— Dans ce cas, j'espère pour vous que votre ordonnance est renouvelable !

Ce fut à mon tour de rire. Je levai mon verre dans sa direction.

Puis ce fut terminé. Il ne me posa plus de questions. À l'agacement tangible de Kevin, il se mit à parler de son nouveau Gulfstream V, des soucis qu'il lui avait causés et du fait qu'il avait dû attendre seize mois sur une liste d'attente pour avoir sa foutue machine. Il s'adressait directement à moi et j'eus l'impression – c'était trop appuyé pour être une coïncidence – qu'il excluait délibérément Kevin de la conversation. J'en déduisis donc qu'il ne reviendrait pas sur le sujet de mon « secret ». Nous parlâmes, ou, plutôt, il me parla d'autres choses… de cigares, par exemple, et comment il avait tenté récemment d'acheter l'humidificateur de Kennedy, en vain. Ou de voitures… sa dernière acquisition étant une Maserati qui lui avait coûté « la peau du cul ».

Van Loon était frimeur et vulgaire, en tous points conforme à ce que laissait deviner son image publique de la décennie précédente mais, bizarrement, il m'était sympathique. Il y avait quelque chose de touchant dans la manière dont il était complètement obsédé par l'argent et par les façons les plus tape-à-l'œil de le dépenser. Un de ses amis, qui était assis à une autre table, vint se joindre à nous quelque temps plus tard et Kevin, fidèle à lui-même, parvint à ramener la conversation sur le terrain des marchés. L'ami de Van Loon était Frank Pierce, un autre vétéran des années 80 qui avait travaillé pour Goldman Sachs et dirigeait désormais un service privé de fonds d'investissement. Sans grande subtilité, Kevin fit allusion à la nécessité d'avoir recours aux mathématiques et à des logiciels sophistiqués pour battre les marchés.

Frank Pierce, plutôt grassouillet et doté d'yeux de fouine, réagit illico :

— Foutaise ! Si ça pouvait se faire, quelqu'un l'aurait déjà fait, non ?

Il lança un regard autour de lui avant d'ajouter :

— On fait tous nos analyses quantitatives et nos devoirs de maths, mais ça fait des années qu'ils nous bassinent avec leur autre truc, leur boîte noire ou je ne sais quoi. Ce sont des conneries. C'est comme de transformer le plomb en or, c'est impossible. On ne peut pas battre les marchés, mais il y aura toujours un petit con avec tout un tas de diplômes universitaires et une queue-de-cheval pour affirmer le contraire !

— Sauf votre respect, dit Kevin, on connaît des exemples de gens qui ont battu les marchés, ou du moins semblent y être parvenus.

Il s'adressait à Pierce mais tentait de m'attirer dans la conversation.

— Battu les marchés, et *comment* ?

Kevin me lança un regard mais je refusai de mordre à l'hameçon. Il n'avait qu'à se dépatouiller tout seul.

— Eh bien... nous n'avons pas toujours eu la technologie dont nous disposons actuellement. Nous n'avons pas toujours eu la capacité de traiter des quantités aussi énormes d'informations. En analysant suffisamment de données, on voit émerger des modèles récurrents et certains de ces modèles peuvent avoir une valeur prédictive...

— Foutaise ! répéta Pierce.

Kevin, légèrement pris de court, poursuivit néanmoins :

— Je veux dire... en utilisant des systèmes complexes et des analyses de séries chronologiques, on peut... on peut identifier des poches de probabilités. On les assemble ensuite en une sorte de mécanisme de reconnaissance de formes et…

Il hésita, moins sûr de lui, mais déjà trop avancé pour rebrousser chemin.

— … et, à partir de ça, on doit pouvoir construire un modèle pour prédire les tendances du marché.

Il me lança un regard implorant, l'air de dire : « Eddie, je t'en supplie, je suis sur la bonne voie ou quoi ? C'est comme ça que tu fais ? »

— Reconnaissance de formes, mes fesses ! cracha Pierce. Comment vous croyez qu'*on* a gagné notre fric ? Hein ?

Il se pencha en avant et, agitant rapidement son doigt potelé, indiqua Van Loon et lui-même. Puis il montra sa tempe et la tapota lentement.

— La comp-pré-hen-sion. Voilà ! Comprendre comment fonctionnent les affaires. Comprendre quand une société est surévaluée, ou sous-évaluée. Comprendre qu'il ne faut jamais faire un pari qu'on n'a pas les moyens de perdre.

Tel un animateur de débat télévisé, Van Loon se tourna vers moi.

— Eddie ?

— Absolument, convins-je d'une voix calme. Personne ne peut affirmer le contraire…

— *Mais ?* dit Pierce avec une moue sarcastique. Il y a toujours un mais, avec ces gars-là.

— C'est vrai.

Kevin parut visiblement soulagé que j'aie enfin daigné ouvrir la bouche. Je poursuivis :

— Il y a effectivement un mais. C'est une question de rapidité…

Je n'avais aucune idée de ce qui allait suivre.

— … parce que… désormais, tout va trop vite pour que le cerveau humain puisse suivre et se faire une opinion. Vous voyez une opportunité, vous clignez des yeux, elle a filé. Nous entrons dans l'ère de la prise de décision en ligne, décentralisée. Les décisions sont prises par des millions – et potentiellement des centaines de millions – d'investisseurs individuels partout dans le monde, des gens qui ont la capacité de déplacer d'énormes quantités d'argent d'un coin de la planète à un autre en moins de temps qu'il n'en faut pour éternuer, mais sans se consulter. Par conséquent, la compréhension n'entre plus en jeu, ou, du moins, il n'est plus nécessaire de comprendre comment fonctionne une entreprise, mais de comprendre comment opère la psychologie de masse…

Pierce agita une main en l'air.

— Quoi ? *Vous* croyez pouvoir *me* dire pourquoi les marchés montent en flèche ou s'effondrent ? Pourquoi aujourd'hui ? Et pas demain, ni hier ?

— Non, je ne le peux pas, mais ce sont des questions légitimes. Pourquoi les données s'accumulent-elles en modèles prévisibles ? Pourquoi les marchés financiers devraient-ils avoir une structure ?

Je marquai une pause, attendant que quelqu'un intervienne, mais, comme ils se taisaient, je poursuivis :

— Parce que les marchés sont le produit de l'activité humaine et que les être humains suivent des tendances, c'est aussi simple que ça.

Kevin était devenu très pâle.

— Naturellement, ces tendances sont généralement toujours les mêmes… *primo*, la phobie du risque, *secundo*, suivons le troupeau.

— Peuh ! fit Pierce.

Mais il n'insista pas. Il marmonna quelque chose à Van Loon que je n'entendis pas, puis regarda sa montre. Kevin restait immobile, fixant la moquette, au bord du désespoir. C'est tout ? semblait-il penser. La putain de nature humaine ? Comment allait-il tourner une connerie pareille à son avantage ?

Pour ma part, je me sentais terriblement gêné. Je n'avais pas demandé à prendre la parole, mais il m'aurait été difficile de refuser l'invitation de Van Loon à me joindre au débat. Du coup, je m'étais comporté comme un donneur de leçons à la con. *La compréhension n'entre pas en jeu ?* Comment pouvais-je prétendre apprendre à deux milliardaires comment gagner de l'argent ?

Quelques minutes plus tard, Frank Pierce grommela quelques vagues excuses et partit sans nous avoir salués, Kevin et moi.

Van Loon laissa la conversation dériver quelque temps. Nous discutâmes du Mexique et des effets probables qu'aurait la position apparemment irrationnelle du gouvernement des États-Unis sur les marchés. À un moment donné, encore assez agité, je me mis à débiter malgré moi une liste comparative des PIB pour 1960 et 1995, une étude que j'avais dû lire quelque part, mais Van Loon m'arrêta en laissant plus ou moins entendre que je frôlais l'hystérie. Il me contredit aussi sur quelques autres points, et manifestement à raison à chaque fois. À une ou deux reprises, je le surpris à me dévisager bizarrement, comme s'il se demandait s'il ne ferait pas mieux d'appeler la sécurité pour me faire éjecter de l'immeuble.

Mais plus tard, alors que Kevin était aux toilettes, il se tourna vers moi et déclara :

— Je crois qu'il est temps qu'on se débarrasse de ce clown. Ne vous méprenez pas, Kevin est un type bien. C'est un excellent négociateur. Mais parfois, *franchement…*

Van Loon me fixait droit dans les yeux, attendant que je confirme que j'étais d'accord avec lui.

Ne sachant pas trop comment réagir, j'esquissai un demi-sourire.

C'est alors que cela se reproduisit, cette *chose*, cette réaction anxieuse et implorante que j'avais déjà déclenchée chez d'autres – Paul Baxter, Artie Meltzer, Kevin Doyle.

— Allez, Eddie, finissez votre verre. J'habite à cinq pâtés de maisons d'ici. Allons dîner chez moi.

Tandis que nous sortions tous les trois de l'Orpheus Room, je me fis la remarque que personne n'avait payé d'addition, signé quoi que ce soit, ni même fait le moindre signe à un employé du bar. Puis je me souvins que Carl Van Loon *possédait* l'Orpheus Room, comme, d'ailleurs, le reste de l'immeuble, une tour anonyme en verre et acier sur la 54ᵉ Rue, entre les avenues Park et Lexington. Je l'avais lu dans le journal à l'époque où le bar avait été inauguré, quelques années plus tôt.

Dans la rue, Van Loon congédia rapidement Kevin en lui annonçant qu'il le verrait le lendemain matin. Kevin hésita, puis dit :

— Bien sûr, Carl. Alors... à demain matin.

Nos regards se croisèrent un instant, puis nous nous détournâmes, gênés. Kevin parti, Van Loon et moi descendîmes la 54ᵉ Rue en direction de Park Avenue. Finalement, il n'y avait pas de limousine l'attendant devant la porte. Je me souvins alors d'avoir lu autre chose, un article dans un magazine où l'on racontait que Van Loon mettait un point d'honneur à se déplacer le plus possible à pied, surtout dans son « quartier », comme si cela faisait de lui un homme du peuple.

Nous arrivâmes devant son immeuble sur Park Avenue. Le bref voyage entre le hall d'entrée et son appartement fut exactement cela : un voyage. Rien ne manquait : le portier en uniforme, le marbre aux veines turquoise, les boiseries en acajou, les cache-radiateurs en cuivre. Je fus surpris par l'exiguïté de la cabine d'ascenseur, mais l'intérieur en était luxueux et intime, une combinaison sans doute censée susciter, associée à la sensation du mouvement, une certaine charge érotique (à condition d'être avec la bonne personne, naturellement). Il m'apparut que les riches n'inventaient pas ce genre de détails puis décidaient de les créer, mais plutôt que ces coïncidences, ces petits hasards heureux, se produisaient spontanément si vous aviez de l'argent.

L'appartement se trouvait au quatrième étage, mais la première chose que l'on voyait en entrant dans l'immense vestibule était un escalier en marbre qui s'élevait majestueusement vers le cinquième étage. Les plafonds étaient très hauts et décorés de stucs ouvragés. Sous les corniches, des frises en relief attiraient le regard plus bas, vers de grands tableaux dans des cadres dorés.

Van Loon me conduisit dans la bibliothèque : une pièce sombre aux murs tapissés de livres et au sol jonché de tapis persans, agrémentée d'une énorme cheminée en marbre et de plusieurs sofas en cuir rouge. Il y avait également beaucoup de beaux meubles français anciens un peu partout, des tables en noyer sur lesquelles personne n'oserait jamais déposer le moindre objet, et des chaises délicates sur lesquelles personne non plus n'oserait glisser le moindre arrière-train.

— Bonsoir, Papa.

Van Loon lança un regard surpris autour de lui. Apparemment, il avait cru que nous serions seuls. À l'autre bout de la bibliothèque, à peine visible contre un fond de livres reliés cuir, une jeune femme, debout, tenait un grand volume ouvert dans ses mains.

— Ah ! fit Van Loon.

Il s'éclaircit la gorge et ajouta :

— Dis bonjour à M. Spinola, chérie.

— Bonjour monsieur Spinola chéri.

Sa voix était douce mais sûre d'elle.

Van Loon fit une moue réprobatrice.

— Ginny !

Je me retins de justesse de lui dire : « Je vous en prie, ce n'est rien. À vrai dire, j'aime assez entendre votre fille m'appeler "chéri". »

Virginia Van Loon, dix-neuf ans. Quelques mois plus tôt, à peine sortie de l'âge tendre et vulnérable, « Ginny » avait passé une bonne partie de son temps en première page des tabloïds, défrayant la chronique par une consommation hors normes de substances illicites et un goût désastreux en matière de petits amis. Fille unique de Van Loon et de sa seconde épouse, elle avait été rapidement ramenée à la raison par la menace de se voir déshéritée. Du moins selon la presse.

— Ginny, dit Van Loon, je dois aller chercher quelque chose dans mon bureau. Tu veux bien tenir compagnie à M. Spinola en attendant que je revienne ?

— Bien sûr, Papa.

Se tournant vers moi, Van Loon précisa :

— Il y a plusieurs dossiers que j'aimerais vous montrer.

Je hochai la tête, n'ayant pas la moindre idée de ce dont il voulait parler. Puis il disparut et me laissa planté là, fixant sa fille dans la pénombre à l'autre bout de la pièce.

— Qu'est-ce que vous lisez ?

Tout en posant cette question, je me souvins de l'avoir déjà posée à une autre jolie fille il n'y avait pas si longtemps et me hâtai de chasser cette pensée.

— En fait, je ne lis pas vraiment. Je vérifie quelque chose dans un des livres que Papa a achetés au poids quand il a emménagé ici.

Je m'approchai du centre de la pièce pour mieux la voir. Elle avait les cheveux blonds et courts coiffés en hérisson et portait des baskets, un jean et un débardeur rose qui laissait voir son ventre. Elle portait un piercing au nombril, un petit anneau d'or qui luisait dans la lumière quand elle bougeait.

— Qu'est-ce que vous vérifiez ?

Elle s'adossa à la bibliothèque avec une nonchalance étudiée, mais l'effet fut gâché par le fait que, dans cette position, elle avait du mal à conserver l'énorme volume ouvert en équilibre entre ses mains.

— L'étymologie du mot « féroce ».

— Je vois.

— Ma mère vient de me dire que j'avais un caractère féroce, ce qui est vrai. Alors, pour me calmer, je suis venue vérifier le terme dans ce dictionnaire étymologique.

Elle l'agita vers moi une seconde, comme une pièce à conviction devant un tribunal.

— C'est un mot étrange, vous ne trouvez pas ? *Féroce...*

— Vous l'avez trouvé ? demandai-je avec un signe de tête vers le dictionnaire.

— Pas encore, je me suis laissé distraire par « félon ».

Je contournai le plus gros des canapés en cuir rouge pour m'approcher d'elle, expliquant :

— *Féroce...* littéralement « regard fou ». Cela vient d'une combinaison du latin *ferus*, qui veut dire « sauvage », et de la particule *oc-*, qui signifie « avoir l'air » ou « paraître »...

Ginny Van Loon me dévisagea un moment en réprimant un sourire puis referma le livre en le faisant claquer bruyamment.

— Pas mal, monsieur Spinola. Pas mal.

Tout en s'efforçant de remettre le volume à sa place sur une étagère derrière elle, elle demanda :

— Vous n'êtes pas un des sbires de Papa, n'est-ce pas ?

Je réfléchis un moment avant de répondre :

— Je ne sais pas. Peut-être. On verra.

Elle se tourna vers moi et, au cours du bref silence qui suivit, je fus conscient qu'elle m'inspectait des pieds à la tête. Je me sentis soudain mal à l'aise et regrettai de ne pas avoir pris le temps de m'acheter un autre costume. Je portais celui-ci tous les jours depuis un certain temps maintenant et commençais à me sentir moins bien dedans.

— Oui, mais vous n'êtes pas un de ceux qui bossent régulièrement pour lui, n'est-ce pas ? Et vous n'êtes pas…

Elle hésita :

— Quoi ?

— Vous n'avez pas l'air très à votre aise, habillé comme ça.

Je baissai les yeux vers mon costume et essayai de trouver quelque chose à répondre. En vain.

— Alors, qu'est-ce que vous faites pour Papa ? Quel service vous lui fournissez ?

— Qui a dit que je lui fournissais quoi que ce soit ?

— Carl Van Loon n'a pas d'amis, monsieur Spinola, uniquement des gens qui font des choses pour lui. Et vous, qu'est-ce que vous faites ?

Étrangement, tout en disant cela, elle n'avait rien d'une morveuse ni d'une pimbèche. Pour une fille de dix-neuf ans, elle avait une assurance époustouflante. Je ne pus m'empêcher de lui dire la vérité :

— Je joue en Bourse. Récemment, j'ai rencontré un certain succès. Je suppose donc que je suis ici pour fournir à votre père des… conseils.

Elle arqua les sourcils, ouvrit les bras et esquissa une petite révérence, comme pour dire : « CQFD ! »

Je souris.

Elle s'adossa à nouveau à la bibliothèque et soupira :

— Je n'aime pas la Bourse.

— Pourquoi ça ?

— Comment une chose aussi profondément inintéressante peut-elle absorber autant de vies humaines ?

Ce fut mon tour de hausser les sourcils. Elle poursuivit :

— Je veux dire par là que, avant, les gens avaient des dealers et des psychanalystes, aujourd'hui, ils ont des courtiers. Au moins, quand vous vous défoncez ou que vous vous faites disséquer la cervelle, il s'agit de vous. C'est *vous* le sujet qui s'emmêle ou se démêle ou je ne sais quoi. Mais jouer sur les marchés revient à s'abandonner à un vaste système sans âme. Il ne fait que générer et nourrir… la cupidité…

— Je…

— … et il ne s'agit même pas de cupidité personnelle, c'est la même pour tout le monde. Vous êtes déjà allé à Las Vegas, monsieur Spinola ? Vous avez déjà vu ces immenses salles avec des rangées et des rangées de machines à sous ? À perte de vue ? Aujourd'hui, la Bourse, c'est la même chose : tous ces gens tristes et désespérés plantés devant des machines et qui ne font que rêver au gros lot qu'ils décrocheront peut-être un jour.

— C'est facile à dire, pour vous.

— Peut-être, mais ça n'en est pas moins vrai.

Au moment où j'essayais de formuler une réponse, la porte derrière nous s'ouvrit et Van Loon réapparut.

— Alors, Eddie, elle s'est bien occupée de vous ?

Il se dirigea d'un pas leste vers une table basse devant un des canapés et y jeta une épaisse chemise remplie de papiers.

— Oui, absolument.

Je me retournai immédiatement vers elle, cherchant quelque chose à dire.

— Alors, que faites-vous… ces jours-ci ?

— « Ces jours-ci », répéta-t-elle avec un sourire. Vous êtes très diplomate. Eh bien, ces jours-ci, je suppose que je suis… une célébrité en convalescence ?

— C'est bon, ma puce, dit Van Loon. Ça suffit, il est temps de te carapater. Nous avons du travail à faire.

Ginny me lança un regard interrogateur.

— « Carapater » ? Voilà encore un mot intéressant.

— Hmmm… fis-je en feignant de me concentrer. Je dirais que c'est probablement un mot d'origine… inconnue.

Elle réfléchit un instant puis, glissant devant moi en chemin vers la porte, elle chuchota d'une voix sonore :

— Un peu comme vous, monsieur Spinola chéri.

— Ginny !

Sans prêter attention à son père, elle me lança un dernier regard par-dessus son épaule puis disparut.

Secouant la tête d'un air exaspéré, Van Loon fixa la porte de la bibliothèque quelques instants pour s'assurer que sa fille l'avait bien refermée derrière elle. Puis il reprit la chemise sur la table basse et déclara qu'il tenait à jouer franc jeu avec moi. Il avait entendu parler de mes tours de passe-passe au Lafayette Trading et n'était pas particulièrement impressionné. Néanmoins, maintenant qu'il m'avait rencontré en personne, il devait reconnaître qu'il était un peu plus intrigué.

Il me tendit la chemise.

— Je veux votre opinion là-dessus, Eddie. Emportez ces documents chez vous, examinez les dossiers, prenez votre temps. Puis dites-moi s'il y a là-dedans des valeurs qui vous paraissent intéressantes.

Je feuilletai les papiers et vis de longues sections de texte dense ainsi que d'interminables pages de tableaux, de graphiques et de statistiques.

— Je n'ai pas besoin de vous préciser que tout ceci est strictement confidentiel.

J'acquiesçai.

Il hocha la tête à son tour puis demanda :

— Je peux vous offrir quelque chose à boire ? J'ai bien peur que la bonne ne soit sortie et Gabby semble… de mauvais poil, si bien que personne ne s'est encore préoccupé du dîner.

Il s'interrompit, semblant chercher une issue à ce dilemme, puis déclara :

— Et puis merde, j'ai pris un grand déjeuner.

Il releva les yeux vers moi, attendant toujours une réponse à sa première question.

— Un whisky, ce sera parfait, merci.

— Tout de suite.

Van Loon se dirigea vers un meuble-bar dans un coin de la pièce et nous prépara deux verres de single malt tout en parlant :

— Je ne sais pas qui vous êtes, Eddie, ni à quoi vous jouez, mais je suis sûr d'une chose : vous n'êtes pas du métier. Je connais toutes les ficelles et, pour ce que j'ai pu en voir jusqu'à présent, vous, vous n'en connaissez aucune. Pour ne rien vous cacher, ça me plaît assez. Vous comprenez, j'ai affaire à longueur de journée à des diplômés d'écoles de commerce, et, je ne sais pas exactement comment expliquer ça, mais ils ont tous ce même regard, le regard « grande école », un mélange d'effronterie et de crainte, et j'en ai par-dessus la tête. Ce que j'essaie de vous dire, c'est que… peu m'importe d'où vous sortez et que toutes vos connaissances en matière d'investissements aient été glanées dans la rubrique financière du *New York Times*. Ce qui compte…

Il se tourna vers moi, un verre dans chaque main, et me désigna son ventre avec l'une d'elles.

— … c'est que vous ayez quelque chose qui couve, là. Si, par-dessus le marché, vous êtes malin, alors rien ne vous arrêtera.

Il me tendit mon verre. Je reposai la chemise et le pris. Au moment où il levait le sien, un téléphone retentit quelque part dans la pièce.

— Merde.

Van Loon reposa son verre sur la table basse et repartit dans la direction d'où il était venu. Le téléphone se trouvait sur un secrétaire ancien, près du meuble-bar. Il le décrocha et dit :

— Oui ?

Il y eut un silence, puis il reprit :

— Oui, oui, passez-le-moi.

Il couvrit le microphone d'une main et se tourna vers moi.

— Il faut que je prenne cet appel, Eddie. Asseyez-vous et buvez tranquillement votre verre.

Je lui adressai un petit sourire d'assentiment.

— Je n'en ai pas pour longtemps.

Tandis qu'il me tournait le dos et se mettait à parler à voix basse dans le combiné, je bus une gorgée de whisky et m'assis sur le canapé. Je n'étais pas fâché de cette interruption, sans trop savoir pourquoi. Puis je compris : je voulais un peu de temps pour réfléchir à Ginny Van Loon et à sa petite diatribe contre la Bourse. C'était le genre de choses qu'aurait dites Melissa... En dépit de leurs différences patentes, les deux femmes avaient au moins deux points en commun : une même intelligence implacable, ainsi qu'une élocution du genre missile à tête chercheuse thermique. Je me répétai que les commentaires de Ginny n'étaient que la marque du nihilisme à bon marché affiché par une adolescente trop gâtée, mais, dans ce cas, pourquoi m'affectaient-ils autant ?

M'assurant que Van Loon me tournait toujours le dos, je sortis un petit sachet en plastique de ma poche, l'ouvris et fis tomber un comprimé dans la paume de ma main, puis je l'avalai et le fis descendre avec une généreuse rasade de whisky.

Je repris la chemise, l'ouvris à la première page et commençai à lire.

Les dossiers contenaient des informations de fond sur une série de petites et moyennes entreprises, des chaînes de magasins, des éditeurs de logiciels, des sociétés du secteur de l'aérospatial et des biotechnologies. La documentation était dense et dévoilait de nombreux aspects, dont les profils de tous les directeurs généraux ainsi que ceux d'autres membres clefs du personnel. Également des analyses techniques des fluctuations de cotations pendant les cinq dernières années, et je me retrouvai à examiner des pics, des creux, des points de résistance... autant d'éléments qui, quelques semaines plus tôt, m'auraient paru incompréhensibles et parfaitement barbants. Du Valium pour les yeux.

Qu'attendait Van Loon de moi, au juste ? Que je lui dise ce qui était l'évidence même ? Que, par exemple, la société texane de stockage de données Laraby, dont le titre avait grimpé de *vingt mille pour cent* au cours des cinq dernières années, était un bon investissement à long terme ? Ou que Watson's, la chaîne britannique de grands magasins qui venait d'enregistrer les pires pertes de son histoire et dont le P-DG, sir Colin Bird, avait préalablement présidé au fiasco similaire de la vénérable compagnie d'assurances Islay Mutual, n'en était pas un ? Van Loon attendait-il vraiment de la part d'un rédacteur-correcteur free-lance tel que moi qu'il le conseille sur les actions à acheter et à vendre ? Ça ne tenait pas debout. Et donc, que voulait-il ?

Au bout de quinze minutes, Van Loon couvrit à nouveau le microphone de sa main et s'excusa :

— Je suis désolé, Eddie. C'est plus long que prévu, mais c'est vraiment important.

Je lui fis un signe de tête pour lui indiquer qu'il n'avait pas à s'inquiéter, puis lui montrai la chemise pour lui signifier que je ne m'ennuyais pas. Il reprit ses messes basses et je me replongeai dans les dossiers.

Plus je lisais, plus l'ensemble me paraissait simple, voire simpliste. Il me mettait à l'épreuve. Pour lui, j'étais un néophyte avec quelque chose dans le ventre et une langue bien pendue. En tant que tel, j'étais censé être intimidé par une telle quantité d'informations concentrées. Il ne se doutait pas que, dans mon état, cela ne représentait même pas le début d'un effort. Quoi qu'il en soit, histoire de m'occuper, je décidai de diviser les dossiers en trois catégories : les valeurs bidon, les valeurs à haut rendement et celles qui, pour le moment, ne tombaient dans aucune de ces deux catégories.

Il me fallut attendre encore une bonne quinzaine de minutes avant que Van Loon se décide à raccrocher et vienne reprendre son verre. Il le leva et nous trinquâmes. J'eus l'impression qu'il avait du mal à réprimer un grand sourire. Une partie de moi voulait lui demander avec qui il venait de parler, mais cela ne se faisait pas. L'autre partie voulait le mitrailler de questions sur sa fille, mais le moment semblait mal choisi – de fait, il serait toujours mal choisi.

Il lança un regard vers la chemise posée à côté de moi.

— Vous avez eu le temps d'y jeter un coup d'œil ?

— Oui, monsieur Van Loon. C'est intéressant.

Il vida son verre presque d'une seule gorgée, le reposa sur la table basse et s'assit à l'autre bout du canapé.

— Vos premières impressions ?

Je m'éclaircis la gorge et lui sortis mon petit discours sur l'opportunité d'éliminer les valeurs foireuses et celles à haut rendement. Puis je lui dressai une liste de quatre à cinq sociétés qui me paraissaient avoir un vrai potentiel en terme d'investissement. Je lui recommandai spécialement d'acheter des parts de Janex, une entreprise de biotechnologie californienne, non pas sur la base de ses performances passées mais pour ce que je décrivis, dans un même souffle, comme « sa stratégie efficace et musclée de poursuites systématiques pour violation de la propriété intellectuelle afin de protéger son portefeuille croissant de brevets ». Je lui conseillai également les actions du géant français de l'ingénierie BEA, en fonction du fait, tout aussi révélateur, que le groupe semblait être en train de se dépouiller de toutes ses activités à l'exception de son département de fibres optiques. J'étayai mes affirmations de données et d'extraits, dont des citations mot à mot des minutes d'un des procès intentés par Janex. Pendant tout ce temps, Van Loon me regarda bizarrement, et ce n'est que vers la fin de mon exposé que je me rendis compte que c'était probablement parce que je n'avais pas ouvert la chemise une seule fois pendant mon exposé, citant tout de mémoire.

Les yeux baissés vers la chemise, il murmura :

— Oui, Janex… et BEA. C'est bien ça.

Les sourcils froncés, il calculait quelque chose, très certainement la quantité de dossiers que j'avais eu le temps de lire pendant qu'il était au téléphone. Puis il déclara :

— C'est… *sidérant*.

Il se leva et marcha dans la pièce pendant quelques instants. Il était évident qu'il était maintenant en train de réfléchir à autre chose. Il s'arrêta enfin, se tourna vers moi et pointa un doigt vers le téléphone sur le secrétaire.

— Eddie, c'était Hank Atwood à l'autre bout du fil. Nous déjeunons ensemble jeudi. Je voudrais que vous veniez aussi.

Hank Atwood, P-DG de MCL-Parnassus, également décrit comme « l'un des architectes du complexe industriel du divertissement ».

— Moi ?

— Oui, Eddie. Mais ce n'est pas tout. Je veux que vous travailliez pour moi.

Du coup, je lui posai la question que j'avais promis à Kevin de ne pas lui poser :

— Que se passe-t-il avec Atwood, monsieur Van Loon ?

Il soutint mon regard, prit une profonde inspiration puis déclara, à contrecœur :

— Nous négocions une offre de rachat avec Abraxas. *Par* Abraxas.

Abraxas était le deuxième plus grand fournisseur d'accès à Internet du pays. Cette société âgée de trois ans avait une capitalisation boursière de cent quatorze milliards de dollars, de maigres profits et, naturellement, de l'ambition et de la morgue à revendre. Comparée à la vénérable MCL-Parnassus, dont les valeurs actives s'étalaient sur près de soixante ans, Abraxas était un nouveau-né vagissant.

Maîtrisant difficilement mon incrédulité, je demandai :

— Abraxas veut racheter MCL ?

Il hocha faiblement la tête.

Un kaléidoscope de possibilités s'ouvrait devant moi.

— Nous négocions l'accord, précisa-t-il. Nous les aidons à le structurer, à gérer les détails financiers, ce genre de choses…

Il marqua une pause avant de reprendre :

— Personne n'est au courant, Eddie. Les gens savent que je discute avec Atwood mais n'ont pas la moindre idée de ce dont il s'agit. Si cela venait à se savoir, cela pourrait avoir une incidence grave sur les marchés, mais ça ferait surtout capoter l'affaire… aussi…

Il me regarda droit dans les yeux sans achever sa phrase.

Je tendis les mains en lui montrant mes paumes.

— Ne vous inquiétez pas. Je n'en parlerai à personne.

— Vous êtes bien conscient que si vous échangez des actions de l'une ou l'autre de ces deux sociétés, demain matin au Lafayette Trading par exemple, vous contreviendrez aux règles imposées par la Commission des valeurs mobilières…

Je hochai la tête.

— … et risquez de vous retrouver en prison ?

Je décidai qu'il était temps de l'appeler par son prénom.

— Sincèrement, Carl, vous pouvez me faire confiance.

— Je sais, Eddie, répondit-il avec une note émue dans la voix. Je le sais.

Il prit quelques instants pour se ressaisir, puis poursuivit :

— C'est une opération très complexe. Nous en sommes actuellement à la phase la plus cruciale. Je n'irai pas jusqu'à dire que nous sommes bloqués mais… nous avons besoin qu'une personne de l'extérieur examine tout ça avec un regard neuf.

Je sentis mon pouls s'accélérer.

— J'ai une armée d'experts qui travaillent pour moi sur la 48e Rue, mais le problème, c'est que je sais déjà ce qu'ils vont me dire avant même qu'ils n'ouvrent la bouche. Il me faut quelqu'un comme vous, Eddie. Quelqu'un de rapide et qui ne me racontera pas de bobards.

Je n'en croyais pas mes oreilles et j'eus soudain une vision de l'incongruité de la situation : Carl Van Loon avait besoin d'un type comme moi ?

— Je vous offre une vraie chance, Eddie. Peu m'importe… peu m'importe qui vous êtes… je vous *sens* bien.

Il se pencha, prit son verre sur la table et le vida d'une gorgée.

— C'est comme ça que j'ai toujours fonctionné.

Il laissa enfin son sourire percer avant d'ajouter :

— Ce sera la plus grande fusion entre deux sociétés dans toute l'histoire économique des Éats-Unis.

Luttant contre une légère nausée, je lui retournai son sourire.

Il haussa des sourcils interrogateurs.

— Alors, monsieur Spinola, qu'est-ce que vous en dites ?

Je m'efforçai de trouver quelque chose à répondre, mais j'étais encore sous le choc.

— Vous avez peut-être besoin d'y réfléchir à tête reposée, c'est tout à fait normal.

Van Loon se baissa vers la table basse, prit mon verre dans sa main libre et retourna vers le meuble-bar pour nous resservir. Son enthousiasme était contagieux, et je savais déjà que je n'avais pas d'autre choix que d'accepter.

# 13

Je partis environ une heure plus tard. À mon grand désappointement, je n'avais pas revu Ginny. Cela dit, j'étais dans un tel état d'euphorie que, si j'avais dû lui parler – à elle ou à qui que ce soit d'autre, d'ailleurs –, je n'aurais sans doute pas été très cohérent.

Il faisait doux et, tout en descendant Park Avenue d'un pas nonchalant, je tentai de faire le point sur tout ce qui m'était arrivé au cours des dernières semaines. Je traversais une période extraordinaire de ma vie. Plus rien ne m'entravait, plus rien ne m'inhibait. Jamais, depuis mes vingt ans, je n'avais pu envisager l'avenir avec autant d'enthousiasme. Peut-être plus important encore, j'étais débarrassé de la peur débilitante du temps qui passe. Grâce à la MDT-48, le futur n'était plus un compte à rebours, un reproche ou une menace, pas plus une ressource précieuse qui s'épuisait rapidement. Je pouvais emmagasiner tant de choses entre aujourd'hui et, disons, la fin de la semaine qu'il me semblait que la semaine prochaine n'arriverait jamais.

Au niveau de la 57e Rue, tandis que j'attendais de pouvoir traverser, une profonde gratitude m'envahit – sans que je sache exactement envers qui. Elle s'accompagna d'une intense exaltation, très physique, presque une érection. Mais quelques instants plus tard, alors que je me trouvais au milieu de la chaussée, il se produisit une chose étrange : ces émotions culminèrent soudain au point que j'en eus le tournis. Je tendis le bras pour tenter de me rattraper à quelque chose, mais il n'y avait rien et je chancelai jusqu'au trottoir d'en face.

Plusieurs personnes m'esquivèrent.

Je fermai les yeux et tentai de reprendre mon souffle. Quand je les rouvris, quelques secondes plus tard, je tressaillis. En regardant les immeubles et la circulation autour de moi, je me rendis compte que je n'étais plus sur la 57e Rue mais un pâté de maisons plus loin, *à l'angle de la 56e* !

Le même phénomène que la veille, dans mon appartement. Je m'étais déplacé mais sans en avoir conscience, sans enregistrer les faits. C'était comme une brève panne de courant, comme si j'avais soudain trébuché en avant dans le temps, sauté une plage, à la manière d'un CD usé.

La veille, c'était parce que je n'avais rien mangé. Du moins était-ce ainsi que je l'avais interprété.

Naturellement, je n'avais pas mangé non plus depuis la veille, ce qui expliquait peut-être le malaise. Légèrement secoué, mais ne souhaitant pas trop m'appesantir sur le sujet, je marchai lentement le long de la 56e Rue, vers Lexington Avenue, à la recherche d'un restaurant.

Je trouvai un troquet sur la 45e Rue et choisis une table près de la fenêtre.

— Qu'est-ce que je vous sers, mon petit monsieur ?

Je commandai un bifteck d'aloyau, saignant, avec des frites et une salade verte.

— Et que désirez-vous boire ?

Du café.

Le bistrot était plutôt calme. Juste un type assis au comptoir, un couple à la table à côté de la mienne et une vieille dame occupée à se remettre du rouge à lèvres, un peu plus loin.

Lorsque mon café arriva, j'en bus plusieurs gorgées puis essayai de me détendre. Ensuite, je décidai de me concentrer sur ma rencontre avec Van Loon. Celle-ci m'inspirait deux réactions différentes.

D'un côté, je commençais à être légèrement angoissé à l'idée d'avoir accepté son offre d'emploi – qui s'accompagnait d'un salaire de départ nominal et d'un conséquent paquet de stock-options, sans compter les espèces sonnantes et trébuchantes que je me ferais en commissions. Ces dernières s'appliqueraient à toutes les affaires conclues grâce à mes conseils, à ma participation, quelle qu'elle soit, à une phase ou une autre des négociations. Mais sur quelles bases, me demandai-je, Van Loon avait-il pu me proposer un tel marché ? Sur la notion, à mon sens totalement erronée, que j'avais une quelconque idée de la manière de « structurer » ou de « gérer les détails financiers » d'un accord entre deux grosses sociétés ? Difficile à avaler. Van Loon avait eu l'air parfaitement conscient du fait que j'étais un imposteur et n'aurait donc pas dû s'attendre à grand-chose de ma part. Que voulait-il donc ? Et serais-je en mesure de lui donner satisfaction ?

La serveuse arriva avec mon assiette.

— Bon appétit.

— Merci.

D'un autre côté, je ne doutais pas un instant de pouvoir me mettre Hank Atwood dans la poche. Les articles que j'avais lus sur lui utilisaient des termes flous tels que « vision », « engagement », « inspiré ». Quelle que soit la nature de cette *chose* que j'avais déclenchée chez les autres, je n'aurais certainement aucune difficulté à la susciter en lui. Ceci, en retour, me placerait dans une formidable position de force, car, en tant que nouveau P-DG de MCL-Abraxas, Hank Atwood n'aurait pas seulement l'oreille du président et d'autres dirigeants du monde, il serait lui-même un des maîtres de la planète. Le mythe de la superpuissance militaire appartenait au passé. La seule structure qui comptait dans le monde aujourd'hui était « l'hyperpuissance », la culture numérisée, mondialisée, anglophone, du divertissement, qui contrôlait les cœurs, les esprits et les revenus, toutes générations confondues. Or Hank Atwood, dont je serais bientôt l'ami, était sur le point de se retrouver au sommet de cette structure.

Puis tout à coup, sans raison ni avertissement, je repensai à Carl Van Loon et me dis qu'il finirait sûrement par retrouver sa raison et revenir sur son offre d'emploi.

Que deviendrais-je, alors ?

La serveuse s'approcha de ma table et me montra son pot de café.

J'acquiesçai et elle remplit à nouveau ma tasse.

— Qu'est-ce qu'il y a, mon petit monsieur ? Il n'est pas bon, votre steak ?

Je baissai les yeux vers mon assiette. Je n'y avais pas touché.

— Non, non. Tout va bien. C'est juste que je suis un chouïa préoccupé, en ce moment, répondis-je en la regardant.

Une grande femme d'une quarantaine d'années, avec de grands yeux et de grands cheveux.

— « Un chouïa préoccupé » ? répéta-t-elle en éclatant de rire.

Elle s'éloigna avec sa cruche de café suspendue en l'air et sans cesser de rire.

— Bienvenu au club, mon petit monsieur. Bienvenu au club !

Lorsque j'arrivai chez moi, la petite lumière rouge de mon répondeur clignotait. J'appuyai sur le bouton « messages » et attendis. Il y en avait sept, ce qui était déjà cinq ou six de plus que ce que j'avais jamais reçu en une seule journée.

Je m'assis sur le bord du canapé et fixai l'appareil.

*Clic.*

*Biiip.*

« Eddie, c'est Jay. Je voulais juste te prévenir que… j'espère que tu ne m'en voudras pas… mais j'ai parlé à une journaliste du *Post*, ce soir. Et euh… je lui ai donné ton numéro. Elle avait entendu parler de toi et voulait écrire un article, alors… je suis vraiment désolé, je sais que j'aurais dû te consulter avant mais… Enfin… à demain. »

*Clic.*

*Biiip.*

« C'est Kevin… Alors ? Comment s'est passé le dîner ? De quoi vous avez parlé ? Appelle-moi en rentrant. »

Il y eut une longue pause puis il raccrocha.

*Clic.*

*Biiip.*

« Eddie, c'est ton père. Comment tu vas ? Tu n'aurais pas un tuyau boursier pour moi ? *(Rire.)* Bon… je pars en vacances en Floride avec les Szypula le mois prochain. Passe-moi un petit coup de fil. J'ai horreur de ces foutues machines. »

*Clic.*

*Biiip.*

« Monsieur Spinola ? Mary Stern, du *New York Post*. J'ai eu vos coordonnées par Jay Zollo, du Lafayette Trading. Euh… j'aimerais m'entretenir avec vous le plus rapidement possible. Eh bien… j'essayerai de vous rappeler plus tard, ou demain matin. Merci. »

*Clic.*

*Biiip.*

« Pourquoi tu pas rappelles moi ?…. »

Merde ! Gennady. J'avais complètement oublié Gennady !

« J'ai idée pour notre truc, alors appelle-moi. »

*Clic.*

*Biiip.*

« C'est encore Kevin. T'es vraiment un sale con, Spinola, tu sais ça ?…. »

Élocution laborieuse et traînante.

« Non mais, pour qui tu te prends, d'abord ? Hein ? Pour ce connard de Mike Ovitz ? Eh bien… laisse-moi te dire quelque chose à propos de… »

Il y eut un bruit étouffé, comme un bruit d'objet qu'on renverse, un « meeeerde ! » à peine audible, puis la communication fut coupée.

*Clic.*

*Biiip.*

« Et puis d'abord, je t'encule, Spinola, OK ? J'encule ta mère et j'encule ta sœur ! »

*Clic.*

Plus rien. Fin des messages.

Je me levai du canapé, allai dans ma chambre et ôtai mon costume.

Je ne pouvais rien faire pour Kevin. Il était condamné à être ma première victime. Jay Zollo, Mary Stern, Gennady et mon vieux pouvaient attendre un peu.

J'entrai dans la salle de bains, ouvris la douche et me glissai sous le jet d'eau chaude. Ce n'était pas le moment de me laisser distraire et je ne voulais pas perdre de temps à penser à eux. Après la douche, j'enfilai un caleçon et un T-shirt, puis m'assis devant mon bureau, avalai un comprimé de MDT et commençai à prendre des notes.

Dans la lumière tamisée de la bibliothèque de son appartement de Park Avenue, Van Loon m'avait dressé un topo du problème. En fait, et cela n'avait rien d'étonnant, les mandants ne parvenaient pas à se mettre d'accord sur une évaluation. Le titre MCL s'échangeait actuellement à vingt-six dollars, mais ils en demandaient quarante à Abraxas, soit une prime de cinquante-quatre pour cent, ce qui était nettement supérieur à la moyenne pour une acquisition de ce genre. Van Loon devait trouver le moyen de réduire le prix demandé par MCL ou parvenir à le justifier auprès d'Abraxas.

Il m'avait annoncé qu'il m'enverrait d'autres documents chez moi par coursier le lendemain matin, des « dossiers utiles » dont je devais absolument prendre connaissance avant le déjeuner du jeudi avec Hank Atwood. Mais je décidai qu'avant même de me pencher sur ces papiers il me fallait faire mes propres recherches.

Je me connectai sur Internet et parcourus des centaines de pages relatives aux financements de sociétés. J'appris les rudiments d'une offre d'acquisition et examinai des dizaines de dossiers sur des cas semblables. À un moment donné de la nuit, je me surpris même en train d'étudier des formules mathématiques avancées pour déterminer la valeur d'une action en bourse.

Je m'octroyai une pause vers cinq heures du matin et regardai un peu la télévision – des rediffusions de *Star Trek* et de *L'Homme de fer*. Puis je me remis au boulot.

Vers neuf heures, le coursier me livra les documents que Van Loon m'avait promis. C'était une autre chemise pleine à craquer, contenant des rapports annuels et trimestriels, des évaluations d'analystes, des comptes de gestion interne et des programmes directeurs. Je passai la journée à les éplucher et, vers la fin de l'après-midi, sentis que j'avais atteint une sorte de palier. J'aurais voulu que le déjeuner avec Atwood ait lieu *tout de suite*, et non dans une vingtaine d'heures. Cela dit, j'avais emmagasiné autant d'informations qu'il était possible de le faire et me dis que ce dont j'avais le plus besoin à présent, c'était d'un peu de repos.

Je tentai de dormir mais n'arrivai pas à me détendre, pas même assez pour m'assoupir une dizaine de minutes. Je n'arrivai pas non plus à regarder la télévision, si bien que je décidai d'aller m'asseoir sur un tabouret quelque part en ville, devant un verre ou deux, pour décompresser.

Avant de sortir, je me forçai à avaler une poignée de gélules de compléments nutritionnels et à manger quelques fruits. J'appelai également Jay Zollo et Mary Stern, dont j'avais filtré les nombreux appels tout au long de la journée. Je racontai à un Jay apparemment désemparé que je ne me sentais pas bien et avais préféré m'abstenir de venir au Lafayette Trading. Je déclarai à Mary Stern que je n'avais rien à lui dire, que je me contrefichais de qui elle était et qu'elle devait absolument cesser de m'appeler. Je ne téléphonai pas à Gennady ni à mon père.

En descendant l'escalier, je calculai que je n'avais pas dormi depuis près de quarante heures et, pis encore, que je n'avais dormi que six heures au cours des soixante-douze heures précédentes. Même si je ne m'en ressentais pas et que cela ne se voyait pas, je savais que je devais être dans un état d'épuisement physique quasi total.

Le soir venait de tomber et la circulation était dense, tout comme lors de cette première soirée, lorsque j'étais allé chez Maxie's, sur la Sixième Avenue. Je décidai donc de flâner un peu plutôt que de prendre un taxi. À dire vrai, je flottais dans les rues plus que je ne marchais, avec la vague sensation de me déplacer dans un environnement virtuel, un paysage sur un écran, avec des couleurs très contrastées et une perspective légèrement aplatie. Chaque fois que je tournais à un coin de rue, mes mouvements me paraissaient saccadés et téléguidés, au point que, une vingtaine de minutes plus tard, lorsque je fis une brusque embardée sur le côté et me retrouvai sur le seuil d'un bar de Tribeca, le Congo, ce fut comme si je venais de franchir un nouveau palier dans un jeu vidéo sophistiqué, un jeu aux images particulièrement réalistes. Il y avait un long comptoir en bois sur ma gauche, des tabourets en rotin et, un peu partout, d'immenses plantes en pots qui s'élevaient jusqu'au plafond.

Je m'assis au bar et commandai un Bombay gin tonic.

L'endroit était pratiquement vide, mais les clients n'allaient pas tarder à affluer. Il y avait un groupe sur ma gauche : deux femmes assises sur des tabourets, tournant le dos au comptoir, et trois hommes debout autour d'elles. Deux des gars assuraient la conversation, les autres se contentant de siroter leurs cocktails, de tirer sur leurs cigarettes et d'écouter attentivement. Ils parlaient de Michael Jordan et des sommes faramineuses qu'il avait empochées depuis le début de sa carrière en NBA. Je ne sais pas exactement à quel moment cela commença, ces bonds en avant dans le temps, ces sauts de plage façon CD usé, mais, dès que ce fut le cas, je perdis tout contrôle de la situation et ne pus qu'observer, être le témoin de chaque segment, de chaque flash, comme si ceux-ci, ainsi que la totalité de l'événement, non révélée, arrivaient à quelqu'un d'autre que moi. Le premier bond fut très brutal et se produisit alors que je tendais la main vers mon gin tonic. Je venais juste de sentir le contact froid et humide du verre contre ma paume quand soudain, sans le moindre avertissement ni mouvement conscient, je me retrouvai de l'autre côté du groupe, très près de l'une des femmes, une brunette aux yeux bleus dans la trentaine, plutôt pulpeuse, portant une minijupe verte… ma main gauche en suspens au-dessus de sa cuisse droite… *et* moi au beau milieu d'une phrase :

— … oui, mais n'oubliez pas que la chaîne de sport ESPN a été créée en 1979, avec un capital de lancement de dix millions de dollars, fourni par le pétrole des Getty !

— Quel rapport ?

— C'est pourtant clair. Ça a tout changé. Il a suffi de quelques décisions commerciales bien avisées pour que les joueurs de basket universitaires pénètrent dans tous les foyers, du jour au lendemain, par le biais de la télévision…

Pendant une fraction de seconde, je vis l'un des hommes, un grassouillet en costume en soie, me fusiller du regard. Il était tendu et transpirait à grosses gouttes. Son regard ne quittait pas ma main gauche puis… *clic, clic, clic*… soudain, le barman se tenait devant moi, agitant les bras, me bouchant la vue. Il avait l'air irlandais, avec des yeux las qui semblaient implorer : « Je vous en supplie… ça suffit ! » Pendant ce temps, derrière lui et partiellement visible maintenant, le grassouillet en costume de soie pressait une main contre son visage, essayant d'arrêter le flot de sang qui s'écoulait de son nez…

— Va te faire foutre, connard…

— C'est toi qui vas aller te faire foutre…

La fraîcheur du soir caressa les poils de ma nuque tandis que je m'éloignais en titubant sur le trottoir. La femme en minijupe verte était là aussi, juste derrière la porte, repoussant quelqu'un qui se trouvait derrière elle. Elle me lança quelque chose que je ne compris pas, puis parvint à glisser entre les bras du barman qui tentait de la retenir… *clic, clic, clic…* Une demi-seconde plus tard, elle était *à mon bras*, quelques centaines de mètres plus loin dans la rue.

Puis nous étions tous les deux enfermés dans une cabine, un box dans les toilettes d'un night-club ou d'un bar, et je m'écartais d'elle, *me retirais* d'entre ses cuisses. Les jambes écartées, elle avait les pieds appuyés contre la paroi chromée. Sa minijupe verte déchirée pendait de la cuvette en porcelaine blanche, se détachant contre le carrelage noir. Son chemisier était ouvert, des gouttes de transpiration luisaient entre ses seins. Tandis que je m'adossais à la porte, me reboutonnant en hâte, elle resta dans la même position, les yeux fermés, balançant doucement la tête d'un côté puis de l'autre. Dans le fond, on entendait de la musique techno, ainsi que le ronronnement intermittent de sèche-mains électriques, des éclats de voix et des rires. Dans le box voisin, il y eut un bruit de briquet qu'on actionne, suivi par des inspirations brèves et rapides de fumée.

Je fermai les yeux et, quand je les rouvris, je me frayais un passage au travers d'une piste de danse bondée, jouant des coudes, pestant contre les danseurs. L'instant suivant, j'étais de nouveau dans la rue, avançant péniblement au milieu d'une foule compacte et entre des voitures roulant au pas. Peu après, je crois me souvenir d'avoir opté pour le confort familier d'un taxi jaune, m'enfonçant dans le plastique bon marché de la banquette arrière et contemplant les faisceaux criards des néons qui étiraient la ville dans tous les sens comme un chewing-gum multicolore. Je me souviens également d'une douleur vive dans ma main droite, blessée par le coup de poing que j'avais donné à ce type au Congo, un geste que, par ailleurs, je ne pouvais croire avoir commis. Quoi qu'il en soit, je me retrouvai tout à coup dans l'entrée d'un restaurant de l'Upper West Side, un endroit appelé Actium dont j'avais vaguement entendu parler, m'insinuant, m'imposant dans la conversation d'un autre groupe de parfaits inconnus, cette fois une demi-douzaine d'amateurs d'art sortant d'un vernissage dans une galerie du quartier. Me présentant comme Thomas Porter, je prétendis être collectionneur. Comme précédemment, je semblais perpétuellement en plein milieu d'une phrase :

— … déjà, en 1804, le « bon sauvage » était devenu l'« Indien démoniaque ». Il n'y a qu'à voir le tableau de Vanderlyn, *Le Meurtre de Jane McCrea.* Tout est là : la musculature saillante et sombre, le visage d'ogre, le tomahawk brandi, prêt à s'abattre sur le crâne de la femme…

J'étais probablement aussi surpris par ce que j'étais en train de dire que les autres, mais je ne pouvais pas appuyer sur « Pause », je ne pouvais que subir, et observer. Puis il y eut un autre… *clic, clic, clic…* et je me retrouvai en train de dîner à leur table.

À ma gauche, se trouvait un homme à l'air grave, barbe poivre et sel et veste en lin savamment froissée, sans doute un critique d'art. À ma droite, était assise une anorexique d'âge mûr aux cheveux crêpés dont les os saillaient à chaque mouvement. En face de moi, un gros Latino en costume parlait sans cesse. Il s'exprimait en anglais mais en plaçant des *Norteamericanos* par-ci et des *Norteamericanos* par-là, sur un ton assez méprisant. Je me rendis compte au bout d'un moment qu'il s'agissait de Rodolfo Alvarez, le célèbre peintre mexicain qui s'était récemment installé à New York et avait entrepris de reconstituer, à partir de croquis retrouvés dans des cahiers, la célèbre fresque de Diego Rivera, destinée à l'origine au hall du RCA Building et détruite en 1933.

*Homme à un croisement regardant avec espoir et une vision élevée vers le choix d'un avenir meilleur…*

La très belle femme brune en robe noire, assise à sa gauche, était la voluptueuse Donatella, son épouse.

J'avais lu un portrait du couple dans *Vanity Fair*.

Comment avais-je atterri avec ces gens-là ?

Le type poivre et sel était en train de dire :

— C'est ironique, ce « choix » d'un avenir meilleur…

— Pourquoi ironique ? m'entendis-je dire.

Puis, sur un ton légèrement agacé, je repris :

— Si vous ne choisissez pas votre avenir, qui le fera ?

De l'autre côté de la table, Donatella Alvarez sourit, *me* sourit.

— C'est une manière très nord-américaine de voir les choses, non, monsieur Porter ?

Je fus légèrement pris de court.

— Pardon ?

— Le temps… dit-elle calmement. Pour vous, c'est une ligne droite. Vous vous *retournez* vers le passé et pouvez décider de ne pas en tenir compte si ça vous arrange. Vous regardez *en avant* vers le futur… et, si vous le souhaitez, pouvez choisir qu'il soit meilleur. Vous pouvez choisir de *devenir* parfait.

Elle souriait toujours. Je ne trouvai rien d'autre à dire que :

— Et alors ?

— Pour nous, au Mexique, le passé, le présent et le futur coexistent.

Elle parlait lentement, en articulant, comme si elle s'adressait à un petit enfant. Je continuai à la regarder, fasciné, mais, l'instant suivant, elle était plongée dans une conversation avec quelqu'un d'autre.

À partir de ce moment, les choses devinrent de plus en plus fragmentées, disjointes. Je ne me souviens de presque rien hormis quelques impressions fortes, comme la teinte et la texture étranges des moules dans le vin blanc… des volutes denses de fumée de cigare… des taches de couleurs brillantes. Et aussi d'avoir vu des centaines de tubes et de pinceaux alignés sur un parquet, et des dizaines de toiles, certaines roulées, d'autres montées sur des châssis et empilées.

Bientôt, des silhouettes peintes, criardes et massives, se mêlaient à des êtres de chair et de sang dans un kaléidoscope terrifiant. Je cherchai une surface solide contre laquelle prendre appui mais, au lieu de cela, me replongeai, depuis l'autre bout d'un grand loft rempli de monde, dans les eaux profondes et terreuses qu'étaient les yeux de Donatella Alvarez.

Ensuite, dans ce qui me parut être l'instant suivant, je marchais dans le couloir désert d'un hôtel… sortant d'une chambre, certain d'avoir été dans une chambre, mais sans aucun souvenir d'elle, ni de ce que j'y avais fait, ni même de la manière dont j'y étais arrivé. La seconde d'après, je n'étais plus dans un hôtel mais sur un pont, le Brooklyn Bridge, marchant rapidement, calant mon pas sur un rythme, le rythme – finis-je par comprendre – des câbles de suspension qui clignotaient en motifs géométriques sur le bleu pâle du ciel de l'aube.

Je m'arrêtai et me retournai.

Je contemplai la vue de carte postale du sud de Manhattan, conscient que je ne pouvais rendre compte des dernières huit heures de ma vie mais, également, d'être à nouveau en pleine possession de mes moyens, alerte, glacé et le corps endolori. Je décidai rapidement que, quelles qu'aient pu être les raisons pour lesquelles je me rendais à pied à Brooklyn, elles s'étaient sûrement atrophiées, ratatinées, perdues dans quelque configuration d'énergie fossilisée qui ne pourrait jamais être réanimée. Aussi, je fis demi-tour et repris le chemin de Manhattan, marchant, ou plus précisément, *boitant*, jusqu'à mon appartement sur la 10e Rue.

## 14

Je dis « boitant » parce que je m'étais manifestement foulé la cheville gauche à un moment ou un autre de la nuit. Lorsque je me déshabillai pour prendre une douche, je constatai que mon corps était couvert d'ecchymoses. Cela expliquait les douleurs, en partie du moins car, outre les marques violacées sur ma poitrine et mes côtes, il y avait autre chose... une plaie qui ressemblait étrangement à une brûlure de cigarette sur mon avant-bras droit. Je passai un doigt sur la petite boursouflure rouge, appuyai, grimaçai, puis décrivis de petits cercles tout autour. Ce faisant, je sentis un malaise profond, une terreur naissante, m'étreindre à hauteur du plexus solaire.

Je résistai. Je ne voulais pas y penser, je préférais ne pas savoir ce qui avait pu se passer dans cette chambre d'hôtel, je ne voulais *rien* savoir. J'avais rendez-vous avec Carl Van Loon et Hank Atwood dans quelques heures et ce dont j'avais surtout besoin, certainement plus que d'une crise d'angoisse, c'était de mettre de l'ordre dans mes idées.

Et de me concentrer.

J'avalai donc deux nouveaux comprimés, me rasai, m'habillai et revis mes notes prises la veille.

Nous étions convenus avec Van Loon que je passerais à son bureau sur la 48e Rue vers dix heures du matin. Nous discuterions de la situation, comparerions nos notes et, éventuellement, mettrions sur pied un plan de bataille. Après quoi, nous irions ensemble retrouver Hank Atwood pour déjeuner.

Dans le taxi qui m'emmenait vers la 48e Rue, je tentai de me concentrer sur les subtilités du financement des entreprises mais ne cessais de revenir avec effroi sur ce qui avait dû m'arriver et sur les « blancs » – je ne voyais pas comment les nommer autrement – dans lesquels je me trouvais par moments plongé.

Un blanc de *huit heures* ?

Est-ce que ce n'était pas un avertissement suffisant ?

Je me souvins soudain d'avoir été malade dans une salle de bains un jour, de longues années plus tôt – vomissant du sang dans le lavabo. Quelques instants plus tard, j'étais de retour dans le salon comme si de rien n'était, près d'un petit tas de poudre blanche sur une table basse, des cigarettes, de la vodka, lancé à nouveau dans une conversation élastique, malléable, sans queue ni tête…

Vingt minutes plus tard… tout avait recommencé.

Et d'autres fois, encore.

Je n'étais manifestement pas réceptif aux avertissements.

J'arrêtai le taxi sur la 47e Rue et parcourus le dernier pâté de maisons à pied jusqu'au Van Loon Building. Le temps d'arriver dans le hall, j'avais pratiquement réussi à me débarrasser de mon boitillement. Je fus accueilli par le premier assistant de Van Loon et entraîné jusqu'au soixante-deuxième étage. Là, dans les couloirs et l'immense salle d'accueil, la décoration consistait en un mélange impeccable, quoique plutôt déconcertant, de traditionnel et de moderne, de cossu et d'épuré, une fusion somptueuse d'acajou, d'ébène, de marbre, d'acier, de chrome et de verre. Cela donnait à Van Loon & Associates l'image tout à la fois d'une institution auguste, vénérable, et d'une entreprise avant-gardiste et sobre, dont le personnel paraissait essentiellement composé de types qui avaient tous dans les quinze ans de moins que moi. Pourtant, j'avais également l'impression que rien ici n'était hors de ma portée, que tout était à prendre et que la structure d'une société telle que celle-ci était si délicate et fragile qu'elle céderait à la moindre pression.

Mon guide m'abandonna dans une salle de réception, sous un immense logo *Van Loon & Associates*. Aussitôt, mon humeur changea : de nouveau, je fus assailli par la nausée et le doute.

Comment étais-je arrivé jusqu'ici ?

Comment me retrouvais-je à travailler pour une banque d'affaires privée ?

Pourquoi portais-je un costume ?

*Qui étais-je ?*

Même maintenant, je ne suis pas sûr d'avoir la réponse à ces questions. De fait, il y a encore quelques minutes, dans cette salle de bains du Northview Motor Lodge, fixant le miroir minuscule au-dessus du lavabo taché, le ronronnement et les soubresauts occasionnels du distributeur à glaçons derrière la porte traversant les murs et les parois de mon crâne, je cherchais vainement une trace de cet être qui avait commencé à prendre forme et à se cristalliser à partir de cette masse d'impulsions et de contre-impulsions chimiquement induites, dans une irrésistible montée d'affairisme. J'ai cherché également dans les rides de mon visage une indication du type d'individu que j'aurais pu devenir – un flambeur, un destructeur, un fils spirituel de Jay Gould –, mais je n'ai rien vu d'autre que mon reflet. Tout ce que j'ai reconnu, sans aucun indice de ce que l'avenir aurait pu m'offrir, c'est *moi*… le support familier de milliers de rasages.

J'attendis près d'une demi-heure dans la salle de réception, fixant ce qui devait être un Goya, original, sur le mur d'en face. La standardiste relevait de temps en temps la tête pour m'adresser un sourire. Lorsque Van Loon apparut enfin, il traversa la salle lui aussi avec un large sourire. Il me donna une tape dans le dos et m'entraîna dans son bureau, qui aurait pu servir de terrain d'entraînement à une équipe de football.

— Désolé pour le retard, Eddie, mais j'étais à l'étranger.

Parcourant quelques documents sur son bureau, il m'expliqua qu'il arrivait tout droit de Tokyo dans son nouveau Gulfstream V.

— Vous avez fait l'aller-retour New York/Tokyo depuis *mardi soir* ?

Il acquiesça et déclara qu'après avoir attendu seize mois qu'on lui livre son nouveau jet il avait voulu vérifier qu'il valait son prix, non négligeable, de trente-sept millions de dollars et des poussières. Après une pause, il ajouta que son retard à notre rendez-vous n'avait rien à voir avec l'avion mais avec les embouteillages dans Manhattan. Il semblait tenir à ce qu'il n'y ait aucune ambiguïté à ce sujet.

Je hochai donc la tête pour le rassurer.

Il s'assit derrière son bureau et m'invita à m'asseoir à mon tour.

— Alors, Eddie, vous avez eu le temps de jeter un coup d'œil à ces dossiers ?

— Oui, bien sûr.

— Alors ?

— Ils sont intéressants.

— Et ?

— Je ne crois pas que vous aurez beaucoup de difficultés à justifier le prix demandé par MCL.

Je me calai au mieux dans mon fauteuil, prenant soudain conscience de ma fatigue.

— Pourquoi cela ?

— Parce qu'il y a des options très importantes implicites dans cet accord, des options stratégiques qui n'apparaissent pas à première vue dans les chiffres existants.

— Comme quoi ?

— Un des plus gros atouts est la constitution d'une infrastructure de haut débit, ce dont Abraxas aurait vraiment besoin…

— Pourquoi ?

— Pour se défendre contre la concurrence agressive, contre un autre portail qui pourrait être en mesure de développer des téléchargements plus rapides, de la vidéo en temps réel par exemple, ce genre de choses…

Tout en parlant, à travers le filtre quasi hallucinatoire de mon épuisement, je prenais conscience de l'ampleur de l'écart qui séparait l'information de la connaissance, l'immense quantité de données que j'avais ingérées au cours des dernières quarante-huit heures de l'organisation de ces données en une argumentation cohérente.

— Le problème est que la constitution de ce système à haut débit coûte très cher et est très risqué. Mais, comme Abraxas dispose déjà d'un portail leader et bien implanté, il ne lui manque plus qu'une *menace* crédible justifiant qu'elle développe son propre haut débit.

Van Loon hochait lentement la tête.

— Or, en achetant MCL, Abraxas obtient cette crédibilité, sans avoir à construire une nouvelle infrastructure, du moins pas tout de suite.

— Comment cela ?

— MCL possède Cableplex, n'est-ce pas ? Cette société les introduit directement dans vingt-cinq millions de foyers. Par conséquent, même s'ils ont sans doute besoin de mettre leurs systèmes à jour, ils conservent une longueur d'avance. Pendant ce temps, Abraxas peut ralentir les dépenses de MCL sur la constitution du haut débit, retardant l'éventualité d'un cash-flow négatif, tout en conservant la possibilité de le développer plus tard si nécessaire…

J'avais cette sensation déjà éprouvée à plusieurs reprises avec la MDT, celle de marcher sur un fil verbal, de parler à quelqu'un d'une manière tout à fait claire… *sans avoir la moindre idée de ce que je racontais.*

— Et n'oubliez pas, Carl, que la capacité à retarder une décision d'investissement de ce genre peut être un atout énorme.

— Mais développer cette chose… ce haut débit… reste risqué, non ? Qu'on décide de le faire aujourd'hui ou demain…

— Bien sûr, mais la nouvelle société qui naîtra de cet accord n'aura probablement pas besoin de faire cet investissement, de toute façon, parce que, à mon avis, il sera plus valable pour elle de négocier avec un autre acteur du haut débit, ce qui présentera en outre l'avantage de réduire le risque potentiel d'une surcharge du secteur.

Van Loon sourit.

— C'est sacrément malin, ça, Eddie.

Je souris à mon tour.

— Oui, je crois que ça tient la route. En fait, c'est une situation où ils ont tout à gagner. Bien sûr, c'est sans compter les autres options.

Il me dévisageait d'un air songeur, hésitant sans doute à m'interroger davantage, de crainte que tout ne s'écroule et, peut-être aussi, de découvrir qu'en fait je n'étais qu'un idiot. Finalement, il me posa la seule question censée, compte tenu des circonstances :

— En termes de sous, ça donne quoi ?

Je me penchai en avant, pris un bloc-notes sur son bureau, sortis un stylo de ma poche intérieure et me mis à écrire. Après avoir griffonné quelques lignes, je redressai la tête.

— J'ai utilisé le modèle de Black & Scholes pour montrer comment la valeur de l'option varie comme un pourcentage de l'investissement sous-jacent…

Je m'interrompis, tournai la page et continuai à écrire. Puis :

— Et aussi pour tout un éventail de profils de risques et de blocs de temps…

Pendant les quinze minutes suivantes, j'écrivis furieusement, recopiant de mémoire les différentes formules mathématiques que j'avais utilisées la veille pour illustrer mon analyse. Quand j'eus terminé, je lui montrai du bout de mon stylo une équation sur la page.

— Comme vous pouvez le voir ici, la valeur de l'option du haut débit associée à celles de ces autres options ajoute facilement dix dollars à la valeur de chaque action MCL.

Van Loon sourit à nouveau, puis déclara :

— Excellent travail, Eddie. Je ne sais pas quoi dire d'autre. C'est tout bonnement excellent ! Hank va adorer.

Vers midi et quart, après que nous eûmes revu méticuleusement tous les chiffres, nous levâmes le camp.

Van Loon avait réservé une table au Four Seasons. Nous rejoignîmes Park Avenue puis remontâmes les quatre pâtés de maisons jusqu'au Seagram Building.

Pendant le plus clair de la matinée, j'avais flotté dans un état de conscience glacé et épuisé – comme en pilote automatique –, mais, une fois l'entrée du Four Seasons franchie, sur la 52e Rue, quand je traversai le vestibule et vis les tapisseries de Miró et les sièges en cuir dessinés par Mies van der Rohe en personne, je me sentis revigoré. Plus que le fait de pouvoir parler l'italien, lire une demi-douzaine de livres en une nuit ou même anticiper les fluctuations des marchés boursiers, plus que le fait d'avoir, quelques minutes plus tôt, esquissé la structure financière d'une fusion entre deux énormes sociétés, ce fut le fait d'être *là*, au rez-de-chaussée du Seagram Building, le saint des saints de l'architecture moderne, qui me fit prendre conscience du côté irréel de ma situation. Parce que, en temps normal, je n'aurais jamais pu me trouver dans un tel lieu, je ne me serais jamais pavané dans le légendaire grill-room, avec ses tringles en bronze suspendues et ses boiseries françaises en noyer, je ne me serais jamais frayé un chemin entre des tables autour desquelles étaient assis des ambassadeurs, des cardinaux, des présidents de corporations, des avocats du showbiz et des présentateurs de journaux télévisés.

Eh bien, j'étais là… ravi de me pavaner et de zigzaguer au milieu de tout ce joli monde.

Le maître d'hôtel nous conduisit à une des tables sous le balcon. Nous venions juste de nous asseoir et de commander un apéritif quand le téléphone portable de Van Loon sonna. Il répondit avec un grognement à peine audible, écouta quelques instants, puis le referma d'un claquement. Tout en le remettant à sa place, il me lança un petit sourire tendu.

— Hank aura un peu de retard.

— Mais il vient quand même, n'est-ce pas ?

— Oui.

Van Loon tripota sa serviette de table un instant puis déclara :

— Écoutez, Eddie. Il y a une question que j'aimerais vous poser.

Je déglutis, ne sachant pas trop à quoi m'attendre.

— Vous savez sans doute que nous avons notre propre groupe de cotation, notre petit « parquet privé », à Van Loon & Associates ?

Je fis non de la tête.

— Eh bien, si. Je me demandais... cette série d'opérations que vous avez réalisées au Lafayette Trading ?

— Oui ?

— C'était un sacré coup, vous savez.

Un serveur s'approcha avec nos boissons.

— Au début, quand Kevin m'en a parlé, ça ne m'a pas impressionné, mais depuis, j'ai bien regardé et...

Il soutint mon regard pendant que le serveur déposait deux verres vides sur la table, plus deux demi-bouteilles d'eau minérale, un Collins et une vodka-Martini.

— ... vous semblez vraiment savoir ce que vous faites.

Je bus une gorgée de Martini.

Sans me quitter des yeux, Van Loon poursuivit :

— Et vous savez choisir vos valeurs.

Je voyais bien qu'il mourait d'envie de me demander comment j'avais fait. Il ne cessait de gigoter sur son siège en me lançant des regards en coin, ne sachant trop sur quoi il avait mis la main, alléché par l'idée que j'avais peut-être effectivement un système et que le saint Graal pouvait fort bien se trouver là, au Four Seasons, assis à *sa* table. Parallèlement, il était légèrement inquiet, même s'il s'efforçait de n'en rien laisser paraître. Il y avait quelque chose de pathétique et de maladroit dans la manière dont il s'y prenait et il commençait à m'inspirer un léger mépris, à s'agiter ainsi à mes côtés.

Mais s'il m'avait posé la question de but en blanc, que lui aurais-je répondu ? Aurais-je été capable de bluffer, à coups de théorie de la complexité et de mathématiques avancées ? Me serais-je penché en avant, tapotant ma tempe du bout de l'index tout en lui resservant le déjà fameux « La com-pré-hen-sion, Carl » ? Lui aurais-je raconté que je suivais un traitement médical et que, par-dessus le marché, il m'arrivait de m'entretenir avec la Vierge Marie ? Lui aurais-je dit la vérité ? Aurais-je été capable de ne pas le faire ?

Je ne sais pas.

Je n'eus jamais d'autre occasion de le découvrir.

Quelques instants plus tard, un ami de Van Loon lui fit signe depuis l'autre bout de la salle et vint s'asseoir à notre table. Van Loon me le présenta et nous parlâmes de choses et d'autres pendant un moment. Très rapidement, toutefois, les deux hommes se mirent à discuter du Gulfstream de Van Loon et j'en profitai pour me fondre dans le décor. Je pouvais voir que Van Loon était agité, partagé entre le désir de ne pas me laisser sortir de sa sphère d'attention immédiate et celui de ne pas se priver du plaisir d'une petite causerie entre copains milliardaires. Mais j'étais déjà ailleurs, mon esprit dérivant sur Hank Atwood.

Les différents articles que j'avais lus sur lui laissaient transparaître un aspect important de la personnalité du P-DG de MCL-Parnassus. Même s'il était clairement un « bureaucrate », un dirigeant d'entreprise qui s'intéressait essentiellement à ce que la plupart des gens percevaient comme une corvée, à savoir les chiffres et les pourcentages, Henry Bryant Atwood était également une vraie personnalité. Certes, il y avait eu de grands patrons hauts en couleur avant lui, naturellement, dans la presse ou pendant l'âge d'or d'Hollywood. Mais, dans le cas d'Hollywood, par exemple, tous ces nababs fumeurs de cigare qui parlaient à peine deux mots d'anglais n'avaient pas fait le poids très longtemps, une fois les comptables des grandes écoles de la côte est entrés en scène. Ce que la plupart des gens ne comprenaient pas, c'était que, depuis le mouvement de concentration d'entreprises tous azimuts dans le secteur du divertissement pendant les années 80, le centre de gravité s'était encore déplacé. Certes, les acteurs, les chanteurs et les top models étaient toujours glamoureux, mais l'atmosphère raréfiée de la séduction à l'état pur s'était discrètement recentrée autour des hommes d'argent en costumes gris.

Hank Atwood était glamoureux, non parce qu'il était beau, ce qui n'était pas le cas, ni même parce que le produit qu'il vendait était l'essence même du rêve – la nourriture génétiquement modifiée de l'imagination mondiale. Il était glamoureux en raison des quantités inimaginables de fric qu'il amassait.

Tout était là. Le contenu artistique était mort, ce n'était plus qu'une entité élaborée, décidée en petits comités. Le véritable contenu résidait désormais dans les chiffres – et les chiffres, les *gros* chiffres, étaient partout. Trente-sept millions de dollars pour un jet privé. Un procès réglé à l'amiable pour une somme de deux cent cinquante millions de dollars. Une acquisition par endettement à hauteur de trente milliards de dollars. Une fortune personnelle estimée à plus de *cent milliards de dollars*...

C'est à ce moment précis – alors que j'étais en plein milieu de ma rêverie sur cette expansion numérique infinie – que les choses commencèrent à dégénérer.

Pour une raison quelconque, je pris soudain conscience de la présence de gens assis à la table derrière moi. Il y avait un homme et une femme, peut-être un promoteur immobilier et une productrice de cinéma, à moins qu'ils n'aient été tous deux avocats, aucune idée. Je n'écoutais pas ce qui se disait, mais quelque chose dans le ton de l'homme me transperça comme une lame.

Je me penchai légèrement en arrière tout en lançant un regard vers Van Loon et son ami. Se détachant sur la boiserie en noyer, les deux milliardaires ressemblaient à deux gros oiseaux de proie perchés sur les hauteurs d'un canyon aride, des oiseaux âgés, le dos voûté, le regard humide… deux vieilles buses. Van Loon était en train d'expliquer en détail comment il avait dû faire insonoriser son jet précédent, un « Challenger truc machin ». Ce fut pendant ce petit monologue qu'un étrange phénomène se produisit dans mon cerveau. Comme un récepteur radio qui change automatiquement de fréquence, il passa de la voix de Van Loon :

— … c'est que, tu vois, pour éviter les vibrations indésirables, il faut que ces matériaux isolants soient enveloppés autour des boulons qui relient la cabine à la carlingue… Je crois qu'ils appellent ça du caoutchouc de silicone…

…à celle du type derrière moi :

— … dans un grand hôtel quelque part dans le sud de Manhattan. C'était aux informations, tout à l'heure… Oui, Donatella Alvarez, la femme du peintre. Ils l'ont retrouvée sur le sol d'une des chambres de l'hôtel. Apparemment, elle a été agressée, un coup à la tête… à présent, elle est dans le coma. Il paraît qu'ils sont déjà sur une piste. Une femme de ménage de l'hôtel a vu quelqu'un sortir de la chambre tôt ce matin… quelqu'un qui boitait.

Je reculai légèrement mon siège.

— Oui, qui boitait… Naturellement, le fait qu'elle soit mexicaine n'arrange rien, avec tout ce qui se passe actuellement…

Je me levai et, pendant une fraction de seconde, j'eus l'impression que tout le monde dans le restaurant avait cessé de parler, reposé ses couverts et tourné la tête vers moi, s'attendant à ce que je fasse une déclaration. Ce n'était pas vrai, naturellement. Seul Carl Van Loon avait relevé les yeux vers moi, la légère lueur d'angoisse au fond de son regard réapparaissant dans l'instant. J'articulai silencieusement le mot « toilettes », tournai les talons et me mis en marche. J'avançais rapidement, me faufilant entre les tables, *autour* des tables, cherchant la sortie la plus proche.

Puis je remarquai une silhouette qui venait dans ma direction, de l'autre bout de la salle – un petit chauve dans un costume gris. Hank Atwood. Je le reconnus d'après des photos de magazines. Une seconde plus tard, nous nous croisâmes, nous contournant maladroitement entre deux tables en marmonnant des excuses aimables. Pendant un bref instant, nous nous frôlâmes de si près que je sentis son eau de Cologne.

Je sortis sur la 52e Rue et inspirai de grandes bouffées d'air. Une fois sur le trottoir, regardant autour de moi, j'eus l'impression qu'en rejoignant la foule pressée dans la rue j'avais renoncé à mon droit d'être dans le grill-room et qu'on ne me laisserait plus y entrer.

Cela dit, je n'avais aucune intention d'y retourner. Vingt minutes plus tard, j'errais sur Park Avenue South, réprimant consciemment mon boitillement, fouillant ma mémoire à la recherche de ce que j'avais pu faire pendant la nuit. Rien… j'avais été dans une chambre d'hôtel et me revoyais même marchant dans un couloir désert. Mais rien d'autre, le reste s'était évanoui.

Je ne pouvais pas croire que… enfin, non… Je n'avais pas… Je ne pouvais pas…

Pendant la demi-heure qui suivit, je marchai, coupant à gauche dans Union Square, puis à droite dans la Première Avenue… jusqu'à ce que je me retrouve devant mon immeuble, totalement hagard. Je montai les marches, m'accrochant à l'idée que, peut-être, j'avais inventé les voix dans le restaurant, avais tout imaginé… que ce n'était qu'un autre raté, un nouvel incident technique. Dans tous les cas, j'allais le savoir très rapidement, car si cette agression avait vraiment eu lieu, on en parlerait aux informations. Il me suffisait d'écouter la radio ou de me brancher sur une des chaînes de télévision locales.

La première chose que je vis en entrant dans mon appartement fut la petite lumière rouge du répondeur qui clignotait. Presque soulagé par cette diversion, je m'empressai d'appuyer sur « Messages ».

Il y eut un bourdonnement sourd tandis que la cassette se rembobinait, puis les habituels *clic* et *biiip*.

« Bonjour, Eddie… C'est Melissa. Je voulais t'appeler depuis un bout de temps mais… tu sais comment c'est… »

Sa voix était légèrement chargée, traînante, mais c'était bien elle, Melissa, désincarnée, emplissant mon séjour.

« Et puis j'ai pensé à quelque chose, au sujet de mon frère… Dis-moi, il ne te donnait rien ? Non, parce que… enfin… je ne tiens pas en parler au téléphone mais… il te fournissait quelque chose ? »

Il y eut un bruit de glaçons cliquetant dans un verre.

« Parce que… euh… il faut que tu saches… ce truc… »

Elle marqua une longue pause, comme pour rassembler ses esprits.

« Ce truc, la MDT je ne sais quoi… c'est vraiment dangereux. Tu ne peux pas imaginer à quel point c'est dangereux… »

Je déglutis et fermai les yeux.

« Alors, écoute bien, Eddie. Je ne sais pas, je me trompe peut-être mais… enfin, rappelle-moi, d'accord ? S'il te plaît… rappelle-moi. »

# Troisième partie

# 15

Le bulletin d'informations de quatorze heures me confirma que Donatella Alvarez, l'épouse du peintre mexicain, avait été violemment frappée à la tête et se trouvait à présent dans le coma. L'incident avait eu lieu au quinzième étage d'un hôtel de Midtown. Il y avait peu de détails et aucune allusion à un quelconque boiteux.

Je restai assis sur le canapé, toujours en costume, et attendis la suite, un autre bulletin, des images, une analyse. Rester prostré sur le canapé, la télécommande pendant mollement dans ma main, n'allait pas m'avancer à grand-chose, mais que pouvais-je faire d'autre ? Appeler Melissa et lui demander si c'était de ça qu'elle avait voulu parler ?

Dangereux ?

Mais encore ? Dangereux comme un violent coup sur le crâne ? Comme quelque chose qui nécessiterait une hospitalisation ? Ou entraînerait un coma ? Dangereux comme quoi ? Comme mortel ?

Évidemment, je n'allais pas le lui demander au téléphone, mais une partie de moi était pétrie d'angoisse. Avais-je vraiment agressé cette femme ? La même chose, ou autre chose du même genre, risquait-elle de se reproduire ? Le *danger* en question était-il un danger pour les autres, ou uniquement pour moi ?

Étais-je complètement irresponsable ?

Dans quel merdier m'étais-je fourré ?

Tout au long de l'après-midi, je concentrai toute mon attention sur chaque bulletin d'informations, comme si, par la seule force de ma volonté, je pouvais modifier un détail clef de l'histoire, faire en sorte qu'elle ne se soit pas déroulée dans une chambre d'hôtel ou que Donatella Alvarez ne soit pas dans le coma. Entre deux journaux télévisés, je regardais des émissions de cuisine, des procès en direct, des feuilletons à l'eau de rose, des publicités, traitant et stockant, comme malgré moi, toutes ces informations inutiles. Étalez les blancs de poulet sur un plat légèrement beurré et saupoudrez-les de graines de sésame. Appelez ce numéro gratuit maintenant pour obtenir une ristourne de quinze pour cent sur l'appareil de musculation abdominale GUTbuster 2000. À plusieurs reprises au cours de l'après-midi, je lançai un regard vers le téléphone et envisageai d'appeler Melissa mais, chaque fois, un mécanisme plus fort que moi se déclencha dans mon cerveau et je me mis aussitôt à penser à autre chose.

Vers dix-huit heures, l'histoire s'était considérablement étoffée. Après une réception dans l'atelier de son mari dans l'Upper West Side, Donatella Alvarez s'était rendue dans un hôtel de Midtown, le Clifden, où elle avait été frappée à la tête avec un instrument contondant. Celui-ci n'avait pas encore été retrouvé, mais la question clef était la suivante : comment la *señora* Alvarez s'était-elle retrouvée dans cette chambre d'hôtel ? Les inspecteurs interrogeaient tous les convives de la réception et recherchaient notamment un certain Thomas Porter pour entendre son témoignage.

Je fixai l'écran pendant quelques secondes, perplexe, reconnaissant à peine le nom. Puis le présentateur lança un court sujet sur la victime, agrémenté de photographies et d'entretiens avec ses proches. Bientôt, un portrait très humain de la *señora* Alvarez, quarante-trois ans, se dessinait dans l'esprit du téléspectateur. C'était une femme d'une beauté physique et intérieure rare, une épouse indépendante, généreuse, loyale, aimante, et la mère dévouée de petites jumelles, Pia et Flor. Bouleversé, son mari, Rodolfo Alvarez, ne s'expliquait pas ce qui avait pu se passer. On montra une photographie en noir et blanc d'une écolière radieuse en uniforme posant devant un couvent dominicain à Rome, vers 1971. On montra également des extraits de films amateurs en super-8 aux couleurs fanées, où l'on voyait Donatella en robe d'été se promenant dans une roseraie, Donatella à cheval, Donatella sur des fouilles archéologiques au Pérou, Donatella et Rodolfo au Tibet.

La troisième partie du reportage consistait en une esquisse d'analyse politique. S'agissait-il d'un attentat xénophobe ? L'agression était-elle liée au fiasco actuel de la diplomatie américaine ? Un commentateur exprima sa crainte qu'il s'agisse là de la première d'une longue série d'agressions et en rejeta la responsabilité sur l'incompréhensible refus du président de condamner les propos injurieux – et, puisqu'il continuait de nier les avoir tenus – du secrétaire d'Etat à la Défense, Caleb Hale. Un autre commentateur déclara que le peuple américain devait se préparer à ce que la politique étrangère de son gouvernement fasse d'autres victimes civiles.

Tout au long de l'après-midi, scotché devant les informations, je passai par un nombre étourdissant de réactions, principalement l'incrédulité, la terreur, le remords et la colère. Je chancelais de l'une à l'autre, me disant, l'espace d'un instant, que j'avais peut-être frappé cette femme et rejetant catégoriquement cette éventualité l'instant suivant, pour son absurdité même. Toutefois, à la tombée du soir – et après m'être autorisé un rab de MDT –, je ne ressentais plus qu'un léger ennui.

En milieu de soirée, j'étais détaché de tout et, chaque fois que j'entendais une allusion à ce fait divers, mon impulsion première était de le considérer comme un nouveau feuilleton sur une chaîne du câble, l'adaptation d'un nouveau best-seller magico-réaliste insipide et alimentaire... *La Terrible Epreuve de Donatella Alvarez.*

Peu après vingt heures trente, je téléphonai à Carl Van Loon chez lui dans son appartement de Park Avenue.

Parallèlement aux sentiments qui m'avaient traversé l'esprit tout au long de l'après-midi, une autre partie de mon cerveau avait été rongée par d'autres types d'angoisses : la peur d'avoir gâché mes chances auprès de Carl Van Loon et l'incertitude quant à la manière dont cet incident technique récurrent, cette défaillance opérationnelle, allait entraver mes projets à l'avenir.

Par conséquent, j'étais plutôt nerveux en attendant que Van Loon décroche.

— Eddie ?

Je m'éclaircis la gorge.

— Monsieur Van Loon.

— Eddie, je ne comprends pas. Que vous est-il arrivé ?

— J'ai été malade, dis-je sans réfléchir. C'était plus fort que moi. J'ai dû partir de toute urgence. Je suis désolé.

— Vous avez été *malade* ? Vous vous croyez où, à l'école primaire ? Vous disparaissez sans dire un mot et vous me laissez planté là comme un con, à inventer des excuses pour Hank Atwood !

— J'ai un problème de santé, mon estomac...

— Et vous disparaissez comme ça, sans rien dire ?

— J'avais besoin de voir un médecin, Carl. C'était urgent.

Van Loon se tut un moment. Puis il soupira.

— Et maintenant… vous vous sentez comment ?

— Tout va bien. On s'est occupé de moi.

Il poussa un autre long soupir.

— Vous avez… je ne sais pas… On vous soigne bien ? Vous voulez que je vous recommande auprès de grands professeurs ? Je peux…

— Je vous assure que je vais bien. C'était une crise exceptionnelle. Ça ne se reproduira pas.

J'hésitai un instant avant de demander :

— Comment s'est passée la rencontre ?

Ce fut au tour de Van Loon de marquer une pause. Je retins mon souffle.

— Eh bien… c'était un peu ardu, Eddie, répondit-il enfin. Je ne vous cacherai pas que j'aurais préféré que vous soyez là.

— Il vous a paru convaincu ?

— En gros, oui. Il m'a dit que l'argument pourrait faire le poids à la table des négociations. Mais, vous et moi, nous allons devoir nous réunir de nouveau avec lui pour revoir ensemble tous les chiffres.

— Bien sûr. Aucun problème. Quand vous voudrez.

— Hank est parti sur la côte, mais il sera de retour… mardi, je crois. Oui, c'est bien ça. Pourquoi ne passeriez-vous pas au bureau lundi pour qu'on mette tout ça au point ?

— Parfait… euh… Écoutez, Carl. Je suis vraiment désolé. Sincèrement.

— C'est bon, n'en parlons plus. Mais vous êtes sûr que vous ne voulez pas voir mon médecin ? C'est le…

— Non, je vous remercie.

— Réfléchissez-y.

— D'accord. À lundi.

Après avoir raccroché, je restai debout près du téléphone quelques minutes, fixant une page ouverte de mon carnet d'adresses.

J'avais l'estomac noué.

Puis je décrochai à nouveau le combiné et composai le numéro de Melissa. Tandis que j'attendais qu'elle décroche, je me sentis projeté en arrière, de retour dans l'appartement de Vernon ce fameux jour, au dix-septième étage, au début de toute cette histoire, dans mes derniers moments d'innocence, avant que je laisse un message sur son répondeur puis que j'aille fouiner dans la chambre de son frère.

— Allô ?

— Melissa ?

— Eddie, bonsoir.

— J'ai eu ton message.

— Oui, écoute, euh…

J'eus l'impression qu'elle essayait de rassembler ses esprits.

— … à propos de ce que j'ai dit dans mon message, l'idée m'en est venue seulement aujourd'hui. Mon frère était un sale con. Depuis quelque temps, il dealait cette espèce de produit de laboratoire bizarre. Puis j'ai pensé à toi, et ça m'a inquiétée…

Si elle avait eu l'air un peu ivre lorsqu'elle m'avait laissé son message, elle semblait plutôt éteinte, à présent. Peut-être la gueule de bois.

Je décidai sur-le-champ de mentir.

— Tu n'avais aucune raison de t'inquiéter, Melissa. Vernon ne m'a rien donné. Je l'avais juste rencontré par hasard, la veille. On a simplement bavardé de choses et d'autres… rien de particulier.

Elle soupira.

— OK.

— Mais merci de t'être inquiétée.

Je me tus un instant, puis demandai :

— Comment ça va ?

— Bien.

Lourd. Lourd. Très lourd.

Puis elle demanda :

— Et toi ?

— Très bien. Je m'occupe.

— Qu'est-ce que tu deviens ?

C'était une conversation normale, dans ces circonstances, l'inévitable conversation par laquelle il nous fallait passer…

— Depuis quelques années, je travaille comme rédacteur-correcteur.

Silence.

— Pour Kerr & Dexter. La maison d'édition.

— Ah oui ? C'est bien.

Pour ma part, ça ne me paraissait pas si bien que ça, ni vrai, d'ailleurs. Mes jours de rédacteur-correcteur pour Kerr & Dexter me paraissaient soudain loin, irréels. Fictifs.

Je n'avais plus envie de parler au téléphone à Melissa. Depuis que nous avions renoué le contact – quoique brièvement –, je n'avais cessé de lui mentir. Poursuivre cette conversation ne pourrait qu'aggraver la situation.

— Écoute, Melissa, je voulais juste te rappeler pour clarifier cette histoire… mais… il faut que je file.

— OK.

— Ce n'est pas que…

— Eddie ?

— Oui ?

— Ce n'est pas facile pour moi non plus.

— Bien sûr.

Je ne trouvai rien d'autre à dire.

— Bon, eh bien… au revoir.

— Au revoir.

Ayant besoin de me changer les idées de toute urgence, je feuilletai mon carnet d'adresses à la recherche du numéro du portable de Gennady. Je le composai et attendis.

— Oui ?

— Gennady ?

— Oui ?

— C'est Eddie.

— Eddie ? Toi veux quoi ? Je occupé.

Je fixai le mur devant moi un instant.

— J'ai rédigé un premier jet pour notre truc. Il fait environ vingt…

— Donne-moi demain matin. Je regarde.

— Gennady… *Gennady* ?

Il avait raccroché.

Demain on était vendredi. J'avais complètement oublié. Il devait passer collecter le premier remboursement de son prêt.

*Merde.*

Le problème n'était pas l'argent que je lui devais. Je pouvais d'ores et déjà lui faire un chèque pour la totalité du prêt, plus les intérêts, plus un bonus parce que c'était Gennady. Mais je ne m'en tirerais pas comme ça. Je lui avais dit que j'avais un premier jet et j'avais intérêt à lui montrer quelque chose le lendemain matin, autrement il me larderait probablement de coups de couteau jusqu'à en avoir un tennis-elbow.

Je n'étais pas exactement d'humeur mais je me dis que cela m'occuperait. Je me connectai donc sur Internet et entamai quelques recherches. Je relevai la terminologie appropriée et esquissai une trame vaguement inspirée d'un récent procès mafieux en Sicile, dont je trouvai un compte rendu détaillé sur un site web italien. Peu après minuit, avec les quelques variantes qui s'imposaient, j'avais pondu un plan détaillé en vingt-cinq pages, scène par scène, du *Gardien du Code*, l'histoire de l'Organizatsiya.

Après quoi, je passai un bon moment à feuilleter les magazines en quête d'annonces immobilières. J'avais décidé d'appeler quelques-unes des grandes agences de Manhattan dès le lendemain et de commencer sérieusement mes démarches pour louer, voire acheter, un nouvel appartement.

Ensuite, je me couchai et passai quatre ou cinq heures dans ce qui, ces derniers temps, se rapprochait le plus pour moi d'un état de sommeil.

Gennady sonna à l'interphone vers neuf heures et demie. Je lui lançai dans l'appareil que j'habitais au troisième étage. Il mit une éternité à monter l'escalier. Lorsqu'il se matérialisa enfin dans mon séjour, il avait l'air hors d'haleine et en rogne.

— Bonjour, dis-je.

Il haussa les sourcils et regarda autour de lui. Puis il regarda sa montre.

J'avais imprimé le scénario et l'avais glissé dans une enveloppe. Je la pris sur le bureau et la lui tendis. Il la souleva, la secoua, la soupesa puis demanda :

— L'argent ?

— Euh… je comptais te faire un chèque. Combien ça fait déjà ?

— *Chèque ! ?*

Je hochai la tête, me sentant soudain idiot.

— Chèque ? répéta-t-il. Tu foutre ma gueule ? Qu'est-ce que tu croire, nous sommes institution financière ?

— Gennady, écoute…

— Ta gueule ! Tu pas payer aujourd'hui, tu es dans sacrée merde, tu comprends, mon ami ?

— Je te paierai.

— Je te couper les couilles.

— Puisque je te dis que je vais te payer ! Je ne sais pas ce qui m'a pris.

— Un chèque ! répéta-t-il avec dédain. Incroyable !

Je m'approchai du téléphone et décrochai. Depuis mes premiers jours au Lafayette, j'avais développé des relations extrêmement cordiales avec mon directeur de banque, Howard Lewis, un homme rougeaud et obséquieux. Je composai son numéro direct et lui expliquai ce qu'il me fallait : vingt-deux mille cinq cents dollars en espèces. Je lui demandai s'il pouvait les tenir prêts pour dans quinze minutes.

— Mais bien sûr, monsieur Spinola.

Quand je raccrochai, Gennady était penché sur mon bureau, me tournant le dos. Je marmonnai quelque chose pour attirer son attention. Il se tourna vers moi.

— Alors ?

— Allons à ma banque.

Nous prîmes un taxi, en silence, jusqu'à l'angle de la 22e Rue et de la Deuxième Avenue, où se trouvait mon agence. J'aurais aimé toucher deux mots à Gennady au sujet du scénario, mais il paraissait tellement de mauvais poil que je jugeai préférable de m'abstenir. Howard me donna l'argent, que je tendis à Gennady dans la rue. Il glissa la liasse dans les profondeurs insondables de sa veste. Agitant l'enveloppe contenant mon texte, il déclara :

— Je regarder ça.

Puis il s'éloigna sur la Deuxième Avenue sans dire au revoir.

Je traversai l'avenue et, conformément à ma nouvelle stratégie consistant à me nourrir au moins une fois par jour, entrai dans un troquet pour prendre un café et un muffin aux myrtilles.

Ensuite je marchai jusqu'à Madison Avenue. Au bout d'une dizaine de pâtés de maisons, je m'arrêtai devant une agence immobilière du nom de Sullivan & Draskell. J'entrai, posai quelques questions et me retrouvai à discuter avec une certaine Alison Botnick. Elle approchait de la cinquantaine, portait une élégante robe en soie bleu marine avec un manteau Nehru assorti. Pour ma part, j'étais en jean et pull-over. J'aurais aussi bien pu être vendeur chez un marchand de vin (ou rédacteur-correcteur free-lance), elle n'avait aucun moyen de le savoir et se tenait donc sur ses gardes. Pour Mme Botnick, rien n'indiquait que je n'étais pas un de ces nouveaux milliardaires point-com en quête d'un douze-pièces sur Park Avenue. De nos jours, on ne savait plus à quoi s'en tenir, et je me gardai bien de lui fournir la moindre indication.

En remontant Madison Avenue, j'avais envisagé de mettre dans les trois cent mille dollars dans un appartement, cinq cent mille à tout casser. Mais je me dis soudain que, maintenant que j'étais comme cul et chemise avec Carl Van Loon et que je ne tarderais pas à faire affaire avec Hank Atwood, je pouvais voir plus grand : deux millions, trois millions, peut-être plus. Assis dans l'opulent salon de Sullivan & Draskell, je feuilletai des brochures en papier glacé présentant des appartements de luxe dans de nouveaux immeubles en copropriété, baptisés de noms comme le Mercure ou le Céleste, tout en écoutant Alison Botnick me faire son baratin qu'elle martelait généreusement de mots clefs. Je sentais mes aspirations grimper en flèche. Je voyais également qu'Alison Botnick m'enlevait mentalement quinze ans et m'habillait d'un T-shirt UCLA et d'une casquette de base-ball, se convainquant que j'étais effectivement un de ces milliardaires point-com. Le feu ronfla de plus belle quand j'écartai comme sans importance sa suggestion que, compte tenu des montagnes de paperasses exigées aujourd'hui pour se présenter devant n'importe quel comité de propriétaires, je préférerais sans doute éviter les immeubles en copropriété.

— Ces comités sont devenus tellement pinailleurs, dit-elle. Non pas que vous…

— Bien sûr que non, mais qui veut se faire exclure sans se battre ?

Elle abonda en mon sens.

Cette titillation réciproque de nos états respectifs d'excitation, acquisitive et professionnelle, ne pouvait déboucher que sur une chose : des visites. Elle m'emmena d'abord voir un appartement avec quatre chambres à coucher dans un immeuble d'avant-guerre sur la 70e Rue entre Lexington et Park Avenue. Pendant le trajet en taxi, alors que nous discutions des fluctuations du marché immobilier new-yorkais, j'eus l'agréable sensation d'être à nouveau maître de la situation, d'être aux commandes, comme si j'avais moi-même conçu le logiciel de ce petit interlude et que tout se déroulait comme je l'avais voulu.

L'appartement en question ne cassait pas des briques. Il était bas de plafond et ne recevait pas beaucoup de lumière naturelle. Il était également exigu et tarabiscoté.

— Beaucoup de ces immeubles d'avant-guerre sont comme ça, m'expliqua Alison tandis que nous redescendions dans le hall. Ils sont pleins de fuites et l'électricité est à refaire. À moins d'être prêt à tout casser et à recommencer de zéro, ils ne valent pas le prix demandé.

Qui, dans ce cas précis, était de un million huit cent mille dollars.

Nous allâmes ensuite visiter un loft de neuf cent soixante-quinze mètres carrés dans le quartier du Flatiron. Ancienne usine textile abandonnée jusque dans les années 50, il était resté vide pendant le plus clair des années 60 et, à en juger par la décoration, son propriétaire actuel ne semblait pas être sorti de chez lui depuis les années 70. Alison m'expliqua qu'il s'agissait d'un ingénieur civil, qui l'avait sans doute acheté à l'époque pour une bouchée de pain mais qui en demandait maintenant deux millions et trois cent mille dollars. L'endroit me plaisait. Il y avait vraiment de quoi faire quelque chose, mais il était niché anonymement dans un quartier de la ville encore relativement terne et peu animé.

Le dernier endroit qu'Alison me montra se trouvait au soixante-huitième étage d'un gratte-ciel d'appartements qui venait juste d'être construit sur le site de l'ancienne voie ferrée du West Side. Le Céleste, ainsi que d'autres complexes résidentiels de luxe, était, théoriquement, la pièce maîtresse d'un nouveau projet de rajeunissement urbain. Ce dernier devait couvrir grosso modo la zone allant de l'ouest de Chelsea à Hell's Kitchen.

— Si vous regardez bien, il reste des tonnes de terrains à bâtir par ici, me dit Alison. Toute la partie à l'est de la Neuvième Avenue, entre la 26e et la 42e Rue, est prête à être réhabilitée. En outre, avec la nouvelle Penn Station, il y aura une forte augmentation de la fréquentation. Des milliers de gens débarqueront tous les jours.

Elle avait raison. Tandis que notre taxi roulait dans la 34e Rue en direction de l'Hudson, je pouvais voir que le quartier avait effectivement tout pour devenir le prochain coin branché de la ville et attirer la jeune bourgeoisie bohème.

— Croyez-moi, m'assura-t-elle, on ne tardera pas à s'arracher le moindre mètre carré, par ici.

S'élevant au milieu d'un désert d'entrepôts négligés et abandonnés, le Céleste était un éblouissant monolithe à structure d'acier enveloppé dans un étui de verre réfléchissant teinté couleur bronze. Le taxi s'arrêta au bord d'une immense esplanade au pied du gratte-ciel et Alison se mit à débiter toutes les informations qu'elle estimait que je devais absolument connaître. Le Céleste faisait 218 mètres de hauteur, comptait 70 étages et 185 appartements, ainsi que plusieurs restaurants, un club de sport, une salle de projection privée, des promeneurs de chiens, un système de recyclage des ordures ménagères, des caves à vin, une immense cave à cigares, une terrasse panoramique avec des murs latéraux en titane…

Je hochai la tête, comme si je notais mentalement sa liste afin de l'étudier plus tard à tête reposée.

— L'architecte qui a construit la tour envisage d'y emménager lui-même !

Dans l'immense hall d'entrée, des colonnes en marbre rose soutenaient un plafond en mosaïque aux tons dorés. En revanche, les murs et le reste de l'espace étaient assez dépouillés. L'ascenseur grimpa au soixante-huitième étage en ce qui me parut faire moins de dix secondes, mais ce n'était sans doute qu'une impression. L'appartement qu'elle allait me montrer étant encore en travaux, je ne devais pas faire attention aux ampoules nues ni aux fils électriques apparents *mais*… elle se tourna vers moi et ajouta dans un murmure, tout en enfonçant la clef dans la serrure :

— Attendez de voir la vue…

Nous pénétrâmes dans un vaste espace ouvert, genre loft, et, tout en remarquant des couloirs qui partaient dans différentes directions, mon regard fut immédiatement attiré par les baies vitrées courant du sol au plafond, de l'autre côté de la grande pièce blanche et nue. Il y avait des bâches en plastique sur le sol et, tandis que j'avançais, Alison sur mes talons, tout Manhattan se dressa devant moi. Me plantant devant la vitre, je restai bouche bée devant les grappes de gratte-ciel de

Midtown juste en face, Central Park sur ma gauche et le quartier financier sur ma droite.

Depuis ce point de vue, qui avait la qualité onirique d'un paysage impossible, je voyais tous les immeubles célèbres de la ville. Mieux encore, ils semblaient orientés de façon à me faire face.

Je perçus la présence d'Alison derrière mon épaule, sentis son parfum, entendis le doux froissement de la soie contre la soie quand elle bougea.

— Alors ? demanda-t-elle. Qu'est-ce que vous en dites ?

— C'est incroyable, répondis-je en me tournant vers elle.

Elle hocha la tête en souriant. Ses yeux étaient vert vif et brillaient d'une lueur que je n'avais pas remarquée plus tôt. De fait, Alison Botnick me parut soudain beaucoup plus jeune que je ne l'avais cru de prime abord.

— Au fait, monsieur Spinola, questionna-t-elle en soutenant mon regard, je peux vous demander quel est votre secteur d'activité ?

J'hésitai un instant, puis :

— La banque d'affaires.

Elle hocha la tête.

— Je travaille pour Carl Van Loon.

— Je vois. Ce doit être intéressant.

— Ça l'est.

Pendant qu'elle digérait cette information, me classant sans doute dans une catégorie précise de clients immobiliers, je regardais la pièce autour de moi, avec ses murs nus, son faux plafond dont tous les panneaux n'étaient pas encore posés, tentant d'imaginer de quoi elle aurait l'air une fois meublée. Je pensais aussi au reste de l'appartement.

— Il y a combien de pièces ?

— Dix.

J'y réfléchis un instant. Un appartement de dix pièces. L'idée elle-même me dépassait. Je fus de nouveau irrésistiblement attiré par la baie vitrée et la vue sur la ville. C'était une belle journée ensoleillée sur Manhattan et le seul fait de me tenir là était parfaitement exaltant.

— Combien ils en demandent ?

Dans ce qui devait faire partie d'un numéro bien rodé, Alison consulta son calepin, feuilletant plusieurs pages et marmonnant d'un air concentré. Puis elle annonça sur un ton détaché :

— Neuf et demi.

Je fis claquer ma langue et émis un sifflement impressionné.

Elle consulta une autre page de son calepin puis s'écarta d'un pas sur la gauche, comme si elle était cette fois profondément absorbée.

Je repris ma contemplation du panorama. Certes, c'était beaucoup d'argent, mais ce n'était pas nécessairement hors de mes moyens. Si je continuais à gagner autant à la Bourse et jouais les bonnes cartes avec Van Loon, il n'y avait aucune raison pour que je ne puisse pas mettre sur pied un financement adéquat.

Je lançai un regard vers Alison et m'éclaircis la gorge.

Elle se tourna vers moi et sourit poliment.

Neuf millions et demi de dollars.

Jusque-là, il y avait eu un certain courant électrique entre nous mais, apparemment, la mention de la somme avait tout éparpillé. Pendant un moment, nous errâmes en silence dans les autres pièces de l'appartement. Les vues et perspectives de chacune d'elles étaient légèrement différentes de celles de la pièce principale mais tout aussi spectaculaires. Il semblait y avoir de la lumière et de l'espace partout et, tandis que je traversais ce qui serait les salles de bains et la cuisine, j'eus des visions tourbillonnantes d'onyx, de tomettes, d'acajou, de chrome – un art de vivre suprêmement élégant, dans un kaléidoscope de formes flottantes, de lignes parallèles, de courbes design…

Je comparai tout ceci avec l'atmosphère exiguë et le parquet grinçant de mon deux-pièces sur la 10e Rue et ma tête se mit aussitôt à tourner. Je mc sentis brusquement oppressé, envahi par une légère panique.

— Monsieur Spinola, quelque chose ne va pas ?

Je pris appui contre le chambranle d'une porte, pressant une main contre ma poitrine.

— Non, tout va bien… c'est juste…

— *Quoi ?*

Je relevai les yeux, essayant de me ressaisir… me demandant si je ne venais pas de connaître une autre *absence*. Je ne pensais pas avoir bougé – ne me souvenais pas d'avoir bougé –, mais je ne pouvais être sûr à cent pour cent que…

Que quoi ?

— Monsieur Spinola ?

— Tout va bien. Mais il faut que j'y aille. Je suis navré.

Je marchai rapidement vers l'entrée en rasant le mur du couloir. Sans me retourner vers elle, j'agitai la main et lançai :

— Je contacterai votre agence. Je vous appellerai. Merci.

Je sortis dans le hall et filai droit vers les ascenseurs.

Tandis que les portes se refermaient dans un chuchotement, je remerciai le ciel qu'elle n'ait pas tenté de me rattraper.

# 16

Je sortis du Céleste et traversai l'esplanade jusqu'à la Dixième Avenue, sentant la présence colossale du rectangle de verre cuivré étincelant au soleil derrière moi. J'étais également conscient qu'Alison Botnick était peut-être encore au soixante-huitième étage, me regardant avancer sur le parvis, ce qui me fit me sentir comme un insecte, une impression qui s'accentuait à chaque pas. Je dus parcourir à pied plusieurs pâtés de maisons sur la 33$^{e}$ Rue, passant devant la poste centrale et le Madison Square Garden, avant de trouver un taxi. À aucun moment, je ne lançai un regard derrière moi. Une fois dans la voiture, je gardai la tête baissée. Il y avait un exemplaire du *New York Post* plié sur la banquette à mes côtés. Je le saisis et le tins serré sur mes genoux.

Je n'étais toujours pas certain qu'il ne se soit rien passé là-haut, mais l'idée même que ces *absences* puissent recommencer suffisait à me terrifier. Je restai immobile, attendant, guettant chaque vacillement de perception, chaque inspiration, prêt à isoler et analyser tout ce qui sortirait de l'ordinaire. Quelques minutes passèrent, tout semblait normal. Je relâchai alors ma prise sur le journal et, le temps de tourner dans la Deuxième Avenue, je m'étais considérablement calmé.

J'ouvris le *Post* à la première page. La une titrait *Les Fédéraux enquêtent sur les Régulateurs.* C'était un article sur les agissements de la Commission d'athlétisme de l'État de New York, illustré de photos très peu flatteuses de deux de ses dirigeants. Comme à l'accoutumée dans le *Post*, au-dessus de l'ours, il y avait trois titres encadrés avec des renvois aux pages où se trouvaient les articles correspondants. Celui du milieu, en lettres blanches sur fond rouge, retint immédiatement mon attention. Il disait : *La femme d'un artiste mexicain sauvagement agressée, page 2.* Je marquai un temps d'arrêt, fixant les mots, et m'apprêtais à chercher l'article quand je remarquai le titre qui se trouvait juste à côté, blanc sur noir : *Un mystérieux spéculateur boursier disparaît, page 43.* Je me débattis avec les pages, essayant d'ouvrir le journal. Quand je parvins enfin à l'article en question, qui se trouvait dans les pages économiques, la première chose que je remarquai fut la signature de Mary Stern.

Ma gorge se noua.

Je ne pouvais pas croire qu'elle ait eu le culot d'écrire son article quand même, surtout après la manière dont je l'avais rembarrée au téléphone, à moins que ceci n'explique cela. Le texte prenait la moitié de la page et était accompagné d'une grande photo de la salle des marchés du Lafayette. On y voyait Jay Zollo et les autres, assis devant leurs ordinateurs, tournés vers l'objectif.

Je commençai à lire :

*Il se passe quelque chose d'inhabituel dans l'une des maisons de spéculation sur séance de Broad Street. Dans une salle comptant une cinquantaine de terminaux et autant de casquettes de base-ball, les guérilleros de la Bourse s'ouvrent un chemin à travers les marchés à coups de machette pour récupérer de minuscules marges de profit. Il faut batailler dur, au Lafayette Trading, et il y règne une tension à couper au couteau.*

J'apparaissais dans le second paragraphe :

*Puis, soudain, la semaine dernière, tout a changé quand Eddie Spinola, un nouveau venu surgi de nulle part, a ouvert un compte et s'est lancé dans une campagne de ventes à découvert qui a laissé les traders les plus aguerris sur le carreau, avant qu'ils ne se précipitent tous sur leur clavier pour prendre sa trace et engranger des profits sans précédent dans l'histoire de la spéculation sur séance. Pourtant, chef de guerre incontesté dès la fin de sa première semaine, le mystérieux scalper a depuis disparu...*

Je n'en croyais pas mes yeux. Je parcourus en diagonale le reste de l'article.

*Refuse de parler... méfiant avec ses confrères... vague... fuyant... personne ne l'a vu depuis plusieurs jours...*

L'article se perdait ensuite en conjectures sur ma véritable identité et mes objectifs, et incluait des témoignages de Jay Zollo, parmi d'autres. Un petit encadré donnait des détails sur les opérations que j'avais effectuées et sur les sommes gagnées grâce à moi par différents habitués du Lafayette. L'un d'eux avait versé un acompte pour s'acheter un appartement, un autre avait pris rendez-vous pour des soins dentaires qu'il repoussait depuis des années, un troisième avait pu payer ses arriérés de pension alimentaire.

C'était étrange de lire un article sur soi, de voir son nom imprimé dans un journal, surtout à la rubrique économique. C'était encore plus étrange de se retrouver dans celle du *New York Post*.

Je regardai par la fenêtre la circulation sur la Deuxième Avenue.

Je ne me rendais pas vraiment compte de ce que cela impliquait au niveau de ma vie privée, de mes rapports avec Van Loon, etc. Je savais une chose, toutefois : ça ne me plaisait pas du tout.

Le taxi s'arrêta devant mon immeuble. J'étais tellement absorbé par l'article du *Post* que, en payant le chauffeur et en descendant de voiture, je ne remarquai pas le petit groupe de ce que je compris trop tard être des journalistes et des photographes m'attendant sur le trottoir. Ils ne me connaissaient pas et ne savaient pas à quoi je ressemblais, ne disposant sans doute que de mon adresse, mais quand je sortis du taxi et restai planté là, à les regarder, incrédule, ils ne tardèrent pas à m'identifier. Il y eut un moment de silence avant le premier déclic, un laps de deux secondes, tout au plus, puis l'explosion : *Clic ! Wizzz ! Clic !* Je baissai la tête, sortis mes clefs, fonçai droit devant. Je parvins à ouvrir la porte de l'immeuble et à la claquer derrière moi. Je grimpai quatre à quatre l'escalier et, une fois chez moi, me précipitai à la fenêtre. Ils étaient toujours là, cinq d'entre eux, agglutinés devant la porte. Était-ce à cause de l'article du *Post* ? Tout le monde semblait vouloir connaître le type qui avait battu les marchés, le… Si *ça* faisait la une, que se passerait-il quand ils apprendraient que j'étais également le Thomas Porter que la police tenait tant à interroger dans le cadre de l'enquête sur l'agression de Donatella Alvarez ?

Je m'écartai de la fenêtre et me tournai vers le séjour.

La lumière rouge de mon répondeur clignotait. Je m'en approchai d'un pas las et appuyai sur « Messages ». Il y en avait *sept.*

Je m'assis sur le canapé et écoutai. Jay Zollo m'implorait de le rappeler. Mon père, perplexe, voulait savoir si j'avais lu ce truc dans le journal. Gennady, furax, déclarait que si je me payais sa tête, il me couperait la mienne avec un couteau à beurre. Artie Meltzer, tout miel, m'invitait à déjeuner. Mary Stern m'annonçait que ma vie serait plus facile si j'acceptais de lui parler. Une boîte de recrutement m'offrait un poste de cadre administratif dans une grande maison de courtage. Quelqu'un, un agent artistique, appelait de la part du bureau de l'animateur de talk-show David Letterman – il voulait savoir si je pouvais participer à l'émission du soir même !

Je m'enfonçai en arrière dans mon canapé et fixai le plafond. Je devais rester calme. Je n'avais pas voulu m'attirer toute cette attention et n'avais nul besoin qu'on augmente la pression mais, si je voulais m'en sortir entier, je devais me ressaisir, et vite. Je me relevai péniblement et allai dans la chambre pour m'allonger convenablement. Peut-être qu'après avoir dormi une partie de l'après-midi, ne serait-ce qu'une heure ou deux, j'y verrais plus clair. Dès que je me couchai sur mon lit et m'étirai, je sus que ce serait impossible. J'étais complètement réveillé et mon esprit tournait à cent à l'heure.

Je me relevai et retournai dans le séjour. J'arpentai la pièce un petit moment, du bureau au téléphone, du téléphone au bureau, entrai dans la cuisine, en ressortis, passai dans la salle de bains, revins dans le séjour, allai à la fenêtre, m'en éloignai. Très bien. J'avais fait le tour. Il n'y avait pas d'autre endroit où aller, rien que ces quatre pièces. Debout près de mon bureau, je balayai l'appartement du regard, tentant d'imaginer à quoi il ressemblerait avec dix pièces, de hauts plafonds et des murs blancs. Je n'y parvins pas. En outre, il y avait cet autre endroit, là-haut, au soixante-huitième étage du Céleste…

Je m'écartai du bureau, légèrement étourdi, et m'appuyai contre les étagères derrière moi. J'avais mal au cœur et la tête me tournait.

Je fermai les yeux.

Au bout d'un moment, je me sentis flotter – me déplacer dans un couloir à la lumière aveuglante. Les sons étaient lointains et de plus en plus étouffés. Le mouvement en avant sembla se prolonger indéfiniment, à un rythme lent, comme dans un rêve. Puis je suivis une longue courbe ample, entrai dans une pièce, la traversai, me dirigeai vers une grande baie vitrée. Je ne m'arrêtai pas à la fenêtre mais la traversai en planant, les bras en croix, m'avançant dans le vide au-dessus du vaste circuit intégré de la ville, tandis que derrière moi, avec un bref retard inexplicable, l'immense vitre teintée couleur bronze volait en un million d'éclats dans un bruit assourdissant.

J'ouvris les yeux et fis un bond en arrière, reculant d'effroi devant la vue plongeante sur le trottoir de la 10e Rue, avec ses poubelles, ses voitures garées et les crânes des photographes tournoyant comme des bactéries dans un bouillon de culture. Je m'écartai précipitamment du rebord de la fenêtre, manquai de perdre l'équilibre et me laissai glisser sur le parquet. Puis, inspirant profondément en massant le haut de mon front, que j'avais cogné contre le montant de la fenêtre, je regardai, médusé, le lieu où je m'étais tenu quelques instants plus tôt… et où j'aurais dû encore me trouver.

Je me relevai lentement et retraversai le séjour en direction des étagères, mettant méticuleusement un pied devant l'autre. Je tendais la main pour toucher les meubles en passant, pour me rassurer – le bord du canapé, la table, le bureau. Puis je regardai d'où j'étais venu et ne pus le croire. Il paraissait incroyable que j'aie pu me pencher par la fenêtre et m'avancer aussi loin dans le vide…

Le cœur encore palpitant, j'allai dans la salle de bains. Si ces réactions devaient se reproduire, je devais trouver le moyen de les arrêter au plus vite. J'ouvris le placard à pharmacie au-dessus du lavabo et fouillai rapidement parmi les boîtes, les flacons, l'accumulation d'articles de toilette, les produits de rasage, les savons, les analgésiques en vente libre. Je trouvai un flacon de sirop contre la toux que j'avais acheté l'hiver précédent et jamais utilisé. En parcourant l'étiquette, je lus qu'il contenait de la codéine. Je dévissai le bouchon, m'arrêtant un instant en m'apercevant dans la glace, puis commençai à ingurgiter le liquide. C'était horrible, écœurant et visqueux, cela me donna des haut-le-cœur, mais au moins je savais que, quels que soient les courts-circuits synaptiques qui provoquaient ces trous noirs dans ma tête, la codéine ralentirait mon activité cérébrale et me ferait somnoler, peut-être même assez pour que je reste tranquillement chez moi, inconscient sur le canapé ou par terre – peu importait, tant que je n'étais pas en train de traîner quelque part dans la ville, en liberté…

Je vidai le flacon jusqu'à la dernière goutte, revissai le bouchon et le jetai dans la corbeille près de la cuvette des W-C. Puis je dus m'efforcer de ne pas vomir. Je m'assis sur le rebord de la baignoire, m'y accrochant des deux mains, fixant le mur en face de moi, redoutant de fermer les yeux.

Au cours des cinq minutes qui suivirent, avant que la codéine ne se diffuse dans mon organisme, il y eut deux autres crises, aussi brèves que l'intervalle entre deux images d'un diaporama, mais pas moins terrifiantes pour autant. Du rebord de la baignoire et sans mouvement conscient de ma part, je me retrouvai au milieu du séjour. Je restai là, vacillant légèrement, essayant de faire comme si de rien n'était, comme si j'ignorais que ce qui était arrivé signifiait que cela pouvait se produire à nouveau. Peu après… *clic, clic…* je me retrouvai dans l'escalier, assis sur la première marche du palier du rez-de-chaussée, la tête entre mes mains. Je me rendis compte qu'un autre bond de ce genre m'amènerait droit dans la rue, où je serais illico assailli par les photographes et les journalistes… peut-être en danger, peut-être dangereux pour les autres, dans tous les cas incontrôlable…

Cependant, je commençais à sentir une lourdeur dans mes membres et une sorte de flou général. Je me relevai, prenant appui sur la rampe, et fis demi-tour. Je remontai lentement jusqu'au troisième étage et, avant d'avoir eu le temps de réfléchir et de me dire que je n'étais pas en état de répondre, je vis ma main avancer dans les airs, se poser sur le combiné puis s'élever vers mon oreille.

— Allô ?

— Eddie ?

Je restai un instant sous le choc. C'était Melissa.

— *Eddie ?*

— Oui, je suis là. Désolé. Salut.

Ma voix me paraissait lourde, molle.

— Eddie, pourquoi tu m'as menti ?

— Je ne t'ai pas… De quoi tu parles ?

— De la MDT, de Vernon. Tu sais très bien de quoi je parle.

— Mais…

— Je viens de lire le *Post*. Vendre des titres à découvert ? Doubler les marchés ? *Toi ?* Tu me prends pour une conne ?

Je ne savais pas quoi dire. Finalement, je lançai :

— Depuis quand tu lis le *New York Post* ?

— Ces jours-ci, c'est tout ce que j'arrive encore à lire.

Qu'est-ce qu'elle voulait dire par là ?

— Je ne compr…

— Écoute, Eddie, laisse tomber le *Post*, oublie le fait que tu m'as menti. Le problème, c'est la MDT. Tu en prends encore ?

Je ne répondis pas. Je parvenais tout juste à garder les yeux ouverts.

— Il faut que tu arrêtes, Eddie !

Je ne dis toujours rien mais, cette fois, j'aurais été bien incapable de savoir combien de temps le silence avait duré.

— Eddie ? Dis quelque chose !

— OK. On n'a qu'à se voir.

Ce fut à son tour de rester sans voix. Puis :

— D'accord, quand ?

— Quand tu veux.

Chaque fois que je parlais, ma langue me paraissait plus enflée et épaisse.

— Demain. Dans la matinée. Je ne sais pas… vers onze heures et demie, midi ?

— OK. En ville ?

— D'accord, où ?

Je proposai un bar sur Spring Street.

— D'accord.

Je pensais que la conversation était terminée, mais Melissa reprit :

— Eddie, tu te sens bien ? Tu as une voix bizarre. Tu m'inquiètes.

Je fixais un nœud dans le bois du parquet. Rassemblant toutes mes forces, je parvins à répondre :

— On en discutera demain, Melissa.

Puis, sans attendre sa réponse, je raccrochai.

Je titubai vers le canapé et m'y assis lentement. C'était le milieu de l'après-midi et je venais de boire un flacon entier de sirop antitussif. Je posai ma tête sur l'accoudoir et contemplai le plafond. Au cours de la demi-heure qui suivit, plus ou moins, il me sembla percevoir différents bruits aux abords de ma conscience – l'interphone, quelqu'un tambourinant contre ma porte, des voix, la sonnerie du téléphone, des sirènes, la circulation. Rien qui fût suffisamment clair, ou suffisamment urgent, pour m'extirper de ma torpeur, et, peu à peu, je sombrai dans un profond sommeil comme je n'en avais pas connu depuis des semaines.

## 17

Je restai inconscient jusqu'à quatre heures le lendemain matin, puis passai deux autres heures à m'efforcer d'émerger de cette chape de torpeur paralysante. Peu après six heures, courbatu du haut au bas de ma carcasse, je me traînai dans la salle de bains, pris une douche puis me rendis dans la cuisine et mis un café en route.

De retour dans le séjour, une cigarette au bec, je me surpris à lancer des regards vers le pot en céramique sur l'étagère au-dessus de l'ordinateur. Je ne voulais pas en approcher, sachant que, si je continuais à prendre de la MDT, je m'exposais à de nouvelles *absences*. D'un autre côté, je ne me croyais pas vraiment responsable du coma de Donatella Alvarez. J'étais prêt à admettre qu'il s'était passé *quelque chose* et que, pendant mes *absences*, je continuais à fonctionner à un niveau ou à un autre, me déplaçant, agissant. Mais je refusais d'admettre que cela pouvait aller jusqu'à frapper quelqu'un à la tête avec un instrument contondant. J'avais eu une pensée similaire quelques minutes plus tôt en prenant ma douche. Mon corps était encore parsemé de bleus et portait toujours cette petite cicatrice ronde, atténuée, maintenant, qui ressemblait à une brûlure de cigarette. C'était la preuve irréfutable de *quelque chose*, certes, mais je n'avais pas le début d'un commencement d'idée sur le sujet…

Je m'approchai prudemment de la fenêtre et regardai dans la rue. Elle était déserte. Il n'y avait plus personne à la ronde, plus de photographe, plus de journaliste. Avec un peu de chance, le boursicoteur masqué des tabloïds avait déjà été supplanté par des nouvelles plus fraîches. En outre, on était samedi matin, donc tout serait un peu plus calme.

Je me rassis sur le canapé et, au bout de quelques minutes, me retrouvai dans la position dans laquelle j'avais passé la nuit, commençant à m'assoupir légèrement. Je me sentais agréablement groggy et paresseux. Je ne m'étais pas senti ainsi depuis des lustres et, au bout d'un certain temps, je finis par établir le lien avec le fait que je n'avais pas avalé de comprimé de MDT depuis près de vingt-quatre heures, ma période d'abstinence la plus longue – pour ne pas dire la seule – depuis le début de toute cette histoire. Il ne m'était pas encore venu à l'esprit de cesser simplement d'en prendre. Je réfléchis à la question, puis me dis : Pourquoi pas ? C'était le week-end et j'avais probablement besoin d'un petit répit. Il faudrait que je sois chargé à bloc le lundi pour mon rendez-vous avec Carl mais, d'ici là, il n'y avait aucune raison pour que je ne m'octroie pas une pause, comme tout être humain normal.

Toutefois, sur le coup de onze heures, je commençai à me sentir nettement moins détendu, et, alors que je me préparais à sortir, une sensation vague d'incertitude m'envahit. Néanmoins, comme je n'avais pas encore donné à mon organisme la possibilité d'éliminer complètement la drogue, je décidai de m'en tenir à mon projet d'abstinence temporaire… du moins jusqu'à ce que j'aie parlé avec Melissa.

Sur Spring Street, je laissai les rayons du soleil derrière moi et entrai dans la pénombre du bar où nous nous étions donné rendez-vous. Je regardai autour de moi. Quelqu'un agitait une main vers moi depuis un box à l'angle. Même si je ne pouvais voir la personne clairement depuis l'endroit où je me tenais, ce ne pouvait être que Melissa. Je me dirigeai vers elle.

En chemin vers le bar, je m'étais senti très bizarre, comme si, finalement, j'avais pris quelque chose et que ce quelque chose commençait à faire effet. Mais je savais que c'était le contraire, que c'était comme un voile se levant sur mes nerfs à vif, exposés, sur des sentiments qui n'avaient pas vu la lumière du jour depuis un bail. Lorsque je pensais à Carl Van Loon, par exemple, ou au Lafayette, ou à Chantal, ce qui me frappait avant tout, c'était à quel point ils me paraissaient irréels, puis j'étais pris d'une sorte de terreur rétrospective à la pensée des rapports que j'avais entretenus avec eux. Lorsque je pensais à Melissa, j'étais écrasé, étouffé sous une avalanche de souvenirs…

En me voyant approcher, elle se leva à moitié et nous nous embrassâmes maladroitement. Elle se rassit et je me glissai en face d'elle dans le box.

Je sentais mon cœur battre à tout va.

— Comment vas-tu ?

À peine eus-je posé la question que je me demandai si je devais ou non commenter son allure, considérablement changée.

— Ça peut aller.

Elle avait les cheveux courts, d'un brun tirant sur le roux. Elle avait grossi, de partout mais surtout du visage, avait des rides autour des yeux. Ces dernières lui donnaient l'air très fatigué. Naturellement, j'étais mal placé pour parler, mais ça n'atténuait en rien le choc.

— Et toi, Eddie, comment *tu* vas ?

— Pas mal, mentis-je.

Puis j'ajoutai :

— Je crois.

Melissa buvait une bière et fumait une cigarette. Le bar était pratiquement désert. Un vieil homme lisait son journal à une table près de la porte et deux jeunes types étaient assis sur des tabourets devant le comptoir. J'attirai l'attention du serveur et lui montrai la bière de Melissa. Il hocha la tête. La normalité de cette petite routine contredisait à quel point je me sentais étrange et perdu. Quelques semaines plus tôt, je me trouvais assis en face de Vernon dans un bar similaire sur la Sixième Avenue. À présent, par une logique inexplicable, j'étais assis en face de Melissa.

— Tu as l'air en forme, dit-elle.

Puis elle ajouta en agitant un doigt menaçant sous mon nez :

— Et ne me dis pas que j'ai l'air en forme moi aussi, parce que je sais parfaitement que c'est faux !

Il me vint à l'esprit qu'en dépit des changements, du poids, des rides, de la fatigue, elle était encore belle. Malheureusement, après sa dernière remarque, je pouvais difficilement le lui dire sans avoir l'air condescendant. Je me contentai donc de répondre :

— C'est vrai que j'ai perdu pas mal de poids, ces derniers temps.

Me regardant droit dans les yeux, elle répliqua :

— C'est un des effets de la MDT.

— Oui, je suppose.

Le plus calmement et innocemment possible, je demandai ensuite :

— Qu'est-ce que tu sais au sujet de la MDT ?

Elle prit une profonde inspiration puis se lança :

— Voici ce que je peux te dire, Eddie : la MDT est mortelle, ou peut le devenir. Si elle ne te tue pas, elle te bousillera le cerveau, et ce, définitivement.

Elle pointa l'index vers sa tempe.

— Elle a bousillé le mien, mais j'y reviendrai plus tard. Ce que je veux surtout te dire, c'est que je fais partie des rares qui ont eu la chance d'en réchapper.

Je déglutis péniblement.

Le barman apparut avec un plateau. Il plaça un verre de bière devant moi et remplaça le cendrier sale sur notre table par un propre. Lorsqu'il fut parti, Melissa reprit :

— Je n'en ai pris que neuf ou dix doses en tout, mais il y a un type qui en a pris beaucoup plus que ça, sur une période de plusieurs semaines, et je sais qu'il en est mort. Un autre a fini à l'état de légume. Sa mère devait le laver avec une éponge une fois par jour et le nourrir à la cuillère.

Mon estomac était noué et je commençais à avoir un léger mal de crâne.

— Quand est-ce que ça s'est passé ? demandai-je.

— Il y a environ quatre ans. Vernon ne t'a rien expliqué ?

Je fis non de la tête. Elle sembla surprise. Puis, comme si cela lui demandait un grand effort physique, elle prit une nouvelle et profonde inspiration.

— Donc, il y a environ quatre ans de cela, Vernon est devenu copain avec un client qui travaillait dans un laboratoire pharmaceutique et qui avait un accès non autorisé à toute une gamme de nouvelles substances chimiques. L'une d'elles en particulier, qui n'avait pas encore de nom et n'avait pas été testée, était censée être… *incroyable*. Donc, pour la tester, et parce qu'ils étaient trop malins pour l'essayer sur eux-mêmes, Vernon et ce type ont convaincu des gens – principalement des potes – d'en prendre.

— Même toi ?

— Au début, Vernon ne voulait pas mais il m'avait tellement rebattu les oreilles avec son produit que j'insistai tant et plus. Tu sais à quel point je pouvais être curieuse.

— Ce n'était pas un défaut.

— Quoi qu'il en soit, on s'est retrouvés à plusieurs à suivre cette… comment dire… période d'essai *officieuse*.

Elle s'interrompit pour boire une gorgée de bière puis reprit :

— Qu'est-ce que tu veux que je te dise… J'en ai pris et c'était… *incroyable*.

Elle s'interrompit à nouveau et me dévisagea, en attendant une confirmation.

— Tu en as pris, toi aussi. Tu sais donc de quoi je parle, n'est-ce pas ?

J'acquiesçai.

— J'ai continué un petit moment puis j'ai eu peur, poursuivit-elle.

— Pourquoi ?

— *Pourquoi ?* Parce que… je n'étais pas complètement idiote. Je savais qu'on ne pouvait pas survivre en maintenant longtemps un tel niveau d'activité cérébrale. Laisse-moi te donner un exemple : un jour, j'ai chopé *L'Univers élégant*, de Brian Greene, sur la théorie des cordes, tu me suis ? Je l'ai lu en quarante-cinq minutes et je l'ai *compris*.

Elle tira une dernière taffe sur sa cigarette.

— Cela dit, ne m'interroge pas dessus.

Elle écrasa sa cigarette dans le cendrier.

— Puis il y avait ce boulot que je faisais à l'époque, pour le magazine *Iroquois*. Je travaillais sur une série d'articles sur les systèmes auto-adaptifs, la recherche qui y avait été investie, les applications plus vastes, etc. Du jour au lendemain, mon rythme de travail s'est trouvé multiplié par dix. Je ne plaisante pas ! Mon chef a cru que j'essayais de lui piquer son poste. Alors, je me suis dégonflée. J'ai flippé. C'était trop pour moi. J'ai arrêté d'en prendre.

Elle haussa les épaules à plusieurs reprises.

— Et ?

— Et… euh… quelques semaines plus tard, j'ai commencé à être malade, à avoir des maux de tête, des nausées. Je te raconte pas la panique ! Je suis allée trouver

Vernon en pensant que, peut-être, il fallait que j'en prenne une autre dose, ou une demi-dose, pour voir si cela faisait une différence. C'est là qu'il m'a parlé de ce gars qui venait de mourir.

— Comment ?

— En deux jours. Il a commencé par avoir des maux de tête, des étourdissements, une perte de ses facultés motrices, des blancs, puis, *boum*, il est mort.

— Il en avait pris combien ?

— Une dose par jour pendant environ un mois.

Je déglutis à nouveau et fermai les yeux une seconde.

— Combien tu en as pris, Eddie ?

Elle me dévisageait fixement, avec ses remarquables yeux marron si profonds, se mordant la lèvre inférieure.

— Beaucoup, répondis-je avec une grimace. Plus que ce type.

— Merde !

Il y eut un long silence.

— C'est donc que tu en as tout un stock, dit-elle enfin.

— Pas vraiment. Il m'en reste une petite provision mais… c'est Vernon qui me l'a donnée, maintenant qu'il n'est plus là… je ne connais personne d'autre.

Elle parut légèrement perplexe.

— Ce type dont je te parle est mort parce que, à l'époque, ils ne savaient pas ce qu'ils faisaient. Ils n'avaient aucune idée de la posologie, de la puissance, ni rien. En outre, chaque sujet réagissait différemment. Mais il ne leur a pas fallu longtemps avant de mettre tout ça au point…

Elle s'interrompit, prit une autre longue inspiration, puis reprit :

— Vernon se faisait beaucoup d'argent avec la MDT et je n'ai pas entendu parler d'autres morts après cette première phase expérimentale. Donc, je suppose que ce qu'ils te donnaient était calibré pour toi. Je veux dire, ils ont bien calculé tes doses, non ? Tu sais ce que tu fais, pas vrai ?

— Hmm…

Devais-je lui avouer à ce stade que Vernon ne m'avait donné qu'un échantillon et qu'il n'avait pas eu le temps de m'expliquer quoi que ce soit ?

Je préférai demander :

— Et toi, Melissa, où tu en es ?

Elle alluma une nouvelle cigarette et sembla se demander si elle allait ou non me laisser changer de sujet.

J'allumai une cigarette à mon tour.

Puis elle se lança :

— Eh bien, après être tombée malade et avoir appris que l'autre type était mort, je n'y ai plus retouché, naturellement. Mais j'avais vraiment peur. C'est que j'étais mariée, et j'avais *deux enfants en bas âge* !

En prononçant ces mots, elle tressaillit presque, comme si on avait menacé de la gifler – comme si, en admettant un tel degré d'irresponsabilité, elle allait immédiatement provoquer la réaction violente de quelqu'un. Après une pause, elle reprit :

— Au début, les symptômes ne semblaient pas dépasser des maux de tête et des nausées occasionnelles. Mais, au fil des mois, j'ai commencé à remarquer des changements plus profonds. Je n'arrivais plus à me concentrer sur quoi que ce soit plus de dix minutes sans développer une migraine. J'étais incapable de respecter une échéance. Je suis devenue lente, feignasse. J'ai commencé à m'empâter…

Elle tira sur son pull avec une moue de dégoût.

— Ma mémoire a été pulvérisée. Cette fameuse série d'articles ? Le projet s'est désintégré. Le magazine *Iroquois* a fini par me virer. Mon mariage est tombé à l'eau. Le sexe ? Oublie !

Elle se pencha en arrière et secoua la tête.

— C'était il y a quatre ans et je n'ai plus jamais été la même.

— Et maintenant ?

— Maintenant, je vis à Mahopac et je travaille comme serveuse quatre soirs par semaine dans un bouge appelé le Cicero. Je n'arrive même plus à lire, en tout cas rien de plus compliqué qu'un torchon comme le *New York Post* !

C'était comme si mon estomac était en train de sécréter de l'acide sulfurique.

— Je ne supporte plus les situations stressantes ou émotionnelles, Eddie. Là, je suis remontée parce que je te vois, mais je sais déjà que je vais avoir mal au crâne pendant trois jours. Crois-moi, notre petite rencontre va me coûter cher...

Elle se redressa à moitié et s'extirpa du box.

— Je dois aller pisser. Ça, c'est un autre détail, j'ai tout le temps envie de pisser.

Elle s'arrêta un instant et se gratta la nuque.

— Mais j'imagine que tu n'as pas vraiment besoin de le savoir, pas vrai ?

Elle agita une main d'un air dépité et s'éloigna vers les toilettes.

Je restai là à fixer le vide, tentant de digérer ce qu'elle venait de me raconter, à peine capable de le comprendre. J'avais déjà du mal à croire que nous étions dans un même endroit ensemble, buvant un verre, parlant... et qu'à présent, elle était dans les toilettes, en jean et pull-over ample, en train de pisser. Chaque fois que j'avais pensé à elle au cours des dix dernières années, j'avais automatiquement visualisé la Melissa mince et brillante de 1988, celle aux longs cheveux noirs et aux pommettes saillantes, la Melissa que j'avais vue des milliers de fois retrousser ses jupes et pisser sans s'arrêter de parler. Apparemment, cette Melissa-là s'était désintégrée dans l'espace et le temps, n'était plus qu'un fantôme. Je ne la reverrais jamais, ne tomberais jamais par hasard sur elle au coin d'une rue. Elle avait été supplantée par une Melissa avec laquelle je n'avais pas gardé le contact, qui s'était remariée, avait eu des enfants, avait travaillé pour le magazine *Iroquois*, celle dont le cerveau fourmillant et tumultueux avait été endommagé de façon irrémédiable par un produit pharmaceutique inconnu et non testé au préalable.

Bientôt, mes yeux se remplirent de larmes et ma gorge se serra. Puis mes mains se mirent à trembler. Que m'arrivait-il ? Cela ne faisait que vingt-quatre heures que je n'avais pas pris de MDT et, déjà, des petites fissures étaient à l'œuvre sur l'épaisse coquille chimique qui s'était formée autour de moi au cours des dernières semaines. De puissantes émotions fuyaient à travers ces fissures et j'ignorais comment j'allais pouvoir les colmater. Je m'imaginai sanglotant, pleurant à chaudes larmes, rampant sur le sol, *grimpant aux murs*, ce qui me parut tout d'abord parfaitement logique, comme un soulagement exquis. Puis, l'instant suivant, Melissa était de retour des toilettes et je dus faire un effort pour me ressaisir. En se glissant en face de moi, elle demanda :

— Tu es sûr que tu vas bien ?

— Oui.

— Tu n'en as pas l'air.

— C'est juste que… je suis heureux de te revoir, Melissa. Vraiment. Mais je suis désolé pour… enfin, tu sais. Je ne peux pas croire que tu…

Les larmes que j'essayais de refouler finirent par couler. Je serrai les poings et fixai la table.

— Excuse-moi, dis-je au bout d'un moment.

Je m'efforçai de lui sourire, mais l'expression de mon visage était probablement si déformée qu'elle ne dut pas s'en rendre compte. Je m'excusai à nouveau puis m'essuyai les yeux d'une main, écrasant les articulations de l'autre contre la banquette en bois sur laquelle j'étais assis.

Même sans la regarder en face, je devinais que Melissa était, elle aussi, occupée à tenter de limiter les dégâts à grand renfort de petites inspirations et de chuchoter un « merde » toutes les deux secondes.

— Écoute, Eddie, dit-elle enfin, il ne s'agit plus de moi, ni de nous, mais de toi.

Cette déclaration eut pour effet de me calmer. Je tentai de me concentrer un moment sur ses implications. Elle enchaîna :

— Je t'ai appelé parce que je me suis dit que si tu prenais de la MDT, ou en avais pris, il fallait au moins que tu saches ce qui m'était arrivé. Mais je n'avais pas idée que tu étais autant… *dedans*.

Elle secoua la tête avant de reprendre :

— Et puis, quand j'ai lu cet article dans le *Post*…

Je baissai les yeux vers mon verre de bière. Je n'y avais pas touché et n'y toucherais probablement pas.

— Je veux dire, jouer à la Bourse ? Vendre des titres à découvert ? Je n'arrivais tout simplement pas à le croire. Tu dois consommer un sacré paquet de MDT !

Je confirmai, d'un lent hochement de tête.

— Tu sais ce qui va se passer quand tu seras à court de provisions, Eddie ? C'est là que tes vrais ennuis vont commencer.

Presque comme si je pensais à voix haute, je déclarai :

— Peut-être que si j'arrête d'en prendre dès maintenant, ou que j'essaie de me sevrer…

Je réfléchis un instant à ces deux options puis conclus :

— Naturellement, dans un cas comme dans l'autre, il n'y a aucune garantie que ça marchera, pas vrai ?

Elle paraissait tout à coup très pâle et épuisée.

— Non, mais je serais toi, je n'arrêterais pas brutalement. C'est ce que j'ai fait. Tout est une question de dosage. Ça dépend combien tu en prends et à quelle fréquence. Ils ont mis ça au point après que je suis tombée malade et que l'autre type est mort.

— Donc, je devrais réduire progressivement mes prises ?

— Je ne sais pas. Je le crois. Bon sang ! Je n'arrive pas à croire que Vernon ne t'ait rien expliqué de tout ça !

De fait, sa perplexité était patente. Mon histoire, ou plutôt ce que je lui en avais raconté, ne tenait pas debout.

— Melissa… Vernon ne m'a jamais rien expliqué.

En disant cela, je me rendis compte que, pour que mon histoire ait un sens – je me refusais à lui dire toute la vérité –, il allait falloir que je mente, et ce, d'une manière plutôt sophistiquée. Ma version des faits allait soulever certaines questions évidentes et très embarrassantes, du genre : combien de fois avais-je vu Vernon ? Comment m'étais-je retrouvé en possession d'une si grande quantité de MDT ? Pourquoi n'avais-je pas pris la peine de me renseigner davantage sur ce produit ? Pourtant, à ma grande surprise, Melissa ne me posa aucune de ces questions, ni aucune autre d'ailleurs. Nous restâmes tous deux sans rien dire un long moment.

J'examinai son visage tandis qu'elle allumait une autre cigarette. La Melissa que j'avais connue dix ans plus tôt m'aurait repris sur chaque détail, exigeant des éclaircissements, m'obligeant à remettre tous les morceaux en place. La femme assise en face de moi avait perdu sa flamme. Je voyais bien qu'elle était intriguée et aurait aimé savoir pourquoi je ne jouais pas franc jeu avec elle, mais elle n'avait ni le temps ni l'énergie pour ce genre de choses. Vernon était mort. Elle m'avait dit ce qu'elle avait à me dire au sujet de la MDT. Elle était sincèrement inquiète pour moi. Mais que pouvait-elle faire ou dire de plus ? Elle avait deux mômes qui l'attendaient à la maison et une vie radicalement différente de celle dont elle avait rêvé ou à laquelle elle avait cru avoir droit. Elle était *usée*.

Je devrais me débrouiller seul.

Melissa redressa la tête.

— Je suis désolée, Eddie.

— Juste une question : ce client de Vernon dont tu m'as parlé, celui qui travaillait pour un laboratoire pharmaceutique ? C'est à lui que je devrais en parler, non ? Ce serait plus logique, tu ne penses pas ?

Je vis immédiatement à son expression qu'elle ne pourrait pas m'aider.

— Je ne l'ai rencontré qu'une seule fois. Ça fait quatre ans. Je ne me souviens même plus de son nom. Tom quelque chose, ou Todd. Je ne peux pas faire mieux. Je suis vraiment navrée.

Je commençais à paniquer.

— Et l'enquête de police ? repris-je. Après que j'ai signé ma déposition, plus personne n'a essayé de me contacter. Ils t'ont rappelée, toi ? Ils ont découvert qui avait fait le coup et pourquoi ?

— Non, mais comme ils ont appris qu'il avait dealé autrefois, ils ont sans doute pensé que c'était juste un truc entre camés….

Je tiquai. Après un moment de réflexion et avec une très légère pointe de sarcasme dans la voix, je répétai le mot. C'était ainsi que Melissa avait décrit notre mariage, autrefois. Elle comprit l'allusion immédiatement, sembla se tasser encore un peu plus.

— Ça laisse un arrière-goût amer, pas vrai ?

— Pas vraiment, et puis… ce n'était pas que ça, de toute façon, pour moi en tout cas.

— Je sais. C'était une remarque qui était celle d'une camée.

J'aurais pu lui répondre un tas de choses mais je me contentai de dire :

— C'était une époque étrange.

— C'est vrai.

— Maintenant, chaque fois que j'y repense, je… je ne sais pas… ça me paraît…

— Quoi ?

— Ça ne sert à rien de se dire ça maintenant, mais il y a tant de choses que j'aurais voulu faire différemment.

L'inévitable question suivante – lesquelles ? – flotta un moment en suspens entre nous, puis Melissa déclara :

— Moi aussi.

À présent, elle paraissait épuisée, et mon mal de tête empirait. Je décidai donc qu'il était temps de nous extirper de la honte et de la douleur de cette conversation sans issue, dans laquelle nous nous étions laissé imprudemment entraîner et qui, si nous n'y prenions pas garde, nous conduirait sur un terrain bourbeux façon sables mouvants.

Je rassemblai mes forces et lui demandai de me parler de ses enfants. J'appris ainsi qu'elle avait deux filles, Ally, huit ans, et Jane, six. Elles étaient formidables et je les adorerais – deux véritables tyrans, intelligentes et au caractère bien trempé, qui n'en rataient pas une.

C'est bon, pensai-je. *Assez !* Il fallait que je sorte de là.

Nous bavardâmes encore quelques minutes puis conclûmes. Je lui promis de rester en contact, de lui faire savoir comment je m'en sortais, et peut-être même qu'un jour je monterais les voir, elle et les filles, à Mahopac. Elle écrivit son adresse sur un bout de papier que je glissai dans la poche de ma chemise.

Paraissant aller puiser au fond d'elle-même ses dernières réserves d'énergie, Melissa me regarda dans les yeux et demanda :

— Eddie, qu'est-ce que tu vas faire au sujet de ton problème ?

Je lui répondis que je ne savais pas trop, mais que je m'en sortirais. Qu'il me restait pas mal de comprimés, ce qui me laissait une bonne marge de manœuvre. Je réduirais progressivement les doses et verrais bien ce qui se passerait. Tout irait bien. Comme je ne lui avais pas parlé de mes absences, c'était un mensonge. Vu les circonstances, je doutais qu'elle s'en soit rendu compte.

Elle acquiesça. Peut-être s'en était-elle rendu compte après tout, mais que pouvait-elle y faire ?

Dehors, sur Spring Street, nous nous dîmes au revoir et nous embrassâmes. Melissa prit un taxi qui la conduirait à la gare de Grand Central et je partis à pied vers la 10e Rue.

## 18

En rentrant chez moi, je commençai par prendre deux comprimés d'Excedrin extra-forts pour mon mal de crâne. Puis je m'allongeai sur le canapé et fixai le plafond, espérant que la douleur, qui s'était concentrée derrière mes yeux et considérablement accentuée sur le chemin du retour, se calmerait rapidement, jusqu'à disparaître. Souffrant rarement de maux de tête, j'ignorais si celui-ci était le résultat de ma conversation avec Melissa ou un symptôme du manque de MDT. Dans un cas comme dans l'autre – les deux explications me paraissant plausibles –, c'était extrêmement dérangeant.

Pour ne rien arranger, les fissures de ma coquille, qui n'avaient cessé de s'étendre et de se multiplier depuis le matin, me semblaient carrément béantes, telles des plaies ouvertes. Je ressassais le récit de Melissa, encore et encore, mes pensées vacillant entre l'effroi devant ce qui lui était arrivé et l'angoisse de ce qui m'attendait. J'étais hanté par le caractère d'irréversibilité entraîné par certaines décisions particulièrement irréfléchies, par le fait indéniable qu'une saute d'humeur, un caprice pouvaient changer le cours d'une vie. Je songeai à Donatella Alvarez et fus incapable d'écarter catégoriquement la possibilité d'une quelconque responsabilité de ma part dans ce qui lui était arrivé. Je pensai au temps passé avec Melissa et me torturai avec tout ce que j'aurais pu faire différemment.

Cette situation devenait clairement intenable. Si je n'agissais pas rapidement, je tomberais malade avant même de m'en rendre compte, glissant vers un marécage clinique, développant tout un syndrome de pathologies, franchissant le point de non-retour. Aussi, sitôt que les premiers effets de l'Excedrin se firent sentir – il ne s'agissait que d'une vague atténuation de la douleur –, je me levai et me mis à faire les cent pas dans le séjour, vigoureusement, comme si j'essayais littéralement de me secouer pour faire tomber les maladies à mes pieds.

Puis je me souvins de quelque chose.

J'allai dans ma chambre et ouvris ma penderie. Essayant de ne pas prêter attention à l'élancement dans mes tempes, je me penchai et extirpai la vieille boîte à chaussures de dessous la couverture et les piles de magazines. Je l'ouvris et en sortis la grande enveloppe en papier brun dans laquelle j'avais caché les billets et les comprimés. Je glissai une main dans l'enveloppe, tâtonnai, laissai de côté le flacon contenant encore plus de trois cent cinquante comprimés. Je cherchai l'autre objet caché dans l'enveloppe – le petit calepin noir de Vernon.

Lorsque je le trouvai enfin, je le parcourus, page par page. Il contenait, comme je l'avais remarqué le premier jour, des dizaines de noms et de numéros de téléphone, dont bon nombre avaient été rayés, avec parfois un nouveau numéro griffonné au-dessous ou au-dessus. Cette fois, je reconnus le nom de Deke Tauber. Il y en avait quelques autres qui me disaient vaguement quelque chose, mais, à mon agacement grandissant, j'eus beau chercher, je ne trouvai personne du nom de Tom ou de Todd.

Il devait bien y avoir quelqu'un, parmi tous ces noms, susceptible de m'aider. Quelqu'un que je pourrais contacter et qui me donnerait peut-être des informations.

Après tout, qui étaient ces gens ?

Cela avait beau être évident, et en dépit du fait que ce calepin était au fond de ma penderie depuis plusieurs semaines, ce ne fut qu'à ce moment que je compris : c'était la liste des clients de Vernon.

L'idée que ces gens avaient tous consommé de la MDT à un moment ou à un autre, et continuaient peut-être d'en prendre, m'assena un coup. Cela blessa également aussi mon orgueil, car, même s'il était évidemment irrationnel de croire que personne d'autre avant moi n'avait vécu les effets extraordinaires de la MDT, j'avais l'impression que mon expérience ne pouvait qu'être unique et, sinon, plus authentique que celle de quiconque avant moi. Ce sentiment de propriété légèrement indigné perdura tandis que je relisais une dernière fois les noms du calepin. Soudain, une autre pensée me vint à l'esprit : si tous ces gens étaient sous MDT, c'était donc qu'il était possible d'en prendre sans subir les maux de tête et les absences, sans parler de lésions cérébrales permanentes.

Je pris deux autres comprimés d'Excedrin et continuai à examiner le calepin. Plus je regardais les noms, plus certains d'entre eux me paraissaient familiers, jusqu'à ce que près de la moitié d'entre eux aient émergé des ténèbres de ma mémoire et que je parvienne enfin à les situer. La plupart appartenaient au monde des affaires et travaillaient pour de jeunes sociétés ou de moyennes entreprises. Il y avait aussi quelques écrivains, des journalistes et un ou deux architectes. En dehors de Deke Tauber, aucun n'était particulièrement connu du grand public. Tous jouissaient d'une certaine notoriété dans leurs secteurs respectifs. J'allumai mon ordinateur et me connectai à Internet.

Deke Tauber était le point de départ le plus logique. Il avait été courtier à Wall Street au milieu des années 80, gagnant beaucoup d'argent et en dépensant encore plus. Il avait connu Vernon ou Melissa à l'université, je ne me souvenais plus des détails. À l'époque, on le voyait souvent dans les soirées, les manifestations, les vernissages, bref, partout où il fallait se faire voir. Je l'avais rencontré une ou deux fois et l'avais trouvé arrogant et assez insupportable. Après le krach de 1987, il avait perdu son emploi et déménagé en Californie, et tout le monde s'accordait pour dire qu'on n'entendrait plus jamais parler de lui.

Puis, il y avait environ trois ans de cela, il avait réapparu à New York, réincarné en gourou de Dekedelia, une secte prônant le développement personnel, qu'il avait montée à Los Angeles. Après un démarrage plutôt lent, le nombre de ses adeptes avait connu un essor spectaculaire et Tauber s'était mis à publier des livres et des vidéos qui se vendaient comme des petits pains. Il avait monté sa propre boîte de logiciels, avait ouvert une chaîne de cybercafés et s'était lancé dans l'immobilier. Bientôt, il s'était retrouvé à la tête d'une société au chiffre d'affaires de plusieurs millions de dollars, employant plus de deux cents personnes, la plupart membres de sa secte.

Après avoir parcouru les informations que j'avais réussi à glaner sur d'autres personnes figurant dans le calepin de Vernon, je vis apparaître le premier de deux motifs récurrents. Dans chaque cas, la personne avait vu sa carrière faire un bond soudain et inexpliqué au cours des trois ou quatre dernières années. Theodore Neal, par exemple : après vingt ans de galère à écrire des biographies non autorisées de personnalités du showbiz et à jouer les scribouillards dans divers magazines, il avait subitement publié un brillant et fascinant ouvrage sur Ulysses S. Grant. Décrite comme « une œuvre originale et un monument d'érudition », cette nouvelle biographie avait été récompensée par le prix national de la critique. Autre exemple : Jim Rayburn, qui avait longtemps ramé à la tête de sa petite maison de disques Thrust, avait soudainement, en l'espace de six mois, découvert et pris sous contrat les artistes de hip-hop J. J. Rictus, Human Cheese et F Train, raflant, au cours des six mois suivants, une bonne dizaine de trophées Grammy et MTV.

Il y en avait d'autres, des cadres moyens propulsés au poste de directeur général, des avocats de la défense hypnotisant des jurys pour obtenir des acquittements improbables, des architectes concevant de nouveaux gratte-ciel pendant l'heure du déjeuner au revers d'une serviette en papier…

Baignant dans le faisceau de douleur pulsative derrière mes yeux, une même pensée revenait sans cesse : la MDT était là, *partout, dans la société*. D'autres gens s'en servaient comme moi. Ce que j'ignorais, c'était combien ils en prenaient et à quel rythme. J'avalais les comprimés sans discernement, en prenant un, deux, parfois trois à la fois, de manière parfaitement impulsive et sans la moindre notion des conséquences. J'étais totalement incapable, même après toutes ces semaines sous MDT, de savoir si j'avais vraiment besoin d'en prendre autant ni si les quantités que je m'administrais rendaient les effets plus intenses ou plus durables. C'était sans doute comme avec la cocaïne, au bout d'un moment, ce n'était plus que de la gloutonnerie. Tôt ou tard, cette gloutonnerie devenait la dynamique qui contrôlait vos rapports à la drogue.

Il n'y avait qu'un seul moyen de me renseigner sur les dosages : contacter quelqu'un de la liste, lui téléphoner et lui demander ce qu'il savait. C'est là que le second motif, nettement plus dérangeant, commença à se faire jour.

Je remis l'échéance au lendemain, à cause de mon mal de crâne, de ma réticence à appeler des gens que je ne connaissais pas et du fait que j'avais peur de ce que je risquais d'apprendre. Je continuai à avaler des comprimés d'Excedrin toutes les deux ou trois heures et, même s'ils atténuaient légèrement la douleur, les élancements derrière mes yeux ne faiblissaient pas.

Je n'avais très probablement aucune chance de parler directement à Deke Tauber, aussi le premier nom que je choisis dans la liste fut-il celui d'un directeur financier d'une société d'électronique de taille moyenne. Je me souvenais d'avoir lu son nom dans le magazine *Wired*.

Une femme répondit au téléphone.

— Bonjour, pourrais-je parler à Paul Kaplan, s'il vous plaît ?

Elle ne répondit pas et, dans le bref silence qui suivit, je crus que la ligne avait été coupée.

— Allô ? lançai-je pour vérifier.

— Qui êtes-vous ?

Son ton était à la fois las et impatient.

— Je suis journaliste. Je travaille pour la revue *Electronics Today* et…

— Écoutez… Mon mari est mort il y a trois jours.

— Oh…

Mon esprit se glaça. Que devais-je dire, à présent ? Il y eut un silence gêné, qui sembla se prolonger une éternité.

— Je suis sincèrement désolé, dis je enfin.

Elle se tut. J'entendais des voix étouffées dans le fond. J'aurais voulu lui demander de quoi son mari était mort mais ne trouvais pas les mots. Finalement, ce fut elle qui balbutia :

— Je suis désolée… merci… Au revoir.

Elle raccrocha.

Son mari était mort trois jours plus tôt. Oui, mais plein de gens mouraient, tout le temps.

Je choisis un autre numéro et le composai. J'attendis, fixant le mur en face de moi.

— Allô ?

Une voix masculine.

— Pourrais-je parler à Jerry Brady, s'il vous plaît ?

— Jerry est…

Il s'interrompit, puis demanda :

— De la part de qui ?

J'avais choisi le numéro au hasard et me rendis soudain compte que je ne savais même pas qui était Jerry Brady, ni qui j'étais censé être, pour l'appeler ainsi un dimanche matin.

— Je suis… euh… un ami.

Il hésita, puis reprit, d'une voix légèrement tremblante :

— Jerry est à l'hôpital… Il est très mal en point.

— Oh mon Dieu ! C'est terrible. Qu'est-ce qu'il a ?

— C'est bien ça le problème, on n'en sait rien. Il a commencé à avoir ces migraines, il y a quelques semaines. Puis, mardi dernier, non, mercredi, il s'est effondré d'une masse au boulot…

*Merde.*

— Quand il est revenu à lui, il a dit qu'il avait eu des étourdissements et des spasmes musculaires toute la journée. Depuis, il alterne les périodes de conscience et d'inconscience. Il tremble, il vomit…

— Que disent les médecins ?

— Ils ne comprennent pas. Toutes les analyses qu'ils ont réalisées jusqu'ici n'ont rien donné. Mais je vais vous dire une chose…

Il hésita et fit claquer sa langue. À son ton légèrement haletant, j'eus l'impression qu'il mourait d'envie de parler à quelqu'un mais que, parallèlement, il était bien conscient de ne pas avoir la moindre idée de qui j'étais. Pour ma part, je me posais la même question : qui était-il ? Un frère ? Un amant ?

— Oui ? dis-je. Continuez…

Il décida apparemment qu'à ce stade il se foutait bien de savoir qui j'étais.

— Eh bien, Jerry était bizarre depuis des semaines, même avant que commencent ses maux de tête. C'était comme s'il était préoccupé par quelque chose, tout le temps inquiet. Ce qui ne lui ressemblait pas du tout.

Il marqua une pause avant de se reprendre :

— Mon Dieu ! J'ai dit « ressemblait ».

Je me sentis vaciller et pris appui contre le mur de ma main libre.

— Écoutez, dis-je, je ne veux pas vous prendre plus de votre temps. Transmettez mes amitiés à Jerry, d'accord ?

Avant qu'il ait eu le temps de me demander mon nom ou quoi que ce soit d'autre, je raccrochai.

Je revins vers le canapé en titubant et m'y laissai tomber. Je restai là une demi-heure, horrifié, ressassant ces deux conversations.

Je finis par me relever et me traînai à nouveau vers le téléphone. Le calepin contenait entre quarante et cinquante noms et je n'en avais appelé que deux. Je choisis un autre numéro, puis un autre, puis encore un autre.

Ce fut chaque fois la même histoire. À quelques variantes près : sur tous ceux que je contactai, trois venaient de décéder, tous les autres étaient malades, hospitalisés ou cloîtrés chez eux, à divers stades de la panique. Dans d'autres circonstances, cela aurait pu constituer une mini-épidémie mais, étant donné qu'ils présentaient une grande variété de symptômes et étaient éparpillés un peu partout entre Manhattan, Brooklyn, Queens et Long Island, il était peu probable que quiconque établisse jamais le moindre rapport entre eux. De fait, pour ce que j'en savais, le seul lien qui les réunissait était la présence de leur numéro de téléphone dans ce petit calepin.

De nouveau assis sur mon canapé, me massant les tempes, je fixais le petit pot en céramique sur l'étagère en bois au-dessus de l'ordinateur. Je n'avais plus le choix. Si je ne reprenais pas de MDT, ce mal de crâne ne ferait qu'empirer et s'accompagnerait bientôt d'autres symptômes, ceux qu'on m'avait répétés au téléphone : vertiges, nausées, spasmes musculaires, troubles moteurs. Puis, apparemment, je mourrais. Il semblait clair que tous ceux qui figuraient sur la liste de Vernon étaient condamnés, pourquoi en irait-il autrement pour moi ?

Pourtant, il y avait une différence, et de taille. Je pouvais reprendre de la MDT si je le souhaitais. Pas eux. J'en avais une réserve importante. Pas eux. Entre quarante et cinquante personnes souffraient actuellement de symptômes de manque aigus et probablement fatals parce qu'ils ne pouvaient plus s'approvisionner.

Mais moi si.

De fait, c'était sans doute dans leur approvisionnement, ou ce qui l'aurait été si Vernon n'était pas mort, que je piochais depuis quelques semaines. Je me sentais affreusement coupable, mais que pouvais-je y faire ? Il restait plus de trois cent cinquante comprimés dans ma penderie, ce qui me laissait une marge considérable, mais si j'avais dû les partager avec cinquante autres individus, cela n'aurait profité à personne. Nous allions tous mourir, semblait-il.

Je décidai de réduire considérablement mes prises de MDT, ce qui aurait pour effet de faire durer mes provisions plus longtemps. Cela suffirait peut-être à éliminer mes absences, ou du moins à les minimiser.

Je me levai et m'approchai du bureau. Je restai là un moment, contemplant le pot en céramique sur l'étagère, mais, avant même de tendre la main pour le prendre, je sus que quelque chose clochait. Ce fut comme une prémonition, une inquiétude sourde. Je saisis le pot de ma main gauche et regardai à l'intérieur. L'angoisse se mua en panique.

Il ne contenait plus que *deux* comprimés.

Très lentement, comme si j'avais oublié comment mouvoir mon corps, je me rassis dans mon fauteuil.

J'avais mis dix comprimés dans le pot deux jours plus tôt et n'en avais avalé que trois depuis. Où étaient passés les cinq qui manquaient ?

La tête me tournait. Je m'agrippai au bras du fauteuil pour retrouver mon équilibre.

*Gennady.*

Lorsque j'avais eu fini de parler au téléphone avec le directeur de mon agence bancaire, l'autre jour, je l'avais vu se tenir là, devant le bureau, me tournant le dos.

*Pouvait-il avoir pris des comprimés ?*

Je fouillai ma mémoire, essayant de visualiser tout ce qui s'était passé, la séquence exacte, chacun de nos mouvements. Puis je me souvins. En décrochant le combiné pour appeler Howard Lewis, je lui avais tourné le dos.

Combien de temps s'écoulerait-il avant que la drogue trouve son chemin jusque dans la rue, avant que quelqu'un parvienne à décomposer sa formule, lui donne un nom commercial, commence à la vendre dans les clubs, sur la banquette arrière des voitures, aux coins des rues… des microdoses coupées avec du crack, à dix dollars le bonbon ? Je ne pensais pas vraiment que ça irait aussi loin… du moins, pas tout de suite, pas si Gennady n'avait que cinq doses. Mais, compte tenu des effets de la MDT, on pouvait prévoir qu'une fois qu'il aurait essayé un comprimé, il ne résisterait pas au désir d'avaler les quatre autres. Il était également peu probable qu'il oublie où il les avait trouvés.

Je pris un des deux petits comprimés restants et, à l'aide d'une lame, le divisai en deux. J'avalai une moitié. Puis je restai assis devant mon bureau, réfléchissant à la manière dont ma vie avait changé, si radicalement, au cours des trois à quatre derniers jours, à la manière dont elle commençait à s'effriter de toutes parts, à se convulser, à se vider de son sang, en une accélération qui semblait ne mener qu'à une seule issue.

Au bout de vingt minutes, dans le sillage de ce torrent d'idées noires, je remarquai soudain que mon mal de crâne avait complètement disparu.

## 19

Par conséquent, au cours des jours qui suivirent, je ne pris qu'un demi-comprimé chaque matin au petit déjeuner. Ce dosage m'amenait le plus près possible d'un état « normal », compte tenu des circonstances. Les premiers temps, je restai sur mes gardes, puis, constatant que les maux de tête ne revenaient pas, je me détendis un peu et m'autorisai à croire que j'avais trouvé une issue, ou, au pire – avec un stock de près de sept cents de ces doses devant moi –, suffisamment de temps pour en chercher une.

Le lundi matin, je dormis jusqu'à neuf heures. Je me préparai un petit déjeuner avec des oranges, des toasts et du café, fumai quelques cigarettes, pris ma douche et m'habillai. J'enfilai mon nouveau costume, qui ne l'était plus tant que ça, et me tins devant le miroir. Je devais me présenter dans le bureau de Carl Van Loon mais, tout à coup, je me sentais extrêmement mal à l'aise à l'idée de sortir ainsi habillé. Je me trouvais une allure bizarre. Quelque temps plus tard, en entrant dans le hall du Van Loon Building sur la 48e Rue, je me sentais si déplacé que je m'attendais presque à ce qu'on vienne me taper sur l'épaule pour me dire qu'il y avait eu une terrible méprise et que M. Van Loon avait laissé des instructions pour qu'on me raccompagne à la porte du building si je venais à me présenter.

Dans l'ascenseur qui grimpait vers le soixante-deuxième étage, je commençai à réfléchir à l'accord sur le rachat de MCL-Parnassus par Abraxas que j'étais censé négocier avec Van Loon. Je l'avais complètement oublié depuis plusieurs jours et, à présent, dès que j'essayais de m'en remémorer des détails, tout devenait flou. Je m'entendais encore parler de « modèle d'évaluation du prix de l'option », la phrase résonnant dans ma tête encore et encore – *modèle d'évaluation du prix de l'option, modèle d'évaluation du prix de l'option* –, mais je n'avais plus qu'une très vague idée de ce qu'elle signifiait. Je savais également que « l'élaboration d'une infrastructure à grande capacité de transmission » était importante mais ne voyais plus très bien pourquoi. C'était comme de se réveiller d'un rêve dans lequel on s'exprimait dans une langue étrangère, pour s'apercevoir qu'on n'a jamais parlé la langue en question, qu'on n'en comprend pas le premier mot.

Je sortis de l'ascenseur et m'avançai vers la réception. Je m'approchai du bureau d'accueil et attendis un moment que la standardiste relève la tête. C'était la même que celle du jeudi précédent et, quand elle se tourna enfin vers moi, je lui souris. Elle ne sembla pas me reconnaître.

— Je peux vous aider, monsieur ?

Son ton était formel et plutôt glacial.

— Eddie Spinola. J'ai rendez-vous avec M. Van Loon.

Elle consulta un cahier et commença à secouer la tête. Elle semblait sur le point de m'annoncer quelque chose – peut-être que Van Loon était à l'étranger ou qu'il n'y avait aucune mention de mon rendez-vous – quand, sortant lentement d'un couloir sur la gauche, Van Loon en personne apparut. Il paraissait morose et, quand il me tendit la main, je remarquai qu'il était plus voûté que dans mon souvenir.

La standardiste se replongea dans ce qu'elle était en train de faire avant que je ne l'interrompe.

— Eddie, comment ça va ?

— Bien, Carl. Beaucoup mieux.

Nous nous serrâmes la main.

— Bien. Bien. Entrez.

Il s'installa derrière son bureau et me fit signe de m'asseoir.

Puis il poussa un soupir et secoua la tête.

— Écoutez, Eddie, je ne vous cacherai pas que ce papier dans le *Post* de vendredi n'arrange pas nos affaires. Ce n'est pas le genre de publicité qu'il nous faut dans ce genre de tractations, si vous voyez ce que je veux dire.

J'acquiesçai, me demandant où cela allait nous mener. J'avais espéré sans trop y croire que l'article lui aurait échappé.

— Hank ne vous connaît pas et personne n'est encore au courant de l'accord, donc il n'y a pas lieu de s'inquiéter pour le moment. Mais je crois que vous feriez mieux de ne plus vous montrer au Lafayette.

— Non, bien sûr.

— Gardez profil bas. Vous n'avez qu'à faire vos opérations ici. Comme je vous l'ai dit, nous avons notre propre parquet. C'est discret et privé.

Il sourit avant d'ajouter :

— Il n'y a pas de jeunes crétins en casquette de baseball.

Je souris à mon tour mais je me sentais très mal à l'aise et nerveux, comme si j'étais sur le point de vomir.

— Je demanderai à quelqu'un de vous faire visiter les lieux plus tard.

— D'accord.

— Autre chose, à présent. Hank ne sera pas là demain, ce qui est peut-être aussi bien. Il est retenu à Los Angeles et nous ne pourrons pas nous réunir avant… probablement avant le milieu, voire même la fin de… la semaine prochaine.

— D'accord, marmonnai-je encore.

J'avais un mal fou à le regarder dans les yeux.

— Comme vous dites, repris-je, c'est probablement aussi bien… non ?

— Oui.

Il saisit un stylo sur son bureau et se mit à le tripoter.

— Moi aussi, je vais être absent, annonça-t-il. Au moins jusqu'au week-end, ce qui nous laisse de quoi nous retourner. À mon avis, jeudi, on s'est un peu trop précipité. À présent, nous pouvons progresser à notre propre rythme, peaufiner nos calculs, mettre sur pied une proposition vraiment bien ficelée…

Je relevai les yeux et vis qu'il me tendait quelque chose. Le bloc-notes que j'avais utilisé le jeudi précédent pour effectuer mes évaluations de prix de l'option.

— Je voudrais que vous développiez un peu ces projections et que vous les saisissiez dans l'ordinateur.

Il s'éclaircit la gorge.

— Au fait, je les ai encore examinées et j'aurais quelques questions à vous poser.

Je baissai les yeux sur les rangées denses de chiffres et de symboles mathématiques alignées sur la première page du bloc-notes. Même si c'était ma propre écriture, j'avais l'impression de regarder une étrange sorte de hiéroglyphes. Cependant, les signes sur le papier se combinèrent progressivement en un langage vaguement familier et je me rendis compte que, si on me laissait me concentrer dessus, disons pendant une heure ou deux, je serais probablement en mesure de les décoder.

Mais avec Carl Van Loon assis en face de moi, déterminé à me tirer les vers du nez, ce n'était pas au programme. Je tenais là une première indication sérieuse : ma stratégie de doses réduites ne me servirait qu'à une chose, éliminer les maux de tête. Les effets positifs de la MDT ne se produisaient pas et j'avais de plus en plus conscience de ce que signifiait se sentir « normal » : ne pas pouvoir influencer les autres, se retrouver incapable de leur donner l'envie irrépressible de vous être utile, envers et contre tout. La fin d'un état de grâce, où je fonctionnais à l'instinct et avais toujours raison.

— En effet, je vois une ou deux petites erreurs, ici et là, dis-je pour tenter de dévier les questions de Van Loon. Vous avez raison, nous sommes allés trop vite.

Je tournai la seconde page puis me levai de mon fauteuil. Faisant mine d'être absorbé par les projections, je marchai dans la pièce, réfléchissant à ce que j'allais pouvoir lui dire ensuite, comme un acteur qui a oublié son texte.

Van Loon se leva à son tour.

— Je voulais vous demander, Eddie : pourquoi la durée de vie de la… troisième option est-elle différente des autres ?

Je le regardai un instant, marmonnai quelque chose, puis repiquai du nez dans le bloc-notes. Je fixais ce dernier intensément, mais mon esprit était vide et je savais que rien n'y surgirait pour me sauver. Je tentai de gagner du temps :

— La troisième ? fis-je.

Je tournai encore quelques pages, puis refermai le bloc-notes et le glissai sous mon bras.

— Vous savez quoi, Carl ? Je vais devoir réexaminer tout ça soigneusement. Je vais rentrer tous les calculs sur mon ordinateur chez moi comme vous l'avez suggéré et puis nous pourrons peut-être…

— La troisième option, Eddie ! s'écria-t-il soudain. Quel est le problème, bordel ? Je ne peux même pas vous poser une question aussi simple ?

Je me tenais à cinq mètres du bureau de cet homme dont le visage était apparu en couverture de dizaines de magazines, un milliardaire, un entrepreneur, une idole... et il me hurlait dessus ! Je ne savais pas comment réagir. Je ne savais plus où j'en étais. J'avais *peur*.

Puis, par chance, le téléphone sonna. Il décrocha et aboya :

— *Quoi ?*

J'attendis un instant avant de me retourner et de m'éloigner pour le laisser parler. Mes mains tremblaient légèrement et la sensation nauséeuse que j'avais ressentie plus tôt était revenue.

— N'envoyez pas celles-ci, disait-il dans le combiné derrière moi. Vérifiez auprès de Mancuso avant de faire quoi que ce soit... et, au fait, au sujet des dates de livraison...

Soulagé qu'il m'ait oublié pour un moment, je m'éloignai encore un peu et m'approchai des baies vitrées. Elles occupaient tout un pan de mur, donnant sur l'ouest, avec une vue partiellement obscurcie par des stores vénitiens. Lorsque Van Loon raccrocherait, je lui dirais que j'avais une atroce migraine ou quelque chose de ce genre et que je ne pouvais pas me concentrer convenablement. J'avais fait tous ces calculs sous ses yeux le jeudi et nous en avions déjà discuté en détail. Il ne pouvait donc pas remettre en question le fait que je maîtrisais ce que je faisais. L'essentiel, pour le moment, était de sortir d'ici.

Tout en attendant, j'examinai la salle. Elle était dominée en partie par l'énorme bureau de Van Loon, mais le reste avait l'atmosphère aérée et austère d'une salle d'attente dans une gare Art déco. De là où je me tenais, face aux fenêtres, je sentais Van Loon loin derrière moi et avais l'impression que, si je me retournais, il ne serait qu'une silhouette dans le lointain. Sa voix était à peine audible, bourdonnante, il semblait être question de dates de livraison. Au fond de la pièce, il y avait plusieurs canapés en cuir rouge et des tables basses sur lesquelles étaient posées des piles de revues économiques.

Tandis que je me tenais devant les fenêtres, regardant à travers les lames du store, une des premières choses que je remarquai, parmi le groupe familier de gratte-ciel de Midtown, fut le scintillement du Céleste dans le West Side. Vu d'ici, il paraissait blotti contre une douzaine d'autres buildings mais, en regardant attentivement, on se rendait compte qu'il était plus loin que les autres, comme à l'écart. Il me paraissait incroyable que, quelques jours plus tôt seulement, je me sois trouvé là-bas, envisageant alors d'y acheter un appartement, l'un des plus chers de tout le gratte-ciel…

*Neuf millions et demi de dollars.*

— Eddie !

Je pivotai sur place.

Van Loon avait raccroché et venait vers moi.

Je déglutis.

— Un imprévu, Eddie. Il faut que j'y aille. Je suis navré.

Son ton était redevenu amical. Lorsqu'il m'eut rejoint devant la fenêtre, il fit un signe de tête vers le bloc-notes jaune sous mon bras.

— Faites donc ces vérifications dont nous avons parlé tout à l'heure et nous en rediscuterons. Comme je vous l'ai dit, je ne serai pas rentré avant le week-end, ce qui devrait vous laisser assez de temps.

Il frappa soudain dans ses mains.

— Oh, et il faut que vous voyiez notre parquet ! Je vais appeler Sam Welles pour qu'il vous le fasse visiter.

— Je crois que je vais plutôt rentrer chez moi et me plonger là-dedans, dis-je en montrant le bloc-notes.

— Mais il n'y en a que pour…

Il s'interrompit et me dévisagea un moment. Il était perplexe et ressentait sans doute une certaine hostilité à mon égard, comme un peu plus tôt. Mais il ne comprenait manifestement pas pourquoi et ne savait pas comment y réagir. Enfin, il déclara :

— Qu'est-ce qui vous arrive, Eddie ? Vous n'allez pas me lâcher maintenant, n'est-ce pas ?

— Non, je…

— Parce que ce qu'on fait là, ce n'est pas pour les petites natures.

— Je sais, j'ai juste…

— Je joue gros, là, Eddie. Personne n'est au courant de ces négociations. Si vous me faites un enfant dans le dos et que vous lâchez le morceau…

— Je sais, je sais, dis-je en montrant à nouveau le bloc-notes jaune. Je tiens juste à ne pas me tromper dans mes calculs.

Van Loon soutint mon regard un moment puis soupira, l'air de dire : « Voilà qui est rassurant. » Puis il tourna les talons et repartit vers son bureau. Je lui emboîtai le pas.

— Appelez-moi quand vous aurez terminé, déclara-t-il.

Il me tournait le dos, debout devant le bureau, consultant quelque chose, un agenda ou un calepin.

— Mais pas plus tard que mardi ou mercredi de la semaine prochaine.

J'hésitai, puis compris que je venais d'être congédié. Je sortis de la pièce sans un mot.

Sur le chemin du retour, je m'arrêtai au supermarché Gristede's, où j'achetai plusieurs grands sachets de chips et des bières. Une fois chez moi, je m'assis à mon bureau, sortis l'épaisse chemise que Van Loon m'avait donnée une semaine plus tôt et assemblai mes notes. Si je parvenais à y voir clair dans tous ces documents, je m'en sortirais, je serais alors aussi informé et pointu que lorsque j'avais impressionné Van Loon avec ma proposition pour restructurer l'offre de rachat.

Je commençai par les rapports trimestriels de MCL-Parnassus. Je les étalai sur le bureau, ouvris le premier sachet de chips, décapsulai la bouteille et commençai ma lecture.

Après avoir tourné des pages assidûment deux heures durant, je dus me rendre à l'évidence : non seulement ces documents étaient d'un ennui qui dépassait l'entendement, mais je n'y comprenais pratiquement rien. Le problème était simple, je ne savais même pas comment interpréter ces données. Je jetai un œil aux autres documents et, bien qu'ils soient légèrement moins denses et hermétiques que les rapports trimestriels, ils n'en n'étaient pas moins rasants. Néanmoins, je persévérai et veillai à tout lire ou, plutôt, à ce que mon regard passe sur chaque mot et chaque ligne, sans rien omettre.

Vers vingt-deux heures, ayant fini toutes mes chips et mes bières, je me fis livrer un repas chinois. Peu après minuit, je finis par m'effondrer et aller me coucher.

Le lendemain matin, je fis un bref et terrifiant bilan. Il m'avait fallu huit heures la veille pour lire ce que j'avais absorbé auparavant en quarante-cinq minutes. Je tentai alors de me remémorer ce que j'avais retenu, mais ne parvins qu'à invoquer des fragments, des généralités. Avant, je m'étais souvenu de tout, du premier jusqu'au dernier mot.

À ce stade, la tentation d'avaler deux autres comprimés blancs devint particulièrement forte. Je tins bon. Si je recommençais à carburer plein pot à la MDT, mes *absences* se multiplieraient, et qu'adviendrait-il alors de moi ? Les deux jours suivants, je suivis donc le même régime. Je restai chez moi, pataugeant à travers des centaines de pages, ne sortant que pour acheter des chips, des cheeseburgers et de la bière. Je regardais aussi beaucoup la télévision, évitant scrupuleusement les bulletins d'informations et les émissions sur les affaires courantes. Mon téléphone était débranché. Je suppose que je cherchais surtout à me convaincre que je finirais par dominer mon sujet mais, à mesure que les jours passaient, je devais bien reconnaître que j'étais toujours aussi largué.

Le mercredi soir, je sentis venir un nouveau mal de crâne. Je ne savais pas ce qui avait pu le causer, peut-être la bière et toutes les saletés que j'avais ingurgitées mais, comme il était toujours là le jeudi matin, je décidai de monter ma dose minimale de MDT à un comprimé. Naturellement, vingt minutes plus tard, la douleur avait disparu, et, tout aussi naturellement, je recommençai illico à m'inquiéter. Combien de temps avant de devoir à nouveau augmenter ma dose ? Combien de temps avant de me remettre à avaler trois, voire quatre comprimés chaque matin, rien que pour tenir les maux de tête à distance ?

Je ressortis le petit calepin noir de Vernon et l'examinai. Je ne tenais pas – loin de là ! – à renouveler ma petite expérience de l'autre jour, mais je sentais néanmoins que, s'il restait un espoir, il se trouvait quelque part parmi tous ces noms inconnus. Je décidai d'essayer quelques-uns des numéros qui avaient été rayés sans avoir été remplacés par un autre au-dessus ou au-dessous. Ils appartenaient peut-être à des gens qui n'étaient pas morts, peut-être même pas malades, des gens qui accepteraient de me parler, des ex-clients. À moins que, ce qui était plus probable, la raison pour laquelle ils étaient tous des ex-clients était précisément qu'ils étaient tous morts. De toute manière, je ne perdais rien à essayer.

J'appelai cinq numéros. Les trois premiers n'étaient plus attribués. Le quatrième ne répondait pas. Le cinquième décrocha après deux sonneries.

— Ouais ?

— Bonjour, pourrais-je parler à Donald Geisler, s'il vous plaît ?

— C'est moi. C'est pour quoi ?

— J'étais un ami de Vernon Gant. Je ne sais pas si vous êtes au courant, mais il a été tué il n'y a pas très longtemps et je me demandais…

Il avait raccroché.

Cela dit, c'était déjà une réponse. En outre, celui-ci était apparemment toujours en vie. J'attendis dix minutes puis rappelai.

— Ouais ?

— S'il vous plaît, ne raccrochez pas. *S'il vous plaît.*

Il y eut une pause, pendant laquelle Donald Geisler ne raccrocha pas. Ni ne dit quoi que ce soit.

— Je cherche de l'aide, dis-je. Des informations, peut-être, je ne sais pas.

— Où avez-vous trouvé ce numéro ?

— Il était… dans les affaires de Vernon.

— Et merde !

— Mais vous n'avez rien à…

— Vous êtes flic ? C'est une enquête ?

— Non. Vernon était un vieil ami.

— Ça ne me plaît pas du tout, cette histoire.

— D'ailleurs, c'était mon ex-beau-frère.

— Si vous croyez que ça me rassure…

— Écoutez, il s'agit de…

— N'en parlez pas au téléphone !

Je m'interrompis à nouveau. Il *savait.*

— D'accord, je ne dirai rien, mais, est-ce qu'il me serait possible de vous parler ? J'ai besoin de votre aide. Apparemment, vous savez…

— Vous avez besoin de *mon* aide ? Ça m'étonnerait.

— Si, parce que…

— Je vais raccrocher, maintenant. Ne me rappelez pas. N'essayez plus jamais de me contacter, et…

— Monsieur Geisler, je suis peut-être en train de mourir.

— Oh, putain !

— J'ai besoin de…

— Foutez-moi la paix, c'est clair ?

Il raccrocha.

Mon cœur battait à tout rompre.

Si Donald Geisler ne voulait pas me parler, je pouvais difficilement l'y obliger. Il ne m'aurait peut-être été d'aucune utilité mais il était quand même frustrant d'avoir établi un contact si fugace avec quelqu'un qui semblait savoir ce qu'était la MDT.

N'étant plus d'humeur à continuer mes appels, je rangeai le calepin noir. Puis, histoire de me changer les idées, je revins à mon bureau et pris un document que j'avais trouvé plus tôt sur un site web financier et imprimé.

Je me plongeai dans la lecture.

C'était un article très technique sur la législation antitrust. Parvenu à la page trois, mon attention était déjà ailleurs. Au bout d'un moment, je m'arrêtai de lire, reposai l'article, allumai une cigarette. Puis je restai ainsi, à fumer et à regarder dans le vide.

Plus tard, dans l'après-midi, je me rendis à ma banque. Gennady devait passer le lendemain matin pour le second remboursement de son prêt et je ne tenais pas à le faire attendre. J'avais demandé à faire un retrait de cent mille dollars en liquide afin de tout rembourser d'une traite, intérêts compris. Il fallait que je me débarrasse de lui. S'il avait pris les cinq comprimés de MDT – et c'était la seule explication possible à leur disparition –, je ne tenais vraiment pas à l'avoir sur le dos tous les vendredis matin.

Pendant que j'attendais que la somme soit prête, mon directeur de banque obèse et dégarni, Howard Lewis, m'invita dans son bureau pour une petite causerie. Cette apoplexie ambulante semblait préoccupée par le fait qu'après un premier déferlement d'activités avec Klondike et Lafayette, se traduisant par des dépôts relativement substantiels sur mon compte, les choses s'étaient plutôt… *calmées*.

Je le dévisageai, incrédule.

— …et puis, il y a ces retraits d'espèces assez importants, monsieur Spinola…

— Et alors ? demandai-je sur un ton qui ajoutait presque audiblement : « En quoi ça te concerne, gros lard ? »

— Rien, monsieur Spinola, c'est juste que… vous comprenez… eu égard au récent article paru dans le *Post* vendredi dernier…

— Oui ?

— Écoutez, tout ceci est très… *irrégulier*. Je veux dire, de nos jours, on n'est jamais trop…

— Eu égard à mes récentes opérations au Lafayette, monsieur Lewis, lâchai-je en contenant difficilement mon irritation, je suis actuellement en négociation avec Van Loon & Associates pour un poste de chef négociateur.

Il me regarda, interloqué, soufflant lentement par le nez, comme si ce que je venais de dire confirmait ses pires craintes à mon sujet.

Son téléphone sonna et il décrocha, un spasme musculaire dans la joue en guise d'excuse. Pendant qu'il répondait à son interlocuteur, je regardai autour de moi.

Jusque-là, je m'étais senti plutôt indigné, mais je me calmai rapidement en apercevant mon reflet au dos du cadre de photo en argent posé sur son bureau. L'image avait beau être déformée, elle ne pouvait cacher à quel point j'avais l'air dépenaillé. Je n'étais pas rasé et portais un vieux jean et un T-shirt – inconcevable pour un chef négociateur de Van Loon & Associates, même pendant son jour de repos.

Howard Lewis conclut son appel, raccrocha, appuya sur un autre bouton de son téléphone, écouta un instant, puis se tourna à nouveau vers moi avec une expression parfaitement neutre.

— Votre retrait est prêt, monsieur Spinola.

Gennady arriva à neuf heures trente le lendemain matin. Je n'étais réveillé que depuis vingt minutes et me sentais encore groggy. J'avais voulu me lever plus tôt mais, depuis sept heures du matin, n'avais fait que me réveiller pour mieux me rendormir, émergeant puis replongeant dans mes rêves. Lorsque je parvins enfin à m'extirper du lit, la première chose que je fis fut de prendre ma MDT. Puis j'ôtai le pot de l'étagère au-dessus de l'ordinateur. Après quoi, je préparai du café et restai là en caleçon et T-shirt, attendant.

Il y avait deux possibilités. Soit Gennady avait avalé les comprimés – s'il en avait pris un, il les avait pris tous. Soit il ne les avait pas avalés. Dans un cas comme dans l'autre, je le saurais assez vite en le voyant.

— Bonjour, lançai-je.

Je l'étudiai attentivement tandis qu'il approchait dans le couloir. Il hocha la tête mais ne répondit pas. Puis je l'observai tandis qu'il contemplait silencieusement mon séjour. Tout d'abord, je crus qu'il cherchait le pot en céramique, puis je me rendis compte qu'il enregistrait simplement à quel point l'appartement avait changé depuis sa dernière visite. Suivant son regard, j'examinai la pièce autour de moi, notant moi aussi les changements. Le séjour était sens dessus dessous. Des papiers, des documents et des dossiers étaient éparpillés un peu partout. Un carton à pizza était jeté sur le canapé, plusieurs boîtes de traiteurs chinois jonchaient mon bureau près de mon ordinateur. Partout, il y avait des canettes de bière, des tasses à café, des cendriers pleins, des CD sans boîtiers et des boîtiers vides de CD, des chemises et des chaussettes.

— Toi pire qu'un porc !

Je haussai les épaules.

— De nos jours, plus moyen d'être servi convenablement.

Il fronça les sourcils, légèrement perplexe, et je sus aussitôt qu'il n'était pas sous MDT, en tout cas pas ce matin-là.

— Où être l'argent ?

Après qu'il eut prononcé ces mots, je le vis lancer un regard vers l'étagère au-dessus de l'ordinateur. Ne voyant pas ce qu'il cherchait, il s'approcha un peu plus de mon bureau et poursuivit sa discrète inspection.

— Je voudrais rembourser toute la somme d'un coup, dis-je.

Cela attira son attention et il se tourna vers moi. J'avais laissé un sac avec tous les billets sur l'une des étagères du haut. Je le descendis.

En voyant le sac, Gennady fit non de la tête.

— Quoi ? demandai-je.

— Vingt-deux mille cinq cents.

— Mais je veux payer la totalité.

— Pas possible.

— Mais…

— *Vingt-deux mille cinq cents.*

J'allais insister mais c'était inutile. Je poussai un soupir, déposai le sac sur la table, fis un peu de place et commençai à compter les vingt-deux mille cinq cents dollars. Lorsque j'eus fini, je lui tendis la liasse et il la glissa dans la poche intérieure de sa veste.

— Tu as jeté un coup d'œil au scénario ? demandai-je.

Il soupira et secoua la tête.

— Pas le temps. J'être très occupé.

Il lança un dernier regard vers mon bureau.

— Peut-être prochaine fois, ajouta-t-il en sortant.

Une fois Gennady parti, je m'efforçai de mettre un peu d'ordre, mais me lassai rapidement. Je m'assis alors sur le canapé et tentai de lire un article dans le dernier numéro de la revue *Fortune*, sur les nouveautés du commerce électronique. J'avais à peine lu un paragraphe ou deux que je commençai à somnoler et laissai le magazine glisser de mes mains sur le sol. En fin d'après-midi, je pris une douche et me rasai. Je m'habillai, pris une poignée de billets dans le sac que j'avais laissé sur la table du coin repas et sortis. Je n'avais pas mis les pieds dehors, sauf pour m'acheter de quoi manger, depuis près d'une semaine. Je marchai jusqu'au West Village, m'arrêtant dans un ou deux bars, buvant des vodkas-Martini.

Vers la fin de la soirée, je me retrouvai, assez saoul, dans un bar tranquille à l'angle de la Deuxième Avenue et de la 10e Rue. J'étais assis au comptoir. Un peu plus loin, suspendue en haut du mur, au-dessus de la caisse, une télé était allumée. On venait de passer un film, un navet datant, à en juger par les vêtements et les coupes de cheveux, de 1983 ou 1984. Le son avait été mis en sourdine mais, voyant soudain le début du journal télévisé, le barman monta le volume.

La soudaine intrusion du son de la télévision tua aussitôt les conversations dans le bar et tout le monde, l'esprit embué par l'alcool, se tourna docilement vers l'écran pour entendre les principaux titres.

« À Camp David, les pourparlers pour la paix au Moyen-Orient ont été interrompus après deux semaines d'intenses négociations. L'ouragan Julius passe au large de la côte sud de la Floride, laissant dans son sillage un paysage dévasté. Donatella Alvarez, qui était dans le coma depuis deux semaines après avoir été sauvagement agressée dans une chambre d'hôtel de Manhattan, a succombé cet après-midi des suites de ses blessures. L'enquête de police se poursuit… »

Je restai figé devant l'écran tandis que le présentateur reprenait les détails de son sujet sur les négociations de paix. Je m'agrippai au bord du comptoir et serrai de toutes mes forces. Au bout de quelques secondes, je marmonnai une excuse, peut-être audible, peut-être pas, pivotai sur mon tabouret et en descendis.

Je restai là un moment, oscillant sur place, très instable sur mes jambes. La salle se mit à tournoyer autour de moi. Je titubai sur les quelques mètres qui me séparaient de la porte et eus juste le temps de me précipiter dans la rue avant de déverser sur le trottoir l'équivalent de toute une soirée de vodka, de vermouth et d'olives.

## 20

Je continuai à boire tout au long du week-end, surtout de la vodka, et principalement chez moi. Après tout, que pouvais-je faire d'autre ? J'étais désormais recherché dans le cadre d'une enquête pour meurtre – quoique sous un nom d'emprunt. Cela méritait d'être fêté avec un petit verre ou deux. En outre, il était inutile de faire semblant d'étudier ma « documentation », si bien que je m'installai devant la télé, à regarder les informations. Bientôt, elles devinrent mon unique centre d'intérêt et je me retrouvai une fois de plus à ingurgiter des heures de débilités sans nom, lançant des insultes avinées au poste entre deux journaux télévisés.

Les médias n'avaient pas grand-chose à dire sur Donatella Alvarez elle-même – la dame était morte, point. En revanche, la plupart des reportages se concentraient désormais sur les retombées politiques de son décès. Ces dernières prenaient la forme d'appels répétés à la démission du secrétaire d'État à la Défense. Le tohu-bohu au sujet des commentaires de Caleb Hale sur le Mexique avait été revigoré par l'annonce de l'agression de Mme Alvarez, puis à nouveau par celle de sa mort. Je n'avais pas suivi les événements de près mais en avais été conscient comme d'un bruit de fond – comme l'une de ces étranges histoires qui se nourrissent d'elles-mêmes et s'infiltrent dans la chaîne des informations, à la manière d'un virus particulièrement résistant.

Il y avait environ six semaines de cela, on avait rapporté que Caleb Hale aurait déclaré, lors d'une réunion privée, que le Mexique était devenu un poids mort pour les États-Unis et qu'il serait « mieux d'envahir carrément ce foutu bled ». La source qui avait vendu la mèche au *Los Angeles Times* affirmait que Hale avait cité la corruption, la rébellion, l'absence d'ordre et de justice, la crise de la dette et le trafic de drogue comme les cinq branches du « pentacle de l'instabilité mexicaine ». La source déclarait également que Hale avait cité John O'Sullivan, parlant de notre « destinée manifeste » d'investir le continent, et avait fait allusion à un recueil d'articles intitulé « Mexique : l'Iran d'à côté ». Caleb Hale avait immédiatement publié le classique démenti formulé en langue de bois, puis, dans un entretien, avait plus ou moins justifié ce qu'il prétendait ne pas avoir dit. Le président avait paru le soutenir en refusant d'exiger sa démission mais également en ne condamnant pas publiquement ses remarques présumées, ce qui, naturellement, avait ouvert les vannes des commentaires et des conjectures. Les premiers temps, tout le monde avait affiché stupeur et incrédulité, puis, au fil des jours, certaines personnalités influentes avaient fini par changer de refrain. Les premières conclusions, selon lesquelles le secrétaire d'État à la Défense aurait sérieusement perdu les pédales, s'étaient quelque peu diluées, se transformant à la longue en une affirmation de la nécessité d'une politique étrangère plus agressive.

À présent, nourri de ce qui était perçu par nombre de commentateurs comme un meurtre raciste, le débat atteignait le point de surchauffe. C'était un déferlement d'interviews, de discussions, d'extraits d'entretiens téléphoniques, de micros-trottoirs, de reportages dans de petites villes frontalières poussiéreuses, de vues aériennes du Río Grande. Je suivais tout ceci depuis mon canapé, un verre à la main, me laissant prendre par l'intrigue, comme s'il s'agissait d'un feuilleton à l'eau de rose diffusé en prime time, oubliant sans cesse dans mon euphorie éthylique que je me trouvais dangereusement près de l'œil du cyclone, peut-être même, à une empreinte digitale ou une analyse d'ADN près, à deux doigts de me faire aspirer dans la tourmente.

Cependant, à mesure que le week-end s'écoulait et que l'euphorie générale dégénérait en abrutissement, puis en anxiété, mon comportement de téléspectateur changea. Je réduisis considérablement les programmes d'informations et, vers le dimanche soir, je les évitais carrément. En revanche, je passais de plus en plus de temps sur les chaînes de rediffusions, comme scotché devant *Hawaii Police d'État*, *Les Jours heureux* ou *Voyage au fond des mers*.

Le lundi, je tentai de rester sobre, sans grand succès. Je bus quelques bières pendant l'après-midi, puis ouvris une bouteille de vodka à la tombée du soir. Je passai le plus clair de mon temps à écouter de la musique et finis par m'endormir tout habillé sur le canapé. Tout au long de la semaine précédente, le temps s'était réchauffé et j'avais pris l'habitude de laisser la fenêtre ouverte la nuit. Cette fois-là, lorsque je me réveillai en sursaut d'un rêve confus vers quatre heures du matin, je remarquai immédiatement que la température avait chuté. Il faisait nettement plus frisquet que lorsque je m'étais assoupi. Je me levai en grelottant et allai fermer la fenêtre. Puis je me rassis sur le canapé mais, tandis que je restais là à contempler les ténèbres, les frissons reprirent. Je me rendis compte que mon cœur palpitait et que ce fourmillement désagréable dans mes membres n'était pas normal. Je tentai de comprendre ce qui m'arrivait. Mon corps réclamait peut-être plus d'alcool, auquel cas j'avais plusieurs possibilités : sortir et aller prendre un verre dans un bar, sortir et aller acheter plusieurs packs de bières à l'épicerie coréenne au coin de la rue, ou rester chez moi et boire le xérès que je savais être dans la cuisine. Mais l'alcool n'était pas vraiment le problème, car la seule idée de sortir, de mettre le pied dans la rue, dans une épicerie, sous la lumière crue des néons, au milieu des gens, me remplissait de terreur.

En fait, j'étais tout simplement au beau milieu d'une crise d'angoisse !

Je pris de petites inspirations rapides, frappant en rythme dans un des coussins du canapé, du dos de la main. Il était quatre heures du matin. Je ne pouvais appeler personne. Je ne pouvais aller nulle part. Je ne pouvais pas dormir. Je me sentais comme un rat pris au piège.

Je restai assis sur mon canapé, attendant que le malaise se décide à passer. C'était comme de faire une crise cardiaque, qui durait mais ne vous tuait pas, qui ne vous laissait aucun effet secondaire physique, rien qu'un médecin puisse détecter même en vous soumettant à toute une batterie de tests.

Le lendemain matin, je décidai qu'il était temps de réagir. J'étais tombé trop bas et trop vite. Si je me laissais encore aller, je finirais par tout perdre, même si ce que ce « tout » incluait était sujet à interprétation. Quoi qu'il en soit, je devais faire quelque chose, mais *quoi ?* L'affaire Donatella Alvarez présentait un réel danger, mais je ne pouvais rien faire pour y remédier. Ensuite, bien sûr, il y avait Carl Van Loon. Cela dit, franchement, mon association avec lui commençait à me paraître plutôt tirée par les cheveux. J'avais du mal à admettre que j'avais vraiment « travaillé » avec lui, surtout sur un sujet aussi improbable que les « détails financiers » de l'acquisition d'une société. Dans mon souvenir, nos différentes rencontres, à l'Orpheus Room, dans son appartement, dans son bureau, au Four Seasons, ressemblaient plus à des rêves qu'à des événements réels. Ils en avaient assurément la logique tarabiscotée.

Parallèlement, je ne pouvais pas prétendre qu'il ne s'était rien passé. Plus maintenant. Je ne pouvais pas faire semblant de ne pas reconnaître mon écriture sur le bloc-notes jaune de Van Loon. Même si cela me paraissait lointain, j'avais collaboré avec lui et l'avais aidé à mettre sur pied l'accord entre MCL et Abraxas. Donc, si je voulais tirer quelque chose de cette affaire, je devais faire face à Van Loon, et ce, le plus tôt possible.

Je pris une douche et me rasai. Je ne me sentais toujours pas très frais en entrant dans ma chambre pour prendre mon costume dans la penderie, mais ce n'était rien comparé à ce que je ressentis en l'enfilant. Je ne l'avais pas porté depuis une semaine et j'avais déjà un mal fou à fermer le pantalon. C'était pourtant mon seul costume présentable et je n'avais rien d'autre à me mettre.

Je pris un taxi jusqu'à la 48e Rue.

En traversant le grand hall du Van Loon Building puis dans l'ascenseur qui allait me déposer au soixante-deuxième étage, je sentis l'inquiétude grandir en moi. En entrant dans la salle de réception désormais familière de Van Loon & Associates, je reconnus cette sensation, rapidement cette fois, pour ce qu'elle était : le début d'une nouvelle crise d'angoisse.

Je m'attardai quelques instants au milieu de la salle, faisant mine de consulter quelque chose au dos d'une grande enveloppe en papier brun que je tenais à la main, un nom ou une adresse. Elle contenait le bloc-notes jaune de Van Loon mais rien n'était écrit dessus. Je lançai un regard vers la standardiste, qui me lança un regard à son tour puis décrocha un de ses téléphones. Mon cœur battait à tout rompre, à présent, et la douleur dans ma poitrine était devenue presque insoutenable. Je tournai les talons et repris le chemin des ascenseurs. De toute manière, qu'avais-je compté faire ? Faire face à Van Loon ? Et comment ? En lui rendant les projections exactement telles que nous les avions laissées la dernière fois ? En lui expliquant que je faisais un régime éclair exclusivement à base de cheeseburgers et de pizzas ?

Venir ici était une pure idiotie de ma part. De toute évidence, je ne savais plus ce que je faisais.

Les portes s'ouvrirent enfin mais le soulagement d'avoir quitté la salle d'accueil fut de courte durée, car il me fallait à présent affronter la cabine d'ascenseur, dont l'intérieur, avec ses panneaux réfléchissants en acier, son climat contrôlé, son ronronnement incessant, me parut soudain avoir été construit sur mesure pour induire et alimenter l'angoisse, particulièrement la mienne. C'était un environnement physique qui singeait les symptômes mêmes du vertige : la sensation de vide intérieur, les tremblements incontrôlables dans l'estomac, la menace omniprésente de nausées.

Je fermai les yeux mais ne pus m'empêcher de visualiser la cage d'ascenseur sombre au-dessus et au-dessous de moi… d'imaginer les lourds câbles en acier qui claquaient tandis que la cabine et ses contrepoids accéléraient rapidement dans des directions opposées, la cabine se précipitant vers le bas, tombant en chute libre vers le rez-de-chaussée…

Elle s'arrêta néanmoins, presque imperceptiblement, et les portes s'ouvrirent doucement en glissant. À ma surprise, devant moi, se tenait Ginny Van Loon.

— Monsieur Spinola !

Comme je ne réagissais pas immédiatement, elle avança d'un pas vers moi et tendit la main pour me prendre par le bras.

— Vous vous sentez bien ?

Je sortis de l'ascenseur et me laissai entraîner vers le grand hall, bondé et presque aussi terrifiant – quoique pour d'autres raisons – que la cabine. J'étais en nage et m'étais remis à grelotter.

— Dites donc ! souffla-t-elle. Vous avez vraiment…

— Une sale gueule ?

— Eh bien… hésita-t-elle. Oui.

Nous traversâmes le hall jusqu'à une grande baie en verre fumé qui donnait sur la 48$^{e}$ Rue.

— Qu'est-ce que… qu'est-ce qui vous arrive ? Il s'est passé quelque chose ?

Je m'étais légèrement ressaisi et pouvais voir que son inquiétude était sincère. Elle me tenait toujours par le bras et, pour une raison ou une autre, cela suffit à me sentir mieux. Une fois que j'en fus conscient, cela fit boule de neige et acheva de me calmer.

— J'étais… au soixante-deuxième étage, mais je n'ai pas…

— Vous n'avez pas supporté la pression, c'est ça ? Je savais bien que vous n'étiez pas un des affairistes de Papa. De toute manière, c'est juste une bande de robots !

— En fait, ce n'était qu'une petite crise d'angoisse…

— Tant mieux pour vous. Toute personne qui ne fait pas une crise d'angoisse là-haut n'est pas humaine.

Elle portait un jean et un pull noirs et tenait une sacoche de médecin en cuir.

— Comment vous vous sentez, maintenant ?

Je pris plusieurs inspirations, une main sur le cœur.

— Un peu mieux, merci.

Me souvenant soudain de mon nouveau tour de taille, je tentai de me redresser et de rentrer le ventre.

Ginny m'examina un moment.

— Monsieur Spino…

— Eddie, s'il vous plaît. Quand même, je n'ai que trente…

— Eddie, vous êtes malade ?

— Pardon ?

— Vous savez, une maladie quelconque ? Parce que vous avez vraiment l'air malade, vous…

Elle cherchait les mots justes :

— … vous… depuis la dernière fois que je vous ai vu à la maison, vous avez… comment dire… *enflé*, et…

— Mon poids varie, oui.

— Oui mais… c'était il y a à peine quinze jours, non ?

Je levai des mains impuissantes vers le ciel.

— Que voulez-vous ? Moi aussi j'ai bien le droit de craquer devant des pâtisseries de temps en temps, non ?

Elle sourit puis déclara :

—Écoutez, je suis désolée. Je sais que ce n'est pas mes oignons, mais je trouve que vous devriez prendre mieux soin de vous.

— Oui, oui, je sais. Vous avez raison.

Ma respiration était devenue plus régulière et je me sentais nettement mieux. Je lui demandai ce qu'elle faisait.

— Je monte voir Papa.

— Vous ne voulez pas plutôt aller prendre un café ?

— Je ne peux pas.

Elle fit la grimace avant d'ajouter :

— De toute façon, si vous venez juste d'avoir une crise d'angoisse, vous devriez éviter le café. Buvez du jus de fruits, ou quelque chose de sain qui n'accentuera pas votre stress.

Je me redressai encore un peu plus et m'adossai à la vitre.

— Alors venez boire un jus de fruits avec moi.

Elle me dévisagea un moment. Elle avait des yeux bleu ciel, céruléens, limpides.

— Je ne peux pas.

J'allais insister, lui demander pourquoi, puis je me ravisai. J'eus comme l'impression qu'elle se sentait soudain légèrement gênée, ce qui me mit mal à l'aise à mon tour. Il me vint aussi à l'esprit que les crises d'angoisse se présentaient probablement par vagues et que celle que je venais de traverser pouvait fort bien revenir. Le cas échéant, je ne tenais pas à être dans les parages, même avec Ginny.

— En tout cas, merci beaucoup, déclarai-je. Je suis vraiment content d'être tombé sur vous.

Elle sourit.

— Ça va aller ?

J'acquiesçai.

— Sûr et certain ?

— Oui, je vous assure. Merci.

Elle me donna une tape sur l'épaule.

— Bien, alors à la prochaine, Eddie.

L'instant suivant, elle s'éloignait, traversant le hall avec sa petite sacoche de médecin se balançant au bout de son bras. Puis, soudain enveloppée par la foule, elle disparut.

Je me tournai vers l'immense baie derrière moi et vis mon reflet dans le verre teinté. Les passants et les voitures sur la 48e Rue me traversaient comme si j'étais un fantôme. Comme si cela ne suffisait pas, je me sentais frustré parce que la fille de Van Loon refusait de me voir autrement qu'en gentil associé de son père, qui plus est, un associé angoissé et gras. Je sortis du building, tournai à l'angle de la Cinquième Avenue et descendis vers le sud. En dépit de mes mornes pensées, je parvins à garder mon calme. Puis, au moment de traverser la 42e Rue, il me vint une autre idée. Je levai la main, sur une impulsion, pour arrêter un taxi.

Vingt minutes plus tard, je prenais un autre ascenseur, cette fois pour monter au quatrième étage de Lafayette Trading, sur Broad Street. C'était là que j'avais remporté mes premiers triomphes, connu des moments d'exaltation et de gloire, et rien ne pourrait m'empêcher d'essayer de les retrouver. Certes, je n'avais plus l'avantage d'être bourré jusqu'aux yeux de MDT, mais peu m'importait. Ma confiance en moi en avait pris un coup et je voulais voir comment je pouvais m'en sortir tout seul.

Mon entrée dans la salle suscita une réaction mitigée. Certains, dont Jay Zollo, firent des efforts démesurés pour m'éviter. D'autres ne purent s'empêcher de sourire et de me saluer d'un petit signe de leur casquette de base-ball. Bien que je ne sois pas venu depuis un certain temps et que je n'aie aucune position ouverte, mon compte était toujours valide. On m'informa que ma « place habituelle » avait été prise mais qu'il en restait d'autres et que je pouvais me mettre immédiatement au travail.

Tout en m'installant devant un ordinateur et en me préparant, je pouvais sentir la curiosité qui montait dans la salle, chacun se demandant ce que j'allais faire. La tension monta rapidement d'un cran, certains regardant ouvertement par-dessus mon épaule, d'autres me surveillant étroitement depuis l'autre côté du « parquet ». Cela me mit une pression considérable et, lorsque je me rendis compte que je ne savais pas trop comment procéder, je me demandai si ma décision de revenir ici n'avait pas été un peu précipitée. Toutefois, il était trop tard pour battre en retraite.

Je passai un certain temps à étudier l'écran puis, peu à peu, cela me revint. Finalement, ce n'était pas si compliqué. Ce qui l'était, en revanche, c'était de choisir les bons titres. Je n'avais pas suivi les marchés récemment et ne savais pas trop où chercher les informations pertinentes. Ma stratégie précédente de vente à découvert, qui dépendait en grande partie de recherches effectuées au préalable, ne me serait d'aucune utilité. Je décidai donc de ne pas prendre de risques pour mon premier jour de retour. Suivant la tendance générale, j'optai pour des actions liées aux nouvelles technologies. J'achetai des parts de Lir Systems, une société de services de gestion de risque, de KeyGate Technologies, spécialisée dans la sécurité sur Internet, et dans plusieurs point-com : Boojum, Wotlarks !, @Ease, Dromio, PorkBarrel.com, eTranz, WorkNet.

Une fois lancé, plus rien ne put m'arrêter et, grâce à une combinaison d'inconscience et de peur, je parvins à vider mon compte en banque en quelques heures, dépensant tout ce que je possédais. La situation était encore aggravée par le côté artificiel et ludique de la

Bourse en ligne, ainsi que par l'impression, croissante et dangereuse, que l'argent mis en jeu n'était pas réel. Naturellement, cette activité frénétique suscita un grand intérêt dans la salle et, même si ma « stratégie » était on ne peut plus rudimentaire et conventionnelle, la cadence et l'ampleur de mes opérations lui donnaient manifestement une couleur et une nature particulières. Du coup, les autres commencèrent à suivre mes pistes, observant mes moindres faits et gestes, puisant des « tuyaux » et des « informations » sur mon poste de travail. Le phénomène revêtait un caractère d'urgence, personne ne voulant rester à la traîne, et j'eus bientôt l'impression qu'un grand nombre de scalpers autour de moi empruntaient massivement ou renégociaient des effets de levier sur leurs dépôts.

Apparemment, l'essor étourdissant de la Bourse en ligne avait encore le pouvoir de désorienter et d'embobiner tous ceux qui s'en approchaient, y compris moi-même, car, bien que j'aie atterri ici ce jour-là sur la base de ma réputation et de mes performances passées, je commençais à entrevoir que, cette fois, non seulement je ne savais pas ce que je faisais, mais qu'en plus j'étais parfaitement incapable de m'arrêter.

Finalement, la pression devint trop forte. Je sentis monter une nouvelle crise d'angoisse qui ne me laissa pas d'autre choix que de ramasser mon enveloppe et de prendre mes jambes à mon cou – sans même prendre le temps de refermer mes positions. Cela provoqua une certaine consternation dans la salle mais, désormais, les opérateurs du Lafayette s'attendaient probablement à tout de ma part et je parvins à m'en tirer sans trop de bousculade. Un bon nombre des titres que j'avais achetés avaient grimpé, avec des marges minuscules, si bien que personne n'était vraiment inquiet ni nerveux. Ils étaient simplement navrés de laisser ce qu'ils considéraient comme un *über*opérateur leur filer entre les doigts. En chemin vers l'ascenseur, mes palpitations réapparurent et, le temps d'arriver dans la rue, je me sentais au plus mal. Je descendis Broad Street jusqu'au South Ferry Terminal, puis entrai dans Battery Park, m'assis sur un banc, dénouai ma cravate et restai là, le regard perdu vers Staten Island.

Je passai là une bonne demi-heure, inspirant profondément, habité par des pensées sombres et dérangeantes. J'aurais voulu être chez moi, sur mon canapé, mais je ne me sentais pas capable de faire le nécessaire pour rentrer : affronter les rues, la foule, les véhicules. Néanmoins, je finis par me lever et marcher jusqu'à State Street, où je trouvai tout de suite un taxi. Je m'affalai sur la banquette arrière, serrant l'enveloppe contre moi. Tandis que la voiture se frayait un chemin dans les embouteillages, traversant Bowling Green pour rejoindre Broadway, puis coupant Beaver Street, Exchange Place et enfin Wall Street, j'eus la vague sensation qu'il se tramait quelque chose d'étrange. Je n'aurais pas su mettre le doigt dessus exactement, mais il y avait comme de la nervosité dans l'air. Les gens s'arrêtaient et parlaient, certains échangeaient des propos avec des airs de conspirateurs, d'autres s'invectivaient par-dessus les toits des voitures, discutaient sur le pas des immeubles, dans des téléphones portables… de cette manière étrange qu'ont les gens quand il s'est produit un événement public grave, tel l'assassinat d'une personnalité. Puis les bouchons se dissipèrent brièvement et nous bondîmes en avant, sortant du Financial District, laissant derrière nous cette impression fugace. Bientôt, nous traversâmes Canal Street, et quelques instants plus tard nous tournâmes à droite dans Houston. La ville avait repris son visage de tous les jours.

Une fois à la maison, j'allai droit à mon canapé et m'y laissai tomber. Le trajet en taxi avait été un réel calvaire. À une ou deux reprises, je m'étais retrouvé à deux doigts de demander au chauffeur de me laisser descendre. Être affalé chez moi n'était guère mieux, mais au moins j'étais dans un environnement familier, maîtrisable. Pendant l'heure qui suivit, je vacillai entre l'espoir que la crise passerait bientôt et la certitude qu'il n'en serait rien, que j'allais mourir, là, aujourd'hui, sur ce foutu canapé.

Lorsque, finalement, toujours vivant, je commençai à me sentir un peu mieux, je tâtonnai au pied du canapé à la recherche de la télécommande qui traînait par terre. J'allumai la télévision, zappai d'une chaîne à l'autre. Il me fallut quelques minutes de concentration avant de me rendre compte qu'il se tramait quelque chose. Je passai sur CNNfn, sur CNBC, revins sur CNNfn. Je regardai l'heure en bas à droite de l'écran.

Il était quatorze heures vingt-cinq et apparemment, depuis une heure de l'après-midi, les marchés dégringolaient en chute libre. Le Nasdaq avait déjà perdu 319 points, le Dow Jones 185, le S & P 93, et la baisse ne semblait pas vouloir s'arrêter. CNNfn et CNBC couvraient toutes deux l'événement en direct, avec une mise à jour minute par minute depuis le parquet du New York Stock Exchange. Le fin mot de l'histoire étant que la bulle des titres liés aux nouvelles technologies était en train de crever au ralenti sous nos yeux.

J'allai à mon bureau et allumai mon ordinateur. J'étais d'un calme inhabituel mais, quand je vis les cotations et constatai jusqu'où les prix des parts avaient chuté, j'en eus le tournis. Je me pris la tête entre les mains et refoulai le sentiment de panique qui montait en moi. J'y parvins de justesse, probablement en ayant une pensée émue pour tous ces scalpers du Lafayette qui, parce qu'ils m'avaient suivi, devaient presque certainement avoir été eux aussi emportés par le raz-de-marée. Toutefois, j'étais prêt à parier qu'aucun d'eux n'y avait laissé autant que moi, dont les pertes devaient désormais avoisiner le million de dollars…

## 21

Le lendemain matin, je sortis acheter les journaux – ainsi que quelques provisions chez Gristede's et le marchand d'alcools le plus proche. Les gros titres allaient de « Aïe » à « Le cauchemar de Queasy Street » en passant par « Investisseurs prudents après la chute du marché ». Le Nasdaq s'était plus ou moins ressaisi en fin d'après-midi, après une chute vertigineuse de neuf pour cent, et continuait à remonter ce matin. Il ne devait son salut qu'à une poignée de maisons de courtage et de fonds d'investissement, qui s'étaient remises à acheter. Certains commentateurs frôlaient l'hystérie, parlant d'un nouveau Lundi Noir, voire d'une nouvelle Crise de 29, mais d'autres adoptaient une approche plus optimiste, expliquant que les excès spéculatifs récents dans les titres liés à la technologie étaient désormais purgés… ou que ce à quoi nous venions d'assister n'était pas tant une correction de grande envergure qu'un nettoyage des parties les plus volatiles du Nasdaq. Tout ceci était très rassurant pour les joueurs au long cours, mais ne consolerait guère les millions de petits investisseurs qui avaient acheté sur marge et avaient été balayés dans ce grand ménage.

Cela dit, éplucher les articles d'opinion dans les quotidiens n'allait en rien arranger mes affaires. Cela ne changerait rien au fait que mon compte en banque avait été ratissé et que je ne pourrais plus jamais remettre les pieds au Lafayette.

En repoussant les journaux de côté, j'aperçus le sac d'espèces sur la table encombrée et me rappelai, pour la cinquantième fois, que ce qui se trouvait à l'intérieur était le montant total de ce qui me restait dans le monde… et que je devais le tout à un mafieux russe de très mauvaise composition.

La visite de Gennady le vendredi suivant serait le prochain événement important dans mon existence, mais je ne ressentais aucune impatience à ce sujet. Je passai les deux jours suivants à boire et à écouter de la musique. À un moment donné – tard dans la nuit, après avoir éclusé la moitié d'une bouteille d'Absolut –, je me mis à penser à Ginny Van Loon et à quel point c'était une fille étrange. Je me connectai sur Internet et recherchai son nom dans les archives de différents journaux et magazines. Je trouvai pas mal de choses, des citations dans les pages « people » et la rubrique « style » du *New York Times*, des extraits d'articles, des portraits et même quelques photos – une Ginny âgée de seize ans totalement allumée au River Club, en compagnie de Tony DeTorrio, Ginny entourée de mannequins et de créateurs de mode, Ginny lors d'une fête à Los Angeles, buvant du Cristal à la bouteille avec Nikki Sallis. Un article récent de la revue *New York* déclarait que ses parents l'avaient ramenée dans le droit chemin en menaçant de la déshériter et, plus loin, citait des amis disant qu'elle s'était déjà considérablement assagie, devenant « beaucoup moins drôle ». Un autre article citait Ginny elle-même déclarant qu'elle avait passé le plus clair de son adolescence à vouloir devenir célèbre et qu'elle n'aspirait plus qu'à se faire oublier. Elle avait vaguement étudié l'art dramatique et travaillé un peu comme mannequin, mais tout cela était derrière elle, à présent. La célébrité était une maladie, avait-elle affirmé, et tous ceux qui y aspiraient étaient des crétins. Je lus ces articles plusieurs fois, imprimai les photos et les punaisai sur mon panneau de liège.

Le temps semblait désormais s'écouler en longues tranches, pendant lesquelles je ne faisais que surfer sur le Net, ou rester assis sur le canapé à boire, larmoyant sur moi-même, perdu, grincheux.

Lorsque Gennady se présenta, le vendredi matin, j'étais affligé d'une sérieuse gueule de bois. Le chantier dans mon appartement avait empiré et je ne devais pas sentir très bon moi-même, non qu'à l'époque j'en aie ressenti une quelconque gêne. J'étais trop déprimé et mal en point pour m'arrêter à un détail de ce genre.

Quand il apparut sur le pas de la porte et se tint là un moment, à contempler le chaos, ma pire crainte – ou du moins l'une d'elles – se concrétisa : il était sous MDT. Ça se voyait à son expression alerte, et même à la façon dont il se tenait. Je sus aussi que j'en aurais le cœur net dès qu'il ouvrirait la bouche.

— Quel est ton problème, Eddie ? dit-il avec un rire sans joie. Tu nous fais une dépression ou quoi ? Tu devrais peut-être prendre des médicaments…

Il plissa du nez et fit la grimace.

— Ou peut-être qu'il suffirait de t'installer l'air conditionné ?

Il était clair à ces quelques phrases que sa maîtrise de la langue s'était nettement améliorée. Il avait encore un fort accent russe mais sa compréhension des structures – grammaire et syntaxe – avait subi une transformation radicale. Je me demandai combien des cinq pilules il avait déjà avalées.

— Salut, Gennady.

Je m'assis devant la table, sortis une liasse du sac en papier brun et commençai à compter les billets de cent dollars, soupirant lourdement toutes les quelques secondes. Gennady s'avança dans la pièce et tourna en rond un moment, examinant le désordre. Il s'arrêta pile devant moi.

— Ce n'est pas très prudent, Eddie. Tu ne devrais pas garder tout ton fric dans un putain de sac en papier. N'importe qui pourrait te le piquer.

Je soupirai à nouveau.

— Je n'aime pas les banques.

Je lui tendis les vingt-deux mille cinq cents dollars. Il les glissa dans la poche intérieure de sa veste puis se dirigea vers mon bureau, pivota sur ses talons et s'appuya contre la table.

— À présent, je voudrais qu'on discute.

Nous y voilà ! Je sentis mon ventre se nouer. Je tentai de jouer les idiots :

— Tu n'as pas aimé le scénario ? C'est juste un premier jet, tu sais.

Il écarta le sujet d'un geste de la main.

— Laisse tomber ce truc-là. Il ne s'agit pas de ça, et puis... ne fais pas semblant de ne pas savoir de quoi je veux parler.

— De quoi ?

— De ces comprimés que je t'ai piqués. Ne me dis pas que tu ne l'as pas remarqué.

— Et alors ?

— Qu'est-ce que tu crois ? J'en veux encore.

— Je n'en ai pas.

Il sourit, comme si nous jouions à un jeu – ce qui était d'ailleurs le cas.

Je haussai les épaules et répétai :

— Je n'en ai pas, je t'assure.

Il se redressa et revint vers moi. Il s'arrêta là où il s'était arrêté un peu plus tôt et glissa à nouveau, lentement, la main dans la poche intérieure de sa veste. J'avais peur mais ne sourcillai pas. Il sortit quelque chose que je ne vis pas. Il me dévisagea, sourit à nouveau, puis, d'un geste rapide, fit jaillir la lame d'un cran d'arrêt. Il plaça la pointe de la lame contre mon cou et la fit aller et venir, grattant doucement ma peau.

— J'ai dit : j'en veux encore.

Je déglutis.

— Tu trouves vraiment que j'ai l'air d'en avoir ?

Il s'arrêta un instant, mais ne retira pas la lame.

— Tu en as pris, n'est-ce pas ? repris-je. Tu sais ce que ça fait. Tu as vu ce que ça *te* fait, non ? Maintenant, regarde autour de toi : tu trouves que ça ressemble à l'appartement de quelqu'un qui a pris la même drogue que toi ?

— Alors, où tu l'as trouvée ?

— Eh bien, c'est un type que j'ai…

Il appuya vivement sur la lame puis la retira.

— Aïe !

Je posai une main là où il avait appuyé son couteau et frottai. Il n'y avait pas de sang mais il m'avait vraiment fait mal.

— Ne me raconte pas d'histoires, Eddie. Il faut que tu comprennes bien une chose : si je n'obtiens pas ce que je veux, je te tuerai…

Il posa la pointe de sa lame juste sous mon œil gauche et appuya, doucement mais fermement.

— … à petit feu, acheva-t-il.

Il continua à appuyer. Lorsque je sentis mon globe oculaire commencer à saillir, je chuchotai :

— OK.

Il garda le couteau en place un moment, puis l'écarta.

— Je peux t'en avoir, dis-je, mais ça va prendre quelques jours. Le type qui les deale est un… maniaque de la sécurité.

Gennady fit claquer sa langue, l'air de dire : « Continue. »

— Je lui téléphone et il arrange un rendez-vous.

Je marquai une pause et me frottai l'œil gauche, mais c'était surtout histoire de gagner du temps et de trouver ce que j'allais bien pouvoir lui dire ensuite.

— À propos, s'il a le moindre soupçon que quelqu'un d'autre est sur le coup, quelqu'un qu'il ne connaît pas, on n'entendra plus jamais parler de lui.

Gennady hocha la tête.

— Ah, autre chose ! C'est cher.

Son excitation à l'idée de se procurer de la MDT était palpable. Je devinai qu'en dépit de ses tactiques grossières – mais indéniablement efficaces – d'intimidation, il accepterait toutes mes propositions et paierait mon prix sans discuter.

— Combien ?

— Cinq cents la dose…

Il siffla, presque soulagé.

— … ce qui explique pourquoi je suis à court, en ce moment. C'est chaque fois un petit investissement.

Il me dévisagea puis me montra l'argent sur la table.

— Tu n'as qu'à utiliser ça. Prends-m'en…

Il effectua un calcul mental rapide…

— …prends-m'en entre cinquante et soixante, pour commencer.

J'allais devoir taper dans mes réserves.

— Je ne peux pas en avoir plus de dix à la fois.

— Tu fais chier…

— Écoute, j'en parlerai à mon gars, mais il est vraiment parano. Il faut y aller mollo avec lui.

Il tourna les talons, marcha jusqu'à mon bureau, revint.

— OK. Quand ?

— Je devrais les avoir pour vendredi prochain.

— Vendredi prochain ? Tu as dit quelques jours !

— Je lui laisse un message. Il lui faut plusieurs jours pour me rappeler, puis encore plusieurs jours pour arranger un rendez-vous.

Gennady brandit à nouveau son couteau, cette fois juste sous mon nez.

— Si tu te fous de ma gueule, Eddie, tu le regretteras !

Puis il rangea son arme et se dirigea vers la porte.

— Je te téléphone mardi.

Je hochai la tête.

— D'accord, à mardi.

Une fois sur le seuil, il se retourna.

— Au fait, c'est quoi, ce truc ? Qu'est-ce qu'il y a dedans ?

— C'est euh… une drogue qui rend intelligent. Je ne sais pas trop ce qu'elle contient.

— Ça rend intelligent ?

Je levai les yeux vers le plafond.

— Tu n'avais pas remarqué ?

J'allais ajouter quelque chose concernant la qualité de son anglais mais je me ravisai. Il risquait d'être vexé que j'aie pu penser qu'il parlait comme un pied auparavant.

— Si, répondit-il. C'est dingue ! Comment ça s'appelle ?

J'hésitai.

— Euh… la MDT. C'est un nom chimique mais… euh…

— MDT ?

— Oui. Tu sais, comme quand on dit « se défoncer à la MDT », « dealer de la MDT »…

Il me regarda un moment d'un air dubitatif, puis répéta :

— Mardi.

Il s'éloigna dans le couloir, laissant la porte ouverte. Je restai un moment assis sur ma chaise, l'écoutant descendre l'escalier quatre à quatre. Lorsque j'entendis claquer la porte d'entrée de l'immeuble, je me levai et m'approchai de la fenêtre. Gennady remontait la 10e Rue en direction de la Première Avenue. Du peu que je savais de lui, la légèreté de son pas paraissait, c'était le moins qu'on puisse dire, inhabituelle.

Avec le recul, dans le silence de cette chambre du Northview Motor Lodge, je me rends compte que l'intrusion de Gennady dans ma vie et sa tentative de s'emparer de force de mes réserves de MDT achevèrent de me déstabiliser. J'avais déjà pratiquement tout perdu et supportais mal l'idée qu'un individu puisse détruire si facilement le peu qu'il me restait. Je n'avais pas voulu reprendre de la MDT à plein régime de peur de subir de nouvelles absences, de replonger dans cet univers de ténèbres et d'imprévisibilité. Mais je ne voulais pas pour autant tout abandonner derrière moi, et encore moins à un vautour comme Gennady. En outre, Gennady sous MDT me paraissait un gâchis total. Quoi, soudain, ce débile était capable de parler un anglais intelligible ? La belle affaire ! Il restait un connard, un *zhulik*. La MDT n'allait pas changer un type comme lui. Pas comme elle m'avait changé, *moi*…

Fort de cette illumination, je décidai de faire une dernière tentative. Je pouvais peut-être encore sauver quelques meubles, peut-être même renverser la situation. Je devais rappeler Donald Geisler et l'implorer de bien vouloir me parler.

Qu'est-ce que je risquais ?

Je ressortis le calepin de Vernon, trouvai le numéro, le composai.

— Ouais ?

J'hésitai une seconde puis débitai à toute allure :

— C'est encore l'ami de Vernon Gant. Ne raccrochez pas, *je vous en prie*… cinq minutes, c'est tout ce que je vous demande. Je vous paierai…

Cela m'était venu sur l'instant.

— … je vous paierai cinq mille dollars, soit mille dollars la minute, mais parlez-moi…

Je m'interrompis. Il y eut un long silence, pendant lequel je ne sus que fixer le sac en papier brun sur la table.

Il poussa un long soupir.

— Putain !

Je ne savais pas trop comment l'interpréter mais, au moins, il ne m'avait pas encore raccroché au nez. Préférant ne pas prendre de risque, j'attendis en silence.

Puis il déclara :

— Je ne veux pas de votre argent !

Une autre pause.

— Cinq minutes, dit-il enfin.

— Merci… merci beaucoup.

Il me donna l'adresse d'un café à Brooklyn, à Park Slope sur la Septième Avenue, et me dit de l'y retrouver dans une heure. Il était grand et porterait un T-shirt jaune uni.

Je me douchai, me rasai, avalai rapidement une tasse de café et un toast, puis m'habillai. Je trouvai un taxi tout de suite en bas de chez moi.

Le café était petit, sombre et quasi vide. Un grand type dans un T-shirt jaune uni était assis seul à une table dans un coin. Il buvait un café. Près de sa tasse, soigneusement posés l'un sur l'autre, il avait placé un paquet de Marlboro et un briquet Zippo. Je me présentai et m'assis en face de lui. D'après ses cheveux grisonnants et les rides autour de ses yeux, je lui donnai dans les cinquante-cinq ans. Il avait l'allure lasse et bourrue d'un homme qui a roulé sa bosse, plutôt deux fois qu'une.

— OK, dit-il, qu'est-ce que vous voulez ?

Je lui fis un bref compte rendu fortement édulcoré des événements. En guise de conclusion, je déclarai :

— Donc, j'aurais besoin d'en savoir plus sur les dosages, ou, à défaut, de savoir si vous avez entendu parler d'un associé de Vernon appelé Todd ou Tom.

Il hocha la tête d'un air songeur, puis fixa sa tasse de café pendant un long moment. Pendant qu'il rassemblait ses pensées, ou méditait sur je ne sais quoi, je sortis mon paquet de Camel et m'en allumai une.

J'avais fumé plus de la moitié de ma cigarette quand il se décida enfin à parler. Si nous devions nous en tenir à notre accord de cinq minutes, nous avions déjà largement dépassé les délais.

— Il y a environ trois ans, commença-t-il, disons trois ans et demi, j'ai rencontré Vernon Gant. À l'époque, j'étais acteur dans une petite compagnie que j'avais fondée avec des amis cinq ans plus tôt. On jouait du Miller, du Shepard, du Mamet, ce genre de choses. On commençait à avoir pas mal de succès, notamment avec notre production d'*American Buffalo*. On faisait beaucoup de tournées.

Au ton de sa voix, ainsi qu'au chemin narratif languissant qu'il semblait emprunter, je devinais déjà qu'en dépit de ses tergiversations antérieures, nous étions là pour un moment.

Je commandai discrètement deux autres cafés à une serveuse qui passait par là et allumai une autre cigarette.

— À l'époque où j'ai rencontré Vernon, la compagnie venait de décider de changer d'orientation et de monter *Macbeth*. Je devais tenir le rôle principal et m'occuper de la mise en scène.

Il s'éclaircit la gorge.

— Sur le coup, tomber sur Vernon m'a paru une sacrée veine parce que j'étais mort de trouille à l'idée de faire du Shakespeare et voilà que ce type m'offrait... vous savez aussi bien que moi ce qu'il offrait.

Geisler parlait lentement, en articulant soigneusement, avec une voix râpeuse, une voix d'acteur. En l'écoutant, j'eus également l'impression qu'il n'avait encore jamais raconté cette histoire à personne. Son récit des débuts de la MDT était beaucoup plus complet que celui de Melissa, quoique essentiellement le même. Dans son cas, incapable de résister au boniment de Vernon, il avait pris deux doses de 15 mg et mémorisé la totalité du texte de *Macbeth* – traumatisant ses acteurs et ses techniciens par la même occasion. Il ne s'était pas arrêté là et, pendant la période des répétitions, avait pris douze autres comprimés, à raison de trois par semaine. Les comprimés ne comportaient aucune indication, mais l'associé de Vernon, un certain Todd, s'était pointé un jour avec lui pour lui expliquer le dosage, les composants de la MDT et comment tout ça fonctionnait. Ce Todd avait également interrogé Geisler sur la manière dont il réagissait au produit et sur d'éventuels effets secondaires. Geisler lui avait répondu n'en avoir ressenti aucun.

Deux semaines avant la première, soumis à une pression immense, Geisler avait vidé son compte en banque et augmenté sa prise à six comprimés par semaine.

— Presque un par jour, dit-il.

J'aurais voulu en savoir plus sur Todd et ce qu'il avait à dire à propos du dosage, mais je voyais bien que Geisler se concentrait de toutes ses forces et je ne voulais pas interrompre le courant de sa pensée.

— Puis, quelques jours avant la générale, c'est arrivé. Ma vie s'est désintégrée. Entre le mardi et le vendredi. Elle s'est tout simplement… désintégrée.

Jusque-là, Geisler avait gardé les deux mains sous la table, hors de vue. Je n'y avais pas prêté attention mais, lorsqu'il leva sa main droite pour saisir sa tasse, je remarquai qu'elle tremblait légèrement. Je pensai d'abord à un symptôme d'alcoolisme, de lendemain de cuite, quelque chose comme ça, mais, lorsque je le vis se pencher en avant, tenant la tasse des deux mains et avançant les lèvres pour s'assurer de ne pas renverser de café, je me rendis compte qu'il était probablement atteint d'un trouble neurologique quelconque. Il reposa la tasse, puis entreprit l'opération périlleuse d'allumer une cigarette. Il le fit sans dire un mot, sans un commentaire sur la difficulté que cela semblait représenter. Il savait que je le regardais, ce qui en faisait une sorte de représentation.

Une fois sa cigarette allumée, il déclara :

— Je subissais un stress effroyable, répétant quatorze, quinze heures par jour… puis, tout à coup, sans prévenir, je me suis mis à avoir ces putains de trous de mémoire !

Je le fixai, hochant la tête.

— Il m'arrivait de ne pas savoir ce que j'avais fait pendant plusieurs heures.

Incapable de me contenir, je l'encourageai :

— Oui, c'est ça, c'est exactement ça, continuez…

— Je ne sais toujours pas ce que j'ai fait exactement pendant ces… je suppose qu'on peut appeler ça des « trous noirs ». Tout ce que je sais, c'est qu'entre le mardi et le vendredi de cette fameuse semaine, à cause de choses que j'ai faites et dont je n'ai aucun souvenir, la fille avec qui je vivais depuis dix ans m'a quitté, la production de *Macbeth* a été annulée et je me suis fait expulser de mon appartement. J'ai également renversé et presque tué une fillette de onze ans.

— Merde !

Mon cœur palpitait.

— Je suis allé trouvé Vernon pour lui demander ce qui m'arrivait. Au début, il ne voulait pas m'écouter, il avait peur, puis il a contacté Todd et on s'est réunis. Todd, c'était le technicien. Il travaillait pour une boîte pharmaceutique. Je n'ai jamais très bien compris ce qu'ils trafiquaient ensemble mais, apparemment, ce Todd faisait discrètement sortir la came des labos où il travaillait et Vernon s'occupait de la vendre. Il apparut que Vernon avait accidentellement mélangé deux séries de comprimés et m'avait fourgué des doses de 30 mg au lieu de 15, si bien que mon dosage avait grimpé en flèche sans que je le sache. J'ai raconté mes mésaventures à Todd, qui m'a dit que je devais associer la MDT avec un autre produit, quelque chose censé contrecarrer les effets secondaires. C'est comme ça qu'il appelait mes trous noirs, des « effets secondaires »…

— Quel genre de pro…

— Mais je lui ai dit que je ne voulais plus rien prendre, que je voulais arrêter, redevenir normal. Je lui ai demandé si, en arrêtant tout, je risquais d'avoir d'autres effets secondaires. Il m'a répondu qu'il n'en savait rien, qu'il n'était pas le département de la Santé mais que, vu les doses de MDT que j'avais prises, il valait mieux réduire progressivement.

J'acquiesçai.

— Ce que j'ai fait. Mais pas systématiquement, pas selon une procédure clinique normale.

— Qu'est-ce qui s'est passé ?

— Au début, tout allait bien, puis, j'ai commencé à avoir ça…

Il tendit ses mains.

— … suivi d'insomnies, de nausées, de bronchites, de sinusites, d'une perte d'appétit, de constipation, d'une sécheresse de la bouche, de troubles érectiles…

Il haussa les épaules d'un air désemparé.

Je ne savais quoi lui dire. Nous restâmes silencieux un moment. J'attendais toujours une réponse à mes deux questions mais ne voulais surtout pas paraître insensible.

Enfin, Geisler reprit :

— Écoutez, je n'en veux à personne sinon à moi-même. Personne ne m'a obligé à prendre cette saloperie.

Il secoua la tête, poursuivit :

— D'un autre côté, je suppose que je leur ai servi de cobaye parce que, un an plus tard, j'ai croisé Vernon par hasard et il m'a dit qu'ils avaient réussi à résoudre leurs problèmes de dosage et que les comprimés devaient être calibrés individuellement, « sur mesure ».

Une lueur de colère traversa son regard.

— Il m'a même demandé si je ne voulais pas réessayer. Je l'ai envoyé se faire foutre !

Je m'efforçai d'acquiescer avec compassion.

J'attendais également de voir ce qu'il allait me dire d'autre. Voyant qu'il s'en tenait là, je demandai :

— Ce Todd, vous connaissez son nom de famille ? Ou quoi que ce soit sur lui ? Le labo pour lequel il travaillait ?

Geisler fit non de la tête. Puis :

— Je ne l'ai rencontré que deux ou trois fois. Il était très méfiant. Vernon et lui faisaient une drôle d'équipe, vous pouvez me croire, mais ce Todd était sans conteste le cerveau.

Je tripotais nerveusement mon paquet de Camel sur la table, près de ma tasse de café.

— Une dernière question : quand Todd vous a recommandé d'associer la MDT à un autre produit pour contrebalancer les effets secondaires, les pertes de mémoire… il ne vous a pas dit lequel ?

— Si.

Mon cœur fit un bond.

— Alors ?

— Je m'en souviens très bien parce qu'il n'arrêtait pas d'en parler, disant que cela réglerait le problème, qu'il venait de le découvrir. C'était un produit du nom de Dexeron. C'est un antihistaminique qu'on utilise pour soigner certaines allergies. Il contient un… *truc*, un agent quelconque qui agit sur un centre récepteur spécifique dans le cerveau. D'après lui, il empêcherait les trous noirs de se produire. Je ne me souviens plus des détails. À l'époque, je ne crois pas que je les aie compris. Mais apparemment, c'est en vente libre.

— Mais vous n'en avez pas pris ?

— Non.

— Je vois.

Je hochai la tête, mais je ne pensais plus qu'à une chose : me tirer de là le plus vite possible et foncer dans une pharmacie.

— Évidemment, après que Janine m'a quitté et que j'ai été viré de la troupe, poursuivit Geisler, j'ai tenté de recoller les morceaux, mais ce n'était pas facile, parce que, naturellement…

Je finis mon café, cherchant désespérément une porte de sortie. Même si j'étais désolé pour Geisler et horrifié par ce qui lui était arrivé, je n'avais pas vraiment besoin d'entendre cette partie de son histoire. D'un autre côté, je ne pouvais pas non plus tout simplement me lever et partir. Si bien que je fumai encore deux cigarettes avant de trouver le courage d'annoncer que je devais y aller.

Je le remerciai et déclarai que je paierais nos consommations à la caisse en sortant. Il me regarda l'air de dire « Allez, rassieds-toi, fume encore une clope avec moi », puis, l'instant suivant, me congédia d'un geste de la main en déclarant :

— Oh allez, fichez le camp. Et bonne chance !

Je trouvai une pharmacie sur la Septième Avenue, à quelques portes du café, et achetai deux boîtes de Dexeron. Puis je sautai dans un taxi pour rentrer à Manhattan.

Une fois chez moi, je filai droit à la penderie et sortis le flacon de MDT. Ne sachant pas combien en prendre, je délibérai un moment, puis optai pour trois. C'était ma dernière chance. Ça passait ou ça cassait.

Dans la cuisine, je me servis un verre d'eau, puis avalai les trois comprimés de MDT d'un coup, suivis de deux Dexeron. Après quoi, j'allai m'asseoir sur le canapé et attendis.

Deux heures plus tard, mes CD étaient de nouveau rangés par ordre alphabétique. Plus aucune boîte de pizza, plus de canettes de bière vides, plus de chaussettes sales… la moindre surface de l'appartement, parfaitement briquée, brillait de mille feux.

# Quatrième partie

# 22

Pendant le week-end, je m'en tins à ce dosage et suivis mon évolution de près. Je décidai de ne pas sortir de chez moi au cas où les choses tourneraient mal, mais tout alla comme sur des roulettes. Il n'y eut ni *clic, clic*, ni bonds en avant, ni flashs. Ce fameux composant mystérieux du Dexeron semblait vraiment marcher, ce qui ne voulait pas dire que j'étais tiré d'affaire pour autant, naturellement, ni que les absences n'allaient pas se reproduire, mais, comme il était bon d'être « de retour » ! Soudain, j'étais sûr de moi, l'esprit clair, bouillonnant d'idées et d'énergie. Si le Dexeron continuait à faire effet, mon avenir était tout tracé, il ne me restait plus qu'à le suivre, sans me laisser distraire, impénitent. Je me familiariserais à nouveau avec le dossier MCL-Abraxas, puis j'irais arranger les choses avec Carl Van Loon. Je reprendrais mes opérations en Bourse, gagnerais un peu d'argent, m'installerais au Céleste. Plus tard, je me libérerais de mes engagements vis-à-vis de gens tels que Van Loon ou Hank Atwood pour monter ma propre structure indépendante, la Spinola Corp. Ou SpinolaSystems, Eddinvest, ce genre de choses.

Dans le même temps, je n'arrivais pas à chasser Ginny Van Loon de ma tête. Je tentai de la caser quelque part sur ma trajectoire. Elle résistait, ou plutôt, le concept « Ginny Van Loon » résistait, et, plus je rencontrais de résistance, plus je m'énervais. Finalement, je parvins à écarter ces sentiments, à les compartimenter, et me replongeai dans le dossier MCL-Abraxas.

Je lus tous les documents, m'étonnant d'avoir eu tant de mal à les comprendre un peu plus tôt. Certes, ce n'était pas franchement palpitant mais c'était relativement simple. Je repris le modèle de Black & Scholes pour évaluer les options et saisis les projections dans mon ordinateur. J'aplanis toutes les difficultés restantes, y compris les divergences sur la troisième option que Van Loon m'avait signalées.

Parmi mes autres activités du week-end, outre cent pompes matin et soir, je me replongeai dans une consommation intensive d'informations. Je lus les journaux en ligne sur l'Internet et regardai les principales émissions sur les affaires courantes à la télévision. Il était très peu question de l'enquête sur le meurtre de Donatella Alvarez, en dehors d'un bref appel à témoins, ce qui signifiait que la police, n'ayant toujours rien trouvé sur Thomas Porter, ne savait plus à quoi se raccrocher.

En revanche, on parlait toujours autant de la crise mexicaine. Il y avait eu plusieurs agressions fortement médiatisées, visant des touristes ou des ressortissants américains, principalement des hommes d'affaires vivant à Mexico. Le directeur d'une société avait été abattu en pleine rue et deux autres avaient été enlevés. Ils n'étaient toujours pas réapparus. La presse établissait un lien direct entre ces incidents et le débat sur la politique étrangère qui faisait rage. Il restait encore à instiller dans l'opinion publique, en dépit des discours sur la protection des citoyens américains, sans parler des menaces d'expropriation des investissements étrangers par les Mexicains, un argument logique justifiant une invasion éventuelle… mais des gens y travaillaient certainement déjà.

Je suivis de très près la façon dont les marchés se comportaient depuis la chute libre des titres liés aux nouvelles technologies du mardi précédent et effectuai quelques recherches préliminaires en vue du lundi matin suivant. J'en profitai au passage pour réactiver mon compte auprès de Klondike.

Tard dans la soirée du dimanche soir, je commençai à avoir des fourmis dans les jambes et décidai de sortir un peu. Ce ne fut qu'en sentant l'air chaud de la nuit sur mon visage et en commençant à marcher que je me rendis compte à quel point je me sentais mieux. Contrairement à la première fois, je savais désormais identifier avec précision les effets physiques de la MDT, un picotement presque grisant dans mes membres et ma tête. Parallèlement, je ne me sentais pas ivre du tout. J'avais simplement un contrôle absolu sur mes facultés, me sentant plus fort, plus éveillé, plus vif.

Je passai dans différents bars, buvant de l'eau minérale et *parlant* toute la nuit. Où que j'aille, il ne me fallait que quelques minutes pour engager la conversation avec quelqu'un, et quelques autres pour me retrouver entouré d'un auditoire, des gens apparemment fascinés par ce que j'avais à dire sur la politique, l'histoire, le base-ball, la musique ou n'importe quel autre sujet choisi au hasard. Des femmes me faisaient des avances, quelques hommes aussi, mais, dans un cas comme dans l'autre, je n'étais pas intéressé et les éconduisais avec tact en montant d'un cran la température polémique de la discussion en cours. J'étais conscient du risque de paraître pédant et manipulateur mais, sur le coup, ce n'était vraiment pas le cas. À mesure que la nuit progressait, qu'ils devenaient tous plus saouls, ou plus excités, finissant par rentrer chez eux, je me sentais de plus en plus revigoré et – sincèrement – comme dans la peau d'une sorte de divinité mineure.

Je rentrai à la maison vers sept heures trente et me mis immédiatement à faire le tour des sites financiers sur le web. J'avais fait basculer tous mes fonds de mon compte Klondike en m'inscrivant au Lafayette – sauf la caution, qui était indispensable pour garder le compte ouvert. Je m'en réjouissais à présent, mais, à mesure que la journée passait, je me mis à regretter la compagnie des autres scalpers et l'atmosphère de la « salle d'opérations ». Néanmoins, je retrouvai avec une rapidité remarquable l'assurance nécessaire pour réaliser de grosses transactions et prendre des risques considérables. Le mardi après-midi, quand Gennady téléphona, j'avais déjà amassé plus de vingt-cinq mille dollars sur mon compte.

J'avais oublié Gennady et étais en train de mettre au point une stratégie complexe pour mes opérations du lendemain quand le téléphone sonna. J'étais d'humeur assez enjouée et ne voulais pas d'histoires, si bien que je lui déclarai que j'aurais ses dix comprimés prêts pour le vendredi matin. Il demanda aussitôt si je ne pouvais pas les obtenir plus tôt, auquel cas il pourrait passer les prendre avant. Agacé, je lui répondis non, et que je le verrais le vendredi. Après avoir raccroché, je me demandai comment j'allais pouvoir régler le problème Gennady. Il risquait de devenir très gênant et, bien que je n'aie pas d'autre choix que de lui donner ses dix comprimés, je n'aimais pas le savoir dans les parages, mijotant sans doute un coup pour se hisser dans la hiérarchie de l'Organizatsiya, peut-être même un autre contre moi. J'allais devoir trouver une solution – mijoter mon propre coup – et vite.

Le mercredi, je sortis faire un peu de shopping et m'acheter quelques costumes. Entre le fait de ne rien manger et les centaines de pompes que je faisais tous les jours, j'avais perdu un peu de poids en cinq jours. J'estimai donc qu'il était grand temps d'insuffler une nouvelle vie à ma garde-robe. J'achetai deux costumes en laine, un gris acier et un bleu nuit, tous deux chez Hugo Boss. J'achetai également des chemises en coton, des cravates et des pochettes en soie, des caleçons, des chaussettes et des mocassins.

Assis à l'arrière du taxi en revenant de Midtown, entouré de sacs odorants et post-modernes, je me sentais exalté et prêt à tout. Mais, une fois de retour au troisième étage de mon immeuble, je retrouvai cette sensation que j'avais déjà eue tant de fois avec la MDT, celle d'être cerné, étouffé par le manque d'espace. Mon appartement était tout bonnement trop petit et exigu. C'était un autre problème, auquel je devrais m'atteler tôt ou tard.

Plus tard dans la soirée, j'écrivis un long mot soigneusement formulé à Carl Van Loon, où je m'excusais pour mon comportement récent et tentais de l'imputer de manière indirecte à un traitement médicamenteux désormais terminé. Je conclus en lui demandant de m'autoriser à venir lui parler. Je glissai la lettre dans une chemise contenant mes nouvelles projections revues et corrigées. J'avais d'abord pensé l'envoyer par coursier à son bureau le lendemain matin, puis je décidai d'assurer la livraison moi-même. Si je le croisais dans un couloir ou dans l'ascenseur, tant mieux, sinon, j'attendrais de voir comment il réagirait à mon mot.

Je passai le reste de la soirée, et le plus gros de la nuit, à étudier un manuel de huit cents pages sur le financement des grandes entreprises, que j'avais acheté quelques semaines plus tôt.

Le lendemain matin, je fis mes pompes, bus un jus d'orange et pris une douche. Je choisis le costume bleu, une chemise blanche et une cravate unie rouge sombre. Je m'habillai devant le miroir en pied de la chambre, puis pris un taxi jusqu'au Van Loon Building, sur la 48e Rue. Je me sentais frais et sûr de moi en traversant le hall. Les gens filaient dans toutes les directions en me frôlant et j'avais l'impression de me frayer un chemin dans un dense brouillard de brouhaha. En attendant l'ascenseur, je lançai un regard vers l'énorme baie vitrée fumée près de laquelle, haletant de panique, je m'étais tenu avec Ginny, une semaine plus tôt. J'avais du mal à m'associer à cette scène d'une manière ou d'une autre. Pas la moindre trace non plus d'anxiété ni de peur dans la cabine qui grimpait en flèche vers le soixante-deuxième étage. Au lieu de cela, j'observai mon reflet dans les panneaux en acier, admirant la coupe de mon nouveau costume.

La salle d'accueil de Van Loon & Associates était calme. Un groupe de jeunes cadres discutaient dans un coin, laissant parfois échapper de grands éclats de rire tonitruants. La standardiste était occupée à fixer un point sur son écran d'ordinateur, comme hypnotisée. J'atteignis son comptoir et me raclai la gorge pour attirer son attention.

— Bonjour, monsieur. Je peux vous renseigner ?

Elle sembla vaguement me reconnaître mais paraissait légèrement désorientée.

— Je cherche M. Van Loon.

— Je crains que M. Van Loon ne soit actuellement en déplacement à l'étranger. Nous ne l'attendons pas avant demain. Si vous voulez bien...

— Ce n'est pas grave. J'aimerais lui laisser ce paquet. C'est très urgent et je voudrais être sûr qu'il l'aura dès son retour.

— Bien sûr, monsieur.

Elle sourit.

Je la saluai d'un signe de tête et lui souris en retour. Je manquai presque de faire claquer mes talons, puis pivotai et repartis vers les ascenseurs.

Je rentrai chez moi et boursicotai pendant le restant de la journée, ajoutant dix mille dollars à mes gains précédents.

Jusque-là – je croisais les doigts –, l'association de la MDT et du Dexeron faisait des merveilles. Je l'utilisais depuis près d'une semaine et n'avais pas eu l'ombre d'une absence. Néanmoins, avant la visite de Gennady, je décidai de mettre délibérément l'appartement sens dessus dessous. Je comptais minimiser les bienfaits de la MDT à haute dose et le convaincre que prendre plus d'un comprimé par jour était dangereux. Cela me permettrait de le réfréner et me donnerait le temps de me retourner. Cela dit, je ne savais toujours pas quoi faire de lui.

Lorsqu'il se présenta à la porte le vendredi matin, il était évident qu'il avait légèrement régressé. Il ne dit rien, se contentant de tendre la main dans un geste qui signifiait « aboule ».

Je sortis un petit flacon en plastique contenant dix comprimés de MDT de ma poche et le lui tendis. Il l'ouvrit immédiatement et, avant que j'aie eu le temps de lui faire mon baratin sur le dosage, en avait déjà avalé un.

Il ferma les yeux et resta immobile un instant – pendant lequel je ne bougeai pas non plus et me tus. Puis il les rouvrit et lança un regard autour de lui. J'avais fait de mon mieux pour mettre du désordre mais ça n'avait pas été facile et restait sans comparaison avec l'état de l'appartement une semaine plus tôt. D'un geste de la tête, il indiqua la pièce.

— Tu en as eu aussi ?

— Oui.

— Alors, tu peux avoir plus de dix ? Tu m'as dit dix seulement.

*Merde.*

— J'en ai eu douze. J'ai obtenu qu'il m'en donne deux de plus, pour moi. Mais ça m'a coûté mille dollars, je ne peux pas me permettre plus.

— OK, la semaine prochaine, je veux douze.

Je faillis répondre non et l'envoyer paître. Je faillis dans le même élan me jeter sur lui, manière de vérifier si la décharge physique d'une triple dose de MDT me suffirait pour le terrasser, et peut-être même l'étrangler jusqu'à ce que mort s'ensuive. Mais je ne fis rien de tout ça.

— OK, dis-je.

En effet, cela aurait pu se retourner contre moi. Si c'était lui qui m'étranglait ? Si la bagarre attirait l'attention de la police ? Si on prenait mes empreintes et les saisissait dans l'ordinateur central ? Je devais trouver un moyen plus sûr et efficace de régler ce problème. Définitivement.

Gennady tendit à nouveau la main.

— Les dix-sept mille cinq cents ?

La somme était déjà prête. Je la lui donnai sans un mot et il la glissa dans sa poche.

Au moment de ressortir, il lança par-dessus son épaule :

— La semaine prochaine, douze. N'oublie pas !

Carl Van Loon m'appela à dix-neuf heures ce soir-là. Je ne m'étais pas attendu à une réponse aussi rapide mais en fus soulagé. D'une manière ou d'une autre, je serais fixé et pourrais aller de l'avant. Je commençais à m'impatienter, aiguillonné par un besoin croissant de m'impliquer dans une activité qui consumerait tout mon temps et mon énergie.

— Eddie.

— Carl.

— Combien de fois allons-nous jouer à ce petit jeu, Eddie ?

Je pris cette observation relativement bénigne pour ce qu'elle était – un bon signe – et me lançai dans un plaidoyer vibrant en faveur d'une reformation immédiate de notre attelage sur l'affaire MCL-Abraxas. Je lui racontai que je bouillonnais de nouvelles idées et que, s'il examinait de près mes nouvelles projections, il verrait que je ne plaisantais pas.

- Mais je les ai déjà regardées, Eddie. Elles sont géniales. Hank est ici et je les lui ai montrées tout à l'heure. Il veut vous rencontrer absolument.

Il marqua une pause avant d'ajouter :

— Il est temps que nous mettions ce projet en route.

Il se tut à nouveau, plus longtemps cette fois.

— Carl ?

— Écoutez, Eddie, je vais être franc avec vous. Vous m'avez vraiment énervé, la dernière fois. Je ne savais plus à qui, ou à quoi, je m'adressais. J'ignore de quelle maladie vous souffrez, de quel trouble bipolaire ou je ne sais quoi, mais on ne peut pas se permettre une telle instabilité quand on joue à ce niveau. Une fois que la fusion sera officiellement annoncée, la pression va être énorme. Les médias ne vont plus nous lâcher. Ils vont nous soumettre à des épreuves que vous ne pouvez même pas imaginer.

— Laissez-moi venir vous parler, Carl, face à face. Si, après ça, vous n'êtes toujours pas satisfait, vous n'entendrez plus jamais parler de moi. Je vous signerai des accords de confidentialité, tout ce que vous voudrez. Donnez-moi cinq minutes.

Van Loon se tut pendant trente secondes, montre en main. Je pouvais l'entendre respirer. Puis il dit :

— Je suis à la maison. J'ai quelque chose de prévu plus tard, alors si vous voulez passer, faites-le maintenant.

J'avais remis Van Loon dans ma poche en dix minutes. Nous nous assîmes dans son salon, devant un scotch, et je lui tissai un conte du meilleur tonneau au sujet d'une maladie imaginaire dont j'étais censé souffrir. Elle se soignait facilement avec un traitement médicamenteux léger, mais j'avais fait une réaction allergique à l'un des composants, d'où mon comportement erratique. Le traitement avait été rectifié, je l'avais achevé et étais à présent guéri. L'histoire était plutôt branlante mais, de toute manière, je ne pense pas que Van Loon ait prêté beaucoup d'attention à ce que je lui disais. Il paraissait hypnotisé par quelque chose dans le timbre de ma voix, par ma présence physique. J'eus même l'impression qu'il ne désirait rien de plus au monde que de tendre la main et de me toucher pour être, si l'on peut dire, électrisé. C'était comme une version plus intense de la réaction que d'autres avaient eue avec moi auparavant : Paul Baxter, Artie Meltzer, Kevin Doyle, Van Loon lui-même. Je n'allais pas m'en plaindre, mais je devais néanmoins faire attention. Je ne voulais pas que cela provoque des interférences ou des déséquilibres. Il me semblait que le meilleur moyen de maîtriser ce phénomène était de rester en permanence occupé tout en gardant également occupée la personne sur laquelle j'exerçais mon influence. Avec cette idée en tête, j'orientai rapidement la conversation vers l'accord MCL-Abraxas.

L'affaire était très délicate, selon Van Loon, et il fallait faire vite. En dépit d'un certain nombre d'écueils, Hank Atwood avait hâte d'avancer. L'étape suivante consisterait à proposer des noms pour les postes les plus élevés et à discuter de la forme que prendrait le nouveau groupe. Ensuite, nous passerions aux réunions, aux négociations proprement dites, aux causeries entre hommes, avec d'un côté les gens de MCL-Parnassus, de l'autre ceux d'Abraxas… et nous entre les deux.

*Nous ?*

Je bus une autre gorgée de scotch, puis :

— « Nous » ?

— Moi et, si tout se passe bien, vous, répondit Van Loon. Jusque-là, seul Jim Heche, un de mes vice-présidents, est au courant. Ainsi que ma femme. C'est à peu près tout. De son côté, Hank fera intervenir un ou deux conseillers. Il se montre très prudent. C'est pourquoi nous voulons que tout soit réglé en quelques semaines, un mois grand maximum.

Il finit son verre et se tourna vers moi.

— Garder secrète une transaction de cette envergure n'est pas facile, Eddie.

Nous bavardâmes encore une demi-heure, puis il m'annonça qu'il devait sortir. Nous convînmes de nous retrouver le lendemain matin dans son bureau. Nous déjeunerions avec Hank Atwood, puis mettrions les opérations sérieusement en route.

Il me serra la main sur le seuil de la bibliothèque en déclarant :

— J'espère que ça va marcher, Eddie. Sincèrement.

Je hochai la tête.

En traversant le grand vestibule vers la porte d'entrée, je lançai des regards à la ronde, espérant apercevoir Ginny…

— Vous ne me laisserez pas tomber, Eddie, n'est-ce pas ?

— Non, Carl. Je suis entièrement avec vous, vous pouvez me faire confiance.

Aucun signe d'elle.

— Oui, bien sûr, je sais. Alors, à demain.

Le déjeuner avec Hank Atwood se passa au mieux. Il fut impressionné par ma maîtrise du sujet ainsi que par mes connaissances sur le monde des affaires en général. Je n'eus aucune difficulté à répondre à toutes ses questions et parvins même à lui en renvoyer adroitement quelques-unes. Le soulagement de Van Loon était tangible. Je devinai également qu'il était ravi que ma prestation fasse honneur à Van Loon & Associates. Nous étions de nouveau au Four Seasons et, tandis que je contemplais la salle, jouant avec le pied de mon verre à vin vide, je tentai de me remémorer les détails de ce qui s'était passé la dernière fois. J'eus rapidement le sentiment des plus étranges que les images que j'invoquais, tel un rêve dont on se souvient mal, n'étaient pas fiables. Il me vint même à l'esprit que je n'étais jamais vraiment venu dans ce restaurant mais que j'avais construit ce souvenir à partir du récit de quelqu'un d'autre, ou d'un article que j'avais lu. Néanmoins, la sensation de distance que cela créait avec cette première fois était la bienvenue, parce que j'étais ici *maintenant*, et rien d'autre n'avait d'importance.

En outre, j'y prenais du plaisir, même si je touchai à peine à mon assiette et ne bus rien. Hank Atwood se détendit considérablement à mesure que le déjeuner progressait et je lus même au fond de ses yeux ce petit besoin de reconnaissance, ce désir d'attirer mon attention qui avait marqué tant d'autres rencontres similaires. Tout allait pour le mieux. J'étais au Four Seasons et me délectais de cette atmosphère capiteuse, me disant – quand je me rappelais qui étaient ces hommes avec moi – que ce que je vivais aurait pu être le prototype d'un jeu de réalité virtuelle extrêmement sophistiqué.

Ce déjeuner devait marquer le début d'une nouvelle période de ma vie, étrange, active et excitante. Au cours des deux à trois semaines qui suivirent, je fus emporté dans une ronde ininterrompue de réunions, de déjeuners, de dîners, de discussions au cœur de la nuit avec des hommes puissants et bronzés dans des costumes griffés, tous à la recherche de ce que Hank Atwood appelait continuellement « une vision commune », ce moment où les deux partis tomberaient d'accord sur un plan général de l'accord. Je rencontrai toutes sortes de gens – des avocats, des financiers, des stratèges d'entreprise, deux membres du Congrès, un sénateur – et parvins à leur tenir la dragée haute à tous. De fait, à l'inquiétude croissante de Van Loon, je devins à plusieurs égards le pivot de l'affaire. À mesure que nous nous rapprochions de notre « vision commune », ceux d'entre nous qui comprenaient vraiment de quoi il retournait devinrent assez intimes, à la manière d'une clique de hauts dirigeants, et j'étais celui qui assurait le lien entre tous les autres. J'étais le seul à pouvoir colmater les brèches entre deux cultures d'entreprises fort différentes. En outre, je devins totalement indispensable à Van Loon. Ne pouvant faire intervenir ses équipes habituelles, il dépendait de plus en plus de moi pour contrôler le cours des événements, digérer et traiter d'immenses quantités d'informations – des règlements de la Commission fédérale du commerce aux subtilités du haut débit, des heures de rendez-vous aux prénoms des épouses des différents intervenants.

Pendant ce temps, je parvins à conserver d'autres activités. Je me rendais presque tous les jours dans la salle de gym de Van Loon & Associates pour y brûler un peu de mon énergie en trop, passant du temps sur les différents appareils et essayant de suivre un entraînement complet. Je continuai de m'occuper de mon portefeuille auprès de Klondike et trouvai même le temps de réaliser quelques opérations sur le parquet privé dont Van Loon m'avait parlé. J'achetai un téléphone portable, ce dont j'avais toujours eu envie. Je m'achetai d'autres vêtements. Je portais chaque jour un costume différent, ou, du moins, j'organisais une rotation entre six ou sept costumes. Le sommeil n'occupant plus qu'une place accessoire dans mon emploi du temps, j'avais également le temps de lire la presse et de faire des recherches, assis devant mon ordinateur, tard dans la nuit, souvent jusqu'à l'aube.

Une autre partie de ma vie, à laquelle je ne pouvais malheureusement pas échapper, était accaparée par Gennady. Je lui fournissais sans discuter ses douze comprimés tous les vendredis, me disant à chaque fois que je devais trouver une solution avant la semaine suivante, qu'il fallait prendre des mesures pour mettre un terme à cette situation. Mais comment ? Je n'en savais rien.

À chacune de ses visites, j'étais frappé par sa métamorphose. Son teint pâteux d'héroïnomane avait cédé la place à une peau saine et rose. Il s'était fait couper les cheveux et s'était mis lui aussi à porter des costumes, même si les siens étaient nettement moins chic que les miens. Il venait désormais en voiture, une Mercedes noire, avec des gorilles qui l'attendaient en bas. Naturellement, il ne put s'empêcher de me le faire remarquer, me demandant d'aller regarder par la fenêtre son « entourage » qui montait la garde sur la 10e Rue.

Une autre chose qu'il faisait et qui m'agaçait prodigieusement, c'était de verser un des comprimés dans le creux de sa main dès que je les lui donnais et de l'avaler là, sous mon nez, comme si j'étais un vulgaire dealer de coke et qu'il testait la came. Il glissait ensuite les autres comprimés dans une petite boîte à pilules en argent qu'il gardait dans la poche de poitrine de sa veste.

Après quoi, il tapotait cette dernière en disant : « Me voilà paré. »

Gennady était un trou du cul et sa seule présence physique dans mon séjour m'insupportait. Mais je ne pouvais rien y faire. De toute évidence, il avait effectivement déjà considérablement grimpé dans la hiérarchie de l'Organizatsiya. Or, comment pouvais-je espérer me débarrasser de *ça* ?

Donc, je compartimentais. Je faisais avec lui ce que j'avais à faire, puis passais rapidement à autre chose.

Ces temps-ci, je faisais souvent ça.

Néanmoins, la plupart du temps, je me trouvais dans divers bureaux et salles de conférence du Van Loon Building sur la 48e Rue avec Carl, Hank Atwood et Jim Heche, ou avec Carl, Jim et Dan Bloom, le président d'Abraxas et *ses* gens.

Une fois, tard dans la nuit, je me retrouvai seul avec Carl dans une des salles de réunion. Nous buvions un verre et, comme nous étions près de conclure l'accord, il aborda la question de la rémunération de Van Loon & Associates, un sujet dont nous n'avions pas reparlé depuis ce premier soir dans son appartement sur Park Avenue. Comme il venait de commenter le taux de commission que nous récolterions pour avoir organisé l'accord, je décidai de lui demander de but en blanc quelle serait ma part. Sans sourciller, et après avoir nonchalamment consulté une chemise sur la table, il déclara :

— Compte tenu de l'étendue de votre contribution, Eddie, je dirais pas moins de quarante, je ne sais pas, quarante-cinq.

Je ne réagis pas, attendant qu'il continue, ne sachant pas trop ce qu'il voulait dire. Puis, comme il n'ajoutait rien et continuait à fixer la chemise, je demandai sur un ton hésitant :

— Mille ?....

Il releva des yeux surpris vers moi et fronça les sourcils, l'air légèrement décontenancé.

— *Millions*, Eddie. Quarante-cinq millions.

# 23

Je n'avais pas prévu de gagner autant d'argent si rapidement – n'ayant pas imaginé, en premier lieu, que l'accord MCL-Abraxas serait si lucratif pour Van Loon & Associates. Puis, en y réfléchissant et en repensant à d'autres accords du même genre, je me rendis compte que ces montants n'avaient rien d'inhabituel. La valeur cumulée des deux sociétés concernées avoisinerait les deux cents milliards de dollars. Sur cette base, nos honoraires d'arbitrage – zéro virgule quelque chose pour cent – donnait une somme… coquette.

Avec autant d'argent, je pourrais faire mille choses. Je songeai à la question un bon moment, puis me pris à regretter presque aussitôt de ne pas disposer de la somme tout de suite. En un rien de temps, je réfléchissais déjà au moyen de soutirer une avance à Van Loon.

Lorsqu'il reposa sa chemise et que j'eus à nouveau toute son attention, je lui expliquai que j'habitais à la hauteur de la 10e Rue et de l'Avenue A depuis six ans et qu'il était plus que temps que je déménage. Il esquissa d'abord un sourire gêné, comme si je lui avais dit que je vivais sur la Lune, puis se ragaillardit considérablement quand je lui racontai que j'avais visité un appartement du Céleste, dans le West Side.

— Tant mieux. Ça me paraît plus raisonnable, Eddie. Parce que… sans vouloir vous offenser… l'Avenue A ? Comment vous est venue une idée pareille ?

— Question de revenus, Carl. C'est tout ce que mes moyens me permettaient jusqu'à présent.

Considérant apparemment qu'il m'avait mis dans une position embarrassante, Van Loon marmonna quelque chose et parut mal à l'aise. Je l'assurai que *j'aimais bien* ce coin-là, que c'était un quartier sympa, plein de vieux bars et de personnages excentriques. Néanmoins, cinq minutes plus tard, il m'annonça de ne pas m'inquiéter, qu'il allait immédiatement arranger un financement pour que je puisse acheter l'appartement du Céleste. Ce serait un emprunt de routine auprès de la société, dont je pourrais voir les détails plus tard, quand ça m'arrangerait, peu importait. Après tout, ce n'était qu'un prêt de neuf millions et demi de dollars… la routine, vraiment.

Le lendemain matin, je téléphonai à Alison Botnick, chez Sullivan & Draskell, l'agence immobilière sur Madison Avenue.

— Monsieur Spinola, comment allez-vous ?

— Très bien, je vous remercie.

Je m'excusai d'être parti aussi abruptement l'autre jour, tournant l'incident en plaisanterie. Elle m'assura qu'il n'y avait *aucun* problème. Je lui demandai ensuite si l'appartement était toujours sur le marché. C'était le cas. Les travaux venaient juste d'être achevés. Je lui déclarai que j'aimerais le revoir, si possible le jour même, et que je comptais lui faire une offre.

Van Loon avait également proposé de m'écrire une lettre de recommandation, ce qui éviterait probablement que Sullivan & Draskell aille fouiner dans mes avis d'imposition et mes antécédents bancaires. Ainsi, si tout se passait bien, je pourrais signer les contrats presque dans la foulée et emménager.

C'était désormais la ligne directrice de ma vie : immédiateté, accélération, *vitesse*. Je me déplaçais rapidement d'une scène à l'autre, d'un emplacement à un autre, sans être vraiment conscient des liens entre eux. Ce matin-là, par exemple, j'avais plusieurs personnes à rencontrer dans différents endroits – le bureau de la 48e Rue, un hôtel des quartiers nord, une banque au sud sur Vesey Street. Ensuite, j'avais rendez-vous pour déjeuner avec Dan Bloom au restaurant Le Cirque. Je parvins à caser ma seconde visite de l'appartement juste après. Quand j'arrivai au soixante-huitième étage, Alison Botnick était déjà là, quasiment comme si elle n'avait pas bougé depuis la dernière fois, attendant patiemment mon retour. Après avoir manqué de ne pas me reconnaître, elle ne me lâcha plus. Cinq minutes après mon arrivée, peut-être même moins, j'avais placé une offre pour un montant un poil plus élevé que le prix demandé, puis étais reparti vers la 48e Rue et une autre réunion avec Carl, Hank et Jim, qui devait être suivie de cocktails à l'Orpheus Room.

Tandis que cette dernière réunion touchait à sa fin, Van Loon prit un appel à son bureau. Nous étions très près de divulguer publiquement l'accord et tout le monde était de bonne humeur. Le meeting s'était bien passé et, même si le plus dur restait à faire – obtenir l'aval du Congrès, du secrétariat d'État aux Télécommunications, de la Direction générale de la concurrence, de la consommation et de la répression des fraudes –, nous avions tous le sentiment d'avoir déjà accompli quelque chose de grand ensemble.

Hank Atwood se leva de son fauteuil et s'approcha du mien. Agé d'une soixantaine d'années, il était mince, énergique et très en forme. En dépit de sa petite taille, il avait une allure autoritaire, presque menaçante. Me donnant un coup de poing amical dans l'épaule, il demanda :

— Eddie, comment vous faites ?

— Pardon ?

— Pour avoir une mémoire aussi extraordinaire. Pour traiter toutes les informations. Je peux presque *voir* vos méninges s'activer.

Je haussai modestement les épaules. Il enchaîna :

— Vous dominez toute cette affaire d'une manière que je trouve presque…

Je commençai à me sentir mal à l'aise.

— … presque… je ne sais pas. Voilà près de quarante ans que je suis dans le métier, Eddie. J'ai dirigé un conglomérat alimentaire. J'ai dirigé des studios de cinéma. J'ai tout vu, je connais tous les trucs et toutes les astuces. J'ai rencontré tous les genres de personnages qu'on peut rencontrer…

Il se tenait à présent devant moi, me regardant droit dans les yeux.

— … mais je ne crois pas avoir jamais rencontré quelqu'un comme vous.

Je ne savais pas si je devais prendre cette tirade comme une déclaration d'amour ou une accusation. Heureusement, au même moment, Van Loon se leva de derrière son bureau et lança :

— Hank, il y a quelqu'un à la réception qui veut te dire bonjour !

Atwood tourna les talons.

Van Loon s'écarta de son bureau et traversa la salle en direction de la porte. Je me levai à mon tour derrière Atwood. Jim Heche s'était éloigné vers le milieu de la pièce et parlait dans son portable.

Je me tournai face à la porte.

Van Loon l'ouvrit et fit signe à quelqu'un d'entrer. J'entendais des voix dehors, mais pas ce qu'elles disaient. Il y eut un bref échange, suivi d'un petit éclat de rire, puis – quelques secondes plus tard – Ginny Van Loon apparut dans la pièce.

Je sentis mon pouls s'accélérer.

Elle embrassa son père sur la joue. Puis Hank Atwood ouvrit les bras.

— Ginny !

Elle avança vers lui et ils s'étreignirent.

— Alors, tu t'es bien amusée ?

Elle hocha la tête avec un large sourire.

— C'était le pied !

Où était-elle allée ?

— Tu as essayé l'*osteria* dont je t'avais parlé ?

En Italie.

— Oui, super. Ce truc, là… comment ils appellent ça déjà, le *baccalà* ? J'ai adoré.

Dans le Nord-Est.

Ils continuèrent à bavarder un moment, Ginny concentrant toute son attention sur Atwood. En attendant qu'elle se libère et – je suppose – qu'elle me remarque, je l'observais attentivement. C'est seulement à cet instant que je compris ce qui était évident depuis longtemps déjà.

J'étais amoureux d'elle.

— … vraiment sympa, cette manière qu'ils ont de baptiser des rues d'après des dates…

Elle portait une jupe courte grise, un cardigan bleu-gris, un sous-pull assorti et des chaussures à talons en cuir noir, des vêtements qu'elle avait probablement achetés à Milan en revenant de Vicenza ou de Venise, où qu'elle ait été. Elle avait aussi changé de coiffure. Elle n'était plus hérissée mais lisse, avec une mèche sur le front qui lui retombait dans les yeux et qu'elle devait continuellement écarter.

— La rue du Vingt-Septembre, la rue du Quatre-Novembre… ça sonne bien…

Elle tourna la tête, m'aperçut et sourit, surprise sans trop le laisser paraître.

— J'imagine qu'ils attachent une grande importance à leur histoire, là-bas, dit Van Loon.

Ginny se tourna brusquement vers son père.

— Pourquoi, tu penses que nous sommes une de ces nations bénies qui n'ont pas de passé ?

— Ce n'est pas ce que…

— Nous, on fait nos coups en douce en espérant que personne ne remarquera quoi que ce soit, c'est ça ?

— Ce que…

— Ou bien nous les maquillons en autre chose ?

— Ce n'est pas le cas en Europe ? demanda Hank Atwood. C'est ce que tu es en train de nous dire ?

— Non, mais… je ne sais pas, mais prenez ce binz avec le Mexique, en ce moment. Les gens là-bas n'arrivent pas à croire qu'on en soit à parler d'invasion !

— Écoute, Ginny, dit Van Loon, c'est une situation complexe. Il s'agit quand même d'un *narco*-État…

Il poursuivit en décrivant ce qui était le cheval de bataille des médias depuis déjà quelques jours : une vaste fresque fébrile mêlant l'instabilité, le désordre, la catastrophe imminente…

Jim Heche, qui était revenu parmi nous et écoutait attentivement, déclara :

— Il ne s'agit pas uniquement de nos intérêts, Ginny, mais aussi des leurs…

— Quoi, on doit envahir le pays pour le sauver ? s'indigna-t-elle. Je n'en crois pas mes oreilles !

— Parfois, il faut…

— Et l'injonction des Nations unies de 1970 ? coupa-t-elle. Selon laquelle aucun État n'a le droit d'intervenir, directement ou indirectement, pour quelque raison que ce soit, dans les affaires intérieures d'un autre État ?

Elle se tenait à présent au centre de la pièce, prête à parer les coups venant de tous côtés.

— Ginny, écoute-moi, dit patiemment son père. Le commerce avec l'Amérique centrale et du Sud a toujours été essentiel à…

— Oh, Papa, je t'en prie ! Ce ne sont que des prétextes.

Comme s'il venait de recevoir un coup de savate en pleine figure, Van Loon leva des mains impuissantes vers le plafond.

— Tu veux savoir de quoi il s'agit vraiment ? Non mais, vraiment ?

Van Loon parut dubitatif mais Hank Atwood et Jim Heche étaient visiblement intéressés par ce qu'elle allait dire. Pour ma part, j'avais battu en retraite contre la boiserie en chêne derrière moi et observais la scène avec des sentiments mitigés – amusement, désir et *perplexité*.

— Il n'y a pas de grand projet derrière tout ça, dit-elle. Aucune stratégie économique, aucune conspiration. Rien n'a été prévu. En fait, je crois que c'est simplement une nouvelle manifestation de… *quelque chose* d'irrationnel, pas vraiment de l'exubérance mais…

Commençant légèrement à perdre patience, Van Loon déclara :

— On peut savoir ce que ça veut dire, au juste ?

— À mon avis, Caleb Hale a bu un ou deux verres de trop ce soir-là, à moins qu'il n'ait relevé son whisky avec ses pilules de Triburbazine ou je ne sais quoi. Il a tout simplement disjoncté. À présent, ils essaient de se couvrir en justifiant ses propos, de cacher leur incompétence en faisant comme s'il s'agissait de vraie politique. Mais ce qu'ils font est *totalement irrationnel*…

— C'est ridicule, Ginny.

— On parlait d'histoire, il y a un instant… je crois que c'est comme ça que l'histoire fonctionne, Papa. Les gens au pouvoir gèrent les événements au jour le jour. C'est un processus brouillon, accidentel et *humain*…

Si j'étais aussi désorienté en contemplant Ginny, c'était parce que, en dépit de tout, malgré les grandes différences d'allure et de discours, j'aurais pu tout aussi bien être en train d'observer Melissa.

— Ginny commence l'université cet automne, annonça Van Loon aux autres. Elle va étudier le droit international – à moins que ce ne soit le droit irrationnel ? –, alors ne faites pas trop attention, ce ne sont que quelques exercices d'échauffement.

Ginny fit quelques pas de claquette et répliqua en esquissant une courbette :

— Allez vous faire voir, monsieur Van Loon.

Puis elle tourna les talons et vint vers moi. Hank Atwood et Jim Heche convergèrent et tous deux se replongèrent dans une conversation avec Van Loon, reparti s'asseoir derrière son bureau.

En s'approchant de moi, Ginny leva les yeux au ciel, envoyant promener tout ceux qui étaient derrière elle. Elle me donna un petit coup de poing amical dans le ventre.

— Eh bien dis donc ! s'exclama-t-elle.

— Quoi ?

— Où est passé votre petit bide ?

— Comme je vous l'ai dit, mon poids fluctue.

Elle me lança un regard dubitatif.

— Vous ne seriez pas boulimique, par hasard ?

— Non, comme je vous l'ai…

— Peut-être un chouïa schizo, alors ?

Je me mis à rire et fis la grimace.

— C'est à la faculté de médecine que vous allez à l'automne, ou quoi ? Je vous assure que je vais très bien. Vous m'avez surpris un mauvais jour, voilà tout.

— Un mauvais jour ?

— Parfaitement.

— Hmmm.

— Je vous jure.

— Et aujourd'hui ?

— Aujourd'hui, c'est un bon jour.

Je me retins de justesse d'ajouter une remarque cucul du genre « surtout maintenant que je vous vois ».

Il y eut un bref silence durant lequel nous nous dévisageâmes sans rien dire, puis, depuis l'autre bout de la salle :

— Eddie ?

C'était Van Loon.

— Oui ?

— Comment s'appelle exactement ce truc dont on parlait tout à l'heure ? Des lignes de cuivre et... AD quelque chose...

— L'ADSL, répondis-je. Asynchronous Digital Suscriber Loop, ou liaison numérique à débit asymétrique.

— Et ?

— Cela permet la transmission d'un signal vidéo comprimé et de haute qualité à un rythme de 1,5 Mbits par seconde. En plus d'une conversation téléphonique ordinaire.

— C'est ça !

Van Loon se tourna à nouveau vers Hank Atwood et Jim Heche et ils reprirent tous les trois leur conciliabule.

Ginny me regarda et haussa les sourcils.

— Je suis très impressionnée.

— Sortons d'ici et allons boire un verre quelque part, proposai-je tout à coup. Allez, ne dites pas non.

Elle hésita, cette lueur d'incertitude traversant à nouveau son regard. Avant qu'elle ait pu répondre, Van Loon frappa dans ses mains.

— On est prêts, Eddie. Allons-y.

Ginny tourna immédiatement les talons et s'éloigna, demandant à son père :

— Vous allez où ?

— À l'Orpheus Room. Nous avons encore des points à régler, si tu n'y vois pas d'objections.

Elle fit une moue indifférente et répliqua :

— Éclatez-vous bien !

— Et toi, qu'est-ce que tu fais ?

Pendant qu'elle baissait les yeux vers sa montre, je lui lançai un dernier regard.

— J'ai quelque chose à faire plus tard mais, avant, je dois repasser par la maison.

— OK.

Suivit un bref concert d'« au revoir » et d'« à plus tard ».

Ginny s'éloigna vers la porte, me fit un petit signe de la main accompagné d'un sourire, puis fila.

En route vers l'Orpheus Room, je dus me débarrasser d'un sentiment de déception aigu pour me concentrer à nouveau sur l'affaire en cours.

Mon offre pour l'appartement du Céleste fut acceptée le lendemain et je passai signer les papiers le jour suivant. La lettre de Van Loon avait arrêté net toute velléité d'enquêter sur mes antécédents fiscaux et, après un arrangement financier tout aussi discret, je dois avouer que l'affaire fut rondement menée. Le plus difficile était encore de décider comment je voulais aménager l'endroit. J'appelai plusieurs décorateurs, visitai quelques show-rooms de meubles, feuilletai des revues de décoration, mais restai indécis et finis par tomber dans un cycle obsessionnel de plans et de contre-plans, de palettes de couleurs et de palettes de non-couleurs. Voulais-je un intérieur dépouillé et industriel, avec des surfaces gris anthracite et des unités de rangement modulaires, ou un décor exotique et chargé, avec des fauteuils Louis XV, des paravents japonais et des tables basses laquées rouges ?

Ce vendredi matin-là, lorsque Gennady débarqua dans l'appartement de la 10e Rue, j'avais déjà commencé à emballer certaines affaires dans des cartons.

Naturellement, j'aurais pu prévoir qu'il y aurait du grabuge, mais je n'avais pas voulu y penser.

Il franchit le seuil, vit les préparatifs et explosa dans la seconde. Il donna des coups de pied dans plusieurs cartons en hurlant :

— J'en ai assez que tu essaies de me doubler, sale merdeux d'hypocrite !

Il portait un costume ample couleur beige avec une cravate à motifs tourbillonnants roses et jaunes. Il avait lissé ses cheveux en arrière. Ses lunettes de soleil à monture en acier et verres réfléchissants étaient posées sur le bout de son nez.

— Qu'est-ce que c'est que ce cirque ?

— Du calme, Gennady. Je change simplement d'appartement, c'est tout.

— Pour aller où ?

C'était la partie la plus dure à lui faire avaler. Une fois qu'il comprendrait où j'emménageais, il ne se contenterait plus de notre petit arrangement. J'avais fini de rembourser son prêt, si bien que mon rôle consistait désormais à lui *vendre* douze comprimés de MDT par semaine. Inutile de dire que cet accord ne me satisfaisait pas non plus mais, de toute évidence, il y avait une divergence d'opinion quant à la nature des changements que nous désirions tous les deux y apporter.

— Sur la Douzième Avenue, au niveau de la 30e Rue.

Il shoota dans un autre carton.

— Quand ?

— Au début de la semaine prochaine.

Le nouvel appartement n'était pas encore meublé mais comportait une douche, le téléphone, le câble, et comme je ne voyais pas d'objection au fait de me nourrir provisoirement de plats livrés à domicile et que, surtout, j'avais vraiment hâte de quitter la 10e Rue, j'étais prêt à y emménager le jour même.

Gennady soufflait comme un taureau. Je tentai de le calmer :

— Écoute, tu as mon numéro de Sécurité sociale et les références de mes cartes de crédit. Tu ne peux pas perdre ma trace. Et puis, je ne fais que traverser la ville.

Il eut une moue de dédain.

— Parce que tu crois que j'ai peur de te perdre ? Pfff… De toute façon, j'en avais marre de venir dans ce taudis. Ce que je veux, c'est rencontrer ton dealer. Je veux acheter sa came en grosses quantités.

Je fis non de la tête.

— Désolé, Gennady, mais n'y compte pas.

Il resta immobile une seconde, puis bondit en avant et me donna un coup de poing dans le haut du ventre. Je tombai à la renverse, par-dessus un carton rempli de livres, et me cognai la tête contre le plancher.

Il me fallut quelques instants avant de pouvoir me redresser, quelques autres encore pour me frotter le crâne, regarder, ahuri, autour de moi, puis enfin me remettre debout. Je songeai à une centaine de choses à lui dire mais ne m'en donnai pas la peine.

Il me tendit sa main ouverte.

— Dépêche, où ils sont ?

Je titubai jusqu'à mon bureau et sortis les comprimés d'un tiroir. Je me tournai et les lui donnai. Il en avala un puis mis quelques minutes à transvaser minutieusement les autres de mon petit flacon en plastique à sa boîte à pilules en argent. Lorsqu'il eut fini, il jeta le flacon par terre et glissa la boîte dans sa poche de poitrine.

— Tu ne devrais pas en prendre plus d'un par jour, dis-je.

— Je sais.

Il lança un regard à sa montre et poussa un soupir impatient.

— Je suis pressé. Écris-moi quelque part ta nouvelle adresse.

Je m'approchai à nouveau du bureau sans cesser de me masser le crâne, trouvai un morceau de papier et un stylo. J'envisageai un instant de lui donner une fausse adresse, mais je savais déjà que cela ne servirait à rien. Il avait effectivement tous les éléments pour me retrouver.

— Allez, grouille ! J'ai une réunion dans un quart d'heure.

J'écrivis l'adresse et lui donnai le papier.

— Une réunion ?

Il esquissa un sourire fier, n'ayant apparemment pas remarqué le sarcasme dans ma voix.

— Oui, je monte une boîte d'import-export. Enfin, j'essaie. Il y a tellement de lois et de règlements à la con dans ce pays ! Tu as une idée du nombre de démarches que tu dois te farcir rien que pour obtenir une licence ?

Je fis non de la tête et demandai :

— Qu'est-ce que tu vas importer ? Ou exporter ?

Il hésita, se pencha légèrement en avant et chuchota :

— Je ne sais pas, tu sais… des trucs, quoi.

— Des trucs ?

— Qu'est-ce que tu crois ? C'est compliqué, comme combine. Tu crois que je vais en parler avec un pédé comme toi ?

Je haussai les épaules.

— Bon, Eddie, écoute-moi bien : je te donne jusqu'à la semaine prochaine pour organiser une rencontre avec ton fournisseur. Tu auras ta commission. Mais si tu me plantes, je t'arrache les tripes à mains nues et je te les fais bouffer frites. Tu m'as bien compris ?

Je le regardai droit dans les yeux.

— Oui.

Son poing jaillit de nulle part, telle une torpille, me cueillant au plexus. La douleur me plia en deux et je partis de nouveau à la renverse, évitant cette fois de justesse le carton de livres.

— Oh, pardon ! Tu avais dit oui ? Désolé, j'ai dû mal entendre.

Il riait encore en descendant l'escalier.

Une fois que j'eus récupéré une respiration normale, je me traînai jusqu'à mon canapé où je me laissai tomber. Je m'étirai et fixai le plafond. Depuis quelque temps déjà, la personnalité de Gennady menaçait d'imploser. Il allait falloir que je trouve une solution et vite, parce que, une fois qu'il aurait vu l'appartement du Céleste, je ne pourrais plus l'arrêter. Ce serait la fin. Il le voudrait. Il voudrait tout.

Il gâcherait tout.

Cependant, un peu plus tard, après avoir analysé la situation plus en détail, j'en vins à la conclusion que le vrai problème n'était pas Gennady, mais le fait que ma réserve de MDT était en train de fondre comme neige au soleil. Au cours du dernier mois, j'avais pioché dedans plusieurs fois par semaine sans faire attention, sans même me donner la peine de compter ce qu'il me restait, me promettant chaque fois de le faire la *prochaine* fois. Mais je ne m'y résolvais jamais. J'étais trop accaparé par le roulement de tambour permanent dans ma tête... l'accord MCL-Abraxas, le Céleste. *Ginny Van Loon*.

J'entrai dans la chambre, ouvris ma penderie, sortis la grande enveloppe en papier brun et vidai son contenu sur le lit. Je comptai les comprimés. Il en restait deux cent cinquante. Au rythme où je les consommais, et en comptant la ration hebdomadaire de Gennady, je n'en avais plus que pour deux mois tout au plus. Même si j'éliminais Gennady de l'équation, cela ne ferait que rajouter quelques semaines. Si bien que… quelques semaines, quelques mois, quelle différence ?

Voilà le vrai problème auquel j'étais confronté. Au bout du compte, cela me ramenait une fois de plus au petit calepin noir de Vernon. Quelque part dans cette liste de noms et de numéros de téléphone, il devait y avoir quelqu'un qui savait quelque chose sur la MDT, ses origines, ses doses efficaces, peut-être même comment mettre sur pied une nouvelle chaîne d'approvisionnement. Car si je voulais accomplir le grand destin qui se dessinait devant moi, il fallait que je règle les questions de dosage et de ravitaillement, et ce sans plus attendre.

Je parcourus à nouveau le calepin. Avec un stylo rouge, je biffai les numéros que j'avais déjà appelés. Sur une autre feuille de papier, je dressai la liste des numéros que je n'avais pas encore essayés. Le premier était celui de Deke Tauber. J'avais rechigné à l'appeler auparavant, pensant qu'il était peu probable qu'on me laisse lui parler directement. L'ex-jeune loup de la finance des années 80 s'était recréé de toutes pièces en gourou reclus d'une secte éponyme centrée sur l'épanouissement personnel, Dekedelia.

Pourtant, plus j'y songeais, plus il semblait logique que je l'appelle. Il avait beau être fêlé et cloîtré, il saurait qui j'étais. Il avait connu Melissa. Je pouvais toujours invoquer « le bon vieux temps ».

Je composai le numéro et attendis.

— Ici, le bureau de M. Tauber.

— Bonjour, je voudrais parler à M. Tauber, s'il vous plaît.

Pause suspicieuse.

*Merde.*

— De la part de qui ?

— Euh… dites-lui que c'est un vieil ami, Eddie Spinola.

Autre pause.

— Comment avez-vous obtenu ce numéro ?

— Je ne pense pas que cela vous regarde. Puis-je parler à M. Tauber, s'il vous plaît ?

*Clic.*

Je n'aimais décidément pas qu'on me raccroche au nez, mais je devinais que j'allais devoir m'y faire.

J'examinai de nouveau la liste de numéros.

*Qui est à l'appareil ?*

*Qu'est-ce que vous voulez ?*

*Comment avez-vous eu ce numéro ?*

La perspective d'appeler tous les numéros de la liste et de les biffer les uns après les autres était trop démoralisante, si bien que je décidai de poursuivre la piste Tauber. Je visitai le site web de Dekedelia, examinai les cours proposés, le choix de livres et de vidéos en vente. Ces pages me paraissaient très commerciales et visiblement conçues pour attirer de nouveaux adeptes.

Je surfai un moment, trouvant des liens vers un grand nombre d'autres sites. Il y avait un annuaire de religions marginales, un réseau d'information sur les sectes baptisé CultWatch, diverses associations de « parents inquiets » et d'autres sites traitant de thèmes tels que le lavage de cerveau et les centres « de retour à la vie civile ». J'atterris sur la page personnelle d'un conseiller qualifié dans l'« aide aux victimes », basé à Seattle, un homme dont le fils avait disparu quinze ans plus tôt dans une secte appelée les « Vénusiens lumineux ». Comme il avait fait allusion à Dekedelia sur sa page, je décidai de l'appeler. Nous parlâmes quelques minutes et, bien qu'il n'ait pas grand-chose à m'apprendre, il me donna le numéro d'une association de parents à New York. Je parlai ensuite au secrétaire de cette association – un parent inquiet et manifestement dérangé – et obtins, cette fois, le numéro d'une agence de détectives privés commanditée par plusieurs membres de l'association pour mener une enquête sur Dekedelia. Je parvins à parler avec l'un des détectives de l'agence, Kenny Sanchez.

Je lui déclarai être en possession d'informations sur Deke Tauber susceptibles de l'intéresser, mais que j'en voulais d'autres en retour. D'abord méfiant, il accepta enfin de me rencontrer, à la patinoire du Rockefeller Plaza.

Deux heures plus tard, nous arpentions la 42e Rue, puis remontions la Sixième Avenue. Nous passâmes devant le Radio City Music Hall et continuâmes vers Central Park South.

Kenny Sanchez était petit et bedonnant, avec un costume marron. Bien que d'un abord grave et très circonspect, il commença à se détendre au bout de dix minutes, devenant même plutôt bavard. Exagérant légèrement, je lui racontai que j'avais été ami avec Deke Tauber pendant un temps dans les années 80, mais que nous nous étions perdus de vue. Visiblement fasciné, il m'interrogea à ce sujet. Répondant sur un ton très libre, je lui donnai l'impression d'être disposé à partager avec lui tout ce que je savais. Du coup, quand ce fut mon tour de lui poser des questions, je me l'étais déjà pratiquement mis dans la poche.

— Le principe de base de cette secte, me dit-il sur le ton de la confidence, est que chaque individu a besoin d'échapper au dysfonctionnement inhérent à la matrice familiale et – imaginez un peu ! – de se *recréer* indépendamment dans un environnement alternatif.

Il s'interrompit un instant et rentra les épaules comme pour se protéger de ce qu'il venait de dire. Puis il reprit son laïus :

— À ses débuts, Dekedelia n'était qu'une petite organisation de barjos parmi tant d'autres, avec ses conférences, ses séances de méditation et sa lettre d'information. De même, comme toutes les autres, elle baignait dans une aura de mysticisme bon marché et plutôt gnangnan. Puis, tout à coup, la situation a évolué, et très rapidement. En deux temps trois mouvements, le leader de ce soi-disant mouvement spirituel s'est mis à publier une ribambelle de bouquins et de vidéos qui sont devenus autant de best-sellers...

Tout en l'écoutant, je lançais de temps à autre des regards en coin vers Kenny Sanchez. Il savait s'exprimer et prenait manifestement son enquête à cœur, mais j'avais surtout l'impression qu'il tenait à me montrer qu'il maîtrisait parfaitement son sujet.

— Les problèmes ont commencé peu après. Une série de gens, toujours jeunes, généralement coincés dans des emplois sans avenir, ont littéralement « disparu » dans la secte. Ça n'avait rien d'illégal, dans la mesure où tous ces adeptes avaient pris soin de rédiger des « lettres d'adieu » à leur famille, empêchant ainsi...

Il agita l'index de sa main droite.

— ... la police d'ouvrir une enquête pour disparition. Malin, non ?

Il travaillait actuellement sur trois dossiers différents, m'informa-t-il, trois jeunes gens ayant disparu au cours de l'année précédente. Il me donna quelques détails sur chacun d'entre eux, des détails que je n'avais pas particulièrement besoin de connaître.

— Où en sont vos enquêtes, à présent ? demandai-je.

— Euh... pas très avancées, j'en ai peur.

Il n'était pas ravi de me l'avouer mais ne semblait guère avoir le choix. Comme pour compenser, il ajouta :

— Mais il semble se passer quelque chose de bizarre en ce moment. Depuis quelques semaines, le bruit court que Deke Tauber est malade. On ne le voit plus, il ne donne plus de conférences, il ne fait plus de séances de signature pour ses livres. On ne peut pas le joindre. Il est *incommunicado*.

— Hmm…

Je sentis que le moment était venu pour moi d'abattre mes cartes.

Je lui dis que j'avais de bonnes raisons de croire que Deke Tauber était accro à un étrange produit à formule modifiée et que la cause de sa maladie était peut-être que le seul fournisseur connu de cette substance avait… disparu récemment, laissant tous ses clients en état de manque. Naturellement, Kenny Sanchez était très intéressé, même si je restai très vague et lui annonçai presque immédiatement ce que je voulais : des informations sur un associé de Tauber, un certain Todd quelque chose. Je lui assurai que, s'il m'aidait sur ce coup-là, je lui transmettrais tout ce que j'apprendrais d'autre sur cette histoire.

Dans ses tentatives pour m'impressionner, Kenny Sanchez avait quelque peu mis de côté son éthique professionnelle. Il parvint néanmoins à rechigner de manière convaincante devant l'idée de révéler à un tiers des informations découvertes dans le cadre d'une enquête privée.

— Des infos sur un associé de Tauber ? C'est que… je ne sais pas, Eddie, ça ne sera pas facile. Il faut bien comprendre que nous sommes tenus par des règles de confidentialité… de déontologie… et tout ça…

Je m'arrêtai à l'angle de la Sixième Avenue et de Central Park South et me tournai vers lui. Il s'arrêta également. Je le regardai droit dans les yeux.

— Où trouvez-vous vos informations, Kenny ? Ce ne sont jamais que des produits, n'est-ce pas ? Quelque chose comme des devises ? Considérez ça comme une simple transaction, un échange…

— Je suppose…

— Après tout, qu'est-ce qu'une source ?

— Oui, mais…

— Il faut donner pour recevoir, non ?

Je continuai dans cette veine jusqu'à ce qu'il accepte de m'aider. Il me dit qu'il verrait ce qu'il pourrait faire, puis ajouta, penaud, qu'en cherchant bien il pourrait peut-être trouver le moyen d'avoir accès aux archives téléphoniques de Tauber.

Je passai le week-end à emballer le reste de mes affaires et à les faire transporter au Céleste. Je fis connaissance avec le factotum, Richie, qui tenait la réception dans le hall d'entrée. Je visitai quelques autres showrooms de meubles, étudiai ce qui se faisait de mieux en matière de cuisine, de télévision et de hi-fi dernier cri. Je m'achetai une édition de luxe des œuvres complètes de Dickens dont je rêvais depuis longtemps. J'appris également l'espagnol, ce dont j'avais également toujours eu envie, et en profitai pour lire *Cent Ans de solitude* dans le texte original.

Kenny Sanchez m'appela le lundi matin. Il me demanda si nous pouvions nous voir quelque part et suggéra la cafétéria d'un hôtel sur Columbus Avenue, au niveau de la 80e Rue. J'allais objecter et proposer un endroit plus proche de Midtown puis je me ravisai. Après tout, ces rencontres dans des lieux publics genre patinoires ou cafétérias étaient peut-être une de ses petites lubies de détective privé. Je passai quelques coups de fil avant de sortir, arrangeai un rendez-vous avec mon propriétaire de la 10e Rue pour lui rendre mes clefs, tentai vainement d'en fixer un autre avec l'entrepreneur chargé de carreler ma nouvelle salle de bains. Je parlai également avec la secrétaire de Carl Van Loon pour fixer plusieurs rendez-vous vers le milieu de l'après-midi.

Puis je descendis vers la Première Avenue et sautai dans un taxi.

C'était lundi dernier.

Assis dans le silence pesant de cette chambre du Northview Motor Lodge, je n'arrive pas à croire que c'était il y a seulement cinq jours. Compte tenu de ce qui s'est passé depuis, il m'apparaît tout aussi incroyable que j'aie pu organiser des réunions de travail, m'inquiéter des carreaux de la salle de bains et prendre ce qui me paraissait être des mesures sensées pour régler mon problème avec la MDT...

Dehors, la lumière a subtilement changé. L'obscurité est moins dense et, d'ici peu, une lueur bleue commencera à filtrer derrière la ligne d'horizon. Je suis tenté de reposer mon ordinateur pour sortir et regarder le ciel, pour sentir cette vaste quiétude qui cerne cette petite clairière en lisière d'une autoroute du Vermont.

Mais je reste là où je suis, dans la chambre, dans le fauteuil en rotin, et continue à écrire. Parce que, en vérité, il ne me reste plus beaucoup de temps.

Le taxi qui m'emmenait vers la cafétéria passa devant Actium, sur Columbus Avenue, le restaurant où j'avais rencontré Donatella Alvarez. J'entr'aperçus la façade tandis que nous filions devant. Le restaurant était fermé et paraissait étrangement plat et irréel, comme un plateau de cinéma abandonné. Je m'autorisai à repasser dans ma tête ce dont je me souvenais de ce dîner et de la réception qui avait suivi dans l'atelier de Rodolfo Alvarez, mais, très vite, je ne vis plus que les silhouettes peintes, criardes, saillantes, *se multipliant*, et je dus arrêter, bloquant le flot d'images en me concentrant sur la charte des droits du passager collée au dos du siège devant moi.

Lorsque j'entrai dans la cafétéria, Kenny Sanchez était assis devant une assiette d'œufs au jambon. Une grande enveloppe en papier bulle était posée près de sa tasse de café. Je m'assis en face de lui en le saluant d'un signe de tête discret que je pensais être de circonstance.

Il s'essuya les lèvres avec sa serviette.

— Eddie, comment ça va ? Vous ne voulez pas manger quelque chose ?

— Non merci, je prendrai juste un café.

Il arrêta une serveuse qui passait et commanda un café.

— J'ai quelque chose pour vous, annonça-t-il en tapotant l'enveloppe brune.

Les battements de mon cœur s'accélérèrent légèrement.

— Super, qu'est-ce que c'est ?

Il but une gorgée de café avant de poursuivre :

— On y viendra dans un instant, Eddie, mais avant, vous devez jouer franc jeu avec moi. Cette histoire de substance à formule modifiée, c'est vrai ? D'abord, comment êtes-vous au courant ?

Apparemment, après avoir réexaminé la question à tête reposée, il avait conclu que j'essayais de le doubler en lui soutirant des informations sans rien lui donner de substantiel en retour.

— Ce ne sont pas des blagues, dis-je.

Je m'interrompis, la serveuse s'approchant avec mon café, ce qui me donna le temps de réfléchir. Mais il n'y avait pas trente-six possibilités : il me fallait ses informations.

Lorsqu'elle fut repartie, je repris :

— Vous connaissez ces médicaments censés améliorer vos performances dont on parle dans les journaux, ces produits dopants qui font scandale dans le monde du sport, en natation, en athlétisme, en haltérophilie ? Eh bien, c'est la même chose, sauf que ça dope le cerveau. C'est une sorte de stéroïde anabolisant de l'intellect.

Il me dévisagea un moment, ne sachant comment réagir, attendant une suite.

— Je connaissais quelqu'un qui en vendait à Tauber, ajoutai-je.

J'indiquai l'enveloppe d'un signe du menton.

— Si ce sont les relevés téléphoniques de Tauber, son nom doit sûrement y figurer. Vernon Gant.

Kenny Sanchez hésita, puis saisit l'enveloppe, l'ouvrit et en sortit une liasse de feuilles. C'était un tirage papier d'une liste informatique de numéros de téléphone, accompagnés de noms et d'horaires. Il les parcourut en diagonale, cherchant quelque chose de spécifique.

— Le voilà, déclara-t-il.

Il me montra une page en pointant un nom.

— Vernon Gant.

— Il n'y aurait pas aussi un certain Todd ?

— Si. Juste trois ou quatre appels, tous pendant la même période, en l'espace de deux jours.

— Après quoi, il n'y a plus d'appels de la part de Vernon Gant non plus, pas vrai ?

Il se replongea dans les feuilles, les parcourant une à une. Enfin, il releva la tête.

— Effectivement.

Il reposa la liasse sur l'enveloppe en demandant :

— Qu'est-ce que ça veut dire ? Il a disparu ?

— Vernon Gant est mort.

— Ah.

— C'était mon beau-frère.

— Oh. Désolé.

— Pas de quoi. C'était un vrai con.

Nous restâmes silencieux un moment, puis je pris un risque, calculé. Je saisis la liasse de feuilles en lui lançant un regard interrogateur.

Il acquiesça.

J'étudiai les pages quelques minutes, les parcourant au hasard. Puis je trouvai les appels de « Todd ». Son nom de famille était Ellis.

— C'est un numéro de téléphone du New Jersey, non ?

— Oui, j'ai vérifié. Les appels proviennent d'une ligne personnelle dans une entreprise nommée United Labtech, qui se trouve près de Trenton.

— United Labtech ?

Il hocha la tête puis demanda :

— Ça vous dirait d'aller faire un petit tour là-bas ?

Sa voiture était garée à deux pas et, quelques minutes plus tard, nous roulions vers la voie express Henry Hudson. Nous prîmes le Lincoln Tunnel jusqu'au New Jcr sey, puis l'autoroute Turnpike. Kenny Sanchez m'avait donné l'enveloppe à tenir en montant dans la voiture et, au bout de quelques minutes de route, j'avais sorti les listes et m'étais remis à les examiner. Je sentais bien que Sanchez n'était pas très à l'aise avec cette idée, mais il ne broncha pas. Je parvins à détendre l'atmosphère en parlant et lui posant des questions, sur les affaires qu'il avait traitées, sur les aberrations de la loi, sur sa famille, sur tout et n'importe quoi. Puis, soudain, je me remis à l'interroger sur la liste. Qui étaient ces gens ? Était-il parvenu à les identifier tous ? Comment faisait-il ?

— La plupart des correspondants ont un rapport avec la partie commerciale de Dekedelia, expliqua-t-il. Il s'agit d'éditeurs, de distributeurs, d'avocats. Nous pouvons justifier leur présence et les avons donc éliminés d'office. En revanche, nous avons isolé environ vingt-cinq autres noms qui ne correspondent à rien.

— Il s'agit d'appels entrants ou sortants ?

— Les deux, et tous réapparaissent relativement régulièrement. Dans tous les cas, il s'agit d'individus habitant de grandes villes un peu partout dans le pays. Ils occupent des postes de direction dans toutes sortes d'entreprises, mais aucune ne semble avoir le moindre lien avec Dekedelia.

Je choisis au hasard un numéro hors de l'État de New York.

— Comme… euh… ce Libby Driscoll ? À Philadelphie ?

— Oui.

— Hmmm…

Tandis que de l'autre côté de la fenêtre défilaient les pompes à essence, les usines, les Pizza Hut et les Burger King, j'essayai de comprendre qui pouvaient être ces gens. J'explorai plusieurs théories mais fus distrait par le fait que Kenny Sanchez s'était mis à lancer des regards dans son rétroviseur toutes les deux secondes. Il changea de voie sans raison apparente, une fois, deux fois, puis une troisième.

— Quelque chose ne va pas ?

— Je crois qu'on est suivis.

Il changea encore une fois de voie, puis accéléra.

— Suivis ? Par qui ?

— Je n'en sais rien. Je me trompe peut-être. Mais on n'est jamais trop… prudent.

Je me retournai. La circulation derrière nous était dense, occupant les trois voies du long ruban de l'autoroute qui serpentait à travers le paysage industriel vallonné. J'avais du mal à imaginer comment Sanchez pouvait avoir repéré un véhicule parmi tous ceux qui roulaient derrière nous.

Je me tus.

Quelques minutes plus tard, nous prîmes la sortie de Trenton et, après avoir tourné en rond pendant ce qui me parut une éternité, nous arrivâmes devant un bâtiment anonyme de plain-pied. Bas et long, on aurait dit un entrepôt. Le vaste parking devant était à moitié plein. Le seul signe de reconnaissance de la société était un petit panneau à l'entrée principale du parking indiquant *United Labtech*, avec, dessous, un logo qui essayait désespérément d'avoir l'air scientifique, une sorte d'hélice multiple sur une grille bleue incurvée. Nous entrâmes et nous garâmes.

Me rendant soudain compte que j'étais peut-être à deux doigts de rencontrer l'associé de Vernon, je sentis une décharge d'adrénaline se diffuser dans mes veines.

Au moment où j'allais ouvrir la portière, Sanchez me retint par le bras.

— Oh là ! Où est-ce que vous allez ?

— Pardon ?

— Vous ne pouvez pas entrer là-dedans comme ça. Il vous faut une couverture. Laissez-moi faire.

Il se pencha, ouvrit la boîte à gants et en sortit une poignée de cartes de visite. Il les examina rapidement puis en choisit une.

— Les assurances. Ça marche toujours, dans ce genre de boîte.

Indécis, je me mordillai un instant la lèvre inférieure.

— Écoutez, je veux juste m'assurer qu'il est bien là-dedans, dit Sanchez. C'est la première étape.

— OK.

Je regardai Sanchez descendre de la voiture, marcher jusqu'à l'entrée du bâtiment puis disparaître à l'intérieur.

Naturellement, il avait raison. Je devais aborder Todd Ellis avec la plus grande prudence. Si je gaffais dès notre première rencontre, surtout sur son lieu de travail, je risquais de lui faire peur, voire de lui bousiller *sa* couverture.

Tandis que j'étais assis là dans la voiture, mon téléphone portable sonna.

— Allô ?

— Eddie ? C'est Carl.

— Quoi de neuf ?

— Je crois qu'on y est. « La vision commune. » Hank et Dan. Je les ai invités tous les deux à dîner chez moi ce soir. Tout porte à croire qu'on assistera à la poignée de main scellant l'accord final.

— Parfait. Quelle heure ?

— Vingt heures trente. J'ai fait annuler vos rendez-vous de cet après-midi… Où êtes-vous, au fait ?

— Dans le New Jersey.

— Qu'est-ce que…

— Ne vous inquiétez pas.

— D'accord. Ramenez votre fraise le plus vite possible. On a pas mal de détails à revoir avant ce soir.

Je lançai un regard à ma montre.

— Donnez-moi une heure.

— OK. À tout à l'heure.

La tête me tournait en rangeant mon téléphone. Il se passait trop de choses en même temps : Todd Ellis, l'accord, l'appartement.

Au même instant, Kenny Sanchez réapparut. Il se dirigea d'un pas leste vers la voiture et grimpa derrière le volant. Je le dévisageai d'un regard qui hurlait en silence : « Alors ? »

— Ils disent qu'il ne travaille plus ici.

Il se tourna vers moi.

— Il est parti il y a quelques semaines. Il n'a laissé aucune adresse où faire suivre son courrier, pas le plus petit numéro de téléphone où on pourrait le joindre.

# 24

Nous rentrâmes à Manhattan pratiquement sans échanger un mot. Apprendre que Todd Ellis s'était tout bonnement volatilisé m'avait laissé une sensation nauséeuse. Le fait qu'il ne travaillait plus pour United Labtech n'arrangeait pas non plus mes affaires car, si c'était bien là le laboratoire qui fabriquait la MDT, comment allais-je m'en procurer sans une taupe dans les lieux ? Lorsque nous fûmes à mi-chemin dans le Lincoln Tunnel, je demandai à Sanchez :

— Vous croyez pouvoir le retrouver ?

— Je vais essayer.

Je devinai à son ton qu'il commençait à en avoir marre. Je ne pouvais pas le laisser partir comme ça. J'avais besoin de lui dans mon camp.

— Vous allez essayer ?

— Oui, mais j'aurais préféré…

Il s'interrompit et poussa un soupir agacé. Il ne voulait pas dire la suite, alors j'achevai pour lui :

— Vous auriez préféré avoir une piste plus tangible que mon histoire à dormir debout ?

Il hésita puis hocha la tête.

Je réfléchis un moment puis, tandis que nous sortions du tunnel, lui demandai :

— Ces gens sur la liste, les vingt-cinq dont vous ne pouvez expliquer la présence, vous leur avez parlé ?

— À quelques-uns d'entre eux, quand on a commencé à s'intéresser à ses appels.

— C'était quand ?

— Il y a à peu près trois mois, mais ça n'a abouti à rien.

Je sortis mon portable et composai un numéro.

— Qui appelez-vous ?

— Libby Driscoll.

— Mais comment… vous…

— J'ai une excellente mémoire… Je voudrais parler à Libby Driscoll, s'il vous plaît.

Quelques instants plus tard, je reposai le téléphone sur mes genoux.

— Elle est absente. En arrêt maladie depuis une semaine.

— Et alors ?

Je sortis la liasse de l'enveloppe et feuilletai les pages. Je choisis un second correspondant dans un État autre que celui de New York, le montrai à Sanchez puis appelai.

On me chanta le même refrain.

Nous étions sur la 42e Rue. Je demandai à Sanchez s'il pouvait me déposer à l'angle de la Cinquième Avenue puis déclarai :

— Ce n'est qu'une supposition mais, si vous appelez tous les noms sur cette liste, je suis presque sûr qu'on vous répondra à chaque fois qu'ils sont malades. En outre, vous découvrirez certainement que les trois personnes que vous recherchez – les membres de la secte qui ont disparu – sont sur cette liste…

— Quoi ?

— … menant des carrières brillantes sous une nouvelle identité, tous carburant à la MDT-48 fournie par Deke Tauber.

— Bon Dieu !

— Mais leur source d'approvisionnement s'est tarie, c'est pourquoi ils tombent tous malades les uns après les autres.

Sanchez s'arrêta au bord du trottoir juste avant le carrefour avec la Cinquième Avenue. Je poursuivis :

— Je parie que tous les gens sur cette liste sont en fait quelqu'un d'autre. Comme vous l'avez dit vous-même, ils se sont « recréés indépendamment dans un environnement alternatif ».

— Mais…

— Si ça se trouve, ils ne savent même pas qu'ils sont sous MDT. Deke la leur administre d'une manière ou d'une autre et, en retour, se paie probablement avec un pourcentage sur leurs gros salaires de P-DG…

Kenny Sanchez regardait droit devant lui. J'entendais presque tourner les rouages de son cerveau.

— Je vais m'en occuper tout de suite, dit-il enfin. Je vous appelle dès que j'ai trouvé quelque chose.

Je sortis de la voiture, toujours légèrement barbouillé. Toutefois, en remontant la Cinquième Avenue vers la 48e Ruc, je dus reconnaître que j'étais assez content de la façon dont j'avais remis Kenny Sanchez sur la bonne voie.

Je passai l'après-midi avec Carl Van Loon, à revoir des détails que nous avions déjà revus cent fois, notamment notre stratégie de relations publiques pour l'annonce officielle de la fusion. Il était très excité par la finalisation de l'accord et ne voulait rien laisser au hasard. Il exultait particulièrement à l'idée que cet accord serait conclu chez lui, dans son appartement de Park Avenue, ce qui, bien qu'il l'ait oublié, avait été mon idée. Dans l'activité frénétique des dernières semaines, Hank Atwood et Dan Bloom ne s'étaient rencontrés que deux fois, assez brièvement et dans un contexte formel d'affaires. J'avais donc émis l'hypothèse qu'un dîner intime chez Van Loon offrirait un cadre plus propice pour ce prochain rendez-vous, le plus crucial, arguant qu'une atmosphère conviviale façon club anglais, avec cognac et cigares, faciliterait la dernière chose qui restait à faire dans toute cette histoire : mettre les deux responsables face à face pour qu'ils se disent, en se regardant dans le blanc des yeux : « Et puis merde, fusionnons ! »

Je quittai le bureau vers seize heures et filai à mon ancien appartement de la 10e Rue, où j'avais rendez-vous avec mon propriétaire. Je lui rendis les clefs et pris le restant de mes affaires, dont l'enveloppe contenant ma réserve de MDT. Cela me fit une drôle d'impression de refermer la porte et de sortir de l'immeuble pour la dernière fois. Ce n'était pas uniquement que je quittais l'appartement où j'avais vécu dix ans, mais j'avais aussi l'impression que, d'une certaine manière, c'était moi-même que j'abandonnais ainsi. Au cours des dernières semaines, je m'étais dépouillé allègrement d'une grande partie de moi-même mais, inconsciemment, j'avais pensé que, tant que je vivrais sur la 10e Rue, je conserverais toujours la possibilité, si nécessaire, de faire marche arrière. C'était comme si l'appartement contenait une partie indélébile de moi-même, une forme de séquence génétique inscrite dans les lattes du plancher et les murs, qui pourrait être utilisée pour reconstituer mes mouvements, mes petites habitudes, la *totalité* de la personne que j'étais. Mais à présent, en m'installant sur la banquette arrière d'un taxi sur la Première Avenue, mes dernières affaires dans un fourre-tout, je sus que, cette fois, j'avais définitivement largué les amarres.

Un peu plus d'une heure plus tard, je contemplais la ville depuis le soixante-huitième étage du Céleste. Entouré de cartons non ouverts et de caisses en bois, je me tenais dans la pièce principale, en peignoir de bain, une coupe de champagne à la main. La vue était spectaculaire et la soirée qui s'annonçait promettait à sa manière de l'être tout autant. Je me souviens d'avoir pensé alors : Si c'est ça, larguer les amarres, je crois que je n'aurai pas trop de mal à m'y faire...

J'arrivai chez Van Loon à vingt heures et fus conduit dans un grand salon tout en chintz et froufrous. Van Loon apparut quelques minutes plus tard et me servit un verre. Il paraissait légèrement agité. Il me confia que sa femme n'était pas là et qu'il n'était jamais très à son aise quand il recevait sans elle. Je lui rappelai qu'en dehors de nous il n'y aurait que Hank Atwood et Dan Bloom, chacun accompagné d'un conseiller représentant son équipe de négociation. Il ne n'agissait pas d'une grande soirée mondaine. Ce serait simple, décontracté, et, par la même occasion, nous réglerions quelques affaires. Ce serait discret, mais avec des implications profondes.

Van Loon me donna une tape sur l'épaule.

— « Discret, mais avec des implications profondes », ça, c'est bien trouvé !

Les autres arrivèrent en deux fois, à cinq minutes d'intervalle, et nous nous retrouvâmes bientôt tous un verre à la main, mettant un point d'honneur à discuter de tout sauf de la fusion MCL-Abraxas. Je m'étais habillé pour la circonstance, décontracté mais digne, pull en cachemire noir et pantalon en laine tout aussi noir, alors que tous les autres, y compris Van Loon, étaient en pantalon en toile et polo. Cela me faisait me sentir légèrement différent et, d'une certaine manière, renforça la notion que je participais à un jeu vidéo ultrasophistiqué. Ma tenue noire me distinguait en tant que héros. L'ennemi, dans des polos aux couleurs vives, m'encerclait et je devais le baratiner à mort avant qu'il découvre que j'étais un imposteur et m'élimine du marché.

Cette vague sensation d'isolement perdura pendant toute la première partie de la soirée, mais elle n'était pas vraiment désagréable. Au bout d'un moment, je compris ce qui se passait. J'avais accompli ma mission. Les négociations pour la fusion, c'était moi. J'avais aidé à structurer cet énorme accord entre deux sociétés mais, à présent, c'était terminé. Ce dîner n'était plus qu'une formalité. Il était temps pour moi de passer à autre chose.

Comme s'ils avaient lu dans mes pensées, Hank Atwood et Dan Bloom, séparément, discrètement, me laissèrent entendre que, si j'étais intéressé – en temps voulu, bien sûr –, il y aurait peut-être un… rôle à jouer dans leur nouveau mastodonte des médias. Je répondis très prudemment à leurs avances, insistant sur le fait que ma première priorité était ma loyauté envers Van Loon, mais que, naturellement, j'étais flatté qu'ils aient pensé à moi. De toute manière, je ne savais pas encore ce que je voulais faire, hormis que ce devrait être différent de ce que j'avais déjà fait jusque-là. Peut-être diriger un studio de cinéma ou fomenter une nouvelle stratégie planétaire pour la compagnie.

À moins que je ne change radicalement de branche. Que j'entre en politique. Que je me présente au Sénat.

Nous passâmes dans la pièce voisine et prîmes nos places autour d'une grande table ronde. Tout en imaginant mon éventuelle carrière politique, je discutais avec Dan Bloom des whiskies pur malt. Cet état d'esprit distrait, songeur, dura tout au long du repas (tagliatelles, civet de lièvre et petits pois, suivis de gibier sauté avec des marrons) et dut me faire paraître assez distant. À une ou deux reprises, je surpris même Van Loon en train de m'observer discrètement d'un air perplexe.

Lorsque nous fûmes au milieu du plat principal – et après avoir éclusé une bouteille de château calon-ségur 1947 –, la conversation en vint enfin à l'affaire en cours. Toutefois, cela ne prit pas longtemps, car il fut rapidement clair que les détails et les épluchages fébriles de comptes de ces dernières semaines n'étaient que broutilles et que ce qui comptait par-dessus tout, c'était l'accord de principe. Ce dernier avait été obtenu grâce à Van Loon & Associates, qui avait effectué le vrai travail de négociation, orchestrant les événements, concrétisant les idées. Maintenant que la chose était virtuellement sur pilote automatique, j'avais l'impression d'observer la scène de très haut, ou à travers une vitre teintée.

Lorsque les assiettes furent débarrassées, un silence tendu s'installa dans la pièce. Tout semblait prêt. Je m'éclaircis la gorge et, presque simultanément, Hank Atwood et Dan Bloom se penchèrent en avant et se serrèrent la main au-dessus de la table.

Il y eut une brève salve d'applaudissements et de hourras, après quoi une bouteille de veuve clicquot et six coupes apparurent sur la table. Van Loon se leva et fit sauter le bouchon, puis tous portèrent un toast. De fait, il y en eut plusieurs, et vers la fin il y en eut même un en mon honneur. Choisissant soigneusement ses mots, Dan Bloom leva son verre et me remercia pour ma perspicacité et mon dévouement sans faille. Hank Atwood ajouta que j'avais été la force vitale des négociations. Van Loon déclara que, maintenant que nous avions, lui et moi, contribué à mettre en place la plus grande fusion dans l'histoire économique des États-Unis, il fallait espérer que l'expérience n'aurait pas rétréci nos horizons d'une manière ou d'une autre.

Cela déclencha des rires joviaux et assura la transition entre les affaires et l'étape suivante de la soirée : le dessert (une nougatine feuilletée), les cigares et une ou deux heures de *bonhomie* débridée. Je contribuai pleinement à la conversation, qui était très variée et légèrement étourdissante. Pendant ce temps, juste sous la surface, dans un bourdonnement régulier, mon nouveau fantasme de représenter New York aux élections sénatoriales prenait une vie propre, au point que j'en arrivai à me convaincre qu'il était inévitable que, tôt ou tard, je cherche à me faire élire comme candidat aux présidentielles par le parti démocrate.

Ce n'était qu'un fantasme, bien sûr, mais plus j'y réfléchissais, plus l'idée d'entrer en politique m'apparaissait logique car, attirer les gens dans mon camp, leur communiquer mon énergie ou les inciter à me rendre service semblait précisément être ce que je faisais de mieux. Après tout, si ces milliardaires en polo étaient en train de rivaliser pour attirer mon attention, il ne devrait pas m'être bien difficile d'attirer l'attention du public américain… En suivant un plan soigneusement étudié, je pourrais siéger dans des sous-comités et des commissions d'enquête en moins de cinq ans et, à partir de là, qui savait jusqu'où je pourrais aller ?

Dans tous les cas, ce qu'il me fallait, c'était un bon plan quinquennal, quelque chose pour brûler l'incroyable énergie, l'ambition démesurée que la MDT engendrait si facilement.

J'étais pleinement conscient de ne pas disposer d'une source permanente de MDT et du fait que mes réserves m'étaient comptées. Mais je ne doutais pas que, par un moyen ou un autre, je parviendrais à surmonter cet écueil. Kenny Sanchez retrouverait Todd Ellis, qui, lui, aurait des réserves inépuisables. J'obtiendrais un accès permanent à ses réserves et… d'une manière ou d'une autre… tout irait pour le mieux.

Vers vingt-trois heures, les réjouissances tirèrent à leur fin et l'assemblée se scinda en petits groupes. Nous étions convenus plus tôt que la fusion serait annoncée le lendemain lors d'une conférence de presse. Nous organiserions quelques fuites stratégiques dans la presse le matin et la conférence se tiendrait en fin d'après-midi.

Hank Atwood et moi étions assis côte à côte à table, faisant tournoyer le cognac dans nos verres d'un air songeur. Les autres étaient debout, papotant. Une épaisse fumée de cigare flottait dans la pièce.

— Vous allez bien, Eddie ?

Je me tournai vers lui.

— Oui. Pourquoi ?

— Comme ça. Vous me paraissez soudain, je ne sais pas… éteint.

Je souris.

— Je songeais à l'avenir.

Il approcha son verre du mien et trinqua.

— Buvons à l'avenir, alors…

Au même moment, on toqua à la porte du salon et Van Loon, qui se tenait à côté, l'ouvrit. Il se tint sur le seuil, regardant à l'extérieur de la pièce, puis fit signe à quelqu'un d'entrer, quelqu'un qui n'en avait manifestement aucune envie.

Puis j'entendis sa voix :

— Non, Papa, je ne pense pas que…

— Allez, tu ne vas pas nous faire toute une histoire pour un peu de fumée de cigare ! Entre dire bonsoir.

Je regardai vers la porte, espérant qu'elle se déciderait à entrer.

— … dans un cas comme dans l'autre, disait Atwood, c'est la terre promise.

Je bus une gorgée de cognac.

— Quoi donc ? demandai-je.

— L'avenir, Eddie. L'avenir.

Je détournai la tête, distrait. Ginny venait d'entrer dans le salon d'un pas timide. Après avoir franchi le seuil, elle se dressa sur la pointe des pieds pour embrasser son père. Elle portait un petit haut en satin avec de fines bretelles et un pantalon en velours côtelé, serrait une pochette en daim dans sa main gauche. En s'écartant de son père, elle me sourit, levant sa main libre et remuant ses doigts, un salut qui s'adressait sans doute autant à Hank Atwood, à mes côtés. Elle avança légèrement dans la pièce et ce n'est qu'alors que je remarquai que Van Loon tendait le bras pour accueillir une seconde personne qui s'était tenue jusque-là derrière Ginny. Une seconde ou deux plus tard – après ce qui me parut être une poignée de main vigoureuse –, un jeune homme d'environ vingt-cinq ou vingt-six ans passa la porte.

Ginny serra poliment la main de Dan Bloom et des deux autres hommes puis se tourna vers nous. Elle s'approcha de la table et posa la main sur le dossier de la chaise en face de la mienne.

Le jeune homme et Van Loon discutaient et riaient. Bien qu'ayant du mal à m'arracher à la contemplation de Ginny, je lançais sans arrêt des regards vers eux. Le jeune portait un blouson à capuche fermée avec une fermeture Éclair, un T-shirt noir et un jean. Il avait les cheveux noirs et un petit bouc. Son visage m'était vaguement familier. Ou, du moins, quelque chose en lui, émanant de lui, ne m'était pas étranger. Van Loon semblait très bien le connaître.

Je me tournai à nouveau vers Ginny. Elle recula la chaise, s'assit, posa son sac sur la table et joignit les mains comme si elle s'apprêtait à mener une interview.

— Alors, messieurs, de quoi parlons-nous ?

— De l'avenir, répondit Atwood.

— De l'avenir ? Vous savez ce qu'en disait Einstein ?

— Non.

— Il disait : « Je ne pense jamais à l'avenir. Il arrivera bien assez tôt. »

Elle me regarda en ajoutant :

— Je suis plutôt d'accord avec lui.

— Hank !

Van Loon agita un bras dans notre direction, faisant signe à Atwood de les rejoindre.

— Excuse-moi, ma chère, dit-il en faisant la grimace.

En le suivant des yeux tandis qu'il contournait la table, je compris soudain qui était le jeune homme. Ray Tyner. Comme c'était apparemment souvent le cas avec beaucoup de stars de cinéma, il était assez différent dans la vie réelle. J'avais lu un article sur lui dans le journal de la veille. Il venait de rentrer à New York après avoir tourné un film à Venise.

— Alors, reprit Ginny, c'est donc ici que se réunit la cabale, les décideurs qui œuvrent dans l'ombre, le repaire des fumeurs de cigare…

Je souris.

— Je croyais qu'on se trouvait dans votre salle à manger.

Elle haussa les épaules.

— Oui, mais je n'ai jamais dîné ici. Je mange à la cuisine. Ici, c'est le centre de contrôle.

J'indiquai Ray Tyner d'un geste du menton. Atwood, Bloom et les autres s'étaient tous rassemblés autour de lui. Il semblait être en train de raconter une histoire.

— Qui contrôle le centre, à présent ?

Elle pivota sur sa chaise un instant pour le regarder. J'en profitai pour dévorer des yeux son profil, la courbe de son cou, ses épaules nues.

— Ray n'est pas comme ça, dit-elle. Il est gentil.

— Vous êtes ensemble ?

Elle recula légèrement la tête, surprise par ma question.

— Quoi, vous nous espionnez pour la rubrique des potins mondains ?

— Non, je suis simplement curieux. Juste pour ne pas gaffer à l'avenir.

— Comme je le disais, monsieur Spinola, je ne pense pas à l'avenir.

— C'est à cause de lui que vous n'avez pas voulu prendre un café avec moi ?

Elle hésita, puis répondit :

— Je ne vous comprends pas.

— Qu'est-ce que vous ne comprenez pas ? demandai-je, surpris à mon tour.

— Je ne sais pas...

Elle chercha ses mots, plissant tout son visage.

— Je suis désolée, dit-elle enfin. Ce doit être un truc instinctif mais, quand vous me regardez, j'ai l'impression que vous voyez quelqu'un d'autre.

Je ne trouvai rien à répondre à cela. Gêné, je fixai le fond de mon verre de cognac. C'était donc si flagrant ? Certes, Ginny me rappelait Melissa mais, jusqu'à cet instant précis, je ne m'étais pas rendu compte à quel point leur ressemblance m'avait affecté.

Il y eut soudain un grand éclat de rire à l'autre bout de la salle et le groupe commença à se séparer. Je me tournai à nouveau vers elle.

— Je ne pense pas au passé, dis-je en essayant d'être spirituel.

— Ni au présent ?

— Je n'y pense pas non plus.

Elle se mit à rire.

— Parce qu'il s'enfuit bien assez tôt ?

— Quelque chose comme ça, oui.

Ray Tyner vint se placer derrière elle. Elle se tourna légèrement et tordit le bras en arrière pour le toucher. Il lui prit la main et l'aida à se relever.

— Ray, voici Eddie Spinola, un ami. Eddie, Ray Tyler.

Nous nous serrâmes la main.

J'étais aux anges qu'elle m'ait décrit comme un « ami ». De près, Ray Tyler était d'une beauté presque surnaturelle. Il avait des yeux extraordinaires et le genre de sourire qui devait probablement lui permettre de se mettre toute une salle dans la poche sans avoir à prononcer un seul mot.

Je devrais peut-être lui proposer de se présenter aux élections avec moi.

Je rentrai au Céleste peu après minuit. C'était ma première nuit dans mon nouvel appartement, mais je n'avais pas encore de lit. De fait, je n'avais aucun meuble, ni sommier, ni canapé, ni bibliothèque, rien. J'avais bien passé quelques commandes, mais rien n'avait encore été livré.

De toute manière, je ne comptais pas dormir. Je me promenai de pièce en pièce, essayant de me convaincre que je n'étais ni déprimé, ni jaloux, ni affecté d'aucune manière. Ginny Van Loon et Ray Tyler formaient un couple magnifique, rendu encore plus éclatant par la présence de vieux businessmen décatis fumant le cigare et parlant pourcentages.

Alors pourquoi étais-je si perturbé ?

Au bout d'un moment, je sortis mon ordinateur d'une des caisses, me connectai et tentai de me mettre au fait des dernières nouvelles financières du jour.

## 25

Le lendemain matin, j'étais de retour sur la 48e Rue dès sept heures, préparant des discours et effectuant quelques changements de dernière minute sur le communiqué de presse. Comme l'annonce serait faite dans les heures à venir et que le secret n'était plus de mise, Van Loon avait déjà appelé des membres de son équipe pour mettre en branle la machinerie des relations publiques. Du coup, les bureaux étaient plus animés que la salle des pas perdus de la gare centrale.

Avant de quitter l'appartement, j'avais pris ma ration quotidienne de cinq comprimés, trois de MDT et deux de Dexeron. Puis, à la dernière minute, j'étais revenu sur mes pas, avais fouillé dans le fourre-tout et m'en étais administré deux de plus, un de chaque. Par conséquent, je fonctionnais à pleins gaz. Mon rythme de travail accéléré intimidait certains des gens de Van Loon, des employés qui avaient probablement plus d'expérience que moi. Pour éviter toute friction, je m'installai un bureau de fortune dans une des salles de conférence et me mis au travail dans mon coin.

Vers dix heures et demie, Kenny Sanchez m'appela sur mon portable. J'étais assis à une grande table ovale devant mon ordinateur portable, une dizaine de feuilles étalées autour de moi, quand il sonna.

— J'ai de mauvaises nouvelles, Eddie.

Mon estomac se noua aussitôt.

— Quoi ?

— Plusieurs choses. J'ai retrouvé Todd Ellis, mais j'ai bien peur qu'il ne soit mort.

*Merde, merde et merde !*

— Que lui est-il arrivé ?

— Il a été renversé par un chauffard qui a pris la fuite. Il y a une semaine environ. Près de chez lui, à Brooklyn.

*Remerde.*

C'était la douche froide. Sans Todd Ellis, quelle chance me restait-il ? Où m'adresser ? Par où commencer ?

Je remarquai soudain que Kenny Sanchez ne disait plus rien.

— Vous m'avez dit qu'il y avait plusieurs choses. Qu'est-ce qu'il y a d'autre ?

— J'ai été réaffecté.

— Quoi ?

— J'ai été réaffecté. On m'a chargé d'une autre affaire. Je ne sais pas pourquoi. J'ai fait tout un tintouin, mais il n'y a rien eu à faire. C'est une grosse agence et je tiens à garder mon boulot.

— Mais… qui s'en occupe désormais ?

— Je ne sais pas. Peut-être personne.

— C'est normal ? Je veux dire, ce genre d'interférence ?

— Non.

Il avait vraiment l'air furax.

— Hier après-midi, après vous avoir déposé, j'ai travaillé sur ces numéros de téléphone jusque tard dans la nuit. Puis ce matin, j'ai été convoqué au rapport. On m'a informé qu'on avait besoin de moi sur une autre enquête et que je devais donner tout ce que j'avais amassé sur cette affaire de secte.

Je réfléchis un instant. Que pouvais-je bien y faire ? Je demandai simplement :

— Vous avez pu quand même découvrir quelque chose ?

Il soupira et je l'imaginai balançant la tête d'un air déprimé.

— Vous aviez raison au sujet de la liste. C'était incroyable.

— Quoi ?

— Ces numéros dans d'autres États que celui de New York… Vous aviez vu juste. Apparemment, ils appartiennent tous à des membres de la secte qui vivent sous un nom d'emprunt…

Il y eut une brève pause, pendant laquelle je l'entendis soupirer à nouveau. Puis :

— Sur les trois personnes qu'on m'avait chargé de retrouver, deux sont à l'hôpital, la troisième est chez elle, souffrant de migraines aiguës.

À son ton, je devinais que, bien qu'on lui eût retiré l'enquête, il était encore tout excité par les découvertes qu'il avait faites.

— J'ai ramé un bout de temps avant de trouver des gens qui acceptent de me parler, mais ça en valait la peine ! J'ai eu notamment une longue conversation avec une fille du nom de Beth Lipski. Apparemment, la métamorphose standard qu'offre Dekedelia inclut une nouvelle identité dans tous les sens du terme, avec altération chimique du métabolisme, chirurgie plastique, nouveaux parents « désignés », bref, la totale. Comme vous l'aviez deviné, la réussite de cette métamorphose se mesure à la progression de carrière, avec soixante pour cent des revenus reversés à l'organisation. C'est une sorte de croisement entre la franc-maçonnerie et le programme fédéral de protection des témoins.

— Pourquoi a-t-elle accepté de vous parler ?

— Parce qu'elle a peur. Tauber a brutalement coupé tout contact avec elle. Elle se sent nerveuse et perdue. Elle a un mal de tête permanent et n'arrive pas à travailler correctement. Elle ne comprend pas ce qui lui arrive. À mon avis, comme vous l'aviez suggéré, elle ne sait même pas qu'elle était droguée. Je n'ai pas voulu la faire flipper davantage en le lui apprenant. Déjà qu'au début elle était complètement paranoïaque et ne voulait pas me parler. Mais, une fois qu'elle a eu commencé, plus rien ne pouvait l'arrêter…

— Selon vous, comment s'y prend-il pour leur administrer le produit ?

— Il semblerait qu'il leur fasse suivre à tous un régime spécial à base de vitamines et de compléments alimentaires. Il lui est donc facile d'intégrer sa drogue quelque part là-dedans. C'est probablement là la source de son pouvoir sur ces gens et de son prétendu charisme.

Il s'interrompit, et je l'entendis frapper du pied ou du poing contre quelque chose. Puis il reprit :

— Non mais quelle chierie ! Je n'en reviens toujours pas ! Je n'avais encore jamais travaillé sur une affaire aussi intéressante !

Je n'avais pas le temps pour ça : Kenny Sanchez épanchant sa frustration professionnelle au téléphone avec moi. Je sentis soudain une vague nausée monter en moi. Je pris une grande inspiration, puis lui demandai s'il avait trouvé quelque chose sur United Labtech.

Il soupira à nouveau.

— Oui, en tout cas un détail. La société appartient au groupe pharmaceutique Eiben-Chemcorp.

Peu après, je lui annonçai que j'étais au travail et que je devais le laisser. Je le remerciai, lui souhaitai bonne chance et me libérai le plus rapidement possible.

Je posai le téléphone sur la table et me levai.

Je traversai la pièce, lentement, et me postai devant les fenêtres. C'était une belle journée ensoleillée et, du soixante-deuxième étage, je pouvais voir tout Manhattan, chaque monument, chaque caractéristique architecturale, y compris les moins évidents, comme le Céleste, sur ma droite, ou l'ancien immeuble des autorités portuaires, un peu plus loin sur la Huitième Avenue, où se trouvaient les bureaux de Kerr & Dexter. Depuis cette fenêtre, toute ma vie s'étalait devant moi, comme une suite de minuscules incisions sur le vaste circuit intégré de la ville : des coins de rue, des appartements, des épiceries, des marchands d'alcools, des cinémas. Mais à présent, au lieu d'inciser une ligne plus profonde et permanente dans la surface, mes petites entailles risquaient d'être limées et effacées.

Pivotant sur mes talons, je contemplai les murs blancs et nus de l'autre côté de la pièce, la moquette grise et les meubles de bureau anonymes. Je n'avais pas encore cédé à la panique, même si elle n'était plus très loin. La conférence de presse était programmée pour l'après-midi et, déjà, le seul fait d'y penser faisait monter en moi une terreur sourde.

Puis il me vint une idée et, avec la détermination aveugle d'un homme condamné, je m'y accrochai de toutes mes forces.

Sanchez avait parlé d'Eiben-Chemcorp. J'avais déjà entendu ce nom, récemment. Au bout de quelques minutes, je me souvins. Je l'avais lu chez Vernon ce fameux jour, dans le *Boston Globe*. Apparemment, Vernon s'était intéressé à une affaire de poursuite en responsabilité civile dans le Massachusetts. Pour autant que je m'en souvienne, une adolescente qui avait pris de la Triburbazine avait assassiné sa meilleure amie avant de se donner la mort.

Je me réinstallai devant mon ordinateur, me connectai à Internet et cherchai dans les archives du *Globe* plus de détails sur cette affaire.

La famille de la fille avait porté plainte contre Eiben-Chemcorp, réclamant des dommages et intérêts. Au cours du procès, la compagnie aurait à se défendre de l'accusation selon laquelle son antidépresseur aurait provoqué une « perte du contrôle des impulsions » et une « idéation suicidaire ». Dave Morgenthaler, un avocat spécialisé dans le préjudice corporel, mènerait l'équipe juridique représentant les plaignants. D'après un des articles que je trouvai, il avait passé les six derniers mois à recueillir des dépositions, principalement de chercheurs impliqués dans le développement et la production de la Triburbazine, ainsi qu'auprès de psychiatres prêts à témoigner que la Triburbazine était potentiellement nocive.

Mon esprit tournait à toute allure. Je pris un stylo et me mis à gribouiller des notes sur un morceau de papier, tentant de faire le point.

Eiben-Chemcorp possédait Labtech, où la MDT semblait avoir été conçue. Cela signifiait donc que la MDT avait été développée et produite par un groupe pharmaceutique international. Or, ce groupe était à présent confronté à un litige fortement médiatisé et, peut-être, fortement préjudiciable.

Je revins à mon écran d'ordinateur et visitai un des sites financiers du web. De fait, en raison de la mauvaise presse générée par le procès, l'action d'Eiben-Chemcorp avait sérieusement chuté, de 87 1/4, au début de l'année, à 69 et 7/8. L'intérêt croissant que portait l'opinion publique à l'affaire allait probablement s'accentuer à l'approche de la date du procès. Je trouvai de nombreux articles qui abordaient ce qui serait probablement un des arguments clefs des débats : si le comportement humain n'était qu'une question de synapses et de sérotonine, que faisait-on du libre arbitre ? Où s'arrêtait la responsabilité personnelle et où commençait la chimie cérébrale ?

En somme, Eiben-Chemcorp était dans une posture très vulnérable.

Moi aussi, bien sûr, mais comment pouvais-je utiliser ma connaissance de la MDT pour obtenir ce que je voulais d'Eiben-Chemcorp ? Menacer d'aller tailler le bout de gras avec Dave Morgenthaler s'ils n'acceptaient pas de me fournir régulièrement en MDT, par exemple ?

Je me levai et fis les cent pas dans la pièce.

Si, au cours du procès, on apprenait qu'un autre produit d'Eiben-Chemcorp, qui n'avait même pas encore été testé, avait déjà provoqué de nombreuses morts, cela aurait un effet dévastateur et probablement définitif sur la valeur des actions du groupe. C'était une option un peu brutale et très risquée, mais, compte tenu des circonstances, je n'en voyais pas d'autres.

Je repassai devant la fenêtre mais, cette fois, ne regardai plus la vue. Après avoir longuement réfléchi, je décidai que la première étape consistait à contacter Dave Morgenthaler. Je devais être prudent dans ma manière de l'aborder mais, pour représenter une menace crédible pour Eiben-Chemcorp, il fallait que Morgenthaler soit prêt à frapper, que je puisse le lâcher sur sa proie à tout moment.

Je trouvai assez facilement le numéro de téléphone de son cabinet à Boston. J'appelai immédiatement et demandai à lui parler mais il était en déplacement toute la journée. Je laissai mon numéro de portable et un message : j'avais des informations « explosives » sur Eiben-Chemcorp et voulais le rencontrer le plus rapidement possible pour en discuter.

Après avoir raccroché, je tentai de me remettre au travail et de concentrer à nouveau toute mon attention sur la conférence de presse à venir, mais cela m'était extrêmement difficile. Je ressassais les événements de ces dernières semaines, regrettant de ne pas avoir fait ci ou ça, regrettant, par exemple, de ne pas avoir entamé mes recherches sur Deke Tauber un peu plus tôt, ce qui m'aurait peut-être permis de contacter Todd Ellis avant qu'il ne quitte United Labtech…

Je me demandai ensuite s'il y avait un lien entre sa mort et celle de Vernon. Mais à quoi bon ? Que la mort de Todd Ellis ait été accidentelle ou pas, cette voie m'était désormais fermée. J'étais bien obligé de trouver une autre solution.

Je revins vers la fenêtre et contemplai les buildings en face, mon regard descendant le long des vastes pans verticaux de verre et d'acier, puis suivant les rues en contrebas, avec leurs minuscules ruisselets d'hommes et de voitures. Cette ville allait bientôt résonner de la nouvelle de la fusion et je serais là quand celle-ci éclaterait. Mais, pour le moment, je n'en avais cure. C'était comme si j'étais entré dans un rêve confus, pressentant que je n'en ressortirais jamais plus.

Cette impression fut renforcée presque immédiatement lorsqu'on m'appela dans un des bureaux pour vérifier les arrangements de dernière minute de la conférence de presse. Organisée à la hâte par un des membres de l'équipe de Van Loon, elle devait se tenir à dix-sept heures dans un hôtel de Midtown. Ceci, je le savais déjà, mais quand j'appris quel hôtel avait été retenu, je sentis à nouveau cette aigreur me tordre les boyaux.

— Ça va ?

C'était un membre de l'équipe. En relevant les yeux vers son visage inquiet, j'aperçus le mien dans un miroir derrière lui.

J'étais pâle comme un linge.

— Oui, ça va aller. C'est juste… un moment, s'il vous plaît.

Je me précipitai hors de la pièce et filai droit vers les toilettes. Je me penchai au-dessus d'un lavabo et m'aspergeai le visage d'eau froide.

La conférence de presse se tiendrait au Clifden Hotel.

Quand Van Loon et moi arrivâmes, vers quinze heures trente, les lieux grouillaient déjà de monde. Tôt le matin, il avait passé quelques coups de fil à une poignée de personnes savamment choisies en leur conseillant d'annuler tous leurs rendez-vous de fin d'après-midi. Les noms d'Atwood et de Bloom judicieusement glissés dans la conversation avaient suffi à attiser le feu incontrôlable de la rumeur et de la spéculation. Nous avions publié notre communiqué de presse une heure plus tard. Depuis, les téléphones s'étaient mis à sonner et n'avaient plus arrêté.

Le Clifden était une tour de quarante-cinq étages se dressant hors de la carcasse d'un immeuble historique restauré sur la 56e Rue, non loin de Madison Avenue. C'était un hôtel luxueux de plus de huit cents chambres et entièrement équipé pour les séminaires et les réunions d'affaires. Le hall d'entrée menait à un atrium bordé de parois en verre et, au-delà, à une salle de réception où aurait lieu notre conférence de presse.

Pendant que Van Loon répondait à un appel sur son portable, je regardai soigneusement autour de moi. Je ne reconnaissais rien. Même si je ressentais toujours un certain malaise, j'en vins à la conclusion rassurante que je n'étais encore jamais venu ici.

Van Loon raccrocha. Nous entrâmes dans l'atrium et, le temps qu'il nous fallut pour le traverser, Van Loon fut abordé par plusieurs journalistes. Il se montra charmant avec eux, échangeant des plaisanteries, mais ne leur divulgua rien qu'ils ne savaient déjà ou n'avaient déjà lu dans le communiqué. Dans la salle de conférence, l'activité battait son plein, les équipes techniques installant des caméras et testant le matériel de sonorisation. Un peu plus loin, le personnel de l'hôtel alignait des rangées de chaises pliantes et montait deux longues tables sur une estrade. Derrière celles-ci, deux présentoirs arboraient les logos respectifs des deux sociétés, MCL-Parnassus et Abraxas.

Je me tins au fond de la salle un moment, pendant que Van Loon discutait avec ses hommes au milieu de la pièce. Derrière moi, j'entendais deux techniciens qui bavardaient tout en manipulant des câbles et des fils électriques :

— … comme je te le dis, un coup à l'arrière de la nuque…

— Ici ?

— Oui, avec un instrument contondant, qu'ils ont dit. Tu ne lis pas les journaux, mon pote ? Elle était mexicaine. Mariée à un peintre.

— Ah oui, ça me dit quelque chose, maintenant. Mince ! Ça s'est passé ici ?

Je m'éloignai, me rapprochant des portes afin de ne plus les entendre. Puis je me promenai, lentement, ressortant de la salle et revenant dans l'atrium.

Un des souvenirs clairs que j'avais gardés de cette nuit-là – du moins, de la fin de cette nuit-là – était d'avoir marché le long d'un couloir désert. Je revoyais clairement la scène : le plafond bas, la moquette à motifs cramoisis et bleu marine, les murs beiges, les portes des chambres en placage de chêne défilant de chaque côté…

Je ne me souvenais de rien d'autre.

Je traversai l'atrium et revins dans le hall d'entrée. De plus en plus de gens arrivaient et il y avait une nette tension dans l'air. J'aperçus quelqu'un que je voulais éviter et bifurquai vers les ascenseurs, qui se trouvaient de l'autre côté du comptoir de réception. Puis, comme entraîné par une force irrésistible, je suivis deux femmes *dans* un ascenseur. L'une d'elles pressa un bouton, puis me lança un regard interrogateur, son doigt en suspens devant le panneau des étages.

— Quinzième, dis-je. Merci.

Se mêlant librement et de manière assez écœurante à mon angoisse, un mélange de parfums de luxe flottait dans l'air, renforçant l'intimité tendue mais jamais reconnue propre aux cabines d'ascenseur. Tandis que nous grimpions dans un fredonnement sourd, je sentis à nouveau mon estomac se retourner et dus m'adosser à la cloison. Lorsque les portes s'ouvrirent en glissant sur le quinzième étage, je fixai, incrédule, les murs beiges. Je passai devant les deux femmes, m'avançant d'un pas hésitant sur la moquette à motifs cramoisis et bleu marine.

— Bonsoir.

Je me tournai et, au moment où les portes se refermaient sur les deux femmes, marmonnai une réponse.

Abandonné dans ce couloir désert, je fus pris d'un sentiment proche de la terreur pure. J'étais déjà venu ici. C'était exactement comme dans mon souvenir : le long couloir bas de plafond… long et profond comme un tunnel, avec des couleurs riches, opulentes. Mais je ne me souvenais de rien d'autre. J'avançai de quelques pas puis m'arrêtai. Je me tins face à une porte et essayai d'imaginer à quoi ressemblait la chambre derrière. Je ne vis rien. J'avançai plus loin, jusqu'à ce que, presque au bout du couloir, j'aperçoive une porte entrouverte.

Je m'arrêtai, le cœur battant, et essayai de regarder à l'intérieur. J'aperçus le bout d'un lit à deux places, des rideaux, une chaise, tout dans des couleurs claires et beiges.

Du bout du pied, je poussai délicatement la porte. Depuis le seuil, je ne voyais qu'une chambre d'hôtel standard. Puis, tout à coup, une grande femme brune vêtue d'une longue robe noire traversa l'embrasure de la porte, de gauche à droite. Elle se tenait la tête et une moitié de son visage dégoulinait de sang. Mes genoux fléchirent et je reculai précipitamment, me cognant au mur beige derrière moi avant de glisser sur la moquette et de m'étaler de tout mon long. Je me relevai et réussis à faire quelques pas dans le couloir.

Un instant plus tard, j'entendis un bruit derrière moi et me retournai. Un homme et une femme sortirent de la chambre dans laquelle je venais de regarder. Ils refermèrent la porte et s'avancèrent dans ma direction. La femme était grande et brune et portait un manteau fermé à la taille par une ceinture. Elle avait une cinquantaine d'années, comme son compagnon. Ils bavardaient et passèrent devant moi sans me prêter attention. Je restai sans bouger et les regardai s'éloigner dans le couloir puis disparaître dans un ascenseur.

Plusieurs minutes s'écoulèrent avant que je puisse bouger de nouveau. Mon cœur battait toujours aussi fort et menaçait de lâcher. Mes mains tremblaient. Adossé au mur, je fixais la moquette. Ses couleurs profondes semblaient palpiter, les motifs se déplacer, comme animés d'une vie propre.

Je parvins enfin à me redresser et à me diriger vers les ascenseurs, mais mes doigts tremblaient toujours quand j'appuyai sur le bouton d'appel.

Le temps que je revienne dans la salle de conférence, la foule s'était encore épaissie et l'atmosphère était devenue frénétique. Je me dirigeai vers le devant de la pièce où certains des gens de MCL s'étaient rassemblés, plongés dans une conversation animée.

Soudain, j'entendis Van Loon derrière moi :

— Eddie, où étiez-vous passé ?

Je me tournai. Il paraissait sincèrement surpris.

— Bon sang, Eddie, que vous est-il arrivé ? On... on croirait que vous venez de voir...

— Un fantôme ?

— Oui, exactement.

— Je suis juste un peu stressé, Carl, c'est tout. J'ai besoin de souffler un peu.

— Détendez-vous, Eddie. Si quelqu'un a bien mérité un peu de repos ici, c'est bien vous.

Il serra le poing et le brandit en mimant un geste de solidarité.

— Et puis, nous avons accompli notre part du travail. Pour le moment, du moins, pas vrai ?

J'acquiesçai.

Van Loon fut ensuite entraîné par un membre de son équipe pour s'entretenir avec quelqu'un, de l'autre côté de l'estrade.

Au cours des deux heures qui suivirent, je flottai dans une sorte de torpeur semi-consciente. J'allais deci de-là, parlant avec des gens, mais je ne me souviens d'aucune conversation spécifique. Tout me paraissait chorégraphié, automatique.

Lorsque la conférence de presse en elle-même débuta enfin, je me trouvais sur l'estrade, debout derrière les gens d'Abraxas, qui étaient assis à la table de droite. Au fond de la salle, au-delà d'une mer de quelque trois cents têtes, se trouvait une phalange de reporters, de photographes et de cameramen. L'événement était retransmis en direct sur plusieurs chaînes, ainsi que diffusé sur le Net et par satellite. Lorsque Hank Atwood monta sur l'estrade, il déclencha aussitôt un barrage sonore fait du ronronnement des caméras, de déclics d'obturateurs et de crépitements de flashs, qui dura sans interruption pratiquement tout au long de la conférence, et même, par intermittence, pendant la séance de questions-réponses qui suivit. Je n'écoutai pas attentivement les discours, dont j'avais en partie rédigé certains, mais reconnus ici et là quelques phrases et expressions, même si l'incessante répétition de mots tels que « futur », « mutation » et « opportunité » ne faisait qu'ajouter à la sensation d'irréalité qui nimbait tout ce qui se passait désormais autour de moi.

Au moment où Dan Bloom achevait son discours, mon portable sonna. Je le sortis rapidement de ma poche et l'ouvris.

— Allô, je parle bien à… Eddie Spinola ?

J'entendais à peine.

— Lui-même.

— Dave Morgenthaler à l'appareil. Je viens d'avoir le message que vous m'avez laissé ce matin.

Je couvris mon autre oreille de ma main.

— Attendez… un instant, s'il vous plaît.

Je longeai le mur et passai une porte qui donnait sur un coin tranquille de l'atrium.

— Monsieur Morgenthaler ?

— Oui.

— Où pouvons-nous nous rencontrer ?

— D'abord, qui êtes-vous ? Je suis très occupé, pourquoi prendrais-je le temps de vous voir ?

Je lui dressai un topo le plus succinct possible de la situation : une drogue puissante, non testée et potentiellement mortelle s'écoulait de l'un des laboratoires de la compagnie contre laquelle il allait plaider. Je ne citai aucun nom et me gardai de décrire les effets de la drogue en question.

— Vous n'avez rien dit qui puisse me convaincre, dit-il. Qu'est-ce qui me prouve que vous n'êtes pas un cinglé quelconque ? Que vous n'avez pas tout inventé ?

Dans cette partie de l'atrium, la lumière était faible. Les seules personnes dans les parages étaient deux pépés absorbés par leur conversation. Ils étaient assis à une table près d'un énorme palmier en pot. Derrière moi, j'entendais des voix résonner dans la salle de conférence.

— Personne n'aurait pu inventer quelque chose comme la MDT, monsieur Morgenthaler. Croyez-moi, ce n'est pas une blague.

Il y eut un silence, assez long, puis il dit :

— Quoi ?

— J'ai dit : personne n'aurait pu…

— Non, le nom. Redites-moi le nom.

Merde, je n'aurais jamais dû prononcer le mot.

— Eh bien, c'est…

— MDT. Vous avez dit MDT.

Il y avait une note d'urgence dans sa voix, à présent.

— Qu'est-ce que c'est ? reprit-il. Un dopant nootrope ?

J'hésitai. Il savait quelque chose, ou du moins il en avait déjà entendu parler. Et il voulait visiblement en savoir plus.

— Quand pouvons-nous nous rencontrer ? demandai-je.

Cette fois, il n'hésita pas un instant :

— Je peux prendre un vol tôt demain matin. Retrouvons-nous… voyons voir… à dix heures ?

— OK.

— Quelque part à l'extérieur. Sur la 59e ? Devant le Plaza ?

— OK.

— Je suis grand et…

— Je sais. J'ai vu votre photo sur Internet.

— Parfait. Alors, à demain matin.

Je rangeai mon téléphone et revins lentement dans la salle de conférence. Atwood et Bloom se tenaient à présent côte à côte sur l'estrade, répondant aux questions. J'avais encore du mal à me concentrer sur ce qui était en train de se passer, le petit incident du quinzième étage – les hallucinations, ou les visions – obstruant tout le reste. J'ignorais ce qui s'était passé entre Donatella Alvarez et moi cette nuit-là, mais je soupçonnais que, pour ce qui était des manifestations de culpabilité et d'incertitude, je n'avais aperçu là que la pointe d'un très gros iceberg.

La séance de questions-réponses terminée, la foule commença à se disperser, mais l'endroit devint plus chaotique encore. Des journalistes de *Business Week* et de *Time* tournoyaient dans la salle en quête de personnalités à qui soutirer quelques commentaires. Des cadres formaient des grappes ici et là, et se tapaient dans le dos en riant. À un moment donné, Hank Atwood passa près de moi et me donna à moi aussi une tape dans le dos. Puis il se tourna et, tendant le bras, il me pointa du doigt en disant :

— L'avenir, Eddie. L'avenir !

J'esquissai un demi-sourire et il s'éloigna.

Les gens de Van Loon & Associates parlaient d'aller tous dîner ensemble quelque part pour fêter ça, mais je ne me sentais pas d'humeur. Au fil de la journée, j'avais réuni tous les ingrédients d'une belle crise d'angoisse et je ne tenais pas à commettre une bêtise qui ne manquerait pas de la déclencher.

Aussi, sans dire un mot à personne, je tournai les talons et sortis de la salle de conférence. Je traversai l'atrium puis le hall et sortis dans la 56e Rue. La soirée était chaude et l'air chargé des rugissements étouffés de la ville. Je rejoignis la Cinquième Avenue et me tins un instant au pied de la Trump Tower, regardant vers la 59e Rue, le Grand Army Plaza et l'angle de Central Park. Pourquoi Dave Morgenthaler voulait-il me rencontrer là ? À découvert ?

Je me tournai et regardai dans la direction opposée. Les flots de voitures s'élevaient et s'affaissaient, les lignes parallèles des buildings s'étiraient vers un point de convergence invisible.

Je me mis à marcher dans cette direction. Il me vint à l'esprit que Van Loon essayerait peut-être de me contacter et j'éteignis mon portable. Je continuai à descendre la Cinquième Avenue, puis tournai dans la 34e Rue. Quelques pâtés de maisons plus loin, je me retrouvai dans ce que je supposai être mon nouveau quartier. À quoi correspondait-il ? À Chelsea ? Au quartier des ateliers de confection ? À rien ?

Je m'arrêtai devant un bar miteux sur la Dixième Avenue et entrai.

Je m'assis au comptoir et commandai un Jack Daniel's. L'endroit était pratiquement désert. Le barman me versa mon whisky puis retourna se poster devant le poste de télévision. Il était suspendu haut sur le mur, juste au-dessus de la porte des toilettes des hommes. Il y avait une sitcom à l'écran. Au bout de cinq minutes, au cours desquelles il ne rit qu'une seule fois, le barman saisit la télécommande et se mit à zapper de chaîne en chaîne. À un moment, j'entrevis le logo de MCL-Parnassus et demandai :

— Attendez ! Vous pouvez revenir en arrière, rien qu'une seconde ?

Il revint en arrière puis me regarda, pointant toujours sa télécommande vers le poste. C'était un flash d'information sur l'annonce de la fusion, avec des images de la conférence de presse.

— Laissez sur cette chaîne, juste une minute, suppliai-je.

— Une seconde, une minute, et puis quoi encore ? soupira-t-il, agacé.

Je lui adressai un regard torve.

— Rien que ce flash, OK ?

Il laissa tomber sa télécommande sur le comptoir en levant les yeux au ciel. Puis nous nous tournâmes tous les deux vers l'écran.

Dan Bloom se tenait à la tribune. Pendant que le commentaire en voix off décrivait l'importance et l'ampleur de la fusion annoncée, la caméra fit un travelling latéral vers la droite, montrant tous les hauts cadres d'Abraxas. En arrière-plan, on apercevait clairement le logo de la société, mais ce n'était pas tout. Il y avait également plusieurs personnes dans le fond, debout, et l'une d'elles était moi. Pendant que la caméra se déplaçait de gauche à droite, je traversai l'écran de droite à gauche puis disparus. Mais, au cours de ces quelques secondes, on me distingua nettement, aussi nettement que dans une séance d'identification de la police – mon visage, mes yeux, ma cravate bleue, mon costume gris anthracite.

Le barman me lança un regard, faisant soudain le rapprochement. Puis il se tourna à nouveau vers l'écran, mais ils étaient déjà revenus en studio. Il me regarda à nouveau, avec un air niais. Je pris mon verre, le vidai et lui dis :

— Maintenant, vous pouvez changer de chaîne.

Là-dessus, je lançai un billet de vingt dollars sur le comptoir, descendis de mon tabouret et sortis.

## 26

Le lendemain matin, je pris un taxi jusqu'à la 59e Rue et, en chemin, répétai mentalement ce que je dirais à Dave Morgenthaler. Pour entretenir son intérêt et gagner du temps, je serais bien obligé de promettre de lui fournir un échantillon de MDT. J'espérais surtout qu'en parlant avec Morgenthaler, je me ferais une petite idée de la personne à contacter au sein du groupe pharmaceutique. J'arrivai au Grand Army Plaza à dix heures moins dix et fis le tour de l'hôtel, lançant des regards à l'intérieur. Dans ma tête, Van Loon et la fusion étaient déjà derrière moi, du moins pour le moment.

À dix heures cinq, un taxi s'arrêta au bord du trottoir et un grand type mince d'une cinquantaine d'années en costume sombre et imperméable en descendit. Je le reconnus aussitôt pour avoir vu des photos de lui dans des articles sur l'Internet. Je m'avançai vers lui. Bien qu'il m'ait vu approcher, il chercha autour de lui d'autres candidats possibles, puis se tourna à nouveau vers moi.

— Spinola ?

J'acquiesçai et tendis la main.

— Merci d'être venu.

Nous nous serrâmes la main.

— J'espère que je ne me suis pas déplacé pour rien.

Il paraissait fatigué. Il avait les cheveux noirs, des lunettes à monture épaisse et un air de chien battu. Comme le ciel était gris et qu'il y avait du vent, je m'apprêtai à lui proposer d'entrer dans un café, ou même dans la Oak Room du Plaza, puisque nous étions devant, mais Morgenthaler avait d'autres projets.

— Allons-y, dit-il en s'élançant sur la chaussée en direction de Central Park.

J'hésitai, puis lui emboîtai le pas.

— Une promenade dans le parc ?

Il hocha la tête sans répondre. Il ne me lança même pas un regard.

Marchant d'un pas leste et en silence, nous descendîmes les marches qui menaient au parc, fîmes le tour du bassin, prîmes la grande allée de Wollman Rink puis rejoignîmes Sheep Meadow. Là, Morgenthaler choisit un banc et nous nous assîmes face aux façades de Central Park South. Tout le monde pouvait nous voir et nous étions en plein vent, mais ce n'était pas le moment de se plaindre.

Morgenthaler se tourna vers moi.

— Alors, qu'est-ce que c'est que cette histoire ?

— Eh bien… comme je vous le disais, la MDT…

— Que savez-vous sur la MDT et où en avez-vous entendu parler pour la première fois ?

Très direct dans sa méthode, il cherchait probablement à m'intimider, m'interrogeant comme il le ferait avec un témoin. Je décidai de jouer le jeu à sa façon. Par ma manière de répondre à ses questions, je lui transmis plusieurs idées maîtresses. La première était que je savais de quoi je parlais. Je lui décrivis les effets de la MDT avec une précision quasi clinique. Il parut fasciné, posant des questions complémentaires pertinentes, ce qui me confirma qu'il savait lui aussi de quoi il parlait, du moins en matière de MDT. Je laissai ensuite entendre que j'étais en mesure de fournir les noms de plusieurs dizaines de personnes qui avaient consommé de la MDT, avaient arrêté et souffraient maintenant de symptômes de manque aigus. Il y avait suffisamment de cas pour établir un schéma clair. Je laissai également affleurer l'idée que je pouvais aussi fournir les noms de gens qui avaient pris de la MDT et en étaient morts. Enfin, je lui fis savoir que je pouvais fournir des échantillons du produit pour analyses.

Lorsque j'en arrivai à ce stade, Morgenthaler était déjà passablement agité. Tout ce que je lui avais dit ferait l'effet d'une bombe s'il parvenait à le présenter devant le tribunal mais, naturellement, j'étais resté cruellement vague. S'il s'en allait maintenant, il partait avec rien de plus qu'un bon scénario… de science-fiction. Or, c'était précisément là où j'avais voulu l'amener.

— Alors, qu'est-ce qu'on fait maintenant ? demanda-t-il. Comment procède-t-on ?

Puis il ajouta, avec une légère pointe de mépris dans la voix :

— Qu'est-ce que vous y gagnez ?

Je pris mon temps et regardai autour de nous. Plusieurs personnes faisaient leur footing, d'autres promenaient leur chien, d'autres encore poussaient des landaus. Il fallait le maintenir intéressé sans rien lui divulguer, du moins pas encore. Je devais d'abord lui tirer les vers du nez.

— Nous y viendrons en temps voulu, répondis-je enfin en imitant Kenny Sanchez. Tout d'abord, dites-moi ce que vous, vous savez de la MDT.

Il croisa les jambes, puis les bras, et se pencha en arrière sur le banc.

— Je suis tombé dessus au cours de mes recherches sur le développement et les essais cliniques de la Triburbazine.

J'attendis la suite, mais rien ne vint.

— Écoutez, monsieur Morgenthaler, j'ai répondu à vos questions. Il serait temps d'établir une relation de confiance, non ?

Il soupira, incapable de cacher son impatience.

— Soit, dit-il en prenant le rôle du témoin expert. Lorsque je collectais les dépositions concernant la Triburbazine, j'ai parlé à de nombreux employés et ex-employés de Eiben-Chemcorp…

Il se pencha à nouveau en avant, visiblement mal à l'aise.

— Plusieurs personnes ont fait allusion à une série d'essais réalisés au début des années 70 sur un anti-dépresseur, des essais qui s'étaient révélés désastreux. L'homme responsable du déroulement de ces tests était un certain docteur Raoul Fursten. Il travaillait dans les services de recherche de la compagnie depuis la fin des années 50 et avait participé aux expérimentations sur le LSD. La nouvelle substance testée était censée renforcer les capacités cognitives – jusqu'à un certain point, en tout cas. À l'époque, il semblerait que le docteur Fursten se soit épanché en long et en large sur les grands espoirs qu'il fondait en elle. Il parlait beaucoup de la politique de la conscience, de la sélection du meilleur et du plus intelligent, de la nécessité de se tourner vers l'avenir, toutes ces conneries. N'oubliez pas qu'on était au début des années 70, qui n'étaient en fait qu'un prolongement des années 60…

Il soupira à nouveau et expira, semblant se dégonfler par la même occasion. Puis il gigota sur le banc jusqu'à trouver une position plus confortable avant de reprendre :

— Quoi qu'il en soit, le produit provoquait de graves effets secondaires. Des cobayes étaient devenus agressifs et irrationnels, certains subissant même des périodes de pertes de mémoire. Un de mes témoins m'a laissé entendre qu'il y avait eu des morts et qu'on s'était hâté d'étouffer l'affaire. Les essais ont été interrompus et le produit, la MDT-48, abandonné. Fursten a pris sa retraite et, apparemment, se serait saoulé jusqu'à en mourir dans l'année qui a suivi. Aucune des personnes que j'ai rencontrées ne peut prouver ce que je viens de vous raconter, ni ne souhaite le confirmer. Juridiquement parlant, il ne s'agit que de ouï-dire, ce qui, naturellement, est totalement irrecevable devant un tribunal. Néanmoins, j'ai parlé à d'autres membres du monde étrange et merveilleux de la neuropsychopharmacologie – essayez donc de prononcer ce mot quand vous aurez bu quelques verres de trop –, des gens qui, tous, préfèrent garder l'anonymat. Il se trouve que, vers le milieu des années 80, des rumeurs ont couru selon lesquelles les recherches sur la MDT avaient repris. Il ne s'agissait que de rumeurs, mais…

Il se tourna vers moi.

— … voilà que vous me dites qu'aujourd'hui cette merde serait carrément en circulation ?

J'acquiesçai, songeant à Vernon, Deke Tauber et Gennady. Étant resté très évasif sur mes sources, je ne lui avais rien dit non plus sur Todd Ellis, ni sur les essais officieux qu'il avait conduits à United Labtech.

— Vous avez bien dit que les essais avaient repris vers le milieu des années 80 ? demandai-je.

— Oui.

— En secret ?

— Évidemment.

— Qui dirige le département de la recherche aujourd'hui, à Eiben-Chemcorp ?

— Jerome Hale. Mais je ne peux pas croire qu'il ait quelque chose à voir avec cette histoire. Il est trop respectable.

— *Hale* ? Il y a un rapport avec l'autre Hale ?

Morgenthaler émit un petit rire.

— Oh oui. C'est son frère.

Je fermai les yeux.

— Il a travaillé avec Raoul Fursten il y a longtemps, reprit Morgenthaler. De fait, il a pris sa place quand Fursten est parti. Mais ça ne peut être que quelqu'un qui travaille sous ses ordres. Aujourd'hui, Hale s'occupe plutôt de l'administration. De toute manière, ça n'a pas d'importance. Le principal, c'est qu'on puisse prouver qu'Eiben-Chemcorp, grand groupe pharmaceutique, cache des informations sélectives pour protéger ses bénéfices. C'est notre argument d'attaque. Ils ont manipulé les résultats lors des essais de la Triburbazine et si je peux prouver qu'ils ont fait pareil pour la MDT et démontrer ainsi qu'il s'agit d'une habitude de la maison… on décroche la timbale !

À la perspective de gagner le procès, Morgenthaler s'était échauffé, mais j'avais du mal à croire que, dans son enthousiasme, il ait pu négliger aussi facilement le lien de parenté entre Caleb et Jerome Hale. Les implications me paraissaient pourtant énormes. Caleb Hale avait commencé sa carrière à la CIA, vers le milieu des années 60. Au cours de mes investigations pour *Les Accros du beau*, j'avais tout lu sur le département de recherche et de développement de la CIA et la manière dont ses projets MK-Ultra avaient financé secrètement les programmes de recherche de divers laboratoires pharmaceutiques américains.

Toute cette histoire prenait soudain une ampleur d'une complexité à vous donner un mal de crâne carabiné. Je compris soudain que j'étais encore loin du compte.

— Résumons-nous, monsieur Spinola. J'ai besoin de votre aide. Et vous, de quoi avez-vous besoin ?

Je soupirai.

— De temps. Il me faut plus de temps.

— Pour quoi faire ?

— Pour réfléchir.

— À quoi ? Ces salauds ont…

— Oui, je sais, mais la question n'est pas là.

— C'est une question d'argent, c'est ça ?

— Non, répondis-je fermement.

Il ne s'y était pas attendu, partant du principe, dès le départ, que je voulais de l'argent. Je sentis une certaine angoisse monter en lui, comme s'il venait soudain de se rendre compte qu'il risquait de me perdre.

— Jusqu'à quand serez-vous en ville ? demandai-je.

— Je dois rentrer ce soir, mais…

— Je vous appellerai d'ici un jour ou deux.

Il hésita, ne sachant quoi répondre.

— Écoutez, pourquoi ne pas…

Il fallait que je me débarrasse de lui, même si ça m'ennuyait de le faire. J'avais besoin de m'isoler pour réfléchir.

— Si besoin est, je viendrai à Boston. Avec tout le matériel. Mais… laissez-moi vous rappeler d'ici un jour ou deux, d'accord ?

— OK.

Je me levai et il m'imita. Nous nous remîmes à marcher vers l'est de la 59e Rue.

Cette fois, c'était moi qui imposais le silence. Toutefois, au bout de quelques minutes, une pensée me traversa l'esprit et je lui demandai :

— L'affaire sur laquelle vous travaillez, l'adolescente qui a pris de la Triburbazine ?

— Oui ?

— C'est… c'est vraiment une *meurtrière* ?

— C'est la thèse que Eiben-Chemcorp va défendre. Leurs avocats vont chercher des dysfonctionnements dans sa famille, des mauvais traitements, toutes sortes de traumatismes dans son enfance, qu'ils transformeront ensuite en autant de motivations. Mais le fait est que – et nous parlons là d'une gamine de dix-neuf ans – tous ceux qui la connaissent affirment que c'est la fille la plus douce et la plus intelligente qui soit.

Mon estomac se noua à nouveau.

— Donc, en gros, vous dites que le coupable est la Triburbazine et eux, ils affirment que c'est la gamine…

— En gros oui, le déterminisme chimique contre la disposition morale.

Nous n'étions qu'en milieu de journée et, pourtant, le ciel était si chargé que la lumière avait une qualité étrange, presque bilieuse.

— Vous croyez vraiment que c'est possible ? demandai-je. Qu'une substance chimique puisse supplanter notre personnalité et nous contraindre à faire des choses que nous ne ferions pas autrement ?

— Ce que je crois n'a pas d'importance. C'est ce que croit le jury qui comptera. À moins que Eiben-Chemcorp n'opte pour un règlement à l'amiable, auquel cas peu importe ce que croient les uns ou les autres. Mais je peux vous dire une chose : je n'aimerais pas faire partie de ce jury.

— Pourquoi pas ?

— Imaginez : on vous convoque comme juré et vous vous dites : « Chouette, une bonne occasion de m'absenter quelques semaines de mon boulot de merde ! » Puis vous vous retrouvez à devoir trancher une affaire de cette portée ? Très peu pour moi !

Après cela, nous continuâmes en silence. Une fois parvenus devant le Grand Army Plaza, je lui répétai que je l'appellerais bientôt.

— Dans un jour ou deux, c'est ça ? dit-il. S'il vous plaît, faites-le, parce que cela changera vraiment tout le dossier. Je ne veux pas vous forcer la main, mais…

— Je sais, dis-je fermement. Je sais.

Il leva les mains pour s'excuser.

— OK, alors appelez-moi.

Il chercha des yeux un taxi autour de nous.

— Juste une dernière question, fis-je.

— Oui ?

— Pourquoi ce rendez-vous à l'extérieur, le banc dans le parc et tout ce cirque ?

Il me sourit.

— Vous avez une petite idée du genre de puissance à laquelle je m'attaque avec Eiben-Chemcorp ? Aux sommes qui sont en jeu ?

Je haussai les épaules.

— Ça représente beaucoup d'argent, croyez-moi.

Il leva le bras et héla un taxi.

— Ils me surveillent en permanence, poursuivit-il. Ils observent mes moindres faits et gestes, mes appels téléphoniques, mes e-mails, mes déplacements. Vous croyez qu'ils ne nous observent pas en ce moment même ?

Le taxi s'arrêta au bord du trottoir. En grimpant à l'intérieur, Morgenthaler se tourna vers moi et déclara :

— Vous savez, monsieur Spinola, vous n'avez peut-être pas autant de temps que vous le croyez.

Je regardai le taxi s'éloigner et disparaître dans le flot de voitures sur la Cinquième Avenue. Puis je partis dans la même direction, marchant lentement, mon début de nausée ayant encore empiré depuis que je m'étais rendu compte que mon plan n'était peut-être pas aussi brillant que je l'avais cru. Morgenthaler était probablement un tantinet parano, mais il ne faisait néanmoins aucun doute que tenter d'intimider un énorme groupe pharmaceutique était tout sauf une bonne idée. À qui m'adresser ? Au frère du secrétaire d'État à la Défense ? Je voyais mal une structure comme Eiben-Chemcorp se laisser manipuler par des maîtres chanteurs, quels qu'ils soient, pas avec toutes les ressources dont elle disposait. Cela me rappela la manière dont Vernon était mort, et le fait que Todd Ellis avait eu l'insigne malchance de se faire écraser juste après avoir quitté United Labtech. Que s'était-il passé, au juste ? Avait-on découvert leur petit trafic de MDT ? Finalement, Morgenthaler n'était peut-être pas si parano. Si on en était vraiment là, il fallait d'urgence que je me trouve un autre plan, quelque chose d'un peu moins… suicidaire.

J'arrivai sur la 57e Rue et, tout en la traversant, me souvins que l'une de mes premières absences avait eu lieu ici, après cette première nuit dans la bibliothèque de Van Loon. J'avais eu un étourdissement, avais trébuché et, sans explication, m'étais soudain retrouvé un pâté de maisons plus loin, sur la 56e. Puis je songeai au grand trou noir de la nuit suivante – au type que j'avais cogné dans le Congo Bar à Tribeca, à la fille dans les W-C, à Donatella Alvarez, au quinzième étage du Clifden…

Quelque chose avait vraiment mal tourné, cette nuit-là. Le seul fait d'y penser me faisait l'effet d'un coup de poignard dans le creux du ventre.

Puis je compris… Je revis toute la séquence : MDT, accroissement des capacités cognitives, absences, perte du contrôle des impulsions, comportement agressif, Dexeron pour contrecarrer les absences, plus de MDT, plus d'accroissement des capacités cognitives. Ce n'était que le résultat de la manipulation des réactions chimiques dans le cerveau. Peut-être que la vision réductionniste du comportement humain que Morgenthaler allait servir à son jury était la bonne, peut-être que tout se résumait à des interactions moléculaires, peut-être que nous n'étions effectivement que des machines.

Mais dans ce cas, si l'esprit n'était qu'un logiciel chimique tournant dans le cerveau, et les produits pharmaceutiques tels que la Triburbazine ou la MDT rien d'autre que des programmes de réécriture, qu'est-ce qui m'empêchait d'apprendre comment ils fonctionnaient ? En utilisant ce qu'il me restait de mon stock de MDT-48, je pouvais concentrer toutes mes facultés intellectuelles, au cours des quelques semaines à venir, sur les mécanismes du cerveau humain. Je pouvais étudier la neurologie, la chimie, la pharmacologie et même – bon sang ! – la neuropsychopharmacologie…

Après quoi, qu'est-ce qui m'empêcherait de fabriquer ma propre MDT ? À la grande époque du LSD, il y avait eu plein de chimistes amateurs partout dans le pays, des consommateurs qui avaient éliminé la dépendance vis-à-vis de leurs fournisseurs, médecins ou pharmaciens, en installant des laboratoires clandestins dans leur salle de bains ou leur cave. Certes, je n'étais pas chimiste mais, avant de prendre de la MDT, je n'étais pas non plus opérateur en Bourse, loin s'en fallait. Enthousiasmé par l'idée de me lancer dans cette nouvelle aventure, je hâtai le pas. Il y avait une librairie Barnes & Noble sur la 48e Rue. J'y ferais un saut pour acheter des manuels avant de sauter dans un taxi et de rentrer droit au Céleste.

Passant devant un kiosque à journaux, j'aperçus une manchette sur la fusion MCL-Abraxas et me rappelai soudain que mon portable était toujours débranché. Tout en marchant, je le sortis et écoutai mes messages. Il y en avait deux de Van Loon, le premier perplexe, le second légèrement irrité. Il faudrait que je lui parle rapidement et que je trouve une excuse pour mon absence au cours des semaines à venir. Je ne pouvais pas faire comme s'il n'existait pas. Après tout, il m'avait quand même avancé près de dix millions de dollars…

Je passai une heure chez Barnes & Noble, parcourant les manuels universitaires du rayon médecine – d'énormes tomes remplis de tableaux, de diagrammes et d'un maelström de termes latins et grecs en italique. Finalement, je choisis huit livres avec des titres tels que *Biochimie et comportement*, *Les Principes de la neurologie* ou *Le Cortex cérébral*. Je les payai avec ma carte de crédit et sortis de la librairie, un sac extrêmement lourd dans chaque main. Je trouvai un taxi sur la Cinquième Avenue, juste au moment où tombaient les premières gouttes de pluie. Le temps que nous arrivions au Céleste, c'était un véritable déluge. En une dizaine de secondes, à savoir le temps nécessaire pour traverser l'esplanade au pas de course jusqu'à l'entrée de l'immeuble, je me retrouvai trempé jusqu'aux os. Mais peu m'importait, j'étais excité et avais hâte d'être chez moi pour me plonger dans les livres.

Quand je fus dans le hall, Richie, le type de la réception, me fit signe.

— Monsieur Spinola. Bonjour. Vos livreurs sont passés.

— Pardon ?

— Je leur ai ouvert. Ils sont partis il y a vingt minutes environ.

Je m'approchai de son comptoir.

— De quoi vous parlez ?

— Ces types au sujet desquels vous m'avez parlé. Ceux qui devaient vous livrer quelque chose. Eh bien, ils sont venus.

Je posai mes sacs et le dévisageai.

— Je ne vous ai jamais dit qu'on devait me livrer quoi que ce soit. Je ne comprends pas de quoi vous me parlez.

Il déglutit, l'air soudain nerveux.

— Monsieur Spinola, vous… vous m'avez téléphoné il y a environ une heure. Vous m'avez dit que des livreurs devaient passer vous apporter quelque chose et que je devais leur donner une clef…

— *Moi*, je vous ai appelé ?

— Oui.

L'eau de mes cheveux trempés dégoulinait à l'intérieur de mon col de chemise.

— Oui, répéta-t-il comme pour se rassurer. La ligne était mauvaise, vous l'avez dit vous-même. Vous appeliez de votre portable…

Je saisis les sacs et marchai d'un pas précipité vers les ascenseurs.

— Monsieur Spinola ?

Je ne lui répondis pas.

— Monsieur Spinola ? Nous… nous sommes bien d'accord ?

Je grimpai dans un ascenseur, appuyai sur un bouton et, tandis que la cabine s'élevait vers le soixante-huitième étage, mon cœur battait si fort que je dus prendre de grandes inspirations en frappant du poing contre la paroi pour me calmer. Puis je me passai une main dans les cheveux et secouai la tête, projetant de l'eau partout autour de moi.

Au soixante-huitième étage, je repris mes sacs et bondis hors de la cabine avant même que les portes aient fini de s'ouvrir. Je courus dans le couloir et, arrivé devant ma porte, laissai tomber mes sacs pour chercher ma clef dans la poche de ma veste. J'eus un mal fou à l'insérer dans la serrure. Quand je parvins enfin à ouvrir la porte et que j'entrai dans mon appartement, je compris tout de suite que tout était perdu.

Je l'avais déjà pressenti, en bas, dans le hall. Je l'avais deviné dès l'instant où Richie avait dit : « Vos livreurs sont passés. »

Je regardai le désordre autour de moi. Les cartons et les caisses en bois étaient éventrés ou renversés, leur contenu éparpillé partout. Je me précipitai et fouillai dans l'amoncellement de livres, de vêtements et d'ustensiles de cuisine à la recherche du fourre-tout où je gardais l'enveloppe avec la réserve de MDT. Je finis par le retrouver, mais il était vide. L'enveloppe et les comprimés avaient disparu, tout comme le petit calepin noir de Vernon. Dans l'espoir vain que l'enveloppe serait encore quelque part dans les parages – elle était peut-être simplement tombée du sac –, je fouillai le reste de mes affaires, puis fouillai à nouveau. Mais c'était inutile.

La MDT n'était plus là.

Je m'approchai de la fenêtre. Il pleuvait toujours. Voir la pluie tomber depuis cet angle était étrange. On avait l'impression qu'il suffisait de monter encore de quelques étages pour se retrouver au-dessus de l'épais manteau de nuages gris.

Je me tournai et m'adossai à la vitre. La grande pièce était si claire, si vide, que le fatras au centre ne ressemblait même pas à un fatras. La pièce n'avait pas été mise à sac, puisqu'il n'y avait rien à saccager. Ils avaient juste mis sens dessus dessous mes quelques affaires rapportées de la 10e Rue. Ils avaient dû beaucoup plus s'amuser chez Vernon.

Je me tins là un bon moment, en état de choc, ne pensant à rien. Je lançai un regard vers la porte d'entrée restée ouverte. Mes deux sacs de Barnes & Noble étaient toujours dans le couloir, côte à côte sur la moquette, attendant patiemment que je les rentre.

Le téléphone sonna.

Je ne comptais pas répondre mais remarquai soudain qu'ils n'avaient pas arraché le fil de la prise, alors qu'ils l'avaient fait avec l'ordinateur et la télévision. Je m'approchai donc du téléphone, me penchai et décrochai. Je dis « allô » et on raccrocha aussitôt.

Je me redressai, me dirigeai vers la porte et poussai les sacs de livres du bout du pied. Puis je fermai la porte et m'adossai à elle. Je pris quelques inspirations profondes et fermai les yeux.

Le téléphone sonna à nouveau.

Je décrochai une nouvelle fois et redis « allô ». Comme plus tôt, on raccrocha. Cette fois, il resonna immédiatement.

Je décrochai et me tus.

On ne raccrocha pas.

Au bout de quelques secondes, j'entendis :

— Alors, Eddie, cette fois, c'est fini.

— Qui est à l'appareil ?

— Tu es allé trop loin en parlant à Dave Morgenthaler. C'était une grave erreur.

— Qui parle, bon Dieu ?

— On a donc décidé de te couper les vivres. Mais… on tenait à te prévenir, vu que tu as été beau joueur et tout.

La voix était calme, presque murmurante. On n'y décelait aucune émotion, aucun accent.

— Je ne devrais pas te dire tout ça, bien sûr, mais, au point où on en est, j'ai presque l'impression de te connaître.

— Qu'est-ce que vous voulez dire par « couper les vivres » ?

— Je suis sûr que tu as déjà remarqué qu'on avait repris la marchandise. À partir d'aujourd'hui, tu peux considérer l'expérience comme terminée.

— L'expérience ?

Il y eut un long silence. Puis :

— Nous t'observons depuis le jour où tu t'es présenté dans l'appartement de Vernon, Eddie.

Mon sang se glaça.

— Pourquoi crois-tu que tu n'as plus jamais entendu parler de la police ? Nous n'en étions pas sûrs au début, puis, quand nous avons compris que tu avais le stock de Vernon, nous avons décidé de voir comment tu allais réagir, de réaliser un petit essai clinique, si tu veux. C'est que nous n'avions pas eu beaucoup de cobayes humains jusqu'à présent…

Je fixai le vide, essayant de me souvenir, d'identifier des indices.

— Et quel cobaye tu as fait, Eddie ! Bordel, si ça peut te consoler, personne n'a jamais pris autant de MDT que toi ! Personne n'était encore allé aussi loin !

— Qui êtes-vous ?

— On se doutait bien que tu carburais à hautes doses quand tu as raflé le gros paquet au Lafayette… mais quand tu as lancé ton opération sur Van Loon… là, tu nous as carrément épatés !

— Qui êtes-vous ?

— Bien sûr, il y a eu ce petit incident au Clifden…

— Qui êtes-vous ? répétai-je, presque machinalement.

— Mais, dis-moi, qu'est-ce qui s'est passé dans cette chambre, exactement ?

Je raccrochai et gardai ma main sur le combiné, appuyant fort, comme si cela pouvait suffire à faire taire cet… individu.

Lorsque le téléphone sonna à nouveau, je décrochai aussitôt.

—Écoute, Eddie, ne nous en veux pas, mais on ne peut pas risquer de te laisser continuer parler comme ça à des détectives privés, sans parler des petits mafieux russes. Sache seulement que tu as été un sujet… très utile.

Je me sentis envahi par une vague de désespoir.

— Soyez sympa… dis-je. Vous ne pourriez pas… je veux dire… il n'y aurait pas un moyen de…

— Sois raisonnable, Eddie…

— Je n'ai rien donné à Morgenthaler, protestai-je d'une voix brisée. *Je ne lui ai rien dit*… Tout ce que je demande c'est… une sorte d'approvisionnement…

— Eddie…

Je serrai convulsivement le téléphone pour empêcher ma main de trembler.

— J'ai de l'argent. J'ai beaucoup d'argent à la banque. Je pourrais…

La ligne fut coupée.

Je gardai la main sur le combiné, comme plus tôt, mais, cette fois, j'attendis, longtemps. Il ne se passa rien.

J'enlevai ma main et me relevai. Mes jambes étaient raides. Je fis passer mon poids d'un pied sur l'autre, puis me balançai d'avant en arrière pendant un moment. Cela me donnait l'impression de faire quelque chose.

Pourquoi avait-il raccroché ?

Était-ce parce que j'avais parlé d'argent ? Allait-il me rappeler plus tard avec un montant ? Devais-je me tenir prêt ?

Combien avais-je au juste en banque ?

J'attendis encore une vingtaine de minutes, mais il ne se passa rien.

Au cours des vingt minutes suivantes, je me convainquis que le fait de me raccrocher au nez était une sorte de message codé. Je lui avais proposé de l'argent et, à présent, je devais mariner dans mon jus en attendant qu'il annonce une somme… que je ferais mieux de préparer tout de suite.

Je gardais les yeux rivés sur le téléphone.

Comme je voulais que la ligne reste libre, j'utilisai mon portable pour appeler Howard Lewis, mon directeur de banque. Il était sur une autre ligne et je laissai un message lui demandant de me rappeler d'urgence à ce numéro. Ce qu'il fit, cinq minutes plus tard. Entre les opérations boursières que j'avais réalisées récemment et l'argent que j'avais emprunté à Van Loon pour la décoration et l'ameublement de l'appartement, il y avait un peu plus de quatre cent mille dollars sur mon compte. Depuis que Van Loon s'intéressait personnellement à mes finances, Lewis avait retrouvé son ton obséquieux, si bien que, lorsque je lui annonçai que j'avais besoin d'un demi-million de dollars en liquide – le plus rapidement possible –, il s'agita, de façon parfaitement audible, mais me promit de tenir l'argent prêt pour le lendemain matin.

Je lui dis que j'y serais, raccrochai, débranchai le portable et le rangeai dans ma poche.

Un demi-million de dollars. Qui pouvait refuser ça ?

J'arpentai la pièce, évitant le bazar au centre. De temps à autre, je lançais un regard vers le téléphone posé sur le sol.

Lorsqu'il sonna à nouveau, je bondis, me penchai et décrochai dans ce qui me parut être un seul mouvement.

— Allô ?

— Monsieur Spinola ? C'est Richie, de la réception.

*Merde.*

— Quoi ? Je suis très occupé.

— Je voulais juste vérifier que tout allait bien. Je veux dire, au sujet de…

— Oui, oui, tout va bien. Pas de problème.

Je raccrochai.

Mon cœur battait.

Je me relevai et me remis à faire les cent pas. J'envisageai un instant de remettre de l'ordre puis y renonçai. Au bout d'un moment, je m'assis sur le sol, adossé au mur, fixant un point dans le vide, attendant.

Je restai dans la même position pendant les huit heures suivantes.

En temps normal, j'aurais pris une dose de MDT au milieu de l'après-midi, mais, bien sûr, cela m'était impossible. En fin de soirée, je me retrouvai écrasé de fatigue, ce que j'identifiai comme la première phase du syndrome de manque. Du coup, je parvins à dormir un peu, quoique d'un sommeil agité et comme hanté. N'ayant pas de lit, j'empilai quelques couvertures et une couette sur le sol et m'y fis une couche. Lorsque je me réveillai, vers les cinq heures du matin, j'avais mal au crâne et la gorge sèche et râpeuse.

Je fis un effort rapide pour remettre un peu d'ordre, histoire de m'occuper un peu, mais, l'esprit bloqué par la peur, je capitulai rapidement.

Avant de partir pour la banque, je pris deux comprimés d'Excedrin. Puis je repêchai mon répondeur dans l'une des caisses éventrées. Il n'avait pas l'air d'avoir trop souffert et, lorsque je le connectai à mon téléphone, semblait encore marcher. Je trouvai ma serviette en cuir dans une autre caisse, enfilai un manteau et sortis. Dans le hall, j'évitai de croiser le regard de Richie derrière son comptoir.

Dans le taxi, ma serviette vide sur les genoux, je sentis un raz-de-marée de découragement déferler sur moi, l'impression que l'espoir auquel je me raccrochais était non seulement parfaitement illusoire mais aussi totalement infondé.

Toutefois, arrivé à la banque, en regardant un employé remplir ma serviette de liasses de dollars – des billets de cinquante et cent –, je retrouvai un peu d'assurance. Je signai les formulaires qu'on me tendait, souris poliment au servile Howard Lewis, lui souhaitai une bonne journée et m'en allai.

Dans le taxi qui me ramenait chez moi, la serviette désormais pleine sur mes genoux, je me sentis vaguement excité, comme si ce nouveau plan ne pouvait échouer. Lorsque ce type téléphonerait, je serais prêt à lui faire une offre. Il aurait une proposition, nous négocierions, tout rentrerait alors dans l'ordre.

Dès que je fus dans l'appartement, je déposai ma serviette sur le sol, près du téléphone. Je la laissai ouverte afin de voir l'argent. Il n'y avait pas de messages sur le répondeur. Je rebranchai mon portable. Il y en avait un… de Van Loon. Il comprenait que j'avais besoin de souffler un peu, mais m'assurait que ce n'était pas une façon de procéder. Je devais le rappeler.

J'éteignis le portable et le rangeai.

Vers le milieu de la journée, mon mal de crâne avait sérieusement empiré. Je continuais à avaler des comprimés d'Excedrin mais ils ne semblaient plus faire d'effet. Je pris une douche et restai une éternité sous le jet brûlant, essayant de faire fondre les nœuds de tension dans ma nuque et mes épaules.

Le mal de tête avait débuté en formant un faisceau en travers de mon front et derrière mes yeux. Vers le milieu de l'après-midi, il s'était diffusé dans les moindres recoins de mon crâne, travaillant les parois à la façon d'un marteau-piqueur.

Je tournai en rond dans la pièce principale pendant des heures, m'efforçant d'absorber la douleur, scrutant le téléphone, essayant de le faire sonner par la seule force de ma volonté. Je ne comprenais pas pourquoi ce type ne m'avait toujours pas rappelé. Je regardais l'argent. Il y avait un demi-million de dollars, là, sur le sol, attendant que quelqu'un se donne la peine de venir le ramasser…

Le soir venu, je me rendis compte que marcher ne me soulageait plus. J'avais des crises intermittentes de nausée et frissonnais constamment, des pieds à la tête. Je décidai qu'il valait mieux que je m'allonge sur mon lit de fortune, me tournant et me retournant, m'entortillant dans les couvertures, me prenant parfois la tête entre les mains pour tenter vainement de soulager la douleur. À la tombée de la nuit, je sombrai dans une sorte de demi-sommeil fébrile. À un moment donné, je me réveillai, pris de haut-le-cœur, essayant désespérément de vider mon estomac déjà vide. Je crachai du sang sur le sol puis retombai lourdement sur le dos, fixant le plafond.

Cette nuit-là, la nuit du jeudi, fut interminable. Pourtant, dans un sens, je ne voulais pas la voir finir. Tandis que le voile de MDT continuait à se déchirer, l'horreur et la terreur s'intensifiaient. L'incertitude rongeait la tunique interne de mon estomac et je me répétais :

« Qu'est-ce que j'ai fait ? » Je faisais des rêves réalistes, presque des hallucinations, où je semblais chaque fois à deux doigts de comprendre ce qui s'était passé cette fameuse nuit au Clifden. Mais comme j'étais incapable de distinguer ce que mon esprit fiévreux concoctait de ce dont je me souvenais vraiment, je n'arrivais jamais à savoir. Je vis Donatella Alvarez traverser calmement la pièce, dans une robe noire, un côté de son visage ruisselant de sang, mais cela se passait dans ma chambre, pas dans celle de l'hôtel. Je me souviens aussi de m'être dit que si elle avait reçu un coup aussi violent à la tête, elle ne serait pas aussi calme et ne se promènerait pas tranquillement dans la pièce. Je rêvai également que nous étions tous les deux sur un sofa, enlacés, et que je regardais au fond de ses yeux, excité, ensorcelé, dévoré par les flammes d'une émotion indéfinissable. Toutefois, le sofa en question était mon vieux canapé élimé, celui de l'appartement de la 10e Rue. Elle chuchotait dans mon oreille, me soufflant de vendre à découvert des actions liées aux nouvelles technologies, tout de suite, tout de suite, *tout de suite*. Plus tard, elle était assise à table en face de moi dans la salle à manger de Van Loon, fumant un cigare et parlant sur un ton animé : « Vous, les *Norteamericanos*, vous ne comprenez rien à rien… » Puis, dans un geste de colère, j'attrapais la bouteille de vin la plus proche…

Diverses versions de cette rencontre passèrent dans ma tête, tout au long de la nuit, chacune légèrement différente – pas de cigare, mais une cigarette, ou une bougie, pas une bouteille de vin, mais une canne ou une statuette –, chacune pareille à un éclat de verre coloré virevoltant dans l'air au ralenti après une explosion, chacune promettant vainement de se transformer en un souvenir concret, une vision objective dont je pourrais me rappeler, quelque chose de *fiable*.

À un moment, je roulai loin de la couette, me tenant le ventre, puis rampai dans le noir jusqu'à la salle de bains. Après une autre crise de haut-le-cœur, cette fois au-dessus de la cuvette des toilettes, je parvins à me relever. Je me penchai au-dessus du lavabo, me débattis quelques instants avec les robinets puis aspergeai mon visage d'eau froide. Lorsque je redressai la tête, mon reflet dans le miroir était spectral et à peine visible, mes yeux – clairs et mobiles – les seuls signes de vie.

Je me traînai à nouveau dans le séjour, où les formes sombres sur le sol – les cartons éventrés, les tas de vêtements, la serviette ouverte remplie de billets – ressemblaient à des formations rocheuses irrégulières sur un étrange terrain bleu crépusculaire. Je me laissai glisser contre le mur le plus proche du téléphone, en position assise sur le sol. Je restai là plusieurs heures, pendant que la lumière du jour filtrait autour de moi, laissant la pièce se reconstituer sous mes yeux, inchangée.

Je parvins à m'accommoder un tant soit peu de la douleur dans ma tête. Tant que je restais absolument immobile, sans même sourciller, elle restait en retrait, se limitant à un martèlement sourd et abrutissant…

## 27

Lorsque le téléphone à mes côtés sonna, juste après neuf heures, ce fut comme une décharge de mille volts me transperçant le cerveau.

Je me penchai en grimaçant de douleur et décrochai d'une main tremblante.

— Allô ?

— Monsieur Spinola ? C'est Richie, à la réception.

— Hmmm…

— Il y a ici un monsieur… Gennady, pour vous. Je le fais monter ?

Vendredi matin, donc.

Ce matin. Ou plutôt hier matin, maintenant.

Je ne répondis pas tout de suite, puis :

— C'est bon.

Je raccrochai. Après tout, il était peut-être aussi bien qu'il me voie comme ça. Il saurait ainsi ce qui l'attendait, sous peu.

Je parvins à me lever, tant bien que mal. Chaque mouvement était comme une nouvelle décharge dans ma tête. Une fois debout, je me rendis compte que je me tenais au milieu d'une flaque de ma propre urine. Ma chemise était maculée de sang et de morve et je tremblais comme une feuille.

Je baissai les yeux vers la serviette pleine de billets, puis à nouveau vers le téléphone. Comment avais-je pu être aussi stupide, aussi vaniteux ? Je regardai vers la baie vitrée. Il faisait beau, dehors. Je m'approchai de la porte, très lentement, l'ouvris.

Je pivotai, fis quelques pas dans la pièce, puis me tournai à nouveau face à la porte. À mes pieds se trouvait un grand carton éventré, son contenu – des casseroles, des poêles à frire et autres ustensiles de cuisine – répandu sur le sol comme des viscères.

Je me tins là, tel un vieillard, faible, voûté, sans défense. J'entendis les portes de l'ascenseur s'ouvrir puis, quelques instants plus tard, Gennady apparut sur le seuil.

— Ouh là là ! Putain !

Il roula des yeux stupéfaits vers moi, le chaos sur le sol, la taille de l'appartement, les baies vitrées, ne parvenant pas à décider s'il était écœuré ou impressionné. Il portait un costume prince-de-galles, avec une veste à deux boutons, sur une chemise noire, sans cravate. Il s'était rasé le crâne et laissé pousser une barbe de trois jours.

Il me regarda de haut en bas puis de bas en haut.

— Qu'est-ce qui t'arrive ?

Je ne répondis pas.

Il avança de quelques pas dans la pièce. Puis, enjambant les affaires sur le sol, s'approcha des fenêtres, irrésistiblement attiré par la vue, tout comme moi, le jour où j'étais venu la première fois avec Alison Botnick.

Je ne bougeai pas, me sentant toujours aussi nauséeux.

— Ça change de ton trou à rats sur la 10e Rue !

— Oui.

Je l'entendis marcher derrière moi, longeant les baies vitrées.

— C'est dingue, tu peux tout voir d'ici ! J'avais entendu dire que tu t'étais trouvé une piaule au poil, mais je ne m'attendais pas à ça !

Qu'est-ce que ça voulait dire ?

— On voit l'Empire State, le Chrysler Building, Brooklyn… c'est génial. Je devrais me trouver un endroit comme ça, moi aussi.

À sa voix, je devinai qu'il s'était tourné vers moi.

— D'ailleurs, poursuivit-il, pourquoi pas cet endroit-ci ? Je me demande si je ne vais pas m'installer. Qu'est-ce que t'en dis, trouduc ?

Je me tournai à moitié vers lui.

— Ce serait parfait, Gennady. Justement, je cherchais un camarade de chambrée, tu sais, histoire de rembourser les traites plus vite.

— Écoutez-moi ça, un comique qui s'est chié dessus ! Alors, Eddie, tu vas me dire ce que c'est que ce cirque ?

Il contourna la pile d'affaires et revint dans mon champ de vision. Il s'arrêta net en voyant la serviette pleine sur le sol.

— Bon Dieu ! Tu ne racontais pas d'histoires quand tu disais que tu n'aimais pas les banques !

Me tournant le dos, il se pencha et examina l'argent, le sortant par poignées entières puis feuilletant les liasses.

— Il doit y avoir trois cent à quatre cent mille dollars là-dedans ! siffla-t-il. Je ne sais pas ce que tu trafiques, Eddie, mais, si tu as trouvé un bon filon, tu devrais songer à investir. Justement, ma société d'import va bientôt ouvrir, alors si tu en veux quelques parts… on pourra convenir d'un prix.

Convenir d'un prix ?

Gennady ne le savait pas encore mais, d'ici quelques jours, il ne serait plus de ce monde. Une fois sa réserve de MDT épuisée…

Il se redressa et regarda autour de lui.

— Alors, quand est-ce que je rencontre ton dealer ?

Je le regardai.

— Tu ne le rencontreras pas.

— Quoi ?

— Tu ne le rencontreras pas.

Il se figea, souffla par le nez et me dévisagea fixement pendant dix bonnes secondes. On aurait dit un enfant contrarié… mais un enfant contrarié qui adorait jouer avec des crans d'arrêt. Il sortit lentement le sien de sa poche et fit jaillir la lame.

— Je me doutais que tu me ferais le coup, dit-il. J'ai mené ma petite enquête. J'ai découvert un ou deux trucs sur toi, Eddie. Je t'ai bien observé.

Je déglutis.

— Tu t'es pas mal débrouillé ces temps-ci, pas vrai ? Avec tes associés en affaires et tes fusions…

Il se tourna et se mit à marcher de long en large dans la pièce, poursuivant :

— Cela dit, je ne pense pas que tes potes Van Loon et Hank Atwood seraient très contents d'apprendre que tu fréquentes un usurier russe…

Je ne le quittais pas des yeux, vaguement intéressé malgré la douleur du manque.

— … ni tes antécédents de cocaïnomanie. Ça ne ferait pas très bonne impression dans la presse…

Mes antécédents de cocaïnomanie ? Ça faisait des siècles ! Où était-il allé chercher ça ?

— C'est incroyable tout ce qu'on peut découvrir sur le passé de quelqu'un, non ? dit-il comme s'il lisait dans mes pensées. Archives des anciens employeurs, renseignements de solvabilité bancaire… même des choses très personnelles.

— Va te faire foutre !

— Pas encore, merci.

Tout en disant cela, il revint rapidement vers moi. Il brandit son couteau sous mon nez et l'agita de droite à gauche.

— Je pourrais te faire un peu de chirurgie esthétique, Eddie. Réarranger un peu tes traits de façon créative. Mais il me faudra quand même une réponse à ma question.

Il me fixa dans le blanc des yeux et répéta, cette fois en murmurant :

— Quand est-ce que je rencontre ton dealer ?

Je n'avais nulle part où aller et très peu à perdre. Je murmurai donc à mon tour :

— Jamais.

Il y eut une brève pause puis il m'envoya un crochet du gauche en plein ventre, aussi rapide et efficace que la fois précédente, dans mon ancien appartement. Plié en deux, je m'effondrai dans mes cartons, cherchant de l'air, me tenant le ventre des deux mains.

Gennady se remit à faire les cent pas dans la pièce.

— Tu ne pensais tout de même pas que j'allais commencer par le visage ?

La douleur était à la fois terrible et étrangement lointaine.

— J'ai tout un dossier sur toi, Eddie. Gros comme ça ! Tout y est, tous les détails… Avec des précisions que tu ne peux même pas imaginer !

Je relevai la tête. Il me tournait le dos et parlait en agitant les mains. Au même moment, quelque chose attira mon regard, quelque chose qui pointait hors d'un carton d'ustensiles de cuisine, juste devant moi.

— Ce que je suis curieux de savoir, Eddie, c'est comment tu vas expliquer toutes ces années de médiocrité à tes nouveaux amis, là-haut, tout en haut de la pyramide sociale ? Hein ? Rédacteur de conneries insipides pour K & D ? Répétiteur d'anglais en Italie sans permis de travail ? Maquettiste bidon bâclant les mises en pages du magazine *Chrome* ?

Je tendis la main et agrippai le manche du long couteau à viande en acier. Je l'extirpai délicatement du carton. L'effort que je devais faire pour contrôler les tremblements de ma main et me pencher en avant faisait battre mon cœur à tout rompre. Je me levai péniblement, cachant le couteau derrière mon dos.

Gennady se tourna vers moi.

— Tu as même été marié une fois, pas vrai ?

Il s'avança vers moi. Ma tête tournait. Je le voyais double, sur un fond blanc et palpitant. Pourtant, malgré mon état, j'avais l'impression de savoir ce que je faisais. Tout était clair et en place : la colère, l'humiliation, la peur. Il y avait une logique derrière tout ça, une fatalité. Était-ce aussi ce qui s'était passé au quinzième étage du Clifden ? Je ne comprenais pas comment c'était possible, mais je sus à cet instant que je ne saurais jamais la vérité.

— Mais ça aussi, c'était plutôt raté, n'est-ce pas ?

Il s'arrêta un moment, puis avança encore de quelques pas.

— Comment elle s'appelait, déjà ?

Il agita son cran d'arrêt sous mon nez. Je pouvais sentir son haleine. Mon cœur et ma tête battaient à présent à l'unisson.

— Melissa.

— Ah oui, Melissa ! Elle a quoi maintenant… deux gamines ?

J'écarquillai soudain les yeux en regardant par-dessus son épaule. Lorsqu'il se tourna pour suivre mon regard, je pris une grande inspiration et ramenai le couteau à viande devant moi. Dans un seul mouvement bref, j'enfonçai la pointe dans son ventre tout en l'agrippant par la nuque de mon autre main pour faire levier. J'appuyai de toutes mes forces, essayant de diriger la lame vers le haut. J'entendis un gargouillis profond et sentis ses bras qui battaient l'air, désespérément, comme coupés du reste de son corps. Je donnai une dernière impulsion puis je dus lâcher prise. J'avais fourni un effort immense et titubai en arrière, essayant de reprendre mon souffle. Puis je pris appui contre l'une des fenêtres et observai Gennady, toujours dans la même position, se balançant sur place, me regardant avec des yeux ronds. Il avait la bouche ouverte et les deux mains refermées autour du manche en bois, la seule partie encore visible du couteau à viande.

Le martèlement dans ma tête était si intense qu'il court-circuitait toute sensation d'horreur que j'aurais dû ressentir devant la scène qui se déroulait sous mes yeux, ou à la pensée de ce que je venais de faire. J'étais également préoccupé par ce qui allait suivre.

Gennady fit quelques pas vers moi. Son visage exprimait un mélange d'incrédulité et de fureur. Je crus que j'allais devoir me déplacer sur le côté pour l'éviter mais il trébucha presque immédiatement contre une boîte défoncée et s'affala de tout son long sur une pile de grands livres d'art et de photographies. L'impact dut enfoncer le couteau encore un peu plus profondément, car, une fois à plat ventre, il cessa complètement de bouger.

J'attendis quelques minutes, observant, écoutant, mais il ne remuait plus et n'émit aucun son.

Finalement, très lentement, je m'approchai de lui. Je me penchai et cherchai un pouls sur le côté de son cou. Il n'y avait rien. Puisant alors dans les dernières ressources d'adrénaline qui me restaient, je le pris par un bras et le retournai sur le dos. Le couteau était logé de guingois dans le haut de son ventre et sa chemise noire était imbibée de sang. Je pris plusieurs inspirations profondes en évitant soigneusement de regarder son visage.

Je soulevai le pan droit de sa veste d'une main et glissai l'autre dans sa poche intérieure. Je fouillai fébrilement, persuadé que je ne trouverais rien, puis je sentis, pris dans un repli de tissu, un objet dur. Je le coincai entre deux doigts et le sortis. Je le tins dans le creux de ma main, mon cœur menaçant d'exploser à tout instant, puis le secouai. La petite boîte à pilules en argent émit un cliquetis faible mais prometteur.

Je me levai et revins près de la fenêtre. Je restai immobile quelques secondes dans une tentative vaine pour atténuer le martèlement dans ma tête. Puis je m'adossai à la vitre et me laissai glisser en position assise. Mes mains tremblaient toujours autant, si bien que, pour la stabiliser, je coinçai la boîte entre mes cuisses. Me concentrant de toutes mes forces, je dévissai le couvercle, le posai de côté puis baissai la tête. Il y avait cinq comprimés à l'intérieur. Très lentement, je parvins à en sortir trois et les tins dans le creux de ma main.

Je marquai une pause, fermai les yeux et revécus malgré moi les quelques minutes précédentes dans ma tête. Lorsque je rouvris les yeux, la première chose que je vis, à quelques mètres de moi, comme un vieux ballon de foot en cuir, fut le crâne rasé de Gennady, puis le reste de son corps, étalé sur les livres éparpillés.

Je levai la main, mis les trois comprimés dans ma bouche et les avalai.

Je restai là pendant vingt minutes, fixant un point de l'autre côté de la pièce. Comme un ciel surchargé s'éclaircissant peu à peu et virant au bleu, la douleur dans mon crâne se dissipait lentement. Les tremblements de mes mains s'estompèrent et je sentis un retour progressif – du moins selon les paramètres de la MDT – à un certain degré de normalité. Ce n'était qu'un répit, je le savais. Je savais également que les hommes de Gennady l'attendaient sans doute en bas. Tôt ou tard, ils allaient s'inquiéter, et les choses alors se compliqueraient encore un peu plus.

Je revissai la boîte à pilules et la glissai dans la poche de mon pantalon. En me relevant, je remarquai à nouveau les taches sur ma chemise – ainsi que les autres signes de l'état de dégradation générale dans lequel j'étais tombé. Je me dirigeai vers la salle de bains tout en me déboutonnant. J'ôtai tous mes vêtements et me douchai rapidement. Puis je passai des habits propres – un jean et une chemise blanche –, veillant à transférer la boîte en argent dans ma poche. Décrochant le téléphone sur le sol, j'appelai les renseignements et me fis donner le numéro d'un service de location de voitures avec chauffeur du quartier. Je composai aussitôt ledit numéro et commandai une voiture pour le plus tôt possible, demandant qu'on vienne me prendre à l'entrée de service à l'arrière du Céleste. Puis je rassemblai quelques affaires dans le fourre-tout, y compris mon ordinateur portable. Je saisis la serviette pleine de billets et la fermai. Je pris le fourre-tout et la serviette, me dirigeai vers la porte, l'ouvris.

Je restai sur le seuil un instant, regardant dans l'appartement. On remarquait à peine Gennady dans le foutoir ambiant, *mon foutoir* – des boîtes, des livres, des vêtements, des casseroles, des pochettes de disques. Je vis soudain un filet de sang se frayer un chemin vers une partie dégagée du sol. Puis un deuxième. J'eus un haut-le-cœur et dus m'appuyer contre le cadre de la porte pour ne pas perdre l'équilibre. Au même instant, un cri résonna au centre de la pièce. Mon cœur fit un bond mais, quand ce cri aigu et légèrement étouffé se prolongea en une version électronique du thème principal du concerto numéro un pour piano de Tchaïkovski, je compris qu'il s'agissait du téléphone de Gennady. Ses *zhuliks* en bas devaient commencer à s'impatienter et ne tarderaient pas à monter. Je n'avais pas le choix, je devais déguerpir. Je tournai donc les talons et refermai la porte.

Je pris l'ascenseur jusqu'au parking souterrain et traversai l'immense espace fermé, passant entre des rangées de colonnes en béton et de voitures garées. Je remontai une rampe jusqu'à la zone des services à l'arrière du building. À une cinquantaine de mètres sur ma gauche, deux camions déchargeaient des caisses, venant sans doute livrer l'un ou l'autre des restaurants du Céleste. J'attendis environ cinq minutes, hors de vue, puis une voiture noire sans signe distinctif apparut. Je fis signe au chauffeur de s'arrêter. Je grimpai à l'arrière avec mon fourre-tout et ma serviette, puis j'hésitai un instant. Après avoir pris quelques inspirations, je demandai au chauffeur de prendre la voie express Henry Hudson vers le nord. Il fit le tour du gratte-ciel puis tourna à gauche. Le feu du premier carrefour était au rouge et, pendant que la voiture était arrêtée, je me retournai pour regarder par la vitre arrière. Il y avait une Mercedes garée au bord du trottoir devant l'esplanade du Céleste. Plusieurs types en blouson de cuir attendaient à côté, fumant des cigarettes. L'un d'eux scrutait le haut de la tour.

Au même instant, trois voitures de police surgirent de nulle part. Elles s'arrêtèrent à leur tour devant le gratte-ciel et, en quelques secondes, cinq ou six policiers en uniforme en jaillirent et traversèrent en courant l'esplanade en direction de l'entrée principale. Le feu passa au vert et nous nous éloignâmes.

Je me redressai sur la banquette. Je ne comprenais pas. Depuis que j'avais quitté l'appartement, il ne s'était pas écoulé assez de temps pour que quiconque ait pu monter, entrer… prévenir la police, faire en sorte qu'elle soit déjà là…

Cela n'avait aucun sens.

Je croisai le regard du chauffeur dans le rétroviseur. Il soutint le mien pendant quelques secondes.

Puis nous détournâmes tous les deux les yeux.

## 28

Nous poursuivîmes notre route vers le nord.

Dès que nous fûmes sur l'Interstate 87, je me détendis légèrement. Je m'enfonçai dans la banquette arrière et regardai défiler par la fenêtre les kilomètres d'autoroute qui se fondaient en un courant continu et hypnotique, un processus qui me permit de tenir à distance toute pensée que j'aurais pu avoir concernant les jours qui venaient de s'écouler, les dernières heures, et ce que je venais de faire à Gennady.

À un moment, je demandai au chauffeur de sortir de l'autoroute et de me déposer quelque part du côté de Scarsdale ou White Plains. Il réfléchit à la question pendant quelques minutes, examina plusieurs options, puis se décida pour White Plains, où il me laissa dans le centre-ville. Je payai ma course, puis, espérant vaguement acheter ainsi son silence, lui donnai cent dollars de pourboire.

Mon fourre-tout dans une main et ma serviette dans l'autre, je tournai un moment en rond puis, sur Westchester Avenue, trouvai un taxi à qui je demandai de me conduire chez le loueur de voitures le plus proche. Avec ma carte de crédit, je louai une Pathfinder tout terrain, puis je quittai immédiatement White Plains et repris la route vers le nord sur l'Interstate 684.

Je passai Katonah puis tournai à gauche à Croton Falls, en direction de Mahopac. Une fois sorti de l'autoroute, je traversai un paysage tranquille de vallons boisés. Je m'y sentais déplacé mais également étrangement serein. Les changements de perspective et de rythme renforçaient ma sensation croissante d'irréalité. Je ne m'étais pas trouvé derrière un volant depuis des lustres, encore moins en dehors de la ville, à une telle vitesse, aussi haut perché que dans ce 4×4…

En approchant de Mahopac, je ralentis. Je dus faire un effort pour me concentrer sur ce que j'étais en train de faire et sur ce que je m'apprêtais à faire. Il me fallut un certain temps pour me remémorer l'adresse que Melissa m'avait gribouillée dans le bar de Spring Street. Cela me revint enfin et, une fois en ville, je m'arrêtai dans une station-service pour acheter une carte du coin et localiser sa rue.

Dix minutes plus tard, je l'avais trouvée.

Je descendis Milford Drive et m'arrêtai devant la troisième maison sur la gauche. La rue était calme et bordée de grands arbres dont le feuillage formait comme un toit au-dessus de la chaussée. J'attrapai le fourre-tout sur la banquette arrière et sortis un calepin et un stylo d'une poche latérale. Puis je pris la serviette posée sur le siège du passager et la posai sur mes genoux. J'arrachai une page du calepin et écrivis un bref message. J'ouvris la serviette, contemplai un instant l'argent, puis plaçai mon mot bien en évidence sur le dessus.

Je sortis de la voiture, emportant la serviette avec moi, puis remontai l'allée étroite menant à la maison. Il y avait une bande de pelouse de chaque côté et, sur l'une d'elles, une petite bicyclette couchée sur le flanc. C'était une simple maison en bois gris de plain-pied, avec des marches menant à un porche. Elle aurait eu besoin d'un bon coup de peinture, et peut-être d'une nouvelle toiture.

Je grimpai les marches et me tins sur le porche quelques instants. J'essayai de regarder à l'intérieur, mais la moustiquaire devant la porte m'empêchait de voir. Je toquai contre le montant.

Mon cœur tambourinait.

Au bout d'un moment, la porte s'ouvrit et une fillette d'environ sept ou huit ans apparut sur le seuil. Perchée sur des jambes grêles, elle avait des yeux sombres et de longs cheveux bruns et lisses. Ma surprise dut être visible car elle plissa le front et demanda sur un ton officiel :

— Oui ?

— Tu dois être Ally.

Elle réfléchit un instant, puis décida de confirmer mon hypothèse par un hochement de tête. Elle portait un cardigan rouge et des collants roses.

— Je suis un vieil ami de ta mère.

Cela ne sembla pas l'impressionner outre mesure.

— Je m'appelle Eddie.

— Vous voulez parler à ma maman ?

Je détectai une légère impatience dans sa voix et dans sa façon de se tenir, comme si elle était pressée d'en venir au fait afin de pouvoir retourner à ce qu'elle faisait avant que je vienne l'importuner.

Quelque part dans le fond, une voix s'éleva :

— Ally, qui c'est ?

Melissa. Tout à coup, la situation me parut beaucoup plus difficile que je ne l'avais prévu.

— C'est… un homme.

— Je… commença Melissa.

Elle marqua une pause chargée d'indécision, peut-être aussi d'une pointe d'exaspération.

— J'arrive, reprit-elle. Dis-lui… d'attendre.

Ally, soudain diserte, m'informa :

— Ma maman est en train de laver les cheveux de ma petite sœur.

— Celle qui s'appelle Jane, n'est-ce pas ?

— Oui. Elle ne peut pas se les laver toute seule. Ça prend un temps fou.

— Pourquoi ?

— Parce qu'ils sont très longs.

— Plus longs que les tiens ?

Elle poussa un soupir sonore, l'air de dire : « Bon, visiblement vous n'êtes pas si au courant que ça. »

— Écoute, dis-je, je vois que vous êtes toutes très occupées…

Je m'interrompis, la regardant dans les yeux, soudain pris d'une sorte de vertige.

— Je vais te confier cette serviette, repris-je. Tu n'auras qu'à dire à ta maman que je suis passé et que j'ai laissé ça pour elle.

Veillant à ne pas la brusquer, je me penchai légèrement et déposai délicatement la serviette sur un coin du tapis juste derrière la porte.

— Ma maman a dit que vous deviez attendre.

— Je sais, mais je suis pressé.

Elle évalua mentalement mon affirmation, désormais intriguée, ayant apparemment oublié ce qu'elle faisait avant mon arrivée.

— Ally, j'arrive !

L'urgence dans la voix de Melissa me transperça et je sus que je devais m'éclipser avant qu'elle n'apparaisse. Je m'étais apprêté à lui dire de ne pas ouvrir la serviette avant que je sois parti, mais, à présent, cela ne changerait rien.

Je descendis les marches à reculons.

— Il faut que j'y aille, Ally. Ça m'a fait plaisir de faire ta connaissance.

Elle plissa à nouveau le front, pas très sûre de comprendre ce qui était en train de se passer.

— Ma maman arrive, dit-elle d'une petite voix.

Continuant à reculer, je lui demandai :

— Tu te souviendras de mon nom ?

— Eddie, répondit-elle d'une voix encore plus petite.

Je souris.

J'aurais pu rester là à la regarder pendant des heures, mais je parvins à me secouer et à me tourner. Je revins à la voiture, me glissai derrière le volant et mis le contact.

Au moment où je démarrais, je perçus du coin de l'œil un mouvement près de la porte de la maison. Une fois au premier carrefour, juste avant de tourner à gauche, je lançai un regard dans le rétroviseur. Melissa et Ally, main dans la main, se tenaient au milieu de la rue et regardaient dans ma direction.

Je poursuivis ma route jusqu'à Newburgh, puis retrouvai l'Interstate 87 vers le nord. Je décidai de continuer tout droit jusqu'à Albany, avant de décider quoi que ce soit.

J'arrivai à la périphérie de la ville en début d'après-midi. Je tournai en rond un moment, puis garai la voiture dans une petite rue transversale donnant sur Central Avenue. Je restai derrière le volant une vingtaine de minutes, regardant droit devant moi.

Je sortis et me mis à marcher, d'un pas leste, sans but précis. Tout en avançant, je me repassais encore et encore la scène avec Ally. Sa ressemblance avec Melissa était troublante et cette rencontre m'avait laissé sous le choc – clignant des yeux devant l'infini, agité par les spasmes soudains et inattendus de la bienveillance et de l'espoir.

Mais, à chaque mouvement, je sentais également la boîte à pilules dans la poche de mon jean. Je savais que, d'ici quelques heures, je l'ouvrirais pour prendre les deux derniers comprimés, une suite de gestes simples et banals, à cette différence près que je les accomplirais alors pour la dernière fois.

J'errais, sans but.

Au bout d'une heure, je décidai qu'il ne servait à rien d'aller plus loin. Il n'allait probablement pas tarder à pleuvoir et, en outre, toutes ces rues commerçantes inconnues et animées commençaient à devenir légèrement déconcertantes.

Je m'arrêtai et pivotai sur place pour revenir vers la voiture. Ce faisant, je me retrouvai face à la devanture d'un magasin d'appareils ménagers. Il y avait quinze télévisions dans la vitrine, en trois rangées de cinq. Sur chaque écran, me regardant fixement, Donatella Alvarez. C'était un gros plan de son visage. Elle était légèrement penchée en avant, ouvrant grands ses yeux sombres, ses longs cheveux bruns plongeant une moitié de ses traits dans l'ombre.

Je restai pétrifié sur le trottoir, obligeant les passants à faire un écart, à se faufiler devant ou derrière moi. Puis je m'avançai de quelques pas vers la vitrine et observai les écrans tandis que le bulletin d'informations se poursuivait avec des vues extérieures de l'Actium et du Clifden. Je longeai la devanture et m'approchai de la porte, dans l'espoir d'entendre le commentaire, mais le son était trop bas et le bruit de la circulation trop présent. Je surpris néanmoins quelque chose à propos d'une « déclaration faite cet après-midi par Carl Van Loon ». Puis d'une « réévaluation du rachat suite à la publicité négative ». Tendant l'oreille le plus possible, j'entendis encore quelque chose qui ressemblait fort à « le prix des actions a souffert des dernières évolutions ».

Je lançai un regard exaspéré autour de moi.

Il y avait une autre série de télévisions branchées sur la même chaîne dans une alcôve au fond du magasin. J'entrai et traversai la boutique, passant devant des rangées de magnétoscopes, de lecteurs de DVD, de chaînes hi-fi et de radiocassettes. Juste au moment où j'arrivais au fond, des images de la conférence de presse annonçant la fusion MCL-Abraxas apparurent sur les écrans. J'attendis, le ventre noué, puis, au bout de quelques secondes… moi, dans mon costume, glissant de droite à gauche, regardant ailleurs, avec une expression étrangement absente que je n'avais pas remarquée la première fois que je m'étais vu.

J'écoutai le reportage, mais j'avais un mal fou à me concentrer sur ce qu'il disait. Quelqu'un présent à l'Actium cette nuit-là – sans doute le critique d'art chauve à la barbe poivre et sel – avait vu le reportage sur la fusion et cela avait fait tilt. Il m'avait reconnu comme étant Thomas Porter, l'homme assis en face de Donatella Alvarez au restaurant et qu'on avait vu longuement parler avec elle plus tard à la réception.

Après les images de la conférence de presse, ils montrèrent un reporter posté devant le Céleste, déclarant dans son micro :

« En suivant cette nouvelle piste, la police s'est rendue dans l'appartement d'Eddie Spinola – ici dans le West Side – pour l'interroger. Elle ne l'a pas trouvé mais, en revanche, elle y a découvert le cadavre d'un homme encore non identifié mais qui pourrait être un membre d'une organisation criminelle russe. Cet homme a semble-t-il été tué à coups de couteau, ce qui signifie qu'Eddie Spinola... »

La caméra revint sur la conférence de presse.

«... est maintenant activement recherché pour son implication probable dans *deux* meurtres. »

Je tournai les talons et traversai à nouveau le magasin d'un pas leste, gardant les yeux baissés. Je sortis sur le trottoir et tournai à droite. En repassant devant la devanture, je sentis sans les voir les écrans diffusant une nouvelle fois les images de la conférence de presse.

Avant de rejoindre la voiture, je m'arrêtai dans une pharmacie pour prendre un gros flacon familial de paracétamol. J'entrai ensuite chez un marchand d'alcools et achetai deux bouteilles de Jack Daniel's.

Après quoi, je quittai Albany au plus vite, reprenant la route, toujours vers le nord.

J'évitai les grandes artères, restant sur les petites routes secondaires, traversant Schenectady et Saratoga Springs, puis continuant à travers les Adirondacks. Je suivis un itinéraire tortueux, aléatoire, avançant au hasard vers Schroon Lake, sans prêter attention à la beauté de la nature autour de moi, mon cerveau embué par une succession vrombissante et ininterrompue d'images floues. Je bifurquai vers le Vermont, toujours sur de petites routes désertes, passai Vergennes et Burlington, puis Morrisville et Barton.

Je roulai ainsi pendant sept à huit heures, ne m'arrêtant qu'une seule fois pour faire le plein. J'en profitai également pour prendre les deux derniers comprimés de la boîte en argent.

Je m'arrêtai au Northview Motor Lodge vers dix heures du soir. Il était inutile d'aller plus loin. Il faisait nuit et puis où pourrais-je bien aller ? Continuer jusque dans le Maine ? Le New Brunswick ? La Nouvelle-Écosse ?

Je pris une chambre sous un faux nom et payai en liquide. À l'avance.

Deux nuits.

Je m'allongeai sur le lit et fixai le plafond.

Selon le bulletin d'informations aperçu plus tôt, j'étais à présent un meurtrier recherché. Compte tenu des circonstances, je savais que j'aurais toutes les peines du monde à convaincre qui que ce soit qu'il s'agissait d'un malentendu.

Je devrais commencer par : « C'est une longue histoire ».

Il me faudrait ensuite la raconter.

Que j'en aie été conscient ou non sur le coup, je me rendais compte à présent que c'était pour ça que j'avais pris mon ordinateur portable avec moi. La dernière chose cohérente que je ferais serait de raconter mon histoire et de la laisser derrière moi pour que quelqu'un la lise. Je m'attardai sur le lit encore un moment, réfléchissant, puis je me souvins qu'il ne me restait plus tellement de temps.

Je me levai, allumai la télévision et coupai le son. Je sortis l'ordinateur du fourre-tout, ainsi qu'une des bouteilles de Jack Daniel's. Je plaçai le flacon de paracétamol sur la petite table de chevet. Puis je m'assis dans le fauteuil en rotin et, bercé par le ronronnement de la glacière, de l'autre côté de la porte, me mis au travail.

On est samedi matin, de bonne heure, et je commence à me sentir fatigué. C'est l'un des premiers signes du manque de MDT. Heureusement j'ai presque fini.

Fini quoi, au fait ?

Est-ce que ceci est le récit véridique et sincère de la manière dont j'ai été à deux doigts de réaliser l'irréalisable… devenir le meilleur, le plus intelligent ? Est-ce l'histoire d'une hallucination, d'un rêve de perfectibilité ? Ou simplement les mésaventures d'un rat de laboratoire humain, une créature étiquetée, suivie, photographiée, puis rejetée ? Ou bien, tout bonnement, l'ultime confession d'un assassin ?

Je n'en sais rien. Je ne sais même pas si cela a la moindre importance.

J'ai sommeil.

Je crois que je vais m'allonger un moment.

J'ai dormi environ cinq heures, mal, me retournant sans cesse. Pendant tout ce temps, c'était comme si je faisais un rêve continu et angoissant, dont je ne garde aucun souvenir. Puis je me suis réveillé avec un mal de tête derrière les yeux qui s'est rapidement étendu au reste de mon crâne. Désorienté, groggy, nauséeux, je me suis levé, me suis traîné ici, dans le fauteuil en rotin, et ai repris l'ordinateur sur mes genoux.

Il est presque midi et la télévision est toujours allumée, sur CNN.

Apparemment, il se passe quelque chose d'important depuis hier, ou tôt ce matin. Ils montrent des navires de guerre stationnés dans le golfe du Mexique, des bataillons d'infanterie déployés dans des régions frontalières, le secrétaire d'État à la Défense, Caleb Hale, en réunion de crise avec les chefs d'état-major des armées.

En bas de l'écran, un message défile en annonçant que le président va, d'un instant à l'autre, s'adresser au peuple américain en direct de la Maison-Blanche.

Je ferme les yeux un moment et, quand je les rouvre, le président est à l'antenne, assis derrière son bureau. Je n'ai pas le courage de monter le volume et, en l'observant attentivement, en remarquant l'expression alerte de ses yeux gorgés de MDT, je me rends compte que je n'aurai pas la force de le regarder plus longtemps. Je tends la main vers la télécommande et change de chaîne. Des dessins animés.

Je fixe les touches de mon clavier. Mon crâne résonne à présent et le tambourinage empire rapidement. Il est temps d'éteindre l'ordinateur et de le ranger. Je regarde la petite table de chevet et le flacon plein de comprimés de paracétamol. Je regarde à nouveau mon clavier et, tout en formulant une prière silencieuse pour que ce geste ait une application plus vaste, plus intelligente, j'appuie sur la touche « Sauvegarde ».

# Traitement mortel

## *Mercy Hospital*

Paul Carson

Dublin, Mercy hospital. Deux patients décèdent, victimes d'une maladie du sang rarissime. Le docteur Franck Clancy, chef du service d'hématologie, chargé de mener une enquête épidémiologique au sein de l'hôpital, ne tarde pas se heurter à la mauvaise volonté de la « Dream Team », une équipe de chercheurs américains dirigée par le chirurgien Dan Marks et recrutée par le ministre de la Santé. C'est alors que la fille de Marks est assassinée…

***(Pocket n° 11379)***

# Manipulations génétiques

## *Souffle le vent*

James Patterson

Depuis que son mari a été assassiné dans des circonstances mystérieuses, Frannie O'Neil, une jeune vétérinaire, vit seule dans son « zoopital », au cœur des montagnes Rocheuses. La nuit, il n'est pas rare qu'elle se sente isolée, mal à l'aise, voire terrorisée. D'autant plus que dans les forêts sombres et hostiles du Colorado, on croise de drôles de créatures, traquées par des hommes armés. C'est en se lançant sur la piste de l'assassin de son mari que Frannie va découvrir le plus monstrueux des projets scientifiques jamais imaginé…

***(Pocket n° 11320)***

# Tragique méprise

## *Temps de chien sur la ville*

Peter Blauner

Le jour où le professeur David Fitzgerald sauve la vie d'une de ses élèves lors d'un attentat terroriste, il passe brutalement du statut de citoyen anonyme à celui de héros national encensé par les médias. Mais la situation change radicalement lorsque la police l'accuse d'avoir organisé cet attentat pour mettre sa bravoure en scène. David n'a pas le choix : pour prouver son innocence, il doit mener sa propre enquête et démasquer le vrai coupable...

***(Pocket n° 11766)***

ocket.fr
ui se lit comme
un bon livre
Informer
Toute l'actualité de Pocket, les dernières parutions collection par collection, les auteurs, des articles, des interviews, des exclusivités.
Découvrir
Des 1ers chapitres et extraits à lire.
Choisissez vos livres selon vos envies :
thriller, policier, roman, terroir, science-fiction...
POCKET
Il y a toujours un Pocket à découvrir
sur www.pocket.fr

*Achevé d'imprimer sur les presses de*

BUSSIÈRE

GROUPE CPI

*à Saint-Amand-Montrond (Cher)*
*en décembre 2005*

POCKET - 12, avenue d'Italie - 75627 Paris Cedex 13
Tél. : 01-44-16-05-00

— N° d'imp. : 52975. —
Dépôt légal : janvier 2006.

*Imprimé en France*

*Heinz-Joachim Fischer*

# UMBRIEN

Ein Reisebegleiter

PRESTEL-VERLAG

*Frontispiz:*

San Francesco in Assisi,
Hochburg des Glaubens und der Kunst;
seine Fassaden-Rose
ist ein Sonnengesang in Stein.

CIP-Titelaufnahme der Deutschen Bibliothek
Fischer, Heinz-Joachim:
Umbrien / Heinz-Joachim Fischer
München : Prestel, 1989
(Landschaftsbücher)



Farblithographie: Karl Dörfel GmbH, München
Lithographie der Schwarzweißabbildungen:
Brend'amour GmbH & Co, München
Satz, Druck und Bindung:
Passavia Druckerei GmbH Passau
Papier: Schleipen GmbH, Bad Dürkheim

ISBN 3-7913-1031-3